FABULAE LOLAE ANTIQUAE
PLAUTUS

古罗马戏剧全集
普劳图斯
下

王焕生 译

吉林出版集团有限责任公司

目　录

普劳图斯
下　卷

布匿人	001
普修多卢斯	119
缆　绳	231
斯提库斯	349
三文钱	415
粗鲁汉	503
行　囊	581
专名索引	595

布匿人

POENLUS

导 言

　　本剧"开场词"第53行提到，普劳图斯的这部剧本的希腊原剧是一部标题为《迦太基人》（Carchedoios）的剧本。根据传下来的古希腊戏剧史料，有两部古希腊剧本采用了这个标题。其中一部是古希腊中期喜剧家阿勒克西斯（Alexis）的作品。阿勒克西斯生活于公元前372—前270年之间，是一位多产作家。据说他写过240多部剧本，现今人们知道其中130多部剧本的标题。另一部是其侄子、众所周知的著名新喜剧家米南德的作品。按普劳图斯的这部喜剧的内容和风格，人们难以断定阿勒克西斯的作品是普劳图斯的剧本的原本。米南德的喜剧《迦太基人》传下来几个古代抄本残段和几个后代作家称引片段。抄本残篇属公元1世纪，残篇中出现的人物包括迦太基青年、奴隶和雅典青年涅阿尼阿斯（？）。残篇中比较能理解意思的有以下一段对白：

涅阿尼阿斯（？）
　　　　真糟糕，……那个人来了。

奴隶
　　　　　　　　　　不一样。
　　　　亲爱的，你来了，不知道自己是谁。

迦太基人
　　　　我看未必。

奴隶
　　　　那就请你告诉我，你的母亲

迦太基人

我的母亲?

奴隶

是的。还请问你的父亲。
你就当作现在是在乡府里进行户籍登记。

迦太基人

你这个无赖,迦太基将领哈米尔卡的
女儿就是我的母亲。你看我干什么?

奴隶

既然你是哈米尔卡的外孙,那你在
给我们惹麻烦,你竟然想娶一个享有
公民权的女子?

迦太基人

那我就按照法律去登记。

奴隶

……纯洁的……传宣员在这里
……

根据上引剧本残存的诗行,可以对剧本情节作如下推测:有个青年自认为是迦太基人,想和一个雅典女子结婚,为此他需要获得雅典市民权。按照当时的雅典法律,即便如此,他生的孩子也不可能是合法的雅典市民。剧中会出现某种"认识"场面,证明该青年其实并非真是迦太基人,实际上是全权的雅典人出身,从而使剧情获得圆满结局。

由这部剧本还传下来古代作家称引的几个片段,其中一个片段称:

没有人知道自由是由何人生出,
人们只是那么认为,那么相信。

另一个片段称:

幸运的机遇有时比法律更有效。

还有一个片段称:

需要使迦太基人变得富有智慧,

即使他没文化修养。

普劳图斯的剧本的情节无法与上述情节相对应，因此研究者们断言，普劳图斯利用的不是米南德的这部作品。

普劳图斯的这部剧本在结构方面有一些明显的不协调的痕迹，因此大部分研究者认为，普劳图斯的这部剧本也像他的其他一些剧本那样，编写时采用了揉合法，即把撷取于两部希腊原剧的情节揉合成为一部剧本。

有研究者认为，如果普劳图斯写作这部剧本时利用的确实是米南德的其他剧作，那么它们的内容似乎应该是这样。在第一部剧本中，一个青年爱上了一个姑娘。那个姑娘同自己的妹妹一起处于妓馆老板的控制之下，不过她们一直没有失身。阿佛罗狄忒节到了，她们必须成为伴妓。青年找自己的奴隶商量对策。那个奴隶认识妓馆老板的奴隶，从中得知那两个女子出身于自由人家庭，早年连同保姆一起被劫，被现在的妓馆老板买下，从而没有人能指出这两个女子的真实身份。有个迦太基人来到雅典，被认出是那个青年的叔父。奴隶请他冒充是那两个女子的父亲，结果证明他确实也正是她们的父亲，从而使得那两个女子得以顺利摆脱妓馆老板的控制。

普劳图斯可能利用的第二部剧本的情节大概是这样。剧中描写一个青年对一个处于妓馆老板控制之下的年轻女子的爱情，但妓馆老板的贪婪使得年轻人的爱情难以如愿。青年的奴隶为了帮助主人摆脱困境，利用妓馆老板不久前刚从他地迁居而来，与谁都不认识这一情况，让一个奴隶冒充军官，给妓馆老板设圈套，使妓馆老板中计。剧本的结尾可能与普劳图斯的剧本相近似。

有的研究者也认为，普劳图斯的剧本可以分成两部分，不过利用的可能是两个不同的作者的作品。普劳图斯的这部剧本传下来两种结尾表明，他的这部剧本曾经受到改作。这一情况使得关于普劳图斯的剧本中的一些其他具体问题更加难以断言。

关于普劳图斯的这部剧本希腊原剧的演出时间也难以定考。剧中提到画家泽克西斯和阿佩勒斯。泽克西斯生活在公元前5—前4世纪，阿佩勒斯的生活时期在泽克西斯之后，约在公元前4世纪。希腊剧本的写作，或者是据以改编的其中一部希腊剧本的写作，显然应该在画家阿佩勒斯去世之后。不过由于阿佩勒斯的具体生活时期难以判断，从而也就无法对有关希腊剧本的写作时间作进一步的推论。

上面提到普劳图斯的这部剧本受到过改作。对他的这部剧本的第一次加工的时间也难以断定，有的人认为应该在公元前189年，有的人认为应该比此稍早一些，约在公元前195—前192年。

在有关普劳图斯的这部剧本的诸多疑难中，唯一可作较为肯定的推测的是普劳图斯的这部剧本不是演出于第二次布匿战争期间，而是在那次战争之后（战争结束于公元前201年）。第二次布匿战争期间，迦太基军队统帅汉尼拔统率大军，出人意外地从北坡翻越人迹罕至的阿尔卑斯山，直接突入意大利半岛北部，然后沿着亚平宁山脉东侧绕过罗马，继续向南推进，使罗马军队屡遭失败，给意大利居民造成巨大的灾难。由此很难想象剧作家会在这期间冒失地把一个迦太基人作为自己剧本的主要人物，而且尽管这个人物看起来有点滑稽可笑，但是总的说来还是能让人产生一定的好感。第二次布匿战争之后，情况则有所不同。迦太基已经不再对罗马构成威胁，而是被迫处于对罗马的屈服地位。只有在这种情况下，特别是在罗马战胜汉尼拔，排除了迦太基人对罗马的直接威胁之后，在罗马人把自己的主要注意力转向东方的马其顿的腓力和西亚的叙利亚国王安提奥科斯的情况下，以迦太基人为主要角色的戏剧才可能在罗马舞台上出现。

在公元前4世纪时，迦太基人没有直接侵犯雅典人的利益，因此在希腊原剧里不可能有对迦太基人的任何憎恶感。在当时的希腊戏剧里，迦太基人通常是作为有趣的、令人好奇的外邦人的形象出现，从而有可能包含一定的善意嘲笑。这一点可以在上引米南德的《迦太基人》片段中看出来，这种特点在普劳图斯的剧本里也可以感觉出来，它们可能正是直接继承于希腊原剧。

普劳图斯在剧本里赋予了这个人物一个令人觉得可笑的小名"布努卢斯"（Poenulus，即"小布匿人"）。剧本"开场词"里隐约指出了这个人物的性格特征：狡猾而诡诈，并且强调称他是一个"真正的布匿人"。上述这些也正是罗马人对善于经商的布匿人的普遍基本看法。有趣的是这样一个普通布匿人取的却是一个非常洪亮的名字"哈农"，令人耳熟。布匿战争期间，迦太基著名军事统帅就叫这个名字。

剧中还并无恶意地描写了另一个按出身也是布匿人的人物，这就是青年阿戈拉斯托克勒斯。阿戈拉斯托克勒斯的性格显得模糊。与其相反，他的奴隶弥尔菲奥的形象却比他鲜明得多，具有当时喜剧中的机智奴隶的基本特征。剧中迦太基人哈农知道拉丁语，但他在听到奴隶弥尔菲奥自称知道迦太基语后，故意用迦太基语与他们交谈。弥尔菲奥自以为哈农不知道拉丁语，因而故意在主人目前装腔作势地瞎蒙，哈农听得清楚，看在眼里。弥尔菲奥的相关表演带有幽默味道，同时也很好地表现了他的机敏特点。这个奴隶和军人安塔摩尼得斯的形象无疑很能满足欣赏趣味不高的罗马普通民众的要求。剧中对哈农的刻画带有一定的嘲笑味道，甚至就连弥尔菲奥和愚蠢的军人安塔摩尼得斯这样两个人也自以为高明，嘲笑迦太基人的衣着和外表。不过应该强调指出的是这些嘲笑是玩笑性质的，总的说来哈农仍然是一个正面的、能够引起人们同情的人物形象，可以对应于阿提卡喜剧中失去孩子的父母或亲属的形象，他们在经过许多波折以后终于找到自己的孩子，并且非常动人地与亲生孩子相认。

普劳图斯的这部剧本在结构方面显得不够严谨，表明作者在把两部剧本揉合成一部剧本时的构思欠周密，从而显得比较粗糙，表现出许多不足，有时甚至让人感觉到有些紊乱。正是由于这个原因，有的研究者为了确立情节的一贯性，甚至试图调整剧本的结构，把剧本的第四幕放到第二幕前面。青年阿戈拉斯托克勒斯和奴隶弥尔菲奥两个人离开舞台之后，只有妓馆老板留在台上，听取军人提出让他还钱的要求。其实在这之前妓馆老板已经同意归还从军人那里得到的钱。由此一些文本考订者认为，需要去掉第五幕的第六场这样的划分，可以从保持诗歌格律和音乐的完整性角度把它作为下一场的开始，试图通过删除第1355—1397行而把这两场合而为一。

与普劳图斯的其他剧本相比，这部剧本提供的表演材料和动作不多。剧中的对话差不多无需太多行动。剧本的音乐抒情部分也不多。剧中人物对白很多，整个剧本节奏很慢。剧本中涉及社会不公和贫富矛盾，阿戈拉斯托克勒斯与受他邀请作为见证人的那些穷人之间的对白涉及不少这方面的问题，但是没有作深入的揭示，篇幅却有失比例地拖拉得很长，没有促进剧情的发展，有点类似希腊旧喜剧中的"插曲"。

剧本在人物形象的刻画方面表现出许多矛盾性，特别是在对两个少女的形象的刻画中。剧作家让阿戈拉斯托克勒斯不断强调她们的关系的纯洁，赞赏女子说话的谦虚和智慧。女子出身于高尚的家庭，只是暂时落入妓门而并未形成恶习。在这种情况下，让她说出希望阿戈拉斯托克勒斯的钱落入她们之手这样的话是完全不合适的。剧中还有一些地方与她们的高尚天性也不相称，例如她们叹息落入她们圈套的倾慕者太少，而且还瞧不起肮脏的奴隶情人，由此引出她们对弥尔菲奥的蔑视。这些特点对于体现在剧本其后部分中阿得尔法西乌姆的性格特征也是不相称的。此外，阿得尔法西乌姆渴望能在阿佛罗狄忒节上展露自己，其实不得已处于妓馆老板权力之下的女子恰恰应该回避这种妓女们好去的地方。出现这种矛盾可能是由于在普劳图斯用来加工的两部剧本中，有一部里的女子是谦虚谨慎的，在另一部里则是另一个样子，乐意出卖自己的风情，不知道高尚的道德准则，剧作者在对两部剧本进行揉合时只是做了表面性处理，留下了对人物的不同性格刻画的痕迹，从而使综合性的人物形象陷入矛盾之中。

对军人安塔摩尼得斯的刻画也有与通常不一样的地方。此人起初大吹大擂自己的辉煌军功，使这一形象与普劳图斯的喜剧中其他以吹牛夸口为基本性格特征的军人相类似，例如最富有代表性的是《吹牛的军人》中的皮尔戈波利尼克斯。不过当安塔摩尼得斯抱怨妓馆老板没有招待他用早餐，未准备食物就把他一个人留下来时，这种抱怨不像是出自通常的吹牛的军人之口，而是类似于常可听到的贪婪的门客发出的牢骚。门客是一种依附于富人的寄生性人群，不只是在罗马，在希腊也早已有之。这种不协调是源自希腊原剧，还是普劳图斯改编时造成的，或者这段诗原本并不见于普劳图斯的剧本，这些都令研究者难以确评。这一角色身上出现的另一个矛盾更为让人感到难以解释。起初这个军人见到哈农时非常傲慢，与阿戈拉斯托克勒斯见面时也一样。这是这类军人的固有特点，但是后来只是由于安特拉斯提利斯指出他的这种表现不合适，他便改变了态度，立即在他们之间出现了非常友好的气氛。应该说，这样的突变缺乏根据。由此一些研究者认为，这是由于普劳图斯给这一形象的希腊原有性格增加了负面成分，在希腊原剧里他并不具有这种吹牛夸口的特征，那会妨碍他博得安特拉斯提利斯的爱情，并且在剧本最后嫁给他。这样的结尾同样与传统格式不相符，通常这类形象是在爱情方面得不到任何成就，甚至是在受辱的情况下离开舞台。不过也可以作另一种假设，即剧作者企图打破俗套，创造一个听话的军人的形象，俯首听从他所追求的女性的责备，只是显得实际刻画太简单粗糙而不成功。

剧中主要人物之一妓馆老板吕库斯的形象基本保持了传统特征。这一人物在剧本末尾就像在普劳图斯的不少其他剧本中的同类人物那样，是人们普遍诅咒的对象。在这部剧本里，吕库斯陷入奴隶预设的圈套后，他试图没有官方干预地平息事态，同意退钱，年轻人如同执法者那样要求让他处于看守之下，他也表示同意。

总的说来，这部剧本在结构和人物形象刻画方面存在一些明显的不足或矛盾，令人费解，不过剧中有许多场面的构思仍然不失机敏、巧妙和有趣。

剧情梗概

有一个七岁的男孩从迦太基被掳走。
一老人憎恶女性,买下那男孩承嗣,
做自己的继承人。他兄弟的两个女儿
连同保姆一起被掠;吕库斯把她们买下,
刁难恋人。青年让田庄主管带着金子
去诱惑老板,让老板蒙上偷窃的恶名。
布匿人哈农到来,找到他兄弟的儿子,
同时认出了自己早先失散的两个女儿。

人　物

阿戈拉斯托克勒斯　青年
弥尔菲奥　阿戈拉斯托克勒斯的奴隶
阿得尔法西乌姆　少女
安特拉斯提利斯　少女
吕库斯　妓馆老板
安塔摩尼得斯　军人
见证人　多人
科吕比斯库斯　田庄总管
叙克拉斯图斯　妓馆老板的奴隶
哈农　布匿人
吉得尼斯　奶妈
男孩　童奴

地　点

希腊，卡吕冬①。舞台上有两座房屋，位于街道两侧，分别为阿戈拉斯托克勒斯和吕库斯的居处。

时　间

白天。

---

① 卡吕冬是希腊中部埃托利亚城市。

开场词

我想首先提及阿里斯塔尔科斯的悲剧
《阿基琉斯》，从这部悲剧开始说起。①
"请你们安静，不要说话，认真看戏，
演员的最高统帅这样命令你们。"②
他要求你们都要心态平和地坐在板凳上。 5
不管你是吃饱了，还是饿着肚子前来：
谁吃饱了饭前来，那要远为聪明得多，
谁没有吃饭来，那就请他以剧本饱餐；
不过谁准备来这里吃饱，为我们而来，
那他饿着肚子坐在这里就更加是愚蠢。 10

（大声地）
传令官，请你站起来，让观众注意看戏。
我已经等待许多，若是你知道自己的责任，
那就放开你的嗓门，你正是专门为它而活着，
如果你不大声传令，饥饿就会让你变安静。
好吧，现在你请坐，你会获得双倍的报酬。 15

（对观众）
你们听从我的指令，会对你们有好处。
任何上了年纪的荡汉都不要坐在前排，
举树枝束的扈从们不得低声耳语，
演出司仪也不要在我们面前踱步，
不要再领坐，既然演员已经登台。 20

---
① 阿里斯塔尔科斯是公元前5世纪后期古希腊悲剧家，著名悲剧家欧里庇得斯的同时代人。他的这部悲剧曾经被古罗马戏剧家恩尼乌斯（较普劳图斯年轻一些的同时代人）翻译成拉丁文，失传。
② 第3—4行的引语为对阿里斯塔尔科斯的悲剧《阿基琉斯》的称引。

那些在家里已经长时间安静休息的人,
现在本应该安静地站着,要不就少睡点觉。
奴隶不该占据座位,要把座位让给自由人,
要不就为自己赎身。若是他们无力这样做,
那他们干脆回家去,这样可以躲避两种不幸: 25
不会在这里被树枝抽出伤痕或回家后挨皮鞭,
若是主人发现有事情未关照,正好返回来。
让保姆们留在家里照应那些不懂事的
黄毛孩子,而不是带着孩子也来看演出,
免得她们自己口渴没水喝,孩子们忍饥挨饿, 30
饿得大声哭喊,有如咩咩呼叫的小山羊。
愿女士们要默默地观看,默默地莞尔,
要尽可能控制自己那鸣金般的纵声大笑,
把那些讲故事式的谈话一起带回家,
那样的谈话在这里或在家都会令丈夫厌恶。 36

现在说几句涉及演出组织者的话:
不要对任何演员作不公正的奖赏,
不要出于偏袒而把任何演员赶下台,
以免使表演低劣者被置于优秀者之上。
对了,还有一点提示差一点被遗忘: 40
随行侍从们,乘演出进行时,不妨去
把小酒馆抢劫一番;现在正是好机会;
赶快行动吧,趁现在甜馅饼正热乎。

我以下的指示是关于演出指导,
愿每个人都能记住对他的良好祝愿。 45

现在该回过头来轮到说说剧本情节,
以便让你们知道得像我一样清楚。
现在我就划定事件发生的地域和

与其毗邻的地区：我被任命为划分员。①
若是你们不感到厌烦，我现在就向你们说明　　　　　50
剧本标题：不过即使你们厌烦，我仍然会说，
只要有权作出这样决定的人让我说。

这部喜剧的标题是《迦太基人》，②
普劳图斯按拉丁文称为"喜欢喝粥的人"。③
你们已经知道剧本标题。现在请听我
作其他的说明，首先说明情节供评议：
让舞台的前台作为展示情节的区域，
你们是公正的评判人，就请你们评鉴。

有两个迦太基人，他们是堂兄弟，
出身非常高贵，家境也非常富有；　　　　　　　　60
其中一个还活着，另一个已经故去。
关于这一点我有充分的信心说话，
因为是殡葬他的人亲自告诉我。
不过亡故了的老父本人有一个儿子，
本是在孩子七岁时被人从迦太基　　　　　　　　　65
由一个富有的父亲那里窃走，
就在他的父亲去世之前六年。

老人得知丢失了独生儿子，
他自己便由于忧郁而成疾：
他让堂兄弟，神明凭证，作为继承人，　　　　　　70
他自己未带路资地离开去了阿克戎。④

---

① 以国家官员在移民地划分土地为喻。
② 《迦太基人》（Carchedonnius）这一标题应是希腊原剧标题。迦太基人源于腓尼基人对北非的移民，主要居住在今突尼斯境内，希腊人称其为"迦太基人"。有的考订者认为这里原文残缺 graece（意为"按希腊文"），与下行中的 latine（意为"按拉丁文"）相对应。
③ "喜欢喝粥的人"的拉丁文是 Pultiphgonides。据说迦太基人喜欢喝小米粥。
④ "去了阿克戎"指去了冥间，喻故去。

而那个窃得男孩的人把孩子带来卡吕冬，
卖给了居住在这里的一个富有的老人，
此人非常喜欢孩子，但是痛恨妇女。
这位老人无意中向旅行人买了男孩，　　　　　　　　75
把买来的孩子过继为自己的儿子，
在他故去那一天让他做了继承人，
这个年轻人现在就住在
（指布景屋）
　　　　　　　这里的那座屋里。

我现在就重新返回到迦太基：
要是你们有什么委托或关照，　　　　　　　　　　80
如果有人不给钱，那是在瞎闹；
如果人给钱，那更是在瞎胡闹。

年轻人的叔叔，那个活着的老人，
有两个女儿，是迦太基女子，
其中一个五岁，另一个四岁时，　　　　　　　　　85
与来自马伽拉①的奶妈一起失踪。
抢劫者把她们带到阿纳克托里乌姆②，
一起卖掉，包括奶妈和两个女孩，
买她们的那个人（若妓馆老板也是人，
大地养育的最为无耻的败类）付的现款。　　　　　90
现在你们自己可以作进一步的推测，
这是怎样一个人，他的名字叫吕科斯③。
他来自阿纳克托里乌姆，居住在那里，
迁移来这里卡吕冬时间还不太久，
为了从事这种行业。

---

① 马伽拉是迦太基近郊乡镇。
② 阿纳克托里乌姆是希腊西部海滨城市。
③ "吕科斯"的原文是Lycus，古希腊文本意为"狼"。

（指舞台上另一处住屋）
　　　　　　　　　　他就住在那座屋里。　　　　　　　　　　95
这里有一个青年狂热地爱上了其中的一个女子，
不知道对方是自己的近亲，也不知道女子是何许人，
他也从没有碰过她，老板就这样折磨他：
他对她甚至没有任何失检的行为，
他没有领走她，老板也不想放走她。　　　　　　　100
他知道自己爱她，希望能够得到她。
有个军人想买那个年轻一点的女子
给自己做姘头，那军人非常迷恋她。

她们的父亲布匿人①在丢失她们后，
在海上，在陆地，到处寻找她们。　　　　　　　　105
他一来到这座城市，便立即寻找，
对居住在城里的伴妓一个个地询问；
给她们钱，领着度夜，然后仔细打听
从哪里来，怎样落入妓门，是俘虏还是被劫？
出身于什么家庭，父母亲是什么人。　　　　　　　110
他就这样机敏而巧妙地寻找自己的女儿。
他知道所有的语言，但故意装作不知道：
一个真正的布匿人。还需要说什么？

他昨天晚上乘船来到这里的港口，
她们的父亲，同时也是这个青年的叔父：　　　　　115
你们明白了？如果明白了，那就继续听；
请不要打断，继续安静地观看演出。
哎呀，关于其余的我差点忘了对你们说。
先前过继年轻人的那个老年人，
对于年轻人的布匿人父亲也是客友。　　　　　　　120

---

① "布匿人"（Poenus）是罗马人对迦太基人的称呼。

布匿人今天来到这里，将会在此地找到女儿，
还会找到自己兄弟的儿子，正如我所知。

我现在进去换装，请你们平静地观看演出。
一会儿就会到来的的那个人会找到自己的女儿，
还会找到兄弟的儿子，祝你们健康， 125
请你们用心观看。我还会回来，将会是另一个角色，
至于其他的情节，将会有其他人当众表演。
再见吧，请帮助我们，愿拯救之神保佑你们。
［下。

第一幕

第一场

[阿戈拉斯托克勒斯上,弥尔菲奥同上。

阿戈拉斯托克勒斯

（情绪激动地）

我经常委托你办过许多事情,弥尔菲奥,

往往是些充满疑难、难以期望、需要谋划的事情,　　　　130

而你总是能智慧地、博学地、通情达理地、

考虑周全地、非常出色把它们为我办成功。

你很好地办成了各项事情,我欠你的情,

我要释放你,对你表示巨大的感激。

弥尔菲奥

（平静地）

古老的谚语永远适用,只要机遇合适。　　　　135

事实上你经常像刚才这样地奉承我,

它们都是货真价实的废话,动听的空话。①

你现在对我大加奉承;昨天却用皮鞭

在我背上轻轻地擦掉了三层牛皮。

阿戈拉斯托克勒斯

要是我由于喜欢你而喜欢地对你干了什么,　　　　140

---

① "动听的空话"原文是古希腊文,表明当时希腊语在罗马的流行。

弥尔菲奥，你应该宽恕我的行为。
弥尔菲奥
　　　　　　　　　　我看是这样。
好吧，现在我要命地喜欢你。请让我也抽你，
就像你对我做的那样，尽管我没有任何过错：
在这之后，我再请求你宽恕非常喜欢你的我。
阿戈拉斯托克勒斯
如果你喜欢这样做，有这样的愿望，我同意： 145
你把我吊起来，捆住，鞭打，是我要求，请吧。
弥尔菲奥
要是你在事后回避自己作过的承诺，
待我一把你松缚，我便会被吊起来。
阿戈拉斯托克勒斯
难道我会胆敢这样做，特别是对你？
我看见你被鞭打，肯定会感到痛心。 150
弥尔菲奥
海格力斯作证，我当然会。
阿戈拉斯托克勒斯
　　　　　　　不，是我。
弥尔菲奥
　　　　　　　　　非常希望能这样。
不过现在你要我干什么？
阿戈拉斯托克勒斯
　　　　　　　　我为何要在你面前说谎？
我无可抑制地恋爱了。
弥尔菲奥
　　　　　　　我的肩胛骨清楚地感觉到了。
阿戈拉斯托克勒斯
可我说的是我爱上了邻居女子阿得尔法西乌姆，
就是这个邻居妓馆老板的年龄长一点的那伴妓。 155
弥尔菲奥

我早就听见你这样说过。

阿戈拉斯托克勒斯

现在对她强烈的爱在折磨我。不过没有什么污秽比妓馆老板吕库斯,就是她的那个主人,还要更污秽。

弥尔菲奥

你想不想现在使点儿坏主意?

阿戈拉斯托克勒斯

当然想。

弥尔菲奥

那你让我去办。

阿戈拉斯托克勒斯

你去受刑吧。

弥尔菲奥

你认真地对我说真话:你想不想让他遭殃? 160

阿戈拉斯托克勒斯

我很想。

弥尔菲奥

好,你就让我去。我要让他既遭受屈辱,又要让他倒大霉。

阿戈拉斯托克勒斯

你在开玩笑。

弥尔菲奥

你想不想你自己今天不遭受损失,却让她成为你的获释女子?

阿戈拉斯托克勒斯

当然想,弥尔菲奥。

弥尔菲奥

我会像你希望的那样去做。现在你家里 165
有三百块腓力金币吗?

阿戈拉斯托克勒斯

甚至都有六百块。

弥尔菲奥

三百块就足够。

阿戈拉斯托克勒斯

你想拿它们去干什么？

弥尔菲奥

你别问。
我今天要把妓馆老板和他所有的家人
作为礼物交给你。

阿戈拉斯托克勒斯

你究竟对他怎么办？

弥尔菲奥

我这就告诉你。
你的田庄总管科吕比斯库斯现在就在城里。　　　170
妓馆老板一向不认识他。你现在明白了吗？

阿戈拉斯托克勒斯

海格力斯作证，我明白，不知你要怎么办。

弥尔菲奥

你真不知道？

阿戈拉斯托克勒斯

天哪，是不知道。

弥尔菲奥

我这就让你知道。
我们把金币交给他，让他拿着去找老板，
就说自己刚来这里，是来自另一座城市，　　　175
他想让自己享受爱情，要随自己的意愿；
希望能给他提供一处可自由自在的地方，
那里无须作隐蔽，不会有任何人作见证。
贪婪的妓馆老板会立即接受见到的金子，
把人和金子都隐蔽起来。

阿戈拉斯托克勒斯

      不愧为出色的主意。   180

弥尔菲奥

  你询问他,你的奴隶有没有去他那里。
  他会以为询问的是我:他会立即回答,
  说我没有去。这时你还会有什么疑惑,
  老板是双重小偷:偷了你的金子和奴隶?
  他没有什么可以偿付:把他告上法庭,   185
  裁判官会把他所有的家人全都判给你。
  我们会就这样把妓馆老板拖进陷阱里。

阿戈拉斯托克勒斯

  这真是个好主意。

弥尔菲奥

      不,待我进行加工以后,
  你更加会承认:现在它还只是粗略框架。

阿戈拉斯托克勒斯

  如果你觉得可行,弥尔菲奥,我现在去维纳斯庙, 190
  因为今天是阿佛罗狄忒节。

弥尔菲奥

      我知道。

阿戈拉斯托克勒斯

        我想去那里
  观赏伴妓们的服饰,让自己的双眼获得愉悦。

弥尔菲奥

  让我们首先还是着手进行构思的计谋。
  你现在进屋去,向田庄总管科吕比斯库斯
  把这件事细细说清楚,让他明白计谋。   195

阿戈拉斯托克勒斯

  尽管库皮得在我的心里兴风作浪,
  不过我还是愿意听从你的安排。
  [进屋,下。

弥尔菲奥

（大声地）

我会让你感到高兴。

（自语）

这个人的心灵里已经留下了爱情的污点，
不遭受巨大的损失那污点不可能被除去。
这样的污浊就是这位妓馆老板吕库斯，
填满不幸的弩炮已经为他安排就绪，①
过不了多久我便会从弩炮里给他送去不幸。

（听见吕库斯的屋门响）

我看见阿得尔法西乌姆出屋来，还有安特拉斯提利斯。

（对观众）

阿得尔法西乌姆年长，就是她使得我家主人神魂颠倒。
我现在叫主人出来。

（大声地）

喂，阿戈拉斯托克勒斯，你出来， 205
如果你想看到最令人愉悦的娱乐。

［阿戈拉斯托克勒斯由屋内重上。

阿戈拉斯托克勒斯

弥尔菲奥，你大声叫嚷什么？

弥尔菲奥

啊呀，你的爱情，
若是你希望观赏。

阿戈拉斯托克勒斯

啊，愿众神明赐给你无数好处，
因为你给我送来了如此美妙的戏剧景观。

（阿戈拉斯托克勒斯和弥尔菲奥退到门边）

---

① 弩炮是古罗马军队的主要攻城武器。

第二场

[阿得尔法西乌姆和安特拉斯提利斯上，
一女奴提着她们的梳妆品随后。

阿得尔法西乌姆

如果有人想知道怎样才算是忙碌不堪，　　　　　　　　210
那他应该准备两件东西：海船和妇女。
没有任何东西比这两样需要更多的关注，
只要你一开始为这两件东西打扮装载，
[这两样东西永远不可能打扮装载完。]
他们总会让人觉得没有打扮好，装载够。　　　　　　215
我刚才说的这些完全是我亲身积得的体验。
因为我们俩自今天朝霞初现直到现在，
[自朝霞出现之后一直没有停息，]
两个人全力以赴，从未作过任何休息，
或是沐浴、擦抹，或是按摩、打扮，　　　　　　　　220
或是梳妆、修饰，或是涂抹、描绘；
还安排了两个侍奴分别侍候我们俩，
她们给我们沐浴，为我们洗涤，忙碌不迭，
她们负责把水送来，两个人都耗尽了力气。
你们看，侍候一个女子就得这么样忙碌。　　　　　　225
我完全相信，要是有两个女人，必须有
一个庞大的国家的人力才勉强足以应付，
为她们不管是白天还是黑夜，一辈子地
总是忙于梳妆、沐浴、保持整洁。
总之一句，对于妇女不存在任何尺度：　　　　　　　330
我们从不知道她们沐浴、擦抹也有终结。
[妇女沐浴而不充分地打扮，我看犹如未沐浴。]

安特拉斯提利斯

姐姐啊，你刚才说的这些真让我感到惊异，
你是那样的聪慧，那样的博学，那样的悦人。

可是不管我们如何努力地使自己保持整洁，　　　　　　　　　235
却仍然很难找到一个倾慕我们的人。

阿得尔法西乌姆

事情确实如你所说。不过有一点请你考虑，
妹妹，任何事物都有度，最好的度在于行为举止。
任何过度都会给自己带来过分的忧烦。

安特拉斯提利斯

姐姐啊，亲爱的，请你想想我们的处境，　　　　　　　240
我看我们就如同泡在盐里的腌制食物；
[毫无任何动人之处，毫无任何美味可言，]
如果不用很多水长时间地好好浸泡，
总会散发气味，咸不可食，让人规避。
我们也是这样，[妇女们也完全一样。]　　　　　　　245
没有任何情趣，毫无妩媚动人之处，
若不梳妆整齐，若不作许多耗费。

弥尔菲奥

（旁白，对阿戈拉斯托克勒斯）
阿戈拉斯托克勒斯，我看她是一个厨娘，
既然她会把咸食物泡软。

阿戈拉斯托克勒斯

（注视阿得尔法西乌姆）
你怎么这样让人心烦？

阿得尔法西乌姆

亲爱的妹妹，你饶了我吧，别人那样议论我们，　　　250
已经足够，我们不要再对自己的不足喋喋不休。

安特拉斯提利斯

（继续梳妆打扮）
好，我不说了。

阿得尔法西乌姆

我真喜欢你。请你告诉我，我们把
所有祭祀神明的东西都已经备齐？

安特拉斯提利斯

　　　　　　　　　　全都备齐。

阿戈拉斯托克勒斯

　　（旁白，欢乐地）

　　今天真是美好、光辉、美妙的一天，神明啊，　　　　255

　　确实无愧于维纳斯的节日——阿佛罗狄忒节！

弥尔菲奥

　　（旁白，对阿戈拉斯托克勒斯）

　　是我把你叫出屋来这里，你该不该感谢我？

　　你完全应该奖赏我，

　　该不该赏我一大罐陈酒？你就说给。你什么都不说？

　　（对观众）

　　依我看，他的舌头准是被割掉了。　　　　260

　　（对阿戈拉斯托克勒斯）

　　你这么站着，真见鬼，你麻木了？

阿戈拉斯托克勒斯

　　（继续失神地）

　　　　　　　你让我爱，别吵嚷，住嘴！

弥尔菲奥

　　好，我住嘴。

阿戈拉斯托克勒斯

　　　　　　要是你真住嘴了，就不会听到"我住嘴"。

安特拉斯提利斯

　　亲爱的姐姐，我们走吧。

　　（若离开）

阿得尔法西乌姆

　　　　　　亲爱的，你现在着急去哪里？

安特拉斯提利斯

　　　　　　　　　　　　你还问？

　　因为主人嘱咐在维纳斯庙旁等我们。

阿得尔法西乌姆

　　　　　　　　　　　　　　那就让他等吧。
（见安特拉斯提利斯继续若离开）
　　　　　　　　　　　　　　　　　　你站住。　　　　　265
现在祭坛旁人群拥挤。难道你想挤进她们中间？
那是些娼妓，磨坊工的女伴，小麦剩余的残渣，
沾满灯芯草灰烬而肮脏不堪的可怜小侍奴，
她们浑身给你散发着恶臭，真正的坐垫，
任何自由人都不会碰她们，把她们带回家，
肮脏的小奴们的姘头，只值两个小银币。　　　　270

弥尔菲奥

（旁白，气愤地）
可恶的东西，去上十字架吧，你甚至竟敢蔑视奴隶？
无耻的东西，好像自己怎么好，经常被国王们带走，
一个女妖怪，一文不值，居然说出这样恶毒的话语，
用一杯酒去换这种烟灰的七个夜晚我都绝不会去干！

阿戈拉斯托克勒斯

（旁白）
永生全能的神明啊，你们还有什么比这更美好？　　　275
你们还拥有什么东西使我相信你们比我更永生？
当我看见如此美妙的奇迹。维纳斯都不配称为维纳斯；
我将把她尊为维纳斯，愿她慈悲，从今以后喜欢我。
弥尔菲奥，喂，你在哪里？

弥尔菲奥

（不快地）
　　　　　　　　瞧，我就在你跟前。

阿戈拉斯托克勒斯

　　　　　　　我却以为你已经被煮烂。①

弥尔菲奥
　　啊呀，主人，你真会开玩笑。

阿戈拉斯托克勒斯
　　　　　　　我这些都是向你学得。　　　　　　　280

弥尔菲奥
　　甚至包括让你爱她，却从未碰过她？

阿戈拉斯托克勒斯
　　　　　　　　　　是从未碰过她：
　　我也爱神明们，虔敬他们，但从未伸手碰过他们。

安特拉斯提利斯
　　啊，请神明作证，我都不愿看我们俩的这身打扮，
　　看我们穿着些什么衣服。

阿得尔法西乌姆
　　　　　　　不，实际上它们非常合适。
　　按照主人和我们的收入，我们这样穿着已经很好，　　　285
　　据我所知，世上不可能有任何不随之花费的收入，
　　妹妹啊，如果支出超过收入，收入便会难以支撑。
　　生活应该是以足够为满足，而不要以超过为满足。

阿戈拉斯托克勒斯
　　（旁白，对弥尔菲奥）
　　弥尔菲奥啊，但愿神明们不是爱我地赐福于我，
　　而是让这个女人甚至能让坚硬的花岗岩也爱她。　　　290

---

① 阿戈拉斯托克勒斯和奴隶的这段对话包含一个非常有趣的词语误会。奴隶弥尔菲奥回答阿戈拉斯托克勒斯的询问"我就在你跟前"的拉丁原文是Assum apud te。阿戈拉斯托克勒斯听了弥尔菲奥的回答后误解了答语中assum的含义。奴隶答语中的assum（"在你跟前"）本是动词adesse的现在时单数第一人称，但当时阿戈拉斯托克勒斯看见自己的情人出屋来，很高兴，以为弥尔菲奥在嘲讽他陷入了情火，把assum理解为动词arere（烤干）的过去时被动分词assus（被烤干）的宾格形式，修饰作为介词apud（"在……旁边"）的补语的te（"你"，宾格），正常的散词序为apud te assum，意为"在被烤干的你跟前"，从而反唇相讥，说出了"我却希望你已经被煮烂"的答话。如果不知道这些语意关系，便会觉得所答非所问，然而当时的罗马观众很容易领会其中的语意奥妙，因而很好笑。

弥尔菲奥

  波卢克斯作证,你没有说错,因为你爱上她后,
  现在变得比花岗岩还顽硬。

阿戈拉斯托克勒斯

       可你要知道,我从没有粘着她的头。

弥尔菲奥

  那我现在赶快去哪个渔塘或湖泊,弄点儿污泥来。

阿戈拉斯托克勒斯

  你弄污泥来干什么?

弥尔菲奥

     我告诉你:我好给她和你糊脑袋。

阿戈拉斯托克勒斯

  滚你的吧!

弥尔菲奥

    我这就走。

阿戈拉斯托克勒斯

     你见鬼去吧。

弥尔菲奥

     我不说了。

阿戈拉斯托克勒斯

      我却要你继续说。   295

弥尔菲奥

  主人,你在用我的玩笑回击我,从中感到快慰。

安特拉斯提利斯

  姐姐,我相信你现在觉得自己梳妆得很不错,
  不过当你与其他女子作比较时,你心里又会
  觉得难受,要是你看见她梳妆得更美丽动人。

阿得尔法西乌姆

  我的妹妹,我从来就不知道何为羡慕和忌恨。 300
  我更愿意以良好的习性而不是黄金装饰自己:
  黄金靠幸运得到,良好的习性则由天资养成。

我希望自己被称为［高尚之人，而不是幸运之人。］
伴妓更应该以贞操，而不是艳丽装饰自己。
［伴妓更应该以贞操，而不是黄金装饰自己。］   305
美丽的服饰比污秽更能把丑恶的习性弄脏，
良好的习性甚至能很容易修正鄙陋的装饰。

阿戈拉斯托克勒斯

（旁白。对弥尔菲奥）

喂，你想不想干一件愉快而有趣的事情？

弥尔菲奥

当然想。

阿戈拉斯托克勒斯

你能听我吩咐吗？

弥尔菲奥

当然能。

阿戈拉斯托克勒斯

你回屋去，在那里把自己吊起来。

弥尔菲奥

为什么要这样做？

阿戈拉斯托克勒斯

因为你再也不可能听到这么多如此悦人的谈话。   310
你为什么还要继续活着？你就听我的，把自己吊起来。

弥尔菲奥

要是你能同我一起串成一串地吊起来。

阿戈拉斯托克勒斯

可是我爱她。

弥尔菲奥

可是我想吃饭喝酒。

阿得尔法西乌姆

喂，你说什么？

安特拉斯提利斯

你询问什么？

阿得尔法西乌姆

  你看？刚才我的眼睛沾满污垢，现在却显光泽？

安特拉斯提利斯

  不，在眼睛中间还有一点点污垢。

阿得尔法西乌姆

       你把右手伸给我。   315

阿戈拉斯托克勒斯

  （旁白，见少女伸过手去）

  你怎么能用没有洗净的手抚摸擦抹眼睛？

安特拉斯提利斯

  我们今天太漫不经心了。

阿得尔法西乌姆

    你指什么事情？

安特拉斯提利斯

  因为我们没有早在天亮之前便去维纳斯庙。
  首先把火炬放到祭坛上。

阿得尔法西乌姆

       啊呀，没有那个必要。
  只有那些面容丑陋的妇女才在夜里前去献祭。 320
  她们总是尽可能在维纳斯醒过来之前去献祭，
  因为如果她们去到那里时维纳斯已经醒过来，
  请卡斯托尔作证，我相信像她们那样地肮脏，
  准会被维纳斯赶出神庙。

阿戈拉斯托克勒斯

  （旁白）
  弥尔菲奥！

弥尔菲奥

    天哪，不幸的弥尔菲奥！
  （对阿戈拉斯托克勒斯）
       你还有什么事？

阿戈拉斯托克勒斯

请海格力斯作证,她说出的话如蜂蜜。

弥尔菲奥

不,像薄饼, 325
像芝麻,像罂粟花,像小麦,甚至像烤坚果。

阿戈拉斯托克勒斯

我像是个恋爱之人吗?

弥尔菲奥

你在爱亏损,墨丘利最不喜欢它。①

阿戈拉斯托克勒斯

请波卢克斯作证,任何恋人都不应该爱赢利。

安特拉斯提利斯

亲爱的姐姐,我们走吧!

阿得尔法西乌姆

好吧,要是你想走。

安特拉斯提利斯

那你跟着。

阿得尔法西乌姆

我跟着。

弥尔菲奥

她们走了。

阿戈拉斯托克勒斯

我们要不要走过去?

弥尔菲奥

你走过去吧!

(阿戈拉斯托克勒斯走向阿得尔法西乌姆
和安特拉斯提利斯,弥尔菲奥缓步随后)

阿戈拉斯托克勒斯

(走近,对阿得尔法西乌姆)
首先向你致以问候,

---

① 墨丘利是古罗马神话传说中的商业之神。

（对安特拉斯提利斯）

第二个问候你，按照第二等的价钱；第三个问候　　　　330

（对侍奴）

便超出计算之外。

侍奴

　　　　　　　天哪，那我便白费了橄榄油和辛劳。

阿戈拉斯托克勒斯

（对阿得尔法西乌姆）

你要去哪里？

阿得尔法西乌姆

　　　　　我去哪里？去维纳斯庙。

阿戈拉斯托克勒斯

　　　　　　　　去干什么？

阿得尔法西乌姆

　　　　　　　　　　求维纳斯发慈悲。

阿戈拉斯托克勒斯

难道女神生气了？天哪，她很仁慈。我可以为她担保。

（尾随）

你说什么？

阿得尔法西乌姆

　　　　我请你不要这样让人讨厌，

阿戈拉斯托克勒斯

　　　　　　　　　啊呀，这样严厉。　　　　335

阿得尔法西乌姆

　　　　请你让我走。

阿戈拉斯托克勒斯

你怎么这么着急？现在那里人群拥挤。

阿得尔法西乌姆

　　　　　　　　　　我知道。

那里人群麇集，我想看她们，也想让人看我自己。

阿戈拉斯托克勒斯

你为何得去看混乱的人群,把自己的美容给人看?

阿得尔法西乌姆

因为今天在维纳斯神庙旁边有妇女市场:

许多买主都会去那里,我想去展示自己。 340

阿戈拉斯托克勒斯

只有不好的商品才需要前去直接向买主展示:

好的商品很容易找到买主,甚至即使被隐藏。

你怎么说?什么时候去我那里同我身首结合。

阿得尔法西乌姆

待奥尔库斯把故去的人们从阿克戎放出的那一天。①

阿戈拉斯托克勒斯

我家里积有无法胜计的疯狂地叮当作响的金币。 345

阿得尔法西乌姆

你把它们给我拿来,我会让它们立即疯狂地舞蹈。

弥尔菲奥

(嘲弄地)

天哪,太妙了!

阿戈拉斯托克勒斯

(对弥尔菲奥)

去你的吧,快去钉上十字架遭殃!

弥尔菲奥

(不满地)

我现在更加明白:癫狂和胡扯完全是一回事。

阿得尔法西乌姆

(对阿戈拉斯托克勒斯)

别再说了,令人厌烦。

阿戈拉斯托克勒斯

好吧,请你把外衣提起。

(若上前帮忙)

---

① 奥尔库斯是古罗马神话传说中的死神,阿克戎是古希腊神话中的冥河,常用来指冥界。

阿得尔法西乌姆

  我是纯洁女子,阿戈拉斯托克勒斯,请别碰我。 350

阿戈拉斯托克勒斯

  现在我该干什么?

阿得尔法西乌姆

    请你放聪明点儿,少这样关心我。

阿戈拉斯托克勒斯

  什么?我能不关心你吗?

(对弥尔菲奥)

    弥尔菲奥,你怎么说?

弥尔菲奥

(旁白)

      令我憎恶。

(大声地,对阿戈拉斯托克勒斯)

  你要我干什么?

阿戈拉斯托克勒斯

    她为什么对我生气?

弥尔菲奥

    她为什么对你生气?

  我为什么关心这个?是你,不是我更该关心它。

阿戈拉斯托克勒斯

  天哪,该死的家伙,如果你不让她对我变平静, 355

  就如同从前在翠鸟们正孵小鸟季节的大海那样。①

弥尔菲奥

  你要我干什么?

阿戈拉斯托克勒斯

    你向她请求,献媚,巴结。

弥尔菲奥

    好吧,我努力去做。

---

① 翠鸟是一种海鸟。古希腊人认为,秋天翠鸟的出现预示海上会风平浪静。

只是你当心，不要事后又对我这个请求者拳脚相加。
阿戈拉斯托克勒斯
我不会那样做。
阿得尔法西乌姆
（对阿戈拉斯托克勒斯）
你对我太不公平，拖延，让我继续受苦。
你一而再、再而三地作保证，全都消失得无踪无影。　　　360
你曾经不止一次地发誓要让我获得自由，是上百次！
我一直在期待着你，没有再为自己安排其他的出路，
然而你的保证却一直不见希望；我却仍然一直为奴。
（转身对安特拉斯提利斯）
妹妹，我们走。
（对阿戈拉斯托克勒斯）
你离开我。
阿戈拉斯托克勒斯
我完了，弥尔菲奥，快行动！
弥尔菲奥
（对阿得尔法西乌姆）
我的欲望，我的欢乐，我的生命，我的快乐，　　　365
我的小眼睛，我的小嘴唇，我的美人儿，我的希望，
我的蜜，我的心，我的爱，我的温柔，我的奶酪——
阿戈拉斯托克勒斯
（旁白）
他就这样哀求，让人难以忍受，折磨得我好苦，
除非用四马两轮战车迅速把他拉去交给刽子手！
弥尔菲奥
亲爱的，请不要生我的主人的气，也为了我。　　　370
我会让我的主人给你钱①，只要是你不再生气，
还会让你成为阿提卡市民，并且是自由市民。②

---

① "钱"的原文是 ninnium，不知具体所指，暂译为"钱"。
② 此处明显的戏剧错误。戏剧事件发生在希腊中部的卡吕冬，而不是发生在雅典。

你怎么不让接近你？人们希望你好，你怎么不也这样希望？
要是他以前曾经对你说过谎，那么从今以后他会对你忠实。
请允许我请求你，请允许我抓住你的小耳朵，允许我吻你。　　　　　375

阿得尔法西乌姆

（愤怒地）

你从这里滚开，同你的主人一样的骗子。

弥尔菲奥

　　　　　　　　　　　　你知道会怎样吗？
天哪，如果我不能使你息怒，我担心会对你轻声哭泣，
如果我不能使你息怒，主人就会在这里对我挥动鞭子，
我非常担心：因为我知道我的主人那执拗的坏习性。
因此你向我行行好吧，我的渴望啊，答应我的请求。　　　　　380

阿戈拉斯托克勒斯

（气愤地）

我会认为我只值三文钱，要是我不挖出这个无赖的
眼珠儿，打掉他的牙齿。

（上前推开弥尔菲奥）

　　　　　　　　　　　这就是你的欢乐，你的蜂蜜，
你的心肝儿，你的小嘴唇，你的希望，你的美人儿。

弥尔菲奥

（躲闪）

主人啊，你这是亵渎：你竟然用拳头揍请求人。

阿戈拉斯托克勒斯

　　　　　　　　　　　　我更得揍你：
甚至你的眼球、你的嘴唇、你的舌头。　　　　　385

弥尔菲奥

　　　　　　　　　　你真会这样做？

阿戈拉斯托克勒斯

难道我是要你这样请求？

弥尔菲奥

　　　　　　　　　我究竟该怎样请求？

阿戈拉斯托克勒斯

　　　　　　　　　　　　这还用问？
　　无赖,你本该这样说:"我请求你,你是他的欢乐,
　　他的蜜,他的心,他的嘴唇,他的舌头,他的吻。
　　你是他的娱乐,他的明媚的救星,他的欢欣。"
　　无赖,你应该说你是他的桃子,他的甜奶酪。　　　　　390
　　无赖,你应该说你是他的心,他的愿望和愉快。　　　390a
　　你说话时所有称是你的东西都应该说是我的。

弥尔菲奥

　　（对阿得尔法西乌姆）
　　喂,天哪,我请问你,他的欲望,我的憎恶,
　　他的胸部丰满的女友,我的敌人和恶意,
　　他的眼睛,我的眼眶炎,他的蜜,我的苦胆,
　　请你不要对他生气,或者如果不可能做到这一点,　　395
　　你就买根绳子把自己吊起来,连同主人和全家人。
　　我已经看出来了,我得由于你而可怜地度日,
　　我的后背会就这样有如牡蛎地布满了伤痂,
　　只是由于你的爱情。

阿得尔法西乌姆

　　　　　　　　亲爱的,你是不是想要求我
　　阻止他不再继续揍你,就像不要蒙骗我那样?　　　　400

安特拉斯提利斯

　　（旁白,对阿得尔法西乌姆）
　　姐姐,你就适当地回答他点什么,免得他
　　继续纠缠我们。他现在在耽误我们的事情。

阿得尔法西乌姆

　　是这样。
　　（对阿戈拉斯托克勒斯）
　　　　我甚至都愿意宽恕你的这次过失,我不生气,
　　阿戈拉斯托克勒斯。

阿戈拉斯托克勒斯

你不生气?

阿得尔法西乌姆
　　　　　　　　我不生气。

阿戈拉斯托克勒斯
　　　　　　　　那你给我吻,好让我相信。

阿得尔法西乌姆
　　在我敬献神明返回来时,我立即给你。

阿戈拉斯托克勒斯
　　　　　　　　　　那你赶快去吧!　　　　　405

阿得尔法西乌姆
　　(离开)
　　妹妹,你跟着我。

阿戈拉斯托克勒斯
　　(着急地)
　　　　　　你不想听我说一句?请你向维纳斯
　　转达我的衷心问候。

阿得尔法西乌姆
　　　　　　　　我会说。

阿戈拉斯托克勒斯
　　　　　　　　你再听我说。

阿得尔法西乌姆
　　　　　　　　　　什么事?

阿戈拉斯托克勒斯
　　请你祭神时语言简要。
　　(见阿得尔法西乌姆继续走去)
　　　　　　　你怎么不听我说话?你转过脸来。
　　(见阿得尔法西乌姆转过脸来)
　　她转过脸来了。
　　(见阿得尔法西乌姆微笑)
　　　　　　神明作证,我相信维纳斯也会对你这样。
　　[阿得尔法西乌姆和安特拉斯提利斯下,

侍奴随下。

第三场

阿戈拉斯托克勒斯
  弥尔菲奥，现在你能给我出什么主意？

弥尔菲奥
        你可以揍我，　　　　　　410
  把我进行拍卖。海格力斯作证，你现在
  可以完全不怕惩罚地出售你的这处房屋。

阿戈拉斯托克勒斯
  为什么？

弥尔菲奥
  你可以更多时间地居住在我的脸上。

阿戈拉斯托克勒斯
  不要再说这些话。

弥尔菲奥
    那现在你想干什么？

阿戈拉斯托克勒斯
  我早已经交给田庄总管科吕比斯库斯　　　415
  三百腓力金币，早在你叫我出来之前。
  现在我请求你，弥尔菲奥，以这只右手的名义，
  还有这只姐妹左手的名义，还有你这双眼睛的名义，
  以我的感情的名义，以阿得尔法西乌姆的名义，
  还要以你的自由的名义——

弥尔菲奥
  （轻蔑地）
     你现在什么都别请求。　　　　　420

阿戈拉斯托克勒斯
  亲爱的弥尔菲奥，我的拯救，我的希望，
  请你现在做你曾经向我允诺的事情，

让我毁了这个妓馆老板。

弥尔菲奥

这件事做起来非常容易。
你去吧，让证人同你一起过来，我现在进屋去。
给你的田庄总管穿上自己的衣服，认真地对他　　　　　425
进行调教，他如何进行蒙骗，你现在赶快离开。

阿戈拉斯托克勒斯

（高兴地）

好，我走开。

弥尔菲奥

现在主要是我的，而不是你的责任。

阿戈拉斯托克勒斯

要不我——我，如果你希望我——

弥尔菲奥

你赶快走开！

阿戈拉斯托克勒斯

不要让我今天把你——

弥尔菲奥

你快走！

阿戈拉斯托克勒斯

我们举手释放——

弥尔菲奥

你快走！

阿戈拉斯托克勒斯

海格力斯作证，我不该——

弥尔菲奥

啊呀——

阿戈拉斯托克勒斯

不过——

弥尔菲奥

快走！　　　　　430

阿戈拉斯托克勒斯

  不管有多少阿克戎的亡灵——

弥尔菲奥

     你怎么还不走？

阿戈拉斯托克勒斯

  也不管天空有多少云彩——

弥尔菲奥

     你怎么还不快走？

阿戈拉斯托克勒斯

  不管天空有多少星星——

弥尔菲奥

     还要对我的耳朵喋喋不休？

阿戈拉斯托克勒斯

  不管是这样或那样，不管——我认真地说——   435
  不——请海格力斯作证——应该说什么？为什么不？
  总之一句——这里随便说什么都可以，
  不，海格力斯作证，我严肃地说，你怎么知道？
  愿神明毁灭我——你想不想我凭良心说？
  我们在这里可以在这里——请尤皮特保佑我——   440
  你知道吗？好像——你相信我说的话吗？

弥尔菲奥

  要是我不能让你从这里离开，那我就自己离开，
  请神明作证，对你刚才说的话需要请奥狄浦斯
  来作解释，他曾经猜出了狮身人面怪兽的谜语。①
  [下。

阿戈拉斯托克勒斯

  他怒气冲冲地从这里走了。现在我真担心，   445
  不要由于我自己的过错而耽误了我的爱情。

---

① 奥狄浦斯是古希腊神话中的忒拜英雄，曾猜出狮身人面怪兽的怪谜。他受命运的支配，由此酿成杀父娶母的悲剧。

我现在就亲自去邀请证明人，既然阿摩尔
这样吩咐，要我这个自由人听从自己的奴隶。
[下。

第二幕

[吕库斯上。

吕库斯

（狂怒地）

愿全体神明让他遭殃，只要从今以后，
还有哪个老板胆敢给维纳斯敬献祭品，　　　　　　　　450
哪怕他只是献上这么一小小颗粒乳香。
天哪，我今天用六只羊羔向我们的神明献祭，
他们对我怒不可遏，甚至我都未能
感动维纳斯，让她对我宽大为怀。
我没有求得宽赦，于是立即离开了那里，　　　　　　455
我非常生气，甚至都没有允许切下祭牲的内脏；
[我不愿把它们敬献神明，因为祭司　　　　　　　　457a
没有说吉利的话：我认为女神不应该领祭。]　　　　457b
我就这样很好地蒙骗了贪婪的维纳斯。
我不想像通常那样让她感到应有的满足。
我停住了，我应该怎么做就怎么做。　　　　　　　　460
我要让其他神明从此以后受点约束，
不再那样贪婪，在知道维纳斯受到嘲弄之后。
祭司也一样，一个不值三文钱的家伙，
他根据祭牲内脏对我说出的预言
尽是不幸和损失，什么神明都对我生气，　　　　　　465
无论是神事或人事，应该相信他什么？

在这之后有人馈赠我一谟纳。
不过我感到奇怪,那个军人现在在哪里?
就是馈赠给我一谟纳的军人,我想请他吃饭。
(向远处张望)
还真巧,他来了。
〔安塔摩尼得斯上。

安塔摩尼得斯

(声音洪亮地)

正如我曾经叙述过, 470
妓馆老板,关于第三十王朝的战斗,
当时我仅一天之内便用我这双手
杀死了六万个长着翅膀飞行的人。

吕库斯

杀了长着翅膀飞行的人?

安塔摩尼得斯

就是这么说。

吕库斯

难道什么地方有长着翅膀飞行的人? 475

安塔摩尼得斯

曾经有过,我确实把他们杀了。

吕库斯

你怎样
杀死了他们?

安塔摩尼得斯

你听我说。我给军团送去鸟胶
和投石器,为此它们长出了叶子作翅膀。

吕库斯

干什么?

安塔摩尼得斯

使鸟胶不可能粘住投石器。

吕库斯

你继续说。

（旁白，自语）

　　　　天哪，他还真能胡扯。

（大声地）

　　　　　　　　然后呢？　　　　　　　　　　480

安塔摩尼得斯

　　人们给投石器里装进许多巨大的圆球，
　　我命令他们把圆球投向长翅膀飞行的人。
　　还用多说吗？不管鸟胶球击中谁，
　　这时他们就像梨一样纷纷掉到地上。
　　只要他们一倒到地上，我便立即过去杀死他，
　　用他们自己的羽毛扎进脑子，有如斑鸠。

吕库斯

　　天哪，如果他说的都是真实，那就请
　　尤皮特让我以后永远徒劳无益地献祭。

安塔摩尼得斯

　　难道你不相信？

吕库斯

　　　　　我相信，就像人们应该相信我。　　490
　　让我们进屋去吧。

（向住屋走去）

安塔摩尼得斯

　　　　　现在趁人们正在用内脏献祭，
　　我还想向你叙述一次战斗。

吕库斯

　　　　　　我不会再有任何拖延。

安塔摩尼得斯

　　请你听我叙述。

吕库斯

　　　　　天哪，我不能听你叙述。

安塔摩尼得斯

为什么？
请海格力斯作证，我会用拳头砸碎你的脑袋，
如果你不是或者听我叙述，或者去上十字架。 495

吕库斯

我更愿意去上十字架。

安塔摩尼得斯

你这样决定了？

吕库斯

决定了。

安塔摩尼得斯

那就在阿佛罗狄忒节这美好的日子，
答应把你的那个年轻一点的伴妓交给我。

吕库斯

可祭祀这样提示我：得把所有
重要的事情由今天移到另一天。 500

安塔摩尼得斯

我则被决定把节日当作非节日过。

吕库斯

现在让我们进屋去。你跟着我。

安塔摩尼得斯

我跟着。
好吧，今天这一天我就作为你的佣奴。
〔二人进屋，下。

第三幕

第一场

[阿戈拉斯托克勒斯上。

阿戈拉斯托克勒斯

（回头张望，气愤地）

神明保佑，没有什么比步履缓慢的朋友更不中用，
特别是对于一个恋爱之人，不管他干什么总是着急。 505
如同我现在领来的这些见证人，一些步履艰难之人，
他们行动缓慢得比平静的大海上航行的货船还缓慢。
天哪，我本来确实想回避让这些老年朋友提供帮助：
我本知道年纪使他们行动缓慢，从而耽误我的爱情。
现在我白白挑选了这些两腿变曲、行步缓慢的人们。 510

（对街道远处大喊）

若你们愿意帮助我，请走快一点，要不就去上刑架。
难道就是应该这样来帮助朋友，一个正在恋爱的人？
你们这样行走的步子就像是用白面粉筛子筛选而来，
除非你们曾经戴着镣铐学会了迈着这样的步子走路。

[众见证人缓步而上。

见证人

你听着,即使我们在你看来是平民,贫穷之人, 515
你自己富有,出身高贵,但你若对我们出言不逊,
我们通常也敢于惩罚富有之人,让他遭受不幸。
我们并不如你想象依附于你,你的爱恨与我们何干:
既然我们纳了人头税,纳的是我们的,不是你的钱,
由此我们应该是自由人。我们视你为一文不值, 520
请你不要以为我们已经被判为你的爱情的奴隶。
自由的人们在城里行走更应该保持快慢适度,
在我看来,那样匆忙地奔跑是奴隶的行走方式。
特别是现今社会太平,敌人已经被消灭殆尽,
更不应该再这样喧嚷混乱。要是你本来很着急, 525
你就应该提前一天邀请我们来这里充当见证人。
请你不要以为今天我们会有谁在大街上奔跑,
让人们以为我们神经错乱而向我们乱扔石头。

阿戈拉斯托克勒斯

要是我说是邀请你们进屋去用餐,我想那时
你们奔跑起来肯定会胜过麋鹿或踩高跷的人; 530
现在因为我说是邀请你们去为我辩护做证人,
你们便患了痛风病,走起路来比蜗牛还缓慢。

见证人

难道那不是非常合适的迅速奔跑的理由,
有吃有喝,由别人花销,可以随意吃饱,
永远不用违愿地向让你吃饱的主人付款? 535
不过尽管我们贫穷,我们仍然这样那样地
有房屋,有饭吃,请不要轻蔑地瞧不起我们。
尽管我们财产些微,但那是我们的,不是你的,
我们不向任何人要求,别人也不要向我们要求。
我们谁也不会为了你而奔跑得把自己的肺胀裂。 540

阿戈拉斯托克勒斯

你们的火气也真大:我刚才说的话是在开玩笑。

见证人
    那你也把我们为回答你而说的话当作开玩笑！
[阿戈拉斯托克勒斯
    天哪，我请求你们帮助，要像快艇，不要像货船；
    你们尽可以跟跄地行走，我不要求你们着急赶路。
见证人
    要是你想平静、安稳地办事，那我们可以帮助你；　　　　　545
    要是你着急，那你最好请赛跑运动员来做见证人。]
阿戈拉斯托克勒斯
    你们都已知道，我已对你们说过需要你们提供什么帮助。
    事情涉及这个妓馆老板，他早就这样嘲弄我这个恋爱人，
    现在已经为他安排好计谋，要夺取他的金子和我的奴隶。
众见证人
    你说的这些我们早就知道，不妨让观众们也都明了。　　　550
    现在这部剧本在这里正是为这些观众演出：你应该
    对他们详细说明，使他们在你表演时明白你的表演。
    你不用担心我们：我们已经知道全部剧情，因为我们
    曾经同你一起排练过，我们能够准确地回答你的提问。
阿戈拉斯托克勒斯
    确实是这样。不过为了使我相信你们确实知道剧情，　　　555
    那就请你们现在对我说说我曾经对你们说过些什么。
见证人
    你是不是想这样来考验我们？你以为我们没有记住。
    你怎样交给田庄总管科吕比斯库斯三百块腓力金币，
    他应该把这些金币交给你的敌人——妓馆老板，
    而他自己则装作是一个从另一个城市来的外邦人？　　　　560
    在他把钱交给老板后，你立即前来寻找自己的奴隶
    和那笔金子。
阿戈拉斯托克勒斯
    你们还要记住，是你们救了我。
见证人

阿戈拉斯托克勒斯

而他却以为你是在寻找弥尔菲奥,拒绝交出;
于是变成双倍偷窃。将会把妓馆老板判给你。
你想让我们为这件事给你作见证。

阿戈拉斯托克勒斯

你们要记住情节。 565

见证人

请神明作证,就这点区区小事,够粘指甲尖。

[**阿戈拉斯托克勒斯**

需要赶紧办成这件事。你们尽可能走快点儿。

见证人

要是那样,就再见吧。你去找行动迅速的证明人;
我们就这样动作缓慢。

阿戈拉斯托克勒斯

你们走得不错,就是说话恶毒。 570
但愿你们会碰上具有这样缓慢的腿脚的女人。

众见证人

我们但愿你把舌头装进腰里,眼睛掉进土里。

阿戈拉斯托克勒斯

啊呀,请你们不要生气,我这是说句玩笑话。

众见证人

你可不应该对朋友说这种侮辱性的玩笑话。

阿戈拉斯托克勒斯

别说了,你们知道我要你们干什么吗?

众见证人

我们知道情节。] 575

阿戈拉斯托克勒斯

(听见屋门响)

太好了,弥尔菲奥正好同田庄总管走出屋来,
他一身巧妙地着装走来,对于搞蒙骗很适宜。

第二场

[弥尔菲奥和科吕比斯库斯身着戎装上。

弥尔菲奥
（对科吕比斯库斯，忧虑地）
你全都记在心里了？

科吕比斯库斯
记得非常清楚。

弥尔菲奥
你当心，要坚定。

科吕比斯库斯
还用多说吗？我一定会比野猪皮还坚硬。

弥尔菲奥
你要好好记住在这场欺骗中你该说的话。 580

科吕比斯库斯
我甚至比悲剧家和喜剧家们知道得还清楚。

弥尔菲奥
你真行。

阿戈拉斯托克勒斯
（对众见证人）
让我们走近一些。

弥尔菲奥
（对阿戈拉斯托克勒斯）
众见证人来了？

阿戈拉斯托克勒斯
是的，那就是他们。

弥尔菲奥
（轻蔑地注视众见证人，
　对阿戈拉斯托克勒斯）
你没有能够把一些更适合于这件事情的人带来。
事实上他们都是些卑劣之徒；都是些民会常客；

他们在那里居住，比看见裁判官还经常地看见他们。　　　585
现今甚至那些好诉讼之人都不及他们更有法律经验，
要是他们自己没有官司，他们就会向他人购买官司。

见证人

愿神明们让你去上吊。

弥尔菲奥

愿神明也让你们这样。不管怎么说，
你们的行为也还值得称赞，既然你们帮助恋爱的主人。
（对阿戈拉斯托克勒斯）
不过他们都知道怎么回事？

阿戈拉斯托克勒斯

他们全都知道得很清楚。　　　590

弥尔菲奥

（对众见证人，郑重其事地）
现在请你们注意听。你们认识这位妓馆老板
吕库斯吗？

见证人

相当了解。

科吕比斯库斯

可我还不知道他是什么脸形，
希望你们能把他给我指认一下。

见证人

我们会这样做。
对我们已经指导够了。

阿戈拉斯托克勒斯

（指科吕比斯库斯）
此人有三百块金币。

见证人

阿戈拉斯托克勒斯，我们需得看看你说的金币，　　　595
以便知道我们很快就会作为见证人该说些什么。

科吕比斯库斯

　　　　（打开背囊）
　　　就在这里，你们看吧！
见证人
　　　　（探头查看）
　　　　　　　观众们，这些金币当然是喜剧演出道具：
　　　上面那些牛，它们在异邦被这种泡软的金子养肥；
　　　对于正在表演的戏剧是腓力金币，我们就这么认为。
科吕比斯库斯
　　　不过你们还要假装认为：我是外邦人。
见证人
　　　　　　　　　　　那当然。　　　　　　　　　　600
　　　好像今天你同我们一起来到这里。询问我们，
　　　要我们向你介绍可以自由地寻欢作乐的去处，
　　　好恋爱，饮酒，像希腊人那样作乐。
科吕比斯库斯
　　　　　　　　　我的天哪，一伙狡诈之徒。
阿戈拉斯托克勒斯
　　　　（得意地）
　　　是我教的。
弥尔菲奥
　　　　　是谁教你的？
科吕比斯库斯
　　　　（对弥尔菲奥和阿戈拉斯托克勒斯）
　　　　　　　阿戈拉斯托克勒斯，你们现在
　　　进屋去，免得妓馆老板看见你们同我在这里，　　　605
　　　给我们的计谋造成阻碍。
见证人
　　　　　　　这个人的脑袋真聪明。
　　　你们就按他说的办。
阿戈拉斯托克勒斯
　　　　（对弥尔菲奥）

那我们走吧。

（对见证人）

不过你们——

见证人

已经说够了，你走吧。

阿戈拉斯托克勒斯

我这就走。

见证人

不死的众神明啊！你怎么还不走？

阿戈拉斯托克勒斯

我这就走。

〔阿戈拉斯托克勒斯和弥尔菲奥下。

见证人

愿神明让你遭殃。　　　　610

现在你跟我们走。

科吕比斯库斯

好吧。

见证人

让我们在前面走。

科吕比斯库斯

纨绔子弟们通常这样，让人们在他后面。

见证人

（看见吕库斯出现在门边）

那个走出屋来的人就是妓馆老板。

科吕比斯库斯

一个合适的家伙，看上去就是个坏人。
尽管他正走出屋来，但我想要远远就吸干他的血。

第三场

〔吕库斯上。

吕库斯

（回身对屋内）

军人，我过一会儿就回来，我想为我们　　　　　　615
找几个合适的餐友，好与我们一起用餐；
人们这就会把内脏送来，还有那些妇女，
我相信她们现在正准备离开祭坛返回家。

（向街道远处张望）

不过那些人怎么这样走过来？带着什么东西？
那个穿着军外套的人是谁？远远地跟着他们。　　620

见证人

吕库斯，我们是埃托利亚的邦民，向你致敬，
尽管我们这样向你致敬违背我们自己的愿望。

吕库斯

我也祝你们全体幸运，尽管我清楚地知道，
事情不会这样发生，幸运女神也不会允许。

见证人

听你这样说，舌头是愚蠢之人的宝库，　　　　625
他们的行业就是中伤比他们要好的人。

吕库斯

若是有人不认识通向海边的道路，
他就应该寻找河流做他的同路人。
我本不知道应该如何恶言恶语地中伤你们，
现在你们对于我来说就是河流，我跟随你们：　　630
你们出言善良，我就顺着你们的岸边跟随你们；
若是你们出言恶毒，我就沿着你们的小径行走。

见证人

（针锋相对地）

对恶行报以善包含着同样的危险，
就如同对善作恶。

吕库斯

　　　　这话怎么说？

见证人

        我这就告诉你。
如果你对恶人行善,那是在糟蹋善行;   635
如果你对好人作恶,那将会遗恨一生。

吕库斯

话说得不错。不过你说这些与我有什么关系?

见证人

因为我们前来是为了向你表示敬重,
尽管我们向妓馆老板致敬很不乐意。

吕库斯

如果你们是怀着善意而来,我感谢你们。   640

见证人

我们不会糟蹋自己的钱给你送来什么善,
我们不会给你,不会允诺,也不愿意给。

吕库斯

请神明作证,我相信你们:这就是你们的慷慨。
不过你们现在究竟需要什么?

见证人

      你看见这个着戎装的人吗?
马尔斯正在生他的气。①

科吕比斯库斯

(旁白,对众见证人)

       那是在生你们的气。   645

见证人

吕库斯,现在我们带他来找你,是为了洗劫。

科吕比斯库斯

(旁白)

  (对众见证人)
这个人是谁?

---

① 马尔斯是古罗马神话传说中的战神。

见证人
　　　　我们也不知道他是什么人；
只是知道我们一大早去到海港后，　　　　　　　650
看见他正从重载的货船上走下来，
他走下船来后就直接向我们走来；
他问候我们，我们也问候他。

科吕比斯库斯
（旁白）
　　　　　　　　　一群邪恶之人，
他们正在非常巧妙地展开害人的骗局。

吕库斯
在这之后？

见证人
　　　　然后他就开始与我们交谈。　　　　　　655
他称自己是外邦人，不知道这座城市；
他想为自己找一处自由自在的地方，
可以随意行事。我们便把他带来找你。
若神明喜欢你，正是你干活儿的好机会。

吕库斯
真是这样？

见证人
　　他非常渴望，他有金子。

吕库斯
（旁白）
　　　　　　　　这是我的猎物！　　　　　　660

见证人
他想喝酒，想要妓女。

吕库斯
　　　　我会给他提供合适的地方。

见证人
不过他想秘密地、偷偷地住在那里，无人知晓，

不被人看见。因为他在斯巴达曾经充任过保镖，
他曾经亲自对我们说，是在国王阿塔洛斯①身边；
他从那里逃亡来到我们这里，因为城市被占领。 665

科吕比斯库斯

（旁白）
太妙了，称说是保镖，再好不过，在斯巴达。

吕库斯

愿男女神明们赐给我无数好处，既然你们
提出了这样好的劝告，提供这么好的猎物。

见证人

不仅如此，他还告诉我，也是你更为向往的，
他随身带来三百块纯真的腓力金币作为保证。 670

吕库斯

我就是皇帝，如果我今天能成功地把他逮住。

见证人

他肯定是你的。

吕库斯

　　　　凭海格力斯的名义，请你鼓动他，
就让他到我这里来，说我这里有上好的客房。

见证人

我们既不能鼓动他，也不能劝阻他，他是个
外邦来客：如果你明智，你自己应该去操心。 675
我们已经把鸽子一直引进了你的地域范围里，
现在如果你想逮住，你最好就亲自前去逮他。

科吕比斯库斯

（大声地，对众人）
你们怎么还不走？乡亲们，我托付的事情怎么样？

见证人

（指吕库斯）

---

① 阿塔洛斯是西亚帕伽马的国王。

年轻人，你最好亲自去同他谈谈你的事情：
这个人对于你寻求的那些东西是个大行家。   680

科吕比斯库斯

（轻声地，对众见证人）
我把金子交给他时，我要你们都看见。

见证人

（旁白，对科吕比斯库斯）
我们将会从这里看着你把金子交给他。

科吕比斯库斯

（大声地，对众见证人，走向吕库斯）
我非常感谢你们。

吕库斯

（兴奋地）
　　　　　　　我的收获正向我走来。

科吕比斯库斯

（旁白）
现在驴子正在向那个方向蹬后腿。

吕库斯

（旁白）
我要热情地招呼这个人。
（大声地）
　　　　　　　房主向房客致敬。   685
我很高兴你健康无恙地来到我们这里。

科吕比斯库斯

你这样祝福我，愿神明赐给你许多好处。

吕库斯

据说你在找客店。

科吕比斯库斯

　　　　　　　是的，我在找客店。

吕库斯

是刚才从我这里离开的那些人这样说，

　　　　　你想找个没有苍蝇的住处。

科吕比斯库斯

　　　　　完全不是这样。　　　　　　　　　　　　　　　690

吕库斯

　　　　　那你想找怎样的住处？

科吕比斯库斯

　　　　　如果我想找无蝇客店，
　　　　那我就应该直接前去关押犯人的监狱。
　　　　可我是想找个会受到体贴招待的客店，
　　　　就像通常照顾安提奥库斯国王的眼睛。①

吕库斯

　　　　　神明作证，我能为你提供那种欢乐居住，　　　　695
　　　　只要你耐得住那种美好媚人的僻静地方，
　　　　床铺铺得整整齐齐，有美妙的女人陪伴。
　　　　享受温柔的拥抱。

科吕比斯库斯

　　　　　老板，你走的是正道。

吕库斯

　　　　　你可以享用到琉卡斯的、勒斯博斯的
　　　　塔索斯的、基奥斯的掉了牙的积年陈醪；　　　　700
　　　　我会让你在那里浑身抹上上等的香膏；
　　　　还用得着说吗？我要让你在那里沐浴，
　　　　澡堂服务员会给你打开整个的香膏铺。
　　　　不过我刚才说的这一切现在都成了雇佣兵。

科吕比斯库斯

　　　　　这话怎么说？

吕库斯

　　　　　因为它们都得收现钱。　　　　　　　　　　　705

科吕比斯库斯

---

① 安提奥库斯是西亚叙利亚国王，以骄奢淫逸著称。此处似乎指他有眼疾，具体情况不得而知。

请海格力斯作证，你想要远不及我想给。

见证人

（旁白）

我们要不要把阿戈拉斯托克勒斯叫来，

让他自己给自己作再可靠不过的见证？

（走向门前）

喂，你想诱惑窃贼，现在就赶快出来，

好让你自己看到：如何把金子交给老板。　　　　　　710

第四场

[阿戈拉斯托克勒斯出现在门口。

阿戈拉斯托克勒斯

（着急地，对众见证人）

怎么啦？见证人，你们想干什么？

众见证人

　　　　　　　　　　你看右手边。

你的那个奴隶就要把金子交给老板本人。

科吕比斯库斯

（对吕库斯）

来吧，快来把这些金币拿走：这里一共是

三百块足成色的金币，它们被称为腓力币。

你用它们招待我；我希望很快把它们花掉。　　　715

吕库斯

波卢克斯作证，你让我成了你的好挥霍的管家。

好吧，让我们进屋去。

科吕比斯库斯

　　　　　　我跟着你。

吕库斯

　　　　　　　　　走吧，走吧，

快进屋去，关于其他的事情我们在那里谈。

科吕比斯库斯

　　　　我会给你叙说在斯巴达发生的同样的事情。

吕库斯

　　　　那你就跟我走吧。

科吕比斯库斯

　　　　　　　你领我进去，我听你安排。　　　　720

［二人下。

阿戈拉斯托克勒斯

　　（对众见证人）

　　　现在你们对我有什么劝告？

众见证人

　　　　　　　希望你能见机行事。

阿戈拉斯托克勒斯

　　　若是我的心灵不允许我那样？

众见证人

　　　　　　　　那就尽自己所能。

阿戈拉斯托克勒斯

　　　你们看见老板接受钱了吗？

众见证人

　　　　　　　　我们都看见了。

阿戈拉斯托克勒斯

　　　你们知道那是我的奴隶？

众见证人

　　　　　　　　我们也都知道。

阿戈拉斯托克勒斯

　　　事情完全与人民的法律相抵触？

众见证人

　　　　　　　我们知道。　　　　725

阿戈拉斯托克勒斯

　　　很好，我希望你们能好好记住这一切，

　　　只要事情一提交到裁判官那里。

众见证人
       我们记住了。

阿戈拉斯托克勒斯
  如果我不失时机地去敲门?

众见证人
        我们同意。

阿戈拉斯托克勒斯
  如果我敲门,他不开呢?

众见证人
      那就砸碎面包。①

阿戈拉斯托克勒斯
  如果老板走出来,那时怎么办?立即问他,   730
  我的奴隶去你那里了吗?

众见证人
       为什么不是这样?

阿戈拉斯托克勒斯
  说他随身带着腓力金币?

众见证人
       为什么不是这样?

阿戈拉斯托克勒斯
  这时老板会立即表现惶惑?

众见证人
        为什么?

阿戈拉斯托克勒斯
        这还用问?
  因为他会说得少一百块金币。

众见证人
       你想得非常好。

阿戈拉斯托克勒斯

---

① 这里是一个语义误会。阿戈拉斯托克勒斯说的"我敲门"的拉丁文是pultem,见证人把它理解为puls(粥)的宾格形式,从而才有"砸碎面包"一说。

趁他思考，再寻找其他的理由。

众见证人

应该这样。 735

阿戈拉斯托克勒斯

他会立即断然否认。

众见证人

他肯定会这样做。

阿戈拉斯托克勒斯

他便使自己陷入了偷窃。

众见证人

这毫无疑问。

阿戈拉斯托克勒斯

至于他那里有多少，这无关紧要。

众见证人

怎么会不是？

阿戈拉斯托克勒斯

（气愤对方的轻慢）

愿尤皮特毁了你们。

众见证人

为什么不毁了你？

阿戈拉斯托克勒斯

我现在就走过去敲门。

众见证人

为什么不去敲？ 740

阿戈拉斯托克勒斯

（注视吕库斯的住屋，静听）

现在别说话，因为那边的门在响。
我看妓馆老板吕库斯会走出屋来。
我请求你们。

众见证人

怎么会不是？不过请你

让我们蒙住头,让老板认不出我们,
因为是我们诱使他陷入了这场不幸。 745

第五场

[吕库斯携背囊上。

吕库斯

(欣喜地,未看见阿戈拉斯托克勒斯)
现在我要让所有的占卜师都去上吊,
从今后我怎么也不会相信他们的话,
既然他们通过圣典早就对我作预言,
声称我将会遭受巨大的不幸和损失,
然而我在那之后却从事业获了大利。 750

阿戈拉斯托克勒斯

(跨步上前)
你好,老板。

吕库斯

愿神明喜欢你,阿戈拉斯托克勒斯。

阿戈拉斯托克勒斯

你现在问候我比以前要温和得多。

吕库斯

平静回来了,犹如轮船在大海上:
风往哪里吹,风帆就会往哪里转。

阿戈拉斯托克勒斯

我祝愿你那里的人健康,但不祝愿你。 755

吕库斯

他们都如愿地健康,不过不是为了你。

阿戈拉斯托克勒斯

请你今天给我释放你那个阿得尔法西乌姆,
今天是隆重、欢乐、光辉的阿佛罗狄忒节。

吕库斯

　　　　　你今天吃的是不是热早餐？请告诉我。
阿戈拉斯托克勒斯
　　　　　为什么这样询问？
吕库斯
　　　　　　　　因为你这样请求，为了使嘴冷却。　　　　　　　760
阿戈拉斯托克勒斯
　　　　　老板，请你注意。我听说我的奴隶现在
　　　　　在你那里。
吕库斯
　　　　　　　　　在我那里？你永远不可能证实。
阿戈拉斯托克勒斯
　　　　　你说谎，他确实去到你那里，带着金币。
　　　　　（指众见证人）
　　　　　他们就是这样告诉我，我完全相信他们。
吕库斯
　　　　　你这个恶棍，你带着见证人来是想捉住我。　　　　765
　　　　　我那里没有你的任何奴隶，也没有你的钱。
阿戈拉斯托克勒斯
　　　　　（对走近来的众见证人）
　　　　　众见证人，你们都记住了？
众见证人
　　　　　　　　　　　我们都记得。
吕库斯
　　　　　（旁白）
　　　　　我明白了是怎么回事，刚刚看出来。
　　　　　不久前向我推荐那个斯巴达来客，
　　　　　那些人现在正为这件事脑袋发热，　　　　　　　　770
　　　　　看见我将获得三百腓力金币的收益。
　　　　　（指阿戈拉斯托克勒斯）
　　　　　现在他们得知这个人是我的敌人，
　　　　　于是便劝说他，称那人是他的奴隶，

　　　　带着金子在我这里；编造出了诡计，
　　　　从我这里夺走金子，他们自己分配。　　　　　　　　775
　　　　他们想从狼那里夺走羊，简直是胡闹。

阿戈拉斯托克勒斯

　　　　难道你否认金子和我的奴隶都在你那里？

吕库斯

　　　　我否认，要是需要，我可以大声地否认。

众见证人

　　　　老板，你已经完了，我们对你称说
　　　　是斯巴达人的那个人是他的田庄总管。　　　　　　780
　　　　他刚才给你拿来三百块腓力金币，
　　　　那些金币就在你背着的这只背囊里。

吕库斯

　　　　你们全都该遭殃！

众见证人

　　　　　　　　　而你已经完蛋。

阿戈拉斯托克勒斯

　　　　你这个恶贼，你立即把背囊拿过来：
　　　　你是被当场捉住的贼。
　　　　（对众见证人）
　　　　　　　　　　　现在请你们帮忙，　　　　　　　　785
　　　　你们会看见我从他屋里把奴隶带出来。
　　　　［进吕库斯的住屋。

吕库斯

　　　　（旁白）
　　　　天哪，我肯定完了，没有什么好考虑。
　　　　这是事先经过策划，给我预设的埋伏。
　　　　我还疑惑什么？赶紧从这里逃脱灾难吧，
　　　　在被套住脖子，从这里拖去见裁判官之前。　　　790
　　　　啊呀，我曾经找占卜师进行过占卜：
　　　　如果预言什么吉利，我就期待它，

要是预言什么不吉，我就迅速躲避。
现在我就去同朋友们商量，在他们看来，
我应该采用什么方式上吊要为适宜。 795
［离开，下。

第六场

［阿戈拉斯托克勒斯从屋内上。

阿戈拉斯托克勒斯

（推着科吕比斯库斯上）
你快向前走吧，好让见证人看见你走出来。
（对众见证人）
这个人是不是我的奴隶？

科吕比斯库斯

阿戈拉斯托克勒斯，我确实是你的奴隶。

阿戈拉斯托克勒斯

现在怎么回事，妓馆老板呢？

众见证人

你还准备同他诉讼，
他已经逃跑了。

阿戈拉斯托克勒斯

那就让他跑去倒大霉去吧。

众见证人

我们也该这样希望。

阿戈拉斯托克勒斯

明天我会去控告那个家伙。 800

科吕比斯库斯

我现在干什么？

阿戈拉斯托克勒斯

你去吧，换上你原先的服装。

科吕比斯库斯

（旁白）
我没有徒然地装扮成军人，我在里面
夺得了不少战利品：趁老板的家人们
熟睡之机，好好饱食了一顿祭牲内脏，
我现在从这里回屋去。

阿戈拉斯托克勒斯
（对众见证人）
你们非常热情地尽了职。　　　　　　805
众见证人，你们很好地给我帮了一个大忙。
请你们明天早晨去参加民会，我们再见面。
（忘记科吕比斯库斯已经离开）
现在你跟我进屋去。
（对众见证人）
再见吧！

众见证人
再见！
这里存在明显的不公正：他邀请我们，
我们却吃自己的饭，前来给他办事情，　　810
我们的富人们确实都是这样的品性：
你给他们帮了忙，感谢则轻如羽绒，
如果你犯了什么过错，怒火如铅球。
现在如果你们愿意，我们就回家去，
既然我们已经完成了对我们的委托：　　815
我们让败坏邦民之人遭受了巨大损失。
［众见证人齐下。

第四幕

第一场

[弥尔菲奥上。

弥尔菲奥

  我在等待，等待我安排的计谋会有怎样的结果。
  我要让老板受损失，他折磨我那个不幸的主人。
  主人则不断地殴打我，或是拳揍，或是脚跟踢。
  侍候恋人是件苦差事，特别是若恋人与对象受阻隔。 820
 （向街道远处张望）
  好啊，我看见叙克拉斯图斯从神庙里走出来，
  那是妓馆老板的奴隶，
 （退到一旁）
      我想听听他说些什么。

第二场

[叙克拉斯图斯提着祭神用具上。

叙克拉斯图斯

  事情很清楚，神明和凡人都鄙视一个人的好意，
  就是其主人具有与之相类似的性格的我这个人。
  人世间永远不可能有哪个人的心灵比我的主人 825

更邪恶，更卑鄙，更像秽土，比垃圾还更垃圾。
但愿神明赐福于我，我宁愿在采石场或磨坊里
劳苦整个这一辈子，双脚戴着沉重的镣铐行走，
也不想侍候这样一个妓馆老板。那是怎样的人啊，
想出了一些怎样的诱惑来败坏人？请神明们作证， 830
你在那里会见到各种类型的人，有如去到阿克戎地域，
有骑士，有步兵，有释奴，还有小偷和逃跑奴隶，
有的挨鞭打，有的戴镣铐，有的被抵债；只要有钱，
不管是什么人，什么类型的人都接受；那里的房屋
到处是阴暗的隐蔽去处，如同在酒馆里吃喝那样。 835
你会看见那里的陶罐上也都标注着文字，
用树脂写成，留下姓名，大字母，肘的长度：
如同我们家里保存的酒酿经营者们的名录。

弥尔菲奥

（旁白）

请神明作证，主人不指定此人做继承人才怪，
因为看来他正在准备给亡故的主人写悼词。 840
让我向他走近些，好更容易听见他在说什么。

叙克拉斯图斯

我看到这样的情况真感到痛心：在我们这里，
主人高价买得的奴隶由于年龄正在失去价值。
最后会一文不值：愚蠢地得到，又愚蠢地失掉。

弥尔菲奥

（旁白，高兴地）

他说这些话，好像他自己是个什么能干之人， 845
其实他是一个什么事情都干不了的无能之辈。

叙克拉斯图斯

现在我从维纳斯庙把这些器皿拿回家去，主人在那里
用牺牲未能求得维纳斯的仁慈，尽管正值女神的节日。

弥尔菲奥

（旁白）

令人喜欢的维纳斯啊!

叙克拉斯图斯

可我们的那些伴妓们第一轮献祭

便立即求得维纳斯的宽恕。

弥尔菲奥

（旁白）

再一次称赞令人喜欢的维纳斯! 850

叙克拉斯图斯

我现在回家去。

（提起祭神器皿）

弥尔菲奥

（放声地）

喂，叙克拉斯图斯。

叙克拉斯图斯

（未抬头看）

谁在叫叙克拉斯图斯?

弥尔菲奥

是你的一个朋友。

叙克拉斯图斯

（仍未看，继续提器皿）

别这样提友谊，妨碍我提东西。

弥尔菲奥

由于这一妨碍，我愿意听你吩咐干你要干的活儿。

就这样约定吧。

叙克拉斯图斯

要是能这样，我可以答应你的要求。

弥尔菲奥

能怎样?

叙克拉斯图斯

当我挨鞭打的时候，希望你能给我垫张兽皮。 855

算了，我还不知道你是何许人。

弥尔菲奥
      我是个坏蛋。

叙克拉斯图斯
       你自己受用。

弥尔菲奥
        我想你需要。

叙克拉斯图斯
 （仍未看）
 可这些东西拖累着我。

弥尔菲奥
      你把它们放下来,回头看看我。

叙克拉斯图斯
 （放下器物）
         好吧,
尽管不空闲。

弥尔菲奥
     你好,叙克拉斯图斯。

叙克拉斯图斯
       啊,弥尔菲奥,
愿所有男女神明眷顾——

弥尔菲奥
    眷顾何人?

叙克拉斯图斯
      不是你,弥尔菲奥,不是我,
也不是我的主人。

弥尔菲奥
   那么究竟眷顾谁?

叙克拉斯图斯
      眷顾值得眷顾的那个人。 860
不过我们中间没有人值得神明眷顾。

弥尔菲奥

你说得好。

叙克拉斯图斯

我就是这样。

弥尔菲奥

你在干什么?

叙克拉斯图斯

干公开的淫荡之人不经常干的事情。

弥尔菲奥

究竟什么事情?

叙克拉斯图斯

把这些器皿完好地拿回去。

弥尔菲奥

愿神明毁了你和你的主人。

叙克拉斯图斯

神明不会毁了我;我能让神明毁了他,如果我想让神明毁了我的主人,弥尔菲奥,若不是我担心自己。

弥尔菲奥

这是为什么?你说说。　　865

叙克拉斯图斯

你是坏人?

弥尔菲奥

我是坏人。

叙克拉斯图斯

这对于我不好。

弥尔菲奥

请告诉我,难道要另一个样子?
为什么这对于你不好,家里有吃的,还有可爱的,
你用不着付给女友一个钱子儿,可以白白得到她。

叙克拉斯图斯

愿尤皮特这样喜欢我……

弥尔菲奥
　　　　　　　　　　天哪,你多么值得他爱。

叙克拉斯图斯
　　　　好让我把这个家给毁了。

弥尔菲奥
　　　　　　　　　你若是真想这样,那就努力吧!　　　　　870

叙克拉斯图斯
　　　　没有翅膀难以飞翔,我的肩头没有翅膀。

弥尔菲奥
　　　　看在神明的分上,你别拔:不用两个月,
　　　　你就会长出能飞的腋毛。

叙克拉斯图斯
　　　　　　　　　你见鬼去吧!

弥尔菲奥
　　　　　　　　　　　　你和你的主人去吧。

叙克拉斯图斯
　　　　确实是这样。凡知道他的人都知道他很快会毁掉。

弥尔菲奥
　　　　他怎样会被毁掉?

叙克拉斯图斯
　　　　　　　　好像你能够怎么保持沉默似的。　　　875

弥尔菲奥
　　　　对你的隐蔽事情我会比哑巴妇女更能保持沉默。

叙克拉斯图斯
　　　　我不会轻易地相信你会这样,若是我不知道你。

弥尔菲奥
　　　　我敢担保,你就大胆相信吧。

叙克拉斯图斯
　　　　　　　　尽管难以相信,不过我还是相信。

弥尔菲奥
　　　　你知道你的主人是我的主人的死对头吗?

叙克拉斯图斯

           我知道。

弥尔菲奥

  由于爱情——

叙克拉斯图斯

    你在白费辛劳。

弥尔菲奥

        为什么？

叙克拉斯图斯

          因为你在指导明了之人。   880

弥尔菲奥

  难道你怀疑我的主人只要有可能，就会对你的主人
  制造他应得的不幸？不过如果你能够提供什么帮助，
  那时他会更容易把事情办成。

叙克拉斯图斯

         有一点我担心，弥尔菲奥。

弥尔菲奥

  你担心什么？

叙克拉斯图斯

    我给主人安排计谋，可能会害了自己。
  要是我的主人知道了我对某个人说了些什么，   885
  那他会立即让叙克拉斯图斯变得折断了小腿。

弥尔菲奥

  请神明作证，永远不会有任何人从我这里知道这件事，
  我只会告诉我的主人一人，而且要求他不对任何人说，
  事情是由于你而引起。

叙克拉斯图斯

      尽管不能相信，不过我还是相信。
  只是你一定要对这件事情保持沉默。

弥尔菲奥

           一定绝对可信。   890

只要一有合适的机会，我们好好谈谈，就我们两人。

叙克拉斯图斯

只要你的主人一采取行动，就能害死我的主人。

弥尔菲奥

这怎么可能？

叙克拉斯图斯

非常容易。

弥尔菲奥

你说说看，让我知道，好让我的主人也知道。

叙克拉斯图斯

因为你的主人喜欢的阿得尔法西乌姆是自由人出身。

弥尔菲奥

何以见得？

叙克拉斯图斯

她的妹妹安特拉斯提利斯也是那样。 895

弥尔菲奥

你再说说，让我相信。

叙克拉斯图斯

她们是小时候在阿纳克托里乌姆
从一个西西里海盗那里被买来。

弥尔菲奥

花了多少钱？

叙克拉斯图斯

十八谟纳，
包括她们俩，第三个是她们的奶妈吉得尼斯。
那个卖她们的人说他自己是把她们偷来卖掉，
他还说她们是迦太基人出身。

弥尔菲奥

祝愿神明保佑你！ 900
你说的事情很有意思。我的主人阿戈拉斯托克勒斯
也是出生在那里，差不多六岁时也是从那里被劫，

抢劫他的人把他从那里带来这里，卖给了我的主人。
那个人在最后一天到来时过继了他，让他继承财产。

叙克拉斯图斯

你说的这些使事情更容易办成，就让他　　　　　　　　905
为自己的同乡行释放礼。

弥尔菲奥

　　　　　　　你保持沉默，别说话。

叙克拉斯图斯

如果他把她们领走，他肯定会使老板完蛋。

弥尔菲奥

在开始对这个目标采取行动之前，我便会让他死去。
一切都已准备就绪。

叙克拉斯图斯

　　　　　愿神明保佑，让我不再侍候这个老板。

弥尔菲奥

海格力斯作证，愿神明助佑，会使我们一起获释。　　910

叙克拉斯图斯

愿神明们这样做。弥尔菲奥，你对我还有什么吩咐？

弥尔菲奥

再见，愿你心想事成。

叙克拉斯图斯

　　　　　　天哪，一切都在你和你的主人掌握之中，
再见，愿如我们约定的那样保守秘密。

弥尔菲奥

　　　　　　　　我们什么都没有说，再见。

叙克拉斯图斯

不过可能会一事无成，除非趁热打铁。

弥尔菲奥

　　　　　　　　　　你提醒得很好。
事情会那样进行。

叙克拉斯图斯

　　　　　　有了良好的材料，还需要有良好的技能。　　　　　915

弥尔菲奥
　　你能不能不再说话？
叙克拉斯图斯
　　　　　　好，不再说话，我走。
　［下。
弥尔菲奥
　　（对转身离去的叙克拉斯图斯）
　　　　　　　　　　　你这是在为我提供方便。
　（稍停）
　他从这里离开了，不死的神明们希望拯救我的主人，
　就让这个妓馆老板遭殃吧，有这么多毁灭在等着他。
　难道给他投来一支投枪还不够，又立即投来另一支？
　（对观众）
　我现在进屋去，把这些告诉主人。若把他叫到门前，　920
　你们刚才已经听说，再一一细说，就完全没有必要。
　我最好在屋里厌烦他一人，不在这里厌烦所有的人。
　"不死的神明啊，多么巨大的混乱，多么巨大的灾难
　今天就要降临于这个老板。我现在是自己延误自己。
　既然事情已经有了周密安排，就不得有任何拖延；　925
　我现在应该周全地仔细考虑考虑托付于我的事情，
　也应该好好考虑考虑对我自己家里的事情的安排。
　若是出现延误，我自己就会遭不幸，也完全应该。
　现在我进屋去：主人从广场回来时我在家里等着他。
　［进屋，下。

第五幕

第一场

[哈农上。

哈农

（虔诚地）

……①

我祈求男女神明保佑，他们居住在这座城市，　　　　　　950
请求你们让我能成功达到前来这里的目的，
请你们允许我在这里找到我的两个女儿
和我的兄弟的儿子，神明们啊，赐我恩惠。
她们从我身边被劫走，还有我兄弟的儿子。
我早先在这里曾经有个客朋安提达马斯，　　　　　　　　955
据说他已经像通常应有的那样度过了人生。
人们说他的儿子阿戈拉斯托克勒斯也住在这里，
我随身带了这块信牌，早年客情的标志。
人们给我指引，他就住在这片地区。
也许会有人从这些屋里出来，我好向他们打听。　　　　　960

---

① 原文第930—949行损佚。

第二场

[阿戈拉斯托克勒斯和弥尔菲奥由屋内上。

阿戈拉斯托克勒斯

（没有看见哈农，对弥尔菲奥）

弥尔菲奥，你说叙克拉斯图斯对你说过，

她们两个人是亲姐妹，是被抢劫来这里，

是迦太基人？

弥尔菲奥

是的，我说了，你若想做个正派人，

你就前去法庭，使她们获释成为自由人。

这简直是耻辱，你的同乡女子在这里为奴，

就当着你的面，她们在家本是自由人。　　　　　　　　　　965

哈农

（旁白，兴奋地）

不死的众神明啊，请你们降福于我，

我的双耳听到了多么令人愉快的谈话。

他们的谈话如用文字写成般确凿，

把我的心灵里的一切沉垢都驱除干净。　　　　　　　　　　970

阿戈拉斯托克勒斯

（疑惑地）

如果有人能为这件事作证，那我乐意去做。

弥尔菲奥

你还向我要什么证人？你自己要坚定。

定会出现某个福尔图娜①成为你的帮手。

阿戈拉斯托克勒斯

开始从事某件事情远比结束事情容易。

弥尔菲奥

（看见哈农及其随行）

---

① 福尔图娜是古罗马神话传说中的幸运女神。

你看那是只什么鸟，身披长衫来这里？ 975
他会不会是在浴堂里偷了那件披衫？

阿戈拉斯托克勒斯

（惊奇地）

天哪，看样子是个布匿人。

弥尔菲奥

一个古怪之人。①
神明作证，随行奴隶们着传统的古代装束。

阿戈拉斯托克勒斯

你怎么知道？

弥尔菲奥

你没看见那些人背着东西跟随他？
在我看来，他们的两只手好像没有长手指。 980

阿戈拉斯托克勒斯

怎么会这样？

弥尔菲奥

因为他们全身披挂，戴着耳环。

哈农

（旁白）

我向他们走过去，用布匿语向他们打招呼。
如果他们回答我，我就继续用布匿语说话，
要是他们不回答，那我就改用他们的语言。

弥尔菲奥

（对阿戈拉斯托克勒斯）

你怎么样？你还记得早先的布匿语言吗？ 985

阿戈拉斯托克勒斯

天哪，一点儿都不记得。谁还会知道，
如果一个人从六岁时便离开了迦太基？

---

① "古怪之人"的原文是Gugga，不知道何种族。有的考订者认为此处原文残损。

哈农

（旁白）

不死的神明啊！许多孩子都是这样被人

拐出了迦太基，尽管他们是自由人出身。

弥尔菲奥

（对阿戈拉斯托克勒斯）

你看怎么办？

阿戈拉斯托克勒斯

你想怎么办？

弥尔菲奥

我可以用布匿语招呼他？ 990

阿戈拉斯托克勒斯

你知道布匿语？

弥尔菲奥

今天没有哪个布匿人比我更像布匿人。

阿戈拉斯托克勒斯

你就过去招呼他，他有什么事，为什么来这里，

他是谁，怎么称呼，从哪里来，不要吝惜词语。

弥尔菲奥

（上前，对哈农）

哈啰！你怎么称呼，要不你来自哪座城市？①

哈农

依哈农-米提姆巴勒宾-乌得啦达特-阿赫。 995

阿戈拉斯托克勒斯

（对弥尔菲奥）

他说什么？

弥尔菲奥

他说他的名字叫哈农，住在迦太基。

他是迦太基人米提姆巴勒宾利斯的儿子。

---

① 上行中，"哈啰"的原文是avo，拟布匿语，其后仍然是拉丁文，引得哈农用布匿语与他对话。

哈农

（对阿戈拉斯托克勒斯）

哈啰！

弥尔菲奥

（对阿戈拉斯托克勒斯）

他说"你好"！

哈农

东尼！

弥尔菲奥

（对阿戈拉斯托克勒斯）

东尼——他说他想给你东西，不知道是什么。你听见了他的允诺？

阿戈拉斯托克勒斯

你按我们的词语用布匿语回答他的问候。 1000

弥尔菲奥

（对哈农）

哈啰，东尼——我的主人对你这样说。

哈农

梅–哈尔–巴卡。

弥尔菲奥

他这已经是对你说话，而不是对我说。

阿戈拉斯托克勒斯

他说什么？

弥尔菲奥

他说他的腰痛得厉害。

我看他大概以为我们是医生。

阿戈拉斯托克勒斯

若是这样，你就否定，我不想蒙骗来客。 1005

弥尔菲奥

（对哈农）

你听见了吗？

哈农

　　　　　瑞弗茵二努科-伊萨姆。

阿戈拉斯托克勒斯

　　　我想应该把全部真实告诉他。
　　　你询问他有什么事情。

弥尔菲奥

　　（对哈农）

　　　　　　　喂,你这个人没有系腰带,
　　　你到这座城市来有什么事?或者你在找什么?

哈农

　　　摩普胡尔萨。

阿戈拉斯托克勒斯

　　　　　　他说什么?

哈农

　　　　　弥乌勒克-赫阿纳。

阿戈拉斯托克勒斯

　　　　　　　他为什么来这里?　　　　　　　1010

弥尔菲奥

　　　难道你没有听见?他说他运来了非洲老鼠,
　　　他想把它们送给市政官参加节日娱乐游行。

哈农

　　　勒齐-拉卡纳-尼利姆尼伊克托。

阿戈拉斯托克勒斯

　　　　　　　现在他说什么?

弥尔菲奥

　　　他说他随身运来了许多门锁、铁制刑具,
　　　还有坚果,他请求你帮助卖掉这些东西。　　　1015

阿戈拉斯托克勒斯

　　　我想他是个商贾。

哈农

　　　　　阿萨姆。

弥尔菲奥

      还有肥肠。

哈农

  帕卢–弥尔伽–得塔。

阿戈拉斯托克勒斯

     弥尔菲奥,现在他说什么?

弥尔菲奥

  他说还运来了许多锄铲、大叉,准备出售,

  我想它们都与农活有关,或者你有其他想法。

  〔可以用它们来翻耕果园,甚至还可以扬谷。〕   1020

阿戈拉斯托克勒斯

  这些与我们有什么关系?

弥尔菲奥

      他这是想告诉你,

  要你不要以为这些东西是他偷窃而来。

哈农

  (生气地)

  穆福尼姆–西科拉提姆。

弥尔菲奥

  (对阿戈拉斯托克勒斯)

      小心,你不要承诺

  他刚才对你的请求。

阿戈拉斯托克勒斯

     他说什么或请求什么?你说说。

弥尔菲奥

  他要你从上面用篮筐把他罩住。   1025

  再放上许多石块,好把他闷死。

哈农

  古内巴尔–萨门–吕律拉。

阿戈拉斯托克勒斯

你说说，他刚说的话

是什么意思？

弥尔菲奥

天哪，这次我什么都没有明白。

哈农

好吧，为了你能明白，我现在开始说拉丁语。

海格力斯作证，你应该是个不中用的坏奴隶，   1030

既然你竟然嘲弄一个刚刚从外邦前来的客人。

弥尔菲奥

而你，请神明作证，显然是个骗子，告密者，

你前来这里是想来蒙骗我们，你一个混血儿①，

会说两种语言，犹如那些会爬行的动物族类。

阿戈拉斯托克勒斯

（对弥尔菲奥，严厉地）

不要再恶语伤人，好好控制你的舌头。   1035

你要是聪明，就不要再这样地辱骂他。

我不允许你这样无礼地对待我的同乡。

（对哈农）

我出生在迦太基，就像你业已知道的那样。

哈农

亲爱的同乡，你好。

阿戈拉斯托克勒斯

我也问候你，尽管我与你素不相识。

如果你有什么事情，请你直言相告，盼咐我，   1040

既然我们两人是同乡。

哈农

我由衷地感谢你。

[我在这里有个真诚的客朋：安提达马斯的儿子，

---

① "混血儿"的原文是migdilix，指北非利比亚人和提尔人的混血种族，即迦太基人。

　　　　　　　名叫阿戈拉斯托克勒斯，你若知道，请告诉我。]
　　　　　你知道这里有个青年叫阿戈拉——

阿戈拉斯托克勒斯

　　　　　如果你询问的是安提达马斯的过继儿子，　　　　　　　　1045
　　　　　那我自己就是你寻找的人。

哈农

　　　　　　　　　　啊呀，我听见什么呀？

阿戈拉斯托克勒斯

　　　　　我就是安提达马斯的儿子。

哈农

　　　　　　　　　　如果真是这样。
　　　　　如果你想对比客谊信物，我带着的就是。
　　　（拿出信物）

阿戈拉斯托克勒斯

　　　（热切地）
　　　　　请你快拿来看看。
　　　（接过细看）
　　　　　　　　是这样，我家里也有一个。

哈农

　　　　　我的朋友，你好！你的父亲对于我来说确实是　　　　　　1050
　　　　　父辈朋友，得马尔科斯之子，安提达马斯的客人。
　　　　　我和他曾把这块木牌作为昔日友谊的可靠信物。

阿戈拉斯托克勒斯

　　　　　你在这里会受到我的非常友好的接待。
　　　　　我不会抛弃友谊，也不会抛弃迦太基，
　　　　　我是在那里出生。

哈农

　　　　　　　　　愿神明们让你一切心想事成。　　　　　　　　1055
　　　　　你说什么？你怎么能让自己是迦太基人？
　　　　　既然你的父亲就是这里的埃托利亚人。

阿戈拉斯托克勒斯

　　　　　我是被从那里抢劫的，你的客朋安提达马斯
　　　　　把我买下了，并且还把我过继为他的儿子。

哈农

　　　　　他自己也是这样，曾经被得马尔科斯过继。　　　　1060
　　　　　不过我可以不说他，再来说你。你告诉我，
　　　　　你还记得你的双亲，就是你的生身父母亲
　　　　　叫什么名字吗？

阿戈拉斯托克勒斯

　　　　　我记得。

哈农

　　　　　　　　　你对我说说看，
　　　　　或许我也知道他们，或者甚至与我是亲戚。

阿戈拉斯托克勒斯

　　　　　我的母亲名叫安皮西古拉，父亲名叫约翰。　　　　1065

哈农

　　　　　啊，但愿你的父亲和母亲仍然为你而活着！

阿戈拉斯托克勒斯

　　　　　难道他们已去世？

哈农

　　　　　　　　　真让人痛心，他们已故去。
　　　　　你的母亲安皮西古拉是我的表姐妹，
　　　　　你的父亲是我们父系的堂兄弟，
　　　　　他在临死前让我做了他的继承人，　　　　　　　　1070
　　　　　他的亡故确实令我个人非常痛心。
　　　　　不过若事情果真如此，你是约翰之子，
　　　　　那你的左手上应该留有一个标记，
　　　　　那时你还是孩童玩耍时被猴子咬伤。
　　　　　你露出来让我看看。

阿戈拉斯托克勒斯

　　　　　（展示左手上的伤痕）
　　　　　　　　　我这就给你看。

哈农

　　　　　　　　　给我揭开。

（察看）

　　　　　　　　　小心，遮上。　　　　　　　　　1075

阿戈拉斯托克勒斯

　　我的叔父，你好。

哈农

　　　　　　　　　你好，阿戈拉斯托克勒斯。
　　我找到了你，觉得好像自己获得了再生。

弥尔菲奥

　　天哪，我为你们事情顺利结束而高兴。

（对哈农）

　　不过你想听我说几句吗？

哈农

　　　　　　　　　很想听你说。

弥尔菲奥

　　你应该把他父亲的财产归还给儿子。　　　　　　1080
　　他应该拥有曾经属于他父亲的财产。

哈农

　　我不反对：将会归还所有的财产；
　　我会保护好它们，只待他返回去。

弥尔菲奥

　　不，即使他继续居住这里，你也要归还。

哈农

　　我的也全部归他所有，如果我有什么。　　　　　1085

弥尔菲奥

　　我刚刚产生了一个非常有意思的想法。

哈农

　　什么想法？

弥尔菲奥

　　事情需要你帮忙。

哈农

　　　　　　　　　你就随意说吧，
　　你想让我帮什么忙都会使你得到满足。
　　究竟是什么事情？

弥尔菲奥

　　　　　　你能够稍许使点诡计吗？

哈农

　　对付敌人可以，若是对朋友就不明智。　　　　　　1090

弥尔菲奥

　　请海格力斯作证，他的敌人。

哈农

　　　　　　　很乐意那样做。

弥尔菲奥

　　这里居住着一个妓馆老板为邻。

哈农

　　　　　　　很乐意那样做。

弥尔菲奥

　　他那里有两个年轻女子是女奴伴妓，
　　互为姐妹。
　　（指阿戈拉斯托克勒斯）
　　　　　　他非常喜欢其中的一个，　　　　　　　　1095
　　只是从来没有玷污过她。

哈农

　　　　　　　苦涩的爱情。

弥尔菲奥

　　妓馆老板在戏弄他。

哈农

　　　　　　他是在从事自己的职业。

弥尔菲奥

　　他想报复那个老板。

哈农

　　　　　　　　　　如果他这样做，好主意。

弥尔菲奥

　　现在我想出了一个主意，准备这样安排：
　　我们想派你去，你就说她们是你的女儿，　　　　　　　　1100
　　还是在她们孩提时便被劫离开了迦太基，
　　你要通过法律诉讼使她们俩获得自由，
　　如同是你自己的女儿。你现在明白了？

哈农

　　（流泪）
　　请海格力斯作证，我明白了。我自己曾经
　　同样也有两个女儿同奶妈一起小时候被劫。　　　　　　　1105

弥尔菲奥

　　天哪，假装得多么相像。一开始就令我喜欢。

哈农

　　请神明作证，超出我的期望。

弥尔菲奥

　　（对阿戈拉斯托克勒斯）
　　　　　　　　　　　　　　天哪，真是个狡狯之人，
　　用心邪恶、冷酷无情、机敏灵巧、诡计多端之人！
　　看他流泪的样子，以便更容易符合表演的需要。
　　他远远超过了我这个这场计谋的设计人的想象。　　　　　1110

哈农

　　不过她们的奶妈是个什么模样，请你对我说说。

弥尔菲奥

　　她的身材不算粗壮，肤色红棕。

哈农

　　　　　　　　　　那就是她。

弥尔菲奥

　　她的容貌优美动人，脸面和眼睛黝黑。

哈农

　　天哪，你对她的形象作了出色的描绘。

弥尔菲奥

你现在想见她吗?

哈农

　　　　　不过我更想见到我的女儿。　　　　1115

你进去,把她叫来;如果她们是我的女儿,

既然她是她们的奶妈,那她会立即认出我。

弥尔菲奥

(大声地,对吕库斯屋内)

喂,屋里有人吗?你们快去报告一声,

让吉得尼斯出屋来。这里有人想见她。

第三场

[吉得尼斯由屋内上。

吉得尼斯

(大声地)

谁在这里敲门?

弥尔菲奥

　　　你的近邻。

吉得尼斯

　　　你有什么事?

弥尔菲奥

　　　　　你看看,　　　　1120

(指哈农)

你认不认识这个穿长衫的人是何许人?

吉得尼斯

(吃惊地)

啊,我看见了谁!至高至尊的尤皮特,

他就是我的主人,我的孩子们的父亲,

迦太基人哈农。

弥尔菲奥

> 　　　　　　　　真是个货真价实的无赖。
> 他真是个名副其实的布匿人，魔术之人，　　　　　1125
> 他能够让所有的人都按照他的想法行事。

吉得尼斯

> 主人，你好，哈农，我完全没有想到，
> 你的孩子们也是这样，你好——不过，
> 请你不要这样惊奇地仔细观察我。
> 难道你不认识你的女奴吉得尼斯？　　　　　　　　1130

哈农

> 我认出了。可我的孩子们在哪里？告诉我。

吉得尼斯

> 她们去了维纳斯庙。

哈农

> 　　　　　她们去干什么？告诉我。

吉得尼斯

> 今天是维纳斯的节日阿佛罗狄忒节：
> 去请求女神同情她们，对她们仁慈。

弥尔菲奥

> 我看神明确实恩慈她们，他就站在这里。　　　　　1135

阿戈拉斯托克勒斯

（对吉得尼斯）

> 喂，那些女孩是他的？

吉得尼斯

> 　　　　　　　　正像你说的那样。

（对哈农）

> 你的父爱，给我们带来了巨大的帮助，
> 你恰好在今天这样一个合适的时刻到来；
> 因为她们今天差一点改变了自己的名字，
> 用自己的身体从事一种不光彩的职业。　　　　　　1140

男孩

> 阿瓦马-伊利。

吉得尼斯
> 哈瓦-巴尼-西利-茵库斯提涅。
> 墨普斯太-塔斯-基姆-阿拉娜-克斯提弥姆。

阿戈拉斯托克勒斯
> （对哈农）
> 他们俩互相在交谈些什么？请你告诉我。

哈农
> 男孩问候自己的母亲，母亲则问候自己的儿子。
> （对吉得尼斯）
> 请你别话说，不要像妇女们通常表现的那样。　　　1145

阿戈拉斯托克勒斯
> 通常什么表现？

哈农
> 好放声大哭。

阿戈拉斯托克勒斯
> 那你就让她哭吧。

哈农
> （指他的伴随，对弥尔菲奥）
> 你带他们进屋去；把他们同奶妈一起
> 带进你们的住屋去。

阿戈拉斯托克勒斯
> （对弥尔菲奥）
> 你就按他的吩咐办。

弥尔菲奥
> （对哈农）
> 那时谁来给你指认她们？

阿戈拉斯托克勒斯
> 我自有办法。

弥尔菲奥
> 好，我走。

阿戈拉斯托克勒斯

你要干活,不要不断地回忆往事。 1150
要好好给刚刚到来的这位大叔准备午饭。

弥尔菲奥

(示意哈农的随从和吉得尼斯)
拉卡纳!好吧,我现在带你们去广场,
再从那里直接去矿井,然后缚上木桩。
我会让你们称赞我的这一温和的接待。
[众下。

阿戈拉斯托克勒斯

(急切地)
叔叔,我请你不要拒绝我的请求: 1055
但愿你能把你的大女儿许配给我。

哈农

你就认为已经决定。

阿戈拉斯托克勒斯

你许婚了?

哈农

我许婚了。

阿戈拉斯托克勒斯

叔叔,你好!现在你完全是我的。
现在我终于可以同她自由地说话。
叔叔,你现在希望见到你的女儿? 1160
你跟我走。
[急促地离开。

哈农

(紧跟着)
我早就想见她们,我跟着你。

[**阿戈拉斯托克勒斯**

怎么样,要是让我们迎面走过去?

哈农

我担心

我们会不会走叉了路。至尊的尤皮特啊，
我请求你现在为我把不确定的变成为确定。

阿戈拉斯托克勒斯

我已经非常相信，今天我的爱情会成功。］ 1165
我看见她们来了。

哈农

难道她们就是我的女儿？
她们已经由小女孩长成为大姑娘。

阿戈拉斯托克勒斯

（兴奋地）

你知道吗？
悲剧就是这样：它们通常装载在大车上。

［**弥尔菲奥**

天哪，我看今天我开玩笑说的东西 1169
将会全都认真而严肃地变成为现实：
（指哈农）
今天将会发现她们原来是他的女儿。 1173］

第四场

［阿得尔法西乌姆和安特拉斯提斯上。

阿得尔法西乌姆

今天付出的辛苦对于任何一个心灵爱美的人都很值得，
今天让双眼得到了许多的享受，前去观赏华丽的庙宇。 1175
卡斯托尔啊，我今天也很喜欢伴妓们奉献的精美礼物。
无比妩媚的女神维纳斯当之无愧，我赞赏女神的威能。
今天那里优美的东西那么多，它们都各得其所地摆放。
祭坛上乳香没药浓郁的香气弥漫，快乐的节日，
一片整洁，令人肃默敬仰，聚集了众多的崇拜者，
多得难以胜计，她们个个都是前来崇敬卡吕冬的维纳斯。 1180

安特拉斯提利斯

至于我们俩，姐姐啊，确凿无疑的是
我们的美丽超越众人，蒙神明们怜爱，
姐姐，我们在那里从没有被年轻人，
请波卢克斯作证，和其他的人讥嘲。 1185

阿得尔法西乌姆

妹妹，最好是让别人这么认为，而不是自夸。

安特拉斯提利斯

希望能够这样。

阿得尔法西乌姆

请波卢克斯作证，在我看来，
我们的性格与他人不同，我们要避免过失。

哈农

尤皮特啊，你抚育、保护人类，人类由于你而永存，
你赋予人类永生永存的希望，请你让今天充满顺利，
让我的事情顺利成就，我已经那么多年失去了她们，
她们从小失去祖邦，你让她们获得自由吧，
　　　　　　作为对我的虔诚的奖赏。 1190

阿戈拉斯托克勒斯

（兴奋地，对哈农）
我相信尤皮特会让这一切实现，因为他对我
负有责任，他害怕我。

哈农

（注视女儿，双眼流泪）
　　　　　　请你不要说话。

阿戈拉斯托克勒斯

叔叔，不要哭。

安特拉斯提利斯

姐姐，一个人意识到自己的胜利，那是多么愉快，
就像今天我们的美丽超越了所有参加节日的妇女。

阿得尔法西乌姆

　　　　妹妹你真愚蠢，超出了我的想象。请问你是不是
　　　　由于给自己脸上涂了烟灰而觉得自己就美丽无比？　　　　　　　　1195

阿戈拉斯托克勒斯

　　　　（入迷地，对哈农）
　　　　叔叔，亲爱的叔叔！

哈农

　　　　（注视女儿）
　　　　　　你怎么回事？我的侄子，告诉我。

阿戈拉斯托克勒斯

　　　　我希望你过来看。

哈农

　　　　　　我在注意看。

阿戈拉斯托克勒斯

　　　　　　啊，无比亲爱的叔叔啊！

哈农

　　　　　　　　　　　　什么事情？

阿戈拉斯托克勒斯

　　　　她多么美丽，多么令人称赞，多么聪明！

哈农

　　　　（平静地）
　　　　　　　　她的这些性格源自她的父亲。

阿戈拉斯托克勒斯

　　　　怎么回事？天哪，她已经早就耗完了你的智慧，
　　　　现在她聪明、明理、有思想，都是源于我的爱。　　　　　　　　　1200

阿得尔法西乌姆

　　　　妹妹，尽管我们身陷奴境，但并非由于我们的出身，
　　　　从而使得人们可以根据我们现在的行为嘲笑我们，
　　　　妇女们有许多缺点，在众多缺点中这样一点最重要，
　　　　那就是在我们满足于自我欣赏时从不顾及男人们。

安特拉斯提利斯

　　　　姐姐，在我们祭祀时发出的预言多么令人愉快啊！　　　　　　　　1205

那是祭司关于我们的预言。

阿戈拉斯托克勒斯

（旁白）

我希望他关于我说了点什么。

安特拉斯提利斯

预言称我们在这几天就能违背主人的意愿地获得自由。
除非有神明或父母亲帮助，我不知道该如何寄托希望。

阿戈拉斯托克勒斯

（旁白，对哈农）

海格力斯啊，我确信，叔叔，祭司允许了她们自由，
因为祭司知道我爱她。

阿得尔法西乌姆

（向吕库斯的住屋走去）

妹妹，你跟着我。

安特拉斯提利斯

我跟着。 1210

哈农

（大声地，对两姐妹）

你们别离开，我想找你们。不要厌烦，请站住。

阿得尔法西乌姆

谁在叫我们？

阿戈拉斯托克勒斯

那个希望为你们做好事的人。

阿得尔法西乌姆

现在正需要帮助。
不过那个人是谁？

阿戈拉斯托克勒斯

你们的友人。

阿得尔法西乌姆

惟愿他不是敌人。

阿戈拉斯托克勒斯

（对阿得尔法西乌姆）

我希望他是一个好人。

阿得尔法西乌姆

波卢克斯作证，但愿不是坏人。

阿戈拉斯托克勒斯

如果你需要友谊，那就同他缔结友谊。

阿得尔法西乌姆

我不奢求。 1215

阿戈拉斯托克勒斯

他想为你们俩做许多好事。

阿得尔法西乌姆

愿他诚心地为好人做事情。

[**哈农**

我会让你们高兴。

阿得尔法西乌姆

请神明作证，我们也会让你满意。

哈农

甚至自由，

阿得尔法西乌姆

你很容易以这样的代价说服我们。]

阿戈拉斯托克勒斯

（旁白，对哈农）

叔叔，愿神明们保佑我，如果我是尤皮特，
天哪，我将娶她为妻，把尤诺排挤到门外。 1220
她说话多么知廉耻，富有智慧，体面适度，
言语多么谦逊。

哈农

（旁白，对阿戈拉斯托克勒斯）

她肯定就是我的女儿。
不过我要巧妙地接近她们。

阿戈拉斯托克勒斯

      要友好、适度。

哈农

  我再继续试探她们？

阿戈拉斯托克勒斯

      要简短：观众们已经口渴。

哈农

  （温和地）

  怎么样？我们何不现在就开始？我带你们去法庭。   1225

阿戈拉斯托克勒斯

  叔叔，你做得很好。你抓住那个。我就抓住这个？

  （抓住阿得尔法西乌姆）

阿得尔法西乌姆

  （迷惑地）

  阿戈拉斯托克勒斯，这个人真是你的叔叔？

阿戈拉斯托克勒斯

      我很快会让你知道。

  我现在要好好报复你，让你——你将是我的未婚妻。

哈农

  你们快去法庭，不要耽搁。

  （对阿戈拉斯托克勒斯）

      让我做证人，带上她们。

阿戈拉斯托克勒斯

  我会让你做证人，那是在我吻她，拥抱她之后。   1230

  我本想说其他事情，天哪，说了我原想说的话。

哈农

  （对女儿们）

  你们在耽误，我要你们去法庭，否则便采用强力。

阿得尔法西乌姆

  你为什么要我们去法庭？我们欠你什么债？

阿戈拉斯托克勒斯

　　　　　　　　　　　　他在那里会说明。

阿得尔法西乌姆
　　（气愤地）
　　甚至我的狗也对我叫？

阿戈拉斯托克勒斯
　　　　　　　　　天哪，那你就抚摸吧：
　　你给我以吻代替面团，以舌头代替骨头。　　　　　1235
　　那时我会为你使那只狗比橄榄油还平静。

哈农
　　（对女儿们）
　　你们赶快走吧。

阿得尔法西乌姆
　　　　　　　我们对你怎么啦？

哈农
　　　　　　　　　　你们两人是窃贼。

阿得尔法西乌姆
　　　　我们？

哈农
　　　　我说了，是你们。

阿戈拉斯托克勒斯
　　　　　　　我也知道。

阿得尔法西乌姆
　　（对阿戈拉斯托克勒斯）
　　　　　　　　偷什么了？

阿戈拉斯托克勒斯
　　（指哈农）
　　　　　　　　　你去问他吧！

哈农
　　因为你们两人这么多年背着我隐藏我的女儿，
　　而且她们是自由人出身，出身于高贵的家庭。　　　1240

阿得尔法西乌姆

天哪，你永远不可能找到我们犯有这样的罪行。

阿戈拉斯托克勒斯

你可以用吻来证明自己的无辜，要互相不断地给。

阿得尔法西乌姆

我与你没有关系，你走开。

阿戈拉斯托克勒斯

你会同我有关系。
因为他是我的叔叔，我有责任为他辩护，
我会证明，你们怎样进行过许多的偷窃，　　　　　　　1245
你们怎样让他的女儿们在你那里做奴隶，
尽管你们知道她们是自由人，在祖邦被劫。

阿得尔法西乌姆

她们在哪里？告诉我，她们是谁？

阿戈拉斯托克勒斯

（旁白，对哈农）

已经把她们折磨够了。

哈农

让我们现在告诉她们。

阿戈拉斯托克勒斯

叔叔，我也这样想。

阿得尔法西乌姆

（旁白，对安特拉斯提利斯）

我非常害怕，
妹妹，这是怎么回事？我都麻木了，失神地站着。　　　1250

哈农

姑娘们，现在你们注意听我说，首先如果有可能，
我请神明不要赋予不应得的人们不值得的东西；
现在如果神明们赋予我、你们、你们的母亲什么，
那我们应该对神明们感激不尽，要永远地感激，
那是神明们为我们的虔诚而赋予我们的奖赏和荣耀。　　1255
你们两人是我的女儿，而这个阿戈拉斯托克勒斯，

他是我的兄弟的儿子,是你们的堂兄弟。

阿得尔法西乌姆

(对安特拉斯提利斯)

　　　　　　　　　　　　　我的好妹妹,

他们会不会是用虚假的快乐来逗我们高兴?

阿戈拉斯托克勒斯

(热切地)

　　　　　　　　　　愿神明们赐福于我,

(指哈农)

他是你们的父亲。你们快把手伸过来。

阿得尔法西乌姆

(畏怯地,激动地)

　　　　　　　　　　　你们好,父亲,

不期而遇,请允许我们拥抱你。

安特拉斯提利斯

　　　　　　　　　久久渴望和期待,　　　　1260

　　父亲,你好!

阿得尔法西乌姆

　　　　我们俩是你的女儿。

安特拉斯提利斯

　　　　　　　　让我们俩拥抱你。

戈拉斯托克勒斯

(对仍在拥抱的阿得尔法西乌姆)

然后谁来拥抱我?

哈农

　　　　　　啊,现在我感到真幸福啊!

这一欣悦一下子驱除了我多年来积郁的悲苦。

阿得尔法西乌姆

　　　　几乎令我们难以置信。

哈农

　　　　　　　我要让你们深信不疑,

是你们的奶妈首先认出了我。

阿得尔法西乌姆

　　　　　　　　　　　父亲,她现在在哪里?　　　　　　　　1265

哈农

　　(指阿戈拉斯托克勒斯)

　　在他家里。

阿戈拉斯托克勒斯

　　　　　你们怎么这么长时间一直搂着他的脖子?

　　你们两人中的一个放开他,我不喜欢这样。

阿得尔法西乌姆

　　　　　　　　　　　　　你让人讨厌,

　　首先得对你允婚。

阿戈拉斯托克勒斯

　　　　　好吧!

阿得尔法西乌姆

　　　　　你等着吧,祝愿你!

哈农

　　让我们互相更加紧紧地一起拥抱吧,

　　现在世界上有谁比我们更美好!

阿戈拉斯托克勒斯

　　　　　　　　命运给予应得者之应得。　　　　　　　　1270

哈农

　　终于实现了长久的愿望。

阿戈拉斯托克勒斯

　　　　　　　　画家阿佩勒斯,还有泽克西斯,

　　你们为什么已经作古?你们本可把这场面作画。

　　我可不愿意把这样的场景提供给其他的绘画师。

哈农

　　所有的男女神明们,我向你们表示应有的感激,

　　是你们让我终于享受到如此巨大的愉快和欢乐,　　　　1275

　　你们让我的女儿回到我身边,处于我的权力下。

阿得尔法西乌姆

　　　　亲爱的父亲，你的强烈亲情给了我们巨大的帮助。

阿戈拉斯托克勒斯

　　　　叔叔，我想提请你记住，你曾经把你的
　　　　长女许配给我。

哈农

　　　　　　　我记得。

阿戈拉斯托克勒斯

　　　　　　　还有你允许的嫁妆。

第三场

　　　　[安塔摩尼得斯由吕库斯的屋内上。

安塔摩尼得斯

　　　　如果我不为交给妓馆老板的钱好好进行报复，　　　　1280
　　　　那就让我自己把自由交给那些城市无赖嘲弄。
　　　　这个无能的家伙甚至邀请我到他家里用早餐，
　　　　他自己离开了家，把我留在屋里做他的管事，
　　　　屋里没有老板，妇女没有回来，也没有给我留吃食。
　　　　我现在就离开，抓走大部分早餐食物作为抵押；　　　　1285
　　　　我会这样给他钱，用军饷来诱惑妓馆老板。
　　　　我已经找到一个人，他会用钱蒙骗这个人。
　　　　（向远处张望）
　　　　不过我正生气，我的女伴现在却向我迎面走来。
　　　　波卢克斯作证，我会用拳头把她整个地揍成黑乌鸦，
　　　　让她变得更加乌黑，甚至比那些埃及人还要黑，① 　　　　1290
　　　　那些人进行表演时端着大黑锅穿过竞技场。

安特拉斯提利斯

　　　　（看见安塔摩尼得斯，依靠着哈农）

---

① 有的人认为，这里的"埃及人"应该为"埃塞俄比亚人"。

请你牢牢抓住我,我最亲爱的人,我害怕秃鹫,
那是一种非常凶恶的鸟类,它会叼走你的小鸟。

阿得尔法西乌姆

我没法更紧地搂住你,父亲。

安塔摩尼得斯

我这是在耽误自己。

(看一眼自己的掠获)

我这样差不多是为自己准备了一顿丰盛的早餐。　　　　　　1295

(看见哈农和女儿们搂抱着走来)

这是什么?怎么回事?我看见了什么?怎么这样?
怎么这样互相拥抱?怎么这样互相紧搂在一起?
那个人是谁?穿着长披衫,好像酒馆里的小跑堂?
我看错了?难道她不是我的女伴安特拉斯提利斯?
那就是她。我早就看出来了,我在这里一文不值。　　　　　1300
一个女孩在大街上同一个搬运工拥抱,怎么不害臊?
请海格力斯作证,我这就让那个刽子手好好受折磨。
这是一个货真价实的的淫荡之徒,穿着长长的披衫。
不过我现在显然首先应该走向这个阿非利加情人。

(走上前,大声地)

喂,你,我在对你说话,小女人,你不感到害臊吗?　　　　1305

(对哈农)

你有什么事?怎么能这样同她在一起?我在对你说话。

哈农

(环视,冷淡地)

年轻人,你好。

安塔摩尼得斯

我不领情,这里与你没有任何关系。
你怎么能用手指触碰这女子?

哈农

因为我高兴。

安塔摩尼得斯

  你高兴？

哈农

  我是这样说。

安塔摩尼得斯

  你这个小舌头，见鬼去吧。
你怎么胆敢在这里当情人，一文不值的东西， 1310
并且还是触碰通常男人们喜欢的那种部位？
被洗刷过的小海鱼，发情的小斑马，孵化器，
残渣滓，野兽皮，橄榄核，臭大蒜，臭韭菜，
气味熏人的烂大葱，罗马海船的典型划桨手。

阿戈拉斯托克勒斯

（上前保护哈农等）
年轻人，我看你牙齿坏了，在发痒痒。 1315
你怎么这样地烦扰他？你是想找不幸？

安塔摩尼得斯

  你这只皮鼓，这里与你有什么关系，这样喧闹？
我看你是个被阉割了的家伙，不是真正的男人。

阿戈拉斯托克勒斯

  你怎么知道我是个阉人？奴隶们，快到屋外来，
把棍棒拿来。

安塔摩尼得斯

  喂，请你不要生气，若是我 1320
说了些什么玩笑话，请你不要把它们当真。

安特拉斯提利斯

  安塔摩尼得斯，你这是在这里找什么乐儿，
对我的堂兄弟和我的父亲如此粗暴地说话？
这个人是我们的父亲，他刚刚找到了我们。
这个人是他兄弟的儿子。

安塔摩尼得斯

  愿尤皮特赐福于我。 1325

事情真好，真妙，太令我高兴，令我愉快！
在这个妓馆老板身上发生了这么倒霉的事情。
[由于良好的德操，幸福现在正降临于我们。

安特拉斯提利斯

请神明作证，他说的话可信，父亲，请相信他。

哈农

我相信。   1330

阿戈拉斯托克勒斯

我也相信。不过我看见那就是老板吕库斯。]
我看见这就是我们的那个大好人，终于返回来了。

[**哈农**

（看见吕库斯）

那个人是谁？

阿戈拉斯托克勒斯

随便什么都行：老板或豺狼。
就是那个人让你的女儿处于奴隶地位，
掠夺我的钱的强盗。

哈农

你都认识这样的好人！]   1335

阿戈拉斯托克勒斯

我们把他拉到法庭去。

哈农

最好不那样做。

阿戈拉斯托克勒斯

为什么？

哈农

不妨让我们蒙骗他一下，我看那样更合适。

第六场

[吕库斯上。

吕库斯

（自语）

依我看，把自己遭遇的事情准确地
向朋友们诉说，谁这样做都不会错。
刚才我的朋友们都这样一致劝说我，　　　　　　　　　　1340
要我去上吊，而不是被带上民会法庭。

阿戈拉斯托克勒斯

（走上前）

老板，我们现在去法庭。

吕库斯

　　　　　　　　我求求你，阿戈拉斯托克勒斯，
你就让我去上吊吧！

哈农

　　　　　　　　我要你去法庭。

吕库斯

你与我有什么相干？

哈农

　　　　　　　　我告诉你，这两个女子
是自由人，出身于高贵家庭，是我的女儿，　　　　　　　1345
她们还是在孩童时同奶妈一起遭受人掳掠。

吕库斯

我自己早就知道这一点，而且感到奇怪，
怎么一直没有人前来让她们俩恢复自由。
［她们当然不是我的。

安特拉斯提利斯

　　　　　　　　老板，去法庭。

吕库斯

你是在说早餐。应该这样，我会提供。］　　　　　　　　1350

阿戈拉斯托克勒斯

你由于偷窃要双倍地偿付我。

吕库斯

这里你可以随意取。

哈农

你得给我双倍的赔偿。

吕库斯

这里你可以随意取。

[安塔摩尼得斯

你也得付给我银币。

吕库斯

这里你可以任意取。]

我把所有的东西挂到脖子上,犹如搬运工。

阿戈拉斯托克勒斯

这就是说你对我的要求没有异议? 1355

吕库斯

没有异议。

阿戈拉斯托克勒斯

姑娘们,现在你们进屋去!

[阿得尔法西乌姆和阿特拉斯提利斯
进阿戈拉斯托克勒斯的屋,下。

(对哈农)

亲爱的叔叔,

正如你曾经答应,请你把女儿许配给我。

哈农

我没有另样的想法。

安塔摩尼得斯

再见吧!

阿戈拉斯托克勒斯

再见,祝你顺利!

安塔摩尼得斯

老板,

(显示一件脏物)

我现在把这东西拿走作抵押。

吕库斯

　　海格力斯啊，我完了。

阿戈拉斯托克勒斯

　　　　　　不，请稍待，带你去到法庭。　　　　　1360

吕库斯

　　我甘愿把自己交给你，还需要什么裁判官？
　　我真心请求你，请允许不用加倍地赔付你，
　　就三百腓力金币；我相信能够积聚这么多，
　　明天我就宣布进行拍卖。

阿戈拉斯托克勒斯

　　　　　　　　　我们这样说定：
　　你在我这里戴上木枷，处于看管之下。　　　　1365

吕库斯

　　我同意。

阿戈拉斯托克勒斯

　　（对哈农）
　　亲爱的叔叔，你跟我进屋去，让我们
　　愉快地度过这节日，庆祝他遭不幸，我们得幸运。
　　（对观众）
　　衷心祝福你们幸福安康，我们说了很多话，
　　最后让所有的不幸统统降临到于这个老板。
　　现在，作为戏剧还有最后的调料：　　　　　　1370
　　如果演出令你们满意，就请你们鼓掌。
　　[众下。

第七场

[**阿戈拉斯托克勒斯**

　　军人，你在干什么？你怎么能这样
　　随意地指责我的叔父？请不要惊奇，
　　那两个跟他走着的女子是他的女儿，

他刚刚与她们相认。

[吕库斯上。

吕库斯

（旁白）

啊，我刚才听到说什么？ 1375

现在我完了。

安塔摩尼得斯

她们从哪里离家来到这里？

阿戈拉斯托克勒斯

她们是迦太基人。

吕库斯

啊呀，我现在彻底完了。

我一直总是心怀恐惧，担心会有哪个人

认出她们来，现在终于应验。我多不幸，

我认为：我用来购买她们的那十八谟纳 1380

已经完了。

阿戈拉斯托克勒斯

吕库斯啊，而且你自己也完了。

哈农

（对阿戈拉斯托克勒斯）

这个人是谁？

阿戈拉斯托克勒斯

二者择其一，老板或者豺狼。

就是他让你的女儿们处于奴隶状态，

同时偷走了我的钱。

哈农

你都认识这样的好人。

安塔摩尼得斯

老板，我一直只是认为你是一个掠夺者， 1385

对于更深刻地了解你的人来说你是窃贼。

吕库斯

（旁白，注视着阿戈拉斯托克勒斯）
我这就走过去。
（跪到阿戈拉斯托克勒斯跟前）
　　　　我以你的膝盖的名义请求你，
还有这个人，我看他显然是你的亲属：
既然你们都是好人，那你们就应该
行为善良，帮助请求你们宽恕的人。　　　　　　　　　1390
事实上我早就知道她们是自由人，
一直期待有人在法庭上恢复她们自由。
她们不是我的，我从你那里得到的金子，
我把它们还给你，并且还要发誓，
阿戈拉斯托克勒斯，我这样做毫无恶意。　　　　　　　1395

阿戈拉斯托克勒斯
（自语）
我应该怎么办？让我想想拿个主意。
（对吕库斯）
你放开我的膝盖！

吕库斯
　　　　我放开，既然你这样要求。]

安塔摩尼得斯
喂，你，老板，

吕库斯
（冷淡地）
　　　　老板正忙着，你有什么事？

安塔摩尼得斯
你得把我的钱还给我，在你进监牢之前。

吕库斯
愿神明保佑！

安塔摩尼得斯
　　　　事情是这样：今天你肯定会在外面吃饭。　　　　1400
老板，现在你得提供三件东西：金子、银子和脖子。

哈农

（半自白地）

我现在正在思考：对这件事我该怎么办。
如果我报复他，在这座陌生的城市里诉讼，
那时关于他们的风俗习惯我又知道多少。

阿得尔法西乌姆

亲爱的父亲，完全用不着同这个家伙打官司。　　　　　1405

安特拉斯提利斯

就听姐姐的话，用不着同这样一个无赖结怨。

哈农

老板，你听着，尽管我知道我可以让你丧命，
但我不会带你去法庭。

阿戈拉斯托克勒斯

　　　　　　　我也是这样想。如果你能把金子
还给我，老板，那时你会被解除镣铐——投入监牢。

吕库斯

就像你我通常做的那样？

安塔摩尼得斯

（对哈农）

　　　　　布匿人，我请你允许我作辩护。　　　　　　1410
如果我曾经在愤怒之中说了什么让你不快，
我请求你宽恕我。既然你现在找到了女儿，
愿神明保佑我为你高兴。

哈农

　　　　　我宽恕你，相信你。

安塔摩尼得斯

老板，你把我的女友给我，要不你把钱还给我。

吕库斯

你想不想要我的竖琴女？

安塔摩尼得斯

　　　　　我绝对不要竖琴女；　　　　　　　　　　　1415

你大概不知道，她两颊鼓鼓的，胸部过肥。

吕库斯
那就按你的意思办。

安塔摩尼得斯
你要努力去办。

吕库斯
（对阿戈拉斯托克勒斯）
我明天把你的金子还给你。

阿戈拉斯托克勒斯
那你记住。

吕库斯
（对安塔摩尼得斯）
军人，你跟我来。

安塔摩尼得斯
好，我跟着你。

〔吕库斯和安塔摩尼得斯同下。

阿戈拉斯托克勒斯
（对哈农）
叔叔，你怎样打算？何时从这里去迦太基？
我已经决定同你一起走。

哈农
只要可能，就立即离开。　　　　1420

阿戈拉斯托克勒斯
待我进行拍卖，因此需要你在这里逗留几天。

哈农
我可以按你的要求做。

阿戈拉斯托克勒斯
好吧，我们走，去准备。
（对观众）
请鼓掌。

〔同下。

剧　终

普修多卢斯

PSEUDOLUS

导　言

　　尽管普劳图斯的这部剧本非常有名，但人们对他的这部剧本的希腊原剧却无从知晓。有的研究者推测那是米南德的作品，也有的研究者认为那是菲勒蒙的作品，不过都无从定考。关于这部剧本的演出年代，"演出纪要"中称剧本演出于马尔库斯之子马·尤尼乌斯主持的墨加拉赛会。那次赛会举行于公元前191年4月上半月，纪念大神母庙的落成。大神母（Magna mater deorum）源自小亚细亚的弗律基亚，因此又名弗律基亚神母。为大神母建造神庙是公元前204年许的愿。当时第二次布匿战争战事正酣，罗马屡遭天灾，罗马人按照"神意"，把弗律基亚神母迎来罗马消灾。[1]戏剧演出特别任命由城市裁判官主持，表示纪念活动的隆重和对演出的重视。由上述史事年代可以看出，这部剧本是普劳图斯较晚时期的作品。据西塞罗说，这部剧本是普劳图斯本人特别喜欢的作品之一，与它一起的还有《粗鲁汉》。[2]剧本在罗马共和国末期还曾演出过，并且很成功。在那次演出中，妓馆老板巴利奥这一角色是由西塞罗时代的著名演员罗斯基乌斯担任。[3]

　　这部剧本的情节像普劳图斯的许多其他剧本一样，是公式化的。一个中等社会家庭出身的青年爱上了一个处于妓馆老板控制之下的年轻女子，但是没有钱为女子赎身。老板已经把女子卖给了一个马其顿军官，只待付清全款后把女子领

---

[1] 参阅李维：《自建城以来》，第29卷第10—11章。
[2] 参阅西塞罗：《论老年》，第49节。
[3] 参阅西塞罗：《为罗斯基乌斯辩护》。

走。青年身无分文，只好寄希望于机智的奴隶的帮助。奴隶终于凭自己的机敏，从老板手里夺得女子。剧中人物卡利福说（第433—435行）：

> 现在风习如此，
> 年轻人恋爱，赎情人，有什么好奇怪？
> 有什么新奇？

由此可见，虽然剧本情节结构是公式化的，但触及的问题是现实的，这是剧本的演出获得成功的重要前提。

剧中最引人注目的人物是机敏的奴隶普修多卢斯，因而这部剧本又常常被称为《奴隶骗子》。剧中描写，这个奴隶的外形特征是（第1218—1220行）：

> 火红头发，大肚皮，胖腿，黝黑皮肤，大脑袋，
> 一双尖细的眼睛，红润的嘴唇，此外还有一副
> 大脚掌。

少主人陷于绝望，要求普修多卢斯为他设法排忧解难。他一口答应，但对于怎么弄到钱为伴妓赎身，他心里并没有底。他只是出于自己的习性，海口承诺，想的是按照当时的习惯，如果从别人那里搞不到钱，那就蒙骗少主人的父亲。好在他遇到的是一个为了爱情可以抛弃一切的钟情青年，不仅允许可以蒙骗自己的父亲（这是喜剧中常见的现象），甚至如果需要，还可以蒙骗自己的母亲。普修多卢斯本希望能够迫使妓馆老板暂缓几天，另想办法，但妓馆老板只要钱，毫无同情心，他看出了对妓馆老板必须采取行动。

其实这时普修多卢斯也仅是决心而已，至于如何行动，他心里仍然没有明确的计划，不过他相信自己会成功。在他看来，诗人拿起书板时并不知道写什么和怎么写，但经过一番冥思苦索，最后终于找到，"使谎言变得如同真的一般"（第403行），他也会像诗人那样，为少主人找到迫切需要的钱。

这时他正好看见主人西蒙同邻居卡利福走来，于是便准备拿主人打主意。西蒙警告普修多卢斯，他已经知道儿子想赎妓，不可能从他那里弄到钱。普修多卢斯相信自己能够从西蒙那里弄到钱，于是与西蒙打赌，否则甘愿受罚。按照当时的戏剧习惯，当时普修多卢斯在天黑之前需要办成两件事情：蒙骗老板和得到西蒙的钱。不过这时普修多卢斯再一次坦白：他还不知道该怎么行动，只是肯定会行动。这里反映的是普修多卢斯的大胆和自信，自信自己会找到办法对付主人。他宣布，演员登台表演得表演某种新的东西。或许这就是他想表演的新东西，使他也不得不进屋去想主意。第一幕在此结束，舞台空场，由吹

笛手演奏乐曲。这是古罗马喜剧中传下来的少有的幕间演奏场面，为以下的剧情发展提供新的空间。

普修多卢斯重新上场，宣称自己不知道何为犹豫，何为畏惧，他心里已经有了主意，要向妓馆老板巴利奥发起进攻。这时他偶然碰上了马其顿军官派来的听差哈尔帕克斯，从哈尔帕克斯的自白中知道了对方的身份和承担的任务。他凭自己的敏锐嗅觉，看见这是一个可利用的好机会，于是他又重新制订计划，首先对付这位不速之客。

其实只是从这时开始，普修多卢斯才真正开始喜剧欺骗。他先入为主，自称是巴利奥的司库，并且充分利用自己预先知道的情况，说出对方的身份和来意，又进一步说明军官与老板"今天付钱"的约定，使对方失去了警惕，被解除了武装，相信了他，说钱就在他那里。不过当普修多卢斯要对方把钱交给他时，对方还是保持着一定的警惕性，拒绝把钱交给他。尽管普修多卢斯意图受阻，不过他并没有气馁，仍然充满信心，相信事情会很快解决。当对方询问他的姓名时，思维的机敏帮助了他。他立即想到老板有个奴隶名叫叙鲁斯，便立即冒充自己就是那个奴隶。这时对方仍然声称，钱只能直接交给巴利奥，不过还继续相信对方是巴利奥的人，因此很爽快地把钤有军人印记的信交给了普修多卢斯，让普修多卢斯转交给巴利奥。当普修多卢斯询问他的姓名时，他立即说出了自己的名字，觉得托人办事，表明自己的身份是理所应该的事，其实却在不知不觉之中为普修多卢斯提供了意外的重要信息。哈尔帕克斯作为军人的听差，头脑如此简单是当然的事情，符合当时的喜剧中对军人的描写习惯，特别是当军人吹嘘自己作战如何有本事时，更明显地表现出了这一点。普修多卢斯不得不承认，正是这位不速之客的到来救了他，使他意外地摆脱了困境。关键就是他得到那封信，正是那封信使他得以顺利地达到目的。从这时开始，他周密计划了从老板那里夺取女子的计划。他承认，他是在猛然间想出了欺骗，冒称自己是妓馆老板的奴隶。他赞赏自己善于利用机遇。现在他正是利用这封信继续欺骗三个人：主人、老板和军人的听差。

正在这时，普修多卢斯得到一个头脑机灵、善搞欺骗、机敏狡猾的人西弥亚做帮手。没有人曾经见过此人，从而骗局不会被人直接看穿。他还得到急需要的五谟纳现款和化装西弥亚需要的服装，好让西弥亚冒充军官的听差，用信函和五谟纳钱从老板那里把女子领走。只是到这时候，普修多卢斯的欺骗计划才算定型，对自己的安排充满信心。

这时普修多卢斯面临的新难题是，西蒙已经警告妓馆老板，提防普修多卢斯要计谋把女人领走，从而增强了人们对正在安排的计谋的戏剧悬念。西弥亚被打扮成军人的听差模样，前来完成差事，非常轻易和巧妙地便和妓馆老板巴利奥联系上。当巴利奥追问他主人的名字时，他没有辜负普修多卢斯对他的"从没见过哪个人比他更邪恶、更无耻"的评价。西弥亚并不知道军人的名字，但他灵机一动，反追问巴利奥，要巴利奥说出，意在知道对方是否真是他寻找的巴利奥。巴利奥自信地随口说出了军人的名字，表现出轻信和弱智。西弥亚乘机确认，表示相信对方正是他要找的人，为自己交钱领走女子提供前提，从而很顺利地把事情办成。

正当巴利奥喜形于色地把好消息告诉西蒙，说他已收到钱，女人被领走，西蒙认为自己在与普修多卢斯的打赌中获得胜利时，真正的军人听差来了，称自己受军人派遣前来，要求收钱交出女子带走。巴利奥以为是普修多卢斯派人来捉弄他，贪婪地乘机收下钱，窃喜自己看出欺骗，没有被蒙上当，还额外得了好处。对方坚持要人，经过一番盘问，才终于明白，是他们自己上了当，普修多卢斯已经成功地把女子领走。

剧中除了主要人物普修多卢斯外，剧作家对妓馆老板巴利奥的形象也作了多方面的鲜明刻画。剧本在主要人物普修多卢斯出场后，便安排妓馆老板巴利奥在第二场里出场，而且以其凶恶的言行给人留下深刻的印象。他残忍地对待奴隶，用鞭子驱赶着一群奴隶上场，恶言恶语地咒骂他们，狠命地举鞭抽打他们。他严厉地要求女子向她们的情人索要东西，庆贺他的生日，要够他吃喝一年。他无情无义，利益至高无上，一听对方说事情对他有好处，就立即动心。他承认，甚至当他给尤皮特献祭时，行的是神圣的事情，想的却是赚钱，赚钱就是一切。他劝告卡利多卢斯的也是赚钱的手段。他要卡利多卢斯借钱进橄榄，卖的是现钱，最后由他得利。为了自己的利益，他劝年轻人向钱庄借贷，还可以偷自己父亲的钱，自称出这种恶主意"是妓馆老板的本性"。他不怕发伪誓，只要能得到银子。他称普修多卢斯是"雅典城中最卑鄙的奴隶"，而他自己比普修多卢斯还邪恶。普修多卢斯以各种恶名臭骂他，他都认为骂得对，骂得好。剧作家对巴利奥采用了各种令人鄙夷的比喻，甚至通过普修多卢斯的嘴发出召唤，要求年轻人一起行动起来，让城市摆脱这一毒瘤。这里反映的是社会情绪。

在普劳图斯的这部喜剧里，厨师是另一个重要的嘲笑对象。厨师的典型特征是滑稽，愚蠢，自大，好吹牛，惯于偷窃。巴利奥与厨师的整个对话充满了对厨师这一职业的嘲笑。

西蒙与卡利福的性格互相反衬。西蒙固执，保守，卡利福则开明、温和。他要求西蒙想想自己年轻时的生活，审时度势，冷静地对待儿子。

这部剧本里同样采用了不少军事比喻。普修多卢斯经常把自己的阴谋诡计与军事行动相比拟。普修多卢斯准备从老板那里夺取腓尼基乌姆，他把这一行动与攻击城市相比拟。他为了完成伟大的功业，鼓足了全部心灵力量，犹如要去进攻敌人，夺取敌人的盔甲，而对巴利奥，则用抛石机轰击。"巴利奥"一名的拉丁文是Balio，"抛石机"的拉丁文是ballista。他在确定了行动计划后，决定让自己的军队随着旗帜前进，犹如一位军事统帅。他像罗马军事统帅那样，为自己的行动占卜，占卜结果吉利，使他相信自己会战胜敌人。他在取得胜利之后，以凯旋庆祝胜利。当时的观众对这些很容易理解，同时也使他们觉得非常可笑，富有时代感和戏剧特色。

演出纪要

此剧演出于马尔库斯之子马·尤尼乌斯任城市裁判官的墨加拉赛会。①

---

① 罗马的墨加拉赛会（Ludi Megalenses,或简称为 Megalesia）创立于公元前194年，每年4月举行，祭祀大神母，由高级市政官主持。大神母是由小亚细亚的弗律基亚传来的女神，因此又称为弗律基亚神母。是年为公元前191年。"纪要"的拉丁文原文为碑铭体，专有名词多采用缩写形式表示。

剧情梗概（一）

军人交付了十五谟纳现金，
留下印记，与妓馆老板约定，
把腓尼基乌姆给他，余款另付。
普修多卢斯自称是巴利奥的奴隶叙鲁斯，
蒙骗军人派来的听差，得到印记，　　　　　　　　5
帮助少主人：让妓馆老板把女子
交给西弥亚，普修多卢斯让他冒名顶替。
哈尔帕克斯本人来到后真相大白，
老人不得不交出事先约定的罚金。

剧情梗概（二）

青年卡利多鲁斯强烈爱上了
伴妓腓尼基乌姆，但没有钱。
军人以二十谟纳买得那女子，
然后离去，预付了十五谟纳。
他给老板留下自己的印记，　　　　　　　　　　5
以便让人带来同样的记号
和所欠款项，领走他买的女子。
不久军人的听差受军官派遣，
前来领那伴妓。青年的奴隶
普修多卢斯冒充妓馆老板的管家，　　　　　　　10
蒙骗那听差。他得到了那印记，
然后把五谟纳钱连同印记
一起交给了假冒的听差。
假冒的听差狡猾地蒙骗了老板。
卡利多鲁斯得到伴妓，普修多卢斯得到美酒。　　15

人　物

普修多卢斯[①]　奴隶
卡利多鲁斯　青年
巴利奥　妓馆老板
西蒙　老人
卡利福　老人
哈尔帕克斯　军官的听差
哈里努斯　青年
奴隶　数人
伴妓
小奴
厨师
西弥亚　妓馆老板的管家

地　点

雅典，某街口。舞台上有三座住屋，一座为巴利奥的居处，一座为西蒙的居处，旁边一座为卡利福的居处。

时　间

白天。

[①] 人名 Pseudolus（普修多卢斯）由两部分复合而成，前半部分 pseud-源自古希腊语，意思为"欺骗"，后半部分 -dolus 源自拉丁语，其意思也是"欺骗"。

开场词

……你们最好还是伸伸腰，站一站，
舞台上演的是普劳图斯的一部长剧。①

---
① 开场白仅存这两行诗，内容显然是对那些不安静看戏的人而言。

第一幕

第一场

[普修多卢斯和卡利多鲁斯上。

普修多卢斯
　　主人,你一直沉默不语,倘若我能弄明白,
　　是些什么伤心事在折磨你,使你如此痛苦,
　　我倒很乐意能够把我们两人从愁苦中解脱, 　　　　　　5
　　让我们采用我询问你,你对我作答的形式。
　　现在既然不可能做到这一点,从而迫使我
　　不得不直接向你发问。我请你直言告诉我,
　　你这许多天来为什么总是失魂落魄的样子,
　　随身带着书写板,不断让泪水把它们浸湿, 　　　　　10
　　而你自己却对谁也不吐露任何一点滴心思?
　　说吧,让我和你一起知道我不知道的事情。

卡利多鲁斯
　　普修多卢斯啊,我太不幸,太不幸了!

普修多卢斯
　　　　　　　　　　　　那就愿尤皮特
　　为你解忧释难!

卡利多鲁斯
　　　　　　　不,事情与尤皮特的权限不相干;
　　我是在被维纳斯专横地折磨,并不是被尤皮特。 　　　15

普修多卢斯

我可以知道是怎么回事吗？在这之前你可是
在各种事情上一直把我当作你最亲密的帮手。

卡利多鲁斯

我现在还是那样看待你。

普修多卢斯

那你就让我知道究竟是怎么回事。
我会帮助你，无论是搞钱、听差遣，或出个好主意。

卡利多鲁斯

你把这些写字板拿去，你从中就会知道， 20
究竟是些什么样的痛苦和忧虑在折磨我。

普修多卢斯

承蒙你信任我。

（接过写字板翻阅）

不过这是怎么回事？

卡利多鲁斯

什么怎么回事？

普修多卢斯

在我看来，这些字母是想要孩子，它们全都
一个个地重叠在一起。

卡利多鲁斯

你还用这些玩笑话取乐？

普修多卢斯

天哪，这些字母只有西比拉能够识别，[①] 25
没有哪个其他人能够理解它们的意思。

卡利多鲁斯

你为什么还要无情地嘲弄由亲切的手

---

① 西比拉是古希腊罗马人对具有预言能力的女先知的称呼，关于她们的情形，不同时期的作家说法不一。普劳图斯这里指的显然是意大利库麦城的西比拉，传说埃涅阿斯走访冥间前曾去求见过她，请她为自己预言未来。西比拉还传下预言书一册，由专门的祭司保管、解释。

　　　　　写在这些亲切的书板上的亲切的话语?

普修多卢斯

　　　　　请海格力斯作证！难道母鸡也长有手?
　　　　　这些字母肯定是母鸡书写。

卡利多鲁斯

　　　　　　　　　　　你真让我讨厌！　　　　　　　30
　　　　　你要不读信，要不就把信还给我。

普修多卢斯

　　　　　　　　　　　不，我读它们。
　　　　　你要鼓起勇气听。

卡利多鲁斯

　　　　　　　　　　　我已经没有勇气。

普修多卢斯

　　　　　　　　　　　那你就鼓。

卡利多鲁斯

　　　　　不，我不再说话，你就从信里鼓吧，
　　　　　现在我的勇气在那里，不在我心里。

普修多卢斯

　　　　　我看见你的情人了，卡利多鲁斯。　　　　35

卡利多鲁斯

　　　　　　　　　　　快告诉我，她在哪里?

普修多卢斯

　　　　　你看她就在这里，在书板上，躺在蜡面上。

卡利多鲁斯

　　　　　愿男女神明们把你——

普修多卢斯

　　　　　（打断卡利多鲁斯的话）
　　　　　　　　　　　愿神明们保护我。

卡利多鲁斯

　　　　　我像夏日的小草一样短暂：
　　　　　我忽然成长，又忽然枯萎。

普修多卢斯
  别说话，我要读信。

卡利多鲁斯
      你不是还没有开始读？   40

普修多卢斯
  "腓尼基乌姆向心爱的卡利多鲁斯，
  以木笔写在蜡板上的信函向你致意，
  并且热切地盼望能够得到你的回答，
  双眼含泪水，精神恍惚，心胸发颤。"

卡利多鲁斯
  真急死人，普修多卢斯，我哪儿也找不到   45
  可以回答她的东西。

普修多卢斯
    找不到什么东西？

卡利多鲁斯
        就是钱。

普修多卢斯
  她通过书板向你致意，你却要
  用钱来回答她？瞧你想干什么！

卡利多鲁斯
  你赶快读！你从信中会清楚知道，
  我为什么需要能够马上就弄到钱。   50

普修多卢斯
  "主人以二十谟纳，我的亲爱的，
  把我远远地卖给了一个马其顿军官。
  那军官从这里离开前已经支付了
  十五谟纳，现在仅仅只差五谟纳。
  军官为此留下了自己的印记——   55
  把他戒指上自己的肖像按在蜡上，
  若是有谁带来与此一样的印记，
  主人就把我交给那人带走。日期

已经确定，就在下一次狄奥倪索斯节①。"

唉，那就是明天！

卡利多鲁斯

（焦急地）

如果你不帮助我， 60

那我就完了。

普修多卢斯

请你让我继续读信。

卡利多鲁斯

好，我觉得好像我就是在同她本人说话。

你读，你现在是给我把甜和苦掺和到一起。

普修多卢斯

（继续读信）

"我们的爱情，愿望和友谊；

我们的欢乐，戏耍，谈话和抚慰； 65

情人间的的身体的亲密拥抱，

温柔的嘴唇的亲切接吻——酒神的奥秘，

颤动的胸脯紧紧地贴在一起，

现在对于我们俩，与这些欢乐分离、告别，

结束这一切的时刻已经到来， 70

如果你我找不到互相帮助的办法。

我尽可能让你知道我所知道的全部情况，

现在我要考验你有多少真爱，多少虚假，再见。"

卡利多鲁斯

她写得这样可怜，普修多卢斯。

普修多卢斯

啊，真可怜！

---

① 狄奥倪索斯节即酒神节。古代希腊有多个酒神节：乡村酒神节每年12月至1月在乡村举行；勒奈亚节是全雅典人的节日，每年1至2月举行；酒神大节每年三至四月间举行。

卡利多鲁斯

你怎么没有流眼泪?

普修多卢斯

我的眼睛是浮石眼,① 75

即使进行挤压,也挤不出一滴泪水来。

卡利多鲁斯

为什么会这样?

普修多卢斯

我们这种人从来都是干眼睛。

卡利多鲁斯

你一点也不想帮我忙?

普修多卢斯

我能为你做什么?

卡利多鲁斯

哎呀!

普修多卢斯

"哎呀"?这你放心,我会给你。

卡利多鲁斯

我现在真可怜,哪儿也不可能借到钱。 80

普修多卢斯

哎呀!

卡利多鲁斯

家里一个钱也没有。

普修多卢斯

哎呀!

卡利多鲁斯

那个军官明天就要把女子领走。

普修多卢斯

哎呀!

---

① 浮石(pumex)又称浮岩,一种酸性岩石,不吸水,能漂浮于水面,故名。

卡利多鲁斯

　　你就这样帮助我？

普修多卢斯

　　　　　　　　　我是有什么给你什么。
　　这种财富在我那里可以说是取之不尽。

卡利多鲁斯

　　这样我今天可要完了！你现在能不能　　　　　85
　　借给我一德拉克马？我明天就还给你。

普修多卢斯

　　天哪，我想如果我能把自己当给你，倒正合适。
　　不过你想要这一德拉克马干什么？

卡利多鲁斯

　　　　　　　　　　　　我想给自己
　　买根绳子。

普修多卢斯

　　　　　　　干什么？

卡利多鲁斯

　　　　　　　　　　好用来上吊。
　　我已经决定了，天黑之前去冥间。　　　　　　90

普修多卢斯

　　要是我借给你一德拉克马，那时谁还我？
　　你真要去上吊，是不是抱着这样的目的：
　　我若借给你一德拉克马，你想赖我的账？

卡利多鲁斯

　　我确实怎么也不想活了，如果真是
　　有人把她从我手里夺走，把她带走。　　　　　95

普修多卢斯

　　懦夫，哭什么？你会活下去。

卡利多鲁斯

　　　　　　　　　　　我怎么能不哭？
　　因为我现在手头没有一个钱，甚至连

普修多卢斯

  从什么地方找一个小钱的希望都没有。

普修多卢斯

  根据她在这封信里诉说的情况,
  如果你给她流出的不是银眼泪,   100
  你用这些眼泪讨好她,其结果
  不会比用筛子去接雨水更有益。
  你不用担心,我不会抛弃亲爱的主人。
  我相信我今天怎么也会为你效力,
  这样那样地帮助你,为你找到钱。   105
  不过究竟从哪里搞钱,我现在说不准,
  只是肯定会搞到,因为我的睫毛在跳。①

卡利多鲁斯

  但愿你刚才说的话能真正成为现实!

普修多卢斯

  神明作证,我只要把话说出来,
  你知道通常会造成多大的混乱。   110

卡利多鲁斯

  现在我活下去的希望全寄托在你身上。

普修多卢斯

  (自信地)
  如果我今天让那个女子归你所有,或者给你
  二十谟纳把那个女子赎出来,这样你会满意?

卡利多鲁斯

  满意,如果能这样。

普修多卢斯

      你现在就向我要求二十谟纳,
  好让你相信我会实践自己的诺言。你要求吧,   115
  以海格力斯的名义请求你。我正急于想许愿!

卡利多鲁斯

---

① 这是古希腊罗马时代流行的民间信仰。

我请求你，你今天能给我二十谟纳吗？

普修多卢斯

我会给。我告诉你，请不要再打扰我。为了使你
不至于说我事先没有把话说明白，我再补充一句：
如果我从别人那里弄不到钱，我就蒙骗你的父亲。 120

卡利多鲁斯

愿神明们永远为我保佑你！如果可能，
虔诚常在，你甚至蒙骗我母亲也可以。

普修多卢斯

关于这件事，你就闭起眼睛睡大觉吧。

卡利多鲁斯

是闭起眼睛，还是堵住耳朵？

普修多卢斯

我说的不像你那样俗气。
现在为了不至于有人说我没有把话说明白， 125
我向大家宣告，向出席会议的所有成年人，
向全体人民宣告，向我所有的至亲好友宣告，
希望他们今天全都提防着我，不要相信我。①

卡利多鲁斯

（听见巴利奥的屋门响）
啊，天哪，别说话！

普修多卢斯

怎么回事？

卡利多鲁斯

妓馆老板的 130
屋门在响。

普修多卢斯

但愿那是他的腿骨在发响声。

卡利多鲁斯

---

① 普修多卢斯戏拟正式的罗马官方告示程式。

那个不守信用的家伙，是他自己出屋里。

第二场

[巴利奥及奴隶数人上。

巴利奥
（挥着鞭子对众奴隶）
你们过来，快过来，懒鬼！真不值得喂你们，把你们买来！
你们中不管哪个人，从来都没有想过要让自己行为放规矩，
要是我这样都教训不了你们，那就真别想从你们身上捞好处。　　135
（狠命地抽打奴隶）
我从没有见过比这些家伙更笨的驴，腰肋上抽得到处是伤痕。
谁抽你们，就对谁更不利，因为你们这种人生来就费鞭子。
你们的心思全集中于一点：只要一有机会，
就抢，就偷，就拿，就窃，就喝，就吃，就逃跑。
这些就是他们的正经行业，以至于即使把狼　　140
留在羊身边，也会比把你们留下来看家强。
（环视察看）
表面上看他们显得并不坏，实际上却是另一回事。
（继续挥动鞭子）
现在如果你们不认真注意听我的吩咐，
不把瞌睡和懒惰从心灵里和眼前赶走，
那我就要让你们的皮肤布满花纹，　　145
连坎佩尼亚①的床帷或者装饰兽类图案的
亚历山大里亚剪毯都没有的一种纹饰。
昨天便对你们说过，把事情向你们作了吩咐，
你们真是一伙出色的恶棍，天生的无赖，
以至于我现在不得不再用鞭子告诉你们该干什么。　　150
你们就是这样：想以自己的韧性战胜这条鞭子和我。

---

① 坎佩尼亚位于意大利中部，一向以生活奢侈著称。

你们不要把心事放在别处。要把心思集中放在这里,
把耳朵用来听我说话,你们这些招鞭打的东西!
神明作证,你们的脊背永远不会比我的这条皮鞭更坚韧。
(继续抽打奴隶)
现在怎么样?感觉疼?奴隶蔑视主人,就得这样忍受。 155
现在你们全都在我面前站好,注意听我说话!
(对一奴隶)
你,拿着水瓮,去提水,替厨师把锅装满!
(对另一奴隶)
你,拿着斧子,我分配给你劈柴的任务。

奴隶

这把斧子钝。

巴利奥

     就这样!你们也被抽得和它一样钝。
难道我会由于这一点而减轻分配给你们的差使? 160
(对一奴隶)
我先分配你把屋子打扫亮堂!你已经有活儿,快进去!
〔该奴隶下。
(对另一个奴隶)
你专门安放靠垫!①
(对第三个奴隶)
     你洗涤银餐具,把它们摆放好!
当我从广场回来的时候,你们都要准备就绪:
都要翻过,扫过,抹过,铺好,擦净,涂过油。
(对管厨的奴隶)
今天是我的生日,你们全都要隆重地为我祝寿。 165
用水把猪腿、猪皮、猪口条、五花浸泡②。你们听清了?
我要豪华地宴请宾客,让他们知道我富有。

---

① 古希腊罗马人斜依在卧榻上就餐。"安放靠垫"原是遇有重大吉凶时的一种祭神仪式。仪式时有专人把小神像安放到卧榻上的靠垫上,奉之各种佳肴,祈求庇佑。
② 这里列举的都是当时罗马人的美食。

现在你们就进去，赶快准备，厨师来了不会有耽搁。
我现在去菜场，要是那里有鱼，就买些回来。
（众奴隶下，留下一小奴）
喂，孩子，前边走！我们得当心，提防有人戳破钱口袋。　　　170
（停住脚步）
不，等一下，对家里我还有话要吩咐，差一点忘记。
（对屋内）
你们听见没有？女人们，我现在对你们发布命令。
你们在洁净、安乐、愉快中度日，与高贵的男人们往来，
尊贵的女士们，现在我想知道，今天我要考察明白，
你们中谁想获得自由，谁想填饱肚子，
　　　　　　　　谁只考虑自己获益，谁只向往蒙头睡觉；　　　175
今天我要检查清楚，你们谁该被释放，谁该被卖掉。
今天你们要让情人们大批大批地给我送礼来。
要是他们今天送礼不够我一年的储备，我明天
　　　　　　　　　　　　就把你们卖为街头娼妓。
你们知道今天是我的生日？不管他们在哪里，你们就是
他们的眼睛、生命、欢乐、亲吻、小妈子，像蜜一样甜美。　　　180
你们要让他们在我屋前列成单行纵队，向我赠送礼品。
我为什么要给你们穿戴和其他一切需要的东西？或者你们
除了给我造成负担，今天能给我带来什么好处？鬼东西，
你们只知道喝得醉醺醺、灌得胀鼓鼓地嗜酒，我却得啃干粮。
现在就这么办：让我按名字一个个地叫你们，　　　185
使你们不会有人说我没有及时把事情吩咐清楚，
你们现在都要聚精会神地注意听。
我从你开始，赫迪提乌姆，你是粮食商的情人，
这些人的家里粮食堆积如山，你让他们给我
送来粮食，要够我吃上这一整年，　　　190
包括我及整个一家人，好让我粮食
多得如潮涌，城邦因而也要替我更换姓名，

不叫我馆子老板巴利奥，而是尊称我为国王伊阿宋。①

卡利多鲁斯

（对普修多卢斯）

你听见这个恶棍在说什么？你看他说话多威严？

普修多卢斯

是的，请波卢克斯作证，是像你说的那样，
而且还很无耻。不过别说话，继续注意听！   195

巴利奥

埃斯克罗多拉，你的情人是屠户，与馆子老板竞争，志同道合，
我们靠失信背约发财，他们则靠卖腐肉不择手段地赚钱，
如果今天你不给我把三个肉钩挂满上等膘头猪肉，
现在你听着：我明天就会像传说中的狄尔克的遭遇那样，
尤皮特的两个小儿子把她缚在牛角上那样，我把你也挂上肉钩。②   200
这肉钩对你也会像牛角。

卡利多鲁斯

（对普修多卢斯）

听他说这些话，真让人气愤！

普修多卢斯

这家伙这样夸耀自己，
阿提卡青年能容忍？
他们正值青春年华，却爱上了老板掌握的女人，他们现在在哪里？
他们为什么不协商一致，把我们的人民从这种瘟疫中解救出来？   205
不过我也太愚蠢，太无知！他们成了情欲的奴隶，他们能这样做？
情欲阻止他们做不愿做的事情。

---

① 伊阿宋是希腊伊奥尔科斯王埃宋之子，阿尔戈斯英雄的首领，曾在雅典娜等神明的帮助下远航黑海岸边的科尔克斯寻取金羊毛，在科尔克斯公主美狄亚的帮助下获得成功。这里关于粮食商的夸张描述可能源自希腊原作，同时也可能是对当时罗马现实的暗示。在本剧演出两年后，罗马市政官曾经对囤积居奇进行了罚款处理。参阅李维：《自建城以来》，第38卷第35章。
② 忒拜王吕科斯的妻子狄尔克曾经因虐待安提奥佩，被安提奥佩与宙斯所生的两个儿子安菲昂和泽托斯缚在牛角上折磨至死。

卡利多鲁斯
      别说话!

普修多卢斯
      怎么啦?

卡利多鲁斯
  你这样废话连篇地打断他的话,对我没有什么帮助。

普修多卢斯
  好,我不说。

卡利多鲁斯
  不要只是嘴上说"我不说",要真的不再说话。

巴利奥
  克叙斯提利斯,你听着,你的情人们   210
  家里有那么多的橄榄油,如果他们
  今天不用皮囊背油送来我这里,
  我明天就把你装进皮囊,背到——
  送到妓院去。在那里人们会给你一张床,
  不过那不是为了让你睡觉,   215
  而是要把你折磨得受不了,
  你理解我说的意思吗?你这条毒蛇!
  你有那么多情人,他们有那么多油,
  你今天愿意效劳,让你的同伙头上抹点油,光亮光亮?
  或者效点劳,让我能吃上带油的食物?   220
  不过我知道,你不看重油,而是常常用酒把自己征服。
  好吧,如果你今天不完成我分派给你的任务,
  请海格力斯作证,我会跟你算总账。
  而你腓尼基乌姆,你总是说马上付给我钱赎身, 225
  但你只知道许愿,却不知道应该偿付说定的价钱。
  现在我告诉你,你这高贵的年轻人的诱饵,
  如果你的那些情人今天不把他们田庄上的储存运来我这里,

我明天就让你腓尼基乌姆的皮肤上布满布匿式花纹,去街头妓院。①

第三场

卡利多鲁斯

　　普修多卢斯,你听见他在说什么?

普修多卢斯

　　　　　　　　听见,主人,而且在聚精会神地听。　　　230

卡利多鲁斯

　　你觉得我送他什么好,使他不把我的情人卖为娼妓?

普修多卢斯

　　你不用担心,你尽管放心,我会为我自己,
　　也为你考虑。我和他早就互相关照,老交情。
　　今天是他的生日,我会及时地送他一份厚礼。

卡利多鲁斯

　　送什么?

普修多卢斯

　　这事你不用管。

卡利多鲁斯

　　　　　　可是——

普修多卢斯

　　　　　　　　　什么"可是"!

卡利多鲁斯

　　　　　　　　　　　我很痛苦。　　　235

普修多卢斯

　　放坚强些。

卡利多鲁斯

　　　　我做不到。

---

① 拉丁文原文 Phoenicium(腓尼基乌姆)和 poeniceus(布匿式)包含着一个语音游戏。在古代民间拉丁语中,ph 中的 h 不发音,ph 仍发 p,因此 Phoenicium 的发音与 poeniceus 相近似。

普修多卢斯

      你让自己做到。

卡利多鲁斯

        怎样才能做到?

普修多卢斯

  控制自己,考虑事情该怎么办,不要困难时屈服于感情。

卡利多鲁斯

  废话,一个人陷入了情网而不变得呆痴,那就没有趣味。

普修多卢斯

  你有完没完?

卡利多鲁斯

     亲爱的普修多卢斯,就算我不中用,你就让我这样吧。

普修多卢斯

     好吧,悉听尊便,那我这就告辞。

卡利多鲁斯

  不,你停住!你要我怎么样,我就怎么样。

普修多卢斯

       你这才算有理智。   240

巴利奥

  时间在过去,我耽搁了。孩子,你前面走!

  (离开)

卡利多鲁斯

  (对普修多卢斯)

     他走了,你怎么不叫住他?

普修多卢斯

  你着什么急?

  (望着巴利奥)

    走慢点儿!

卡利多鲁斯

巴利奥

他要走远了。

孩子,你这是见鬼啦!怎么走得这么慢?

普修多卢斯

喂,今天降生的人,喂,今天降生的人,

　　　　喂,我在和你说话,今天降生的人!

你回来,回来,你回过头来瞧瞧!不管你怎么忙,　　　　245

我们也要留住你。你停一下!喂,我们有话跟你说。

巴利奥

（停住）

怎么回事?谁在哪里惹人讨厌?我正有事,他却阻留我。

普修多卢斯

是你往日的施主。

巴利奥

　　　　若是往日的施主,已经死去了;若是活着的,我欢迎。

普修多卢斯

还真傲慢!

巴利奥

（继续走）

　　　真烦人!

卡利多鲁斯

　　　　抓住他,追上去。

巴利奥

　　　　　　孩子,走!

普修多卢斯

让我们从这边迎上去。

巴利奥

（未回头）

　　　　　愿尤皮特让你不得好死,　　　　250

不管你是什么人!

普修多卢斯

　　　　　　　我愿你会这样!

巴利奥
　　　　　　　　　我愿你们俩!

　　（停住）
　　　　孩子,回头沿这条路走!

普修多卢斯
　　　　　　　可以和你说几句话吗?

巴利奥
　　　　可是我没有这个愿望。

普修多卢斯
　　　　　　　要是事情于你有利?

巴利奥
　　　　请问,我可不可以赶路?

普修多卢斯
　　　　　　　嘿,停一下!

巴利奥
　　　　让我过去!

卡利多鲁斯
　　　　巴利奥,听我们几句话!

巴利奥
　　　　　　　　　我对于空话是聋子。　　　255

卡利多鲁斯
　　　　我以前有钱就给你。

巴利奥
　　　　　　　我希望的不是已经给了我。

卡利多鲁斯
　　　　我只要一有钱就给你。

巴利奥
　　　　　　　你只要有钱,就可以把她带走。

卡利多鲁斯
　　　　啊,我以前给你东西,给你钱,我白白地糟蹋了它们!

巴利奥

你现在在对没有知觉的钱说话。你这傻瓜,徒劳无益。　　　260

普修多卢斯

你起码也该看看他是谁。

巴利奥

　　　　　　　　他以前是什么人,
我早就知道,他现在怎么样,他自己清楚。

(避开普修多卢斯,对小奴)

你快走!

普修多卢斯

　　　你就不能转过脸来看一眼,
巴利奥,要是看一下对你有好处?

巴利奥

凭这一点我得转过脸来看一看;即使我是在向至高的　　　265
尤皮特敬献祭品,手里正拿着祭牲的内脏放到祭坛上,
如果这时发现有什么利益可图,我也会丢开敬神的事情,
因为那不管如何,总不能与我对利益的虔诚追求相比拟。

普修多卢斯

(对卡利多鲁斯)

对最值得人们敬畏的神明,他竟然也这样嘲弄!

巴利奥

(旁白)

我和他们谈谈。

(对普修多卢斯)

　　　　　你好,雅典城中最卑贱的奴隶!　　　270

普修多卢斯

愿男女神明保佑你,

(指卡利多鲁斯)

　　　　　　　　这是他或我对你的祝愿,或者应该
换一种方式祝愿你,那就是愿神明不保佑你,不帮助你。

巴利奥

你好吗？卡利多鲁斯。

卡利多鲁斯

　　　　　　　我很痛苦，既爱，又没有钱。

巴利奥

我可怜你——要是我可以用同情心养活我的一家人。

普修多卢斯

好啦，我们知道你是怎样一个人，用不着你这样开诚布公。　　275
你知道我们为了什么事情来找你？

巴利奥

　　　　　　　神明作证，差不多全知道：我要倒霉。

普修多卢斯

是这样，我们刚才为什么叫住你，你听我们解释。

巴利奥

　　　　　　　　　　　　　　我听着。
只是你说话要简短，因为我有事情要办。请说需要说的话。

普修多卢斯

（指卡利多鲁斯）

他感到惭愧，他曾经向你允诺，但是允诺的期限已经过去，
他为了情人曾经答应付给你二十谟纳，结果未能如期偿付。　　280

巴利奥

惭愧要比不快好受得多。他因为没有给我钱
而感到惭愧，我却因为没有得到钱很不痛快。

普修多卢斯

他会给你，他会筹办到，只是请你再稍候几天。
他担心的是你不要为了报复，把他的情人卖了。

巴利奥

他要是真的有心付钱，本来早就有可能把钱付清。　　285

卡利多鲁斯

我没有钱，怎么能付你？

巴利奥

　　　　　你要是真爱，本可以借贷，

你本可以向钱庄借贷,可以多给人点利息,
偷你的父亲。

普修多鲁斯

你这个恶棍,要他偷父亲的钱?
显然不可能要你出什么好主意!

巴利奥

这是妓馆老板的本性。

卡利多鲁斯

我的父亲防范得非常严格,我能偷到他什么东西?   290
况且即使可以偷着,为子之心也不允许我这样做。

巴利奥

我明白。那你用它代替腓尼基乌姆,夜里抱着它睡觉吧。
不过当你在"为子之心"和爱情这二者中更看重前者时,
难道你把所有的人都当作你的父亲?难道就没有一个人
你可以向他借贷?

卡利多鲁斯

要说借钱这件事,甚至连提都甭提。   295

普修多卢斯

(对巴利奥)

瞧你呀!当那些人酒足饭饱,从餐桌边
站起身来的时候,他们都是想往回收钱,
谁也不想给,他们都互相提防,互不信任。

卡利多鲁斯

我多么可怜啊!现在我哪儿也借不到钱。
我真可怜,眼看爱情和缺钱要把我毁了!   300

巴利奥

你可以贩卖橄榄油,赊账买进,现钱卖出,
请海格力斯作证,你转手便可得二百谟纳。

卡利多鲁斯

　　　　　　天哪，年龄法束缚着我，我还未满二十五岁，①
　　　　　　谁也不会借给我。

巴利奥

　　　　　　　　　　我也受这条法律的束缚：不敢借钱。

普修多卢斯

　　　　　　借钱给我？真不害臊，他已经给过你多少好处！　　　　　305

巴利奥

　　　　　　恋人不能继续地给钱，这样的恋人对我没有一点好处。
　　　　　　他必须给，不断地给，待他一无所有，就该停止恋爱。

卡利多鲁斯

　　　　　　你一点也不同情？

巴利奥

　　　　　　　　　　那是空洞的东西，空话发不出叮当响声。
　　　　　　我当然也希望你能活着，很健康。

普修多卢斯

　　　　　　　　　　　　嘿，难道他已经死去？

巴利奥

　　　　　　不管如何，凭他刚才说的话，我觉得他已经死去：　　　　　310
　　　　　　恋人向妓馆老板哀求，说明他已经活得过了时候。
　　　　　　（对卡利多鲁斯）
　　　　　　但愿你永远没完没了地对我发镀着银子的牢骚。
　　　　　　像你现在这个样子，哭哭啼啼地说自己没有钱，
　　　　　　这是在对继母哀求。

普修多卢斯

　　　　　　　　　　嘿，你什么时候嫁给他父亲了？

巴利奥

　　　　　　愿神明们报应你！

普修多卢斯

　　　　　　　　　　请你满足我们的要求，巴利奥，　　　　　315

---

① 这是罗马法律，制定年代不详。法律限制未满二十五岁的年轻人向高利贷者借贷，所立契约无法律效力。

你如果不敢借,那请你相信我:我会在三天之内
或从地下或从海里怎么也会挖出这笔钱来交给你。

巴利奥

我信赖你?

普修多卢斯

为什么不能?

巴利奥

神明作证,我要是信赖你,
那就像是想用羊羔的肠子去绑住逃跑的狗。

卡利多鲁斯

我本理应受到你的感激,你竟然这样对待我?   320

巴利奥

你现在想要什么?

卡利多鲁斯

我想请求你再展期五六天,
不把她卖掉,同时也就不把我这个情人毁了。

巴利奥

你振作精神吧,我甚至可以等六个月。

卡利多鲁斯

啊,你太好了!

巴利奥

我还可以让你更加高兴一些,你愿意不愿意?

卡利多鲁斯

你还有什么?

巴利奥

因为我不会再把腓尼基乌姆卖掉。   325

卡利多鲁斯

你不卖她了?

巴利奥

神明作证,我真的不再卖她。

卡利多鲁斯

普修多卢斯，你快去
准备祭品、牺牲，快去请屠户，我要向这位至高无上的
尤皮特献祭，因为他现在对于我来说比尤皮特还尤皮特。

巴利奥

我不需要其他的什么祭品，我只需要来点羊杂碎就足够。

卡利多鲁斯

（对普修多卢斯）

你快点，怎么还站着？去准备羊！听见尤皮特在吩咐？ 330

普修多卢斯

我一会儿就会回到这里来。不过我先得去城门外一趟。

卡利多鲁斯

你去那里干什么？

普修多卢斯

去请两位打手来，带上叮当响的镣铐，
同样地再从那里带回来两大捆从山榆树取下的细长枝条，
以便今天向这位尤皮特敬献大祭的时候可以足够地使用。

巴利奥

该死的东西，你去上吊吧！

普修多卢斯

妓馆老板尤皮特才该去上吊！ 335

巴利奥

（对卡利多鲁斯）

我死了对你有好处。

卡利多鲁斯

那是为什么？

巴利奥

我说给你听：
因为我只要活着，你就永远不可能成为正派人。

（对普修多卢斯）

我死了对你却没有好处。

普修多卢斯

那是为什么？

巴利奥

事情是这样：
因为如果我死了，雅典城里就不会有人比你更邪恶。

卡利多鲁斯

看在海格力斯的面上，请严肃地回答我的问题。　　　　340
你确实真的不再会把我的情人腓尼基乌姆卖掉？

巴利奥

请神明作证，肯定不会，因为我已经把她卖了。

卡利多鲁斯

啊？你怎么卖了？

巴利奥

没有作任何粉饰，五脏俱全。

卡利多鲁斯

你已经把我的情人卖了？

巴利奥

还不错，卖了二十谟纳。

卡利多鲁斯

二十谟纳？

巴利奥

或者换个你也许喜欢的说法，四个五谟纳，　　　　345
卖给了马其顿军官，我已经得了十五谟纳。

卡利多鲁斯

我听见你在说什么呀？

巴利奥

你的情人被变成了银子。

卡利多鲁斯

你胆敢干这种事情？

巴利奥

我乐意，她是我的。

卡利多鲁斯

喂，普修多卢斯，
你快去，快去替我把剑拿来。

普修多卢斯

你要剑干什么？

卡利多鲁斯

用它杀死他和我自己。

普修多卢斯

难道你杀死自己还不够？因为那时饥饿就会把他饿死。 350

卡利多鲁斯

（对巴利奥）

你这个大地上最最无耻的家伙，现在你还想说什么？
你不是发过誓，说除了我以外，不把她卖给任何人？

巴利奥

是的，我发过誓。

卡利多鲁斯

那誓言只是个形式？

巴利奥

而且是精心安排。

卡利多鲁斯

无赖，你发伪誓！

巴利奥

可是我却得到了银子。
我是个无赖，现在家里却拿得出钱来， 355
你为人正派，出身高尚，却空无分文。

卡利多鲁斯

普修多卢斯，你站到另一那边去，让我们把他痛骂一顿。

普修多卢斯

太好了！我即使去请求市政长官释放，也不会跑得这么快。

卡利多鲁斯

你就狠狠地咒骂他！

普修多卢斯

（对巴利奥）

       我要狠狠地咒骂你，把你骂烂。

无耻之徒！

巴利奥

     正是。

卡利多鲁斯

     无赖！

巴利奥

       说得对。

普修多卢斯

         我要狠狠地揍你！   360

巴利奥

请便。

卡利多鲁斯

   盗墓贼！

巴利奥

     骂得不错。

普修多卢斯

      强盗！

巴利奥

       骂得太好了。

卡利多鲁斯

你是个骗子！

巴利奥

    你说得完全对。

普修多卢斯

      你是个叛徒！

巴利奥

        接着骂。

普修多卢斯

你是渎神者！

巴利奥

    我承认。

普修多卢斯

    背誓者!

巴利奥

    我们已经说过了。

普修多卢斯

  你是触犯律例的恶棍!

巴利奥

    千真万确。

普修多卢斯

    毁坏青年的祸水!

巴利奥

      毒得很。

卡利多鲁斯

  窃贼!

巴利奥

   好,好!

普修多卢斯

    逃犯!

巴利奥

    妙,妙。

卡利多鲁斯

    公开的骗子!

巴利奥

      明显不过。 365

普修多卢斯

  诈骗犯!

巴利奥

  污秽不堪。

普修多卢斯

开馆子的!

卡利多鲁斯

渣滓!

巴利奥

动听的合唱。

卡利多鲁斯

你甚至鞭打过你的父母亲!

巴利奥

是我把他们杀了。
这比供他们吃喝好,难道是犯了什么罪过?

普修多卢斯

(对卡利多鲁斯)

他是个漏水缸,我们对着他骂,白费力气。

巴利奥

你们还想说些别的什么吗?

卡利多鲁斯

你不感到害臊? 370

巴利奥

你恋爱之人竟然两手空空,像个空心坚果!
不过尽管你们刚才把我狠狠地痛骂了一顿,
如果那个军官今天不把欠我的五谟纳送来,
今天是我与他约定交付银钱的最后期限,
若他今天不送来,我想我可以履行自己的义务。 375

卡利多鲁斯

这话怎么说?

巴利奥

如果你能把钱送来,我就和他废约,
这就是我的义务。我没有时间,就说这么多。
不过如果你没有钱,就别想得到我的同情。
这是我的原则,你该怎么办? 你自己考虑。

卡利多鲁斯

你现在就走?

巴利奥

　　　　　我很忙。

[巴利奥与小奴隶下。

普修多卢斯

（对着巴利奥的背影）

　　　　　我不久会给你厉害看。　　　　　　　　380

（对卡利多鲁斯）

只要神明和人类不抛弃我,他这个家伙就属于我。
我要把他的骨头剔出来,就像厨师剔鳝鱼骨那样。
现在,卡利多鲁斯,我需要你帮忙。

卡利多鲁斯

　　　　　你有什么吩咐?

普修多卢斯

（指巴利奥离去的方向）
我现在要向这座城市发起攻击,今天要把它拿下。
为此我需要一个机智、大胆、谨慎、诡诈的人做帮手,　　385
他要能我吩咐什么就完成什么,而不是那种瞌睡虫。

卡利多鲁斯

告诉我,你想干什么?

普修多卢斯

　　　　　我想干什么,我会随时告诉你。
我不想重复作交代,这部剧本本来就已经够长了。

卡利多鲁斯

你说得很正确,非常对。

普修多卢斯

　　　　　快一点把我需要的人带过来!

卡利多鲁斯

我倒是有许多人,都是我的朋友,合适的却不多。　　390

普修多卢斯

对这些我都知道。因此你现在需要做两件事情:

首先从众多朋友中物色人选，然后再挑选唯一。

卡利多鲁斯

我马上就会让他来。

普修多卢斯

快去吧，说话会耽误你办事情。

［卡利多鲁斯下。

第四场

普修多卢斯

普修多卢斯，他走了，剩下你一人。
你对主人的儿子慷慨地作了允诺， 395
你现在怎么办？那些东西在哪里？
你现在心里既没有明确的计划，
［手头也没有一文钱——真不知该怎么办。］
我心中无数，从何处开始，又如何收尾，
不知道给这段布在何处织出最后的界限。 400
不过犹如诗人，诗人拿起书板，
冥思苦索写什么，最后终于找到，
使谎言变得如同真的一般，
我也会像诗人：那二十谟纳
现在没有，不过我也会找到。 405
［刚才我已经答应给他找钱，
还准备把主人作为投枪的目标，
可是主人不知怎么已经有所觉察。］
现在我得控制自己的嘴巴。
我看见主人西蒙就在这里， 410
同邻居卡利福一起走来。
我今天要从这座古墓里
挖出二十谟纳交给他儿子，
我站到这边来，听他们说些什么。

（退到一旁）

第五场

[西蒙和卡利福边说边上。

西蒙

 （气愤地）
 若要从阔少爷和恋人中推举一位   415
 全权首领，现在在阿提卡的雅典，①
 我想谁也不会比我的儿子更合适。
 他现在成了全城人议论的中心，
 说他想为情人赎身，并且正在
 为此事筹钱。这件事是别人告诉我；   420
 我自己也有所觉察，闻出了点味儿，
 不过装着若无其事。

普修多卢斯

 （旁白）
     儿子让父亲恼火了。
 计划完了，事情遭阻。我原想把他
 作为银库，现在这条路子已被切断。
 既然他已经发觉，掳掠者便不可能   425
 从他那里得到任何掳获物。

卡利福

 依我看，那些好探听他人错误，
 好传播他人错误的人都该吊死，
 好探听之人吊耳朵，好传播之人吊舌头。
 你听说你的儿子在搞恋爱，   430
 在钱的问题上打你的主意，
 这些都可能是他人的胡乱编造。

---

① "全权首领"的原文是dictator（独裁官），这是罗马特有的官职。

不过即使真实，现在风习如此，
年轻人恋爱，赎情人，有什么好奇怪？
有什么新奇？

普修多卢斯

（旁白）
　　　　　　这老头子真讨人喜欢。　　　　　　　　　　435

西蒙

（固执地）
旧的我也反对。

卡利福

　　　　　　你反对也没有用。
或者你年轻时就没干过这类事情。
父亲要求儿子比自己更端庄，
他自己首先就应该是个端庄人。
你从前的挥霍行为，干下的丑事，　　　　　　　　　　440
都够一件件地摊给全城每个人。
儿子学父亲的样子，你感到奇怪？

普修多卢斯

（轻声地）
宙斯啊！[①]像你这种好人现在真少见，
做父亲的就应该像他这样对待儿子。

西蒙

（环顾四周）
谁在这里说话？
（发现普修多卢斯，对卡利福）
　　　　　他是我家的奴隶普修多卢斯。　　　　　　　　445
他败坏了我的儿子，他是罪恶的根源！
他是领袖，他是我的儿子的导师，
我要狠狠地报答他。

---

① 此感叹语原文为古希腊文。

卡利福

你这样不理智，
完全是怒不可遏的样子。你应该
语调平和地接近他，耐心问问他， 450
你听到的那些情况究竟是真是假。
一个人能遇灾冷静，便消灾一半。

西蒙

好吧，我听从你。

普修多卢斯

（旁白）

他们朝你走来，普修多卢斯，
你得准备好你说的话，好对付老头子。
（大声地）
我首先问候主人，这是常理。然后， 455
尚若还有剩余，再向可敬的邻居致敬。

西蒙

（装作温和地）
啊，你好！你在干什么？

普修多卢斯

（装出一副威严的样子）

就这样，站在这儿。

西蒙

（气愤地，对卡利福）
你瞧他那样子，卡利福，一副国王的架势。

卡利福

（平静地）
是的，我知道，故意显得高尚而自信。

普修多卢斯

一个清正、无罪的奴隶态度高傲， 460
是理所当然，特别是在主人面前。

卡利福

我们有点事情想问问你，关于那些事情
我们只是有所耳闻，但知道得不甚明了。

西蒙

（对卡利福）

他的作答马上便会使你感到，你不是在同
普修多卢斯谈话，而是在同苏格拉底①对话。　　　　　　　465

普修多卢斯

（生气地）

正是这样。我知道你瞧不起我。
我也明白，你一点也不信任我。
你以为我是无赖，可我会是个好人。

西蒙

普修多卢斯，赶快清理你的耳道，
好让我说的话想去哪里就去哪里。　　　　　　　470

普修多卢斯

你想说什么就说吧，即使会惹我生气。

西蒙

你一个奴隶，生我主人的气？

普修多卢斯

　　　　　　　　　这使你
觉得奇怪？

西蒙

　　　　神明作证，你的意思是说，
我应该避免惹你生气，否则你就会
惩罚我，就像我通常对你做的那样。　　　　　　　475

（对卡利福）

你说呢？

卡利福

　　　　波卢克斯作证，我看他生气是应该的，

---

① 苏格拉底《公元前469—前398）是古希腊著名哲学家，采用对话形式阐述哲学问题。

因为你这样不信任他。

西蒙

好吧，就这样说定，
你要生气就生吧！我会注意避免遭受损失。
（对普修多卢斯）
你怎么样？你怎么回答我的询问？

普修多卢斯

你随意问吧，
我会如德尔斐神示那样按我知道的回答你。①   480

西蒙

那么请你注意听，并且记住你的诺言！
怎么样？听说我的儿子爱上了竖琴女，
你知道有这件事吗？

普修多卢斯

是的。②

西蒙

他想把她赎出来？

普修多卢斯

是的，确实有这样的事。③

西蒙

需要二十谟纳，
你准备用欺骗或者巧妙地施展计谋，   485
从我这里搞到？

普修多卢斯

从你那里搞二十谟纳？

西蒙

（严厉地）

---

① 德尔斐神示指德尔斐阿波罗神示所发出的神示，往往语义含混，非常费解。该神示所在古代非常有名。
② 原文为古希腊文。
③ 原文为古希腊文。

是的。你想把这些钱给我儿子，让他赎情人？
你就招认吧，快说！

普修多卢斯

也有这事，也有这事。①

卡利福

（对西蒙）
他招认了。

西蒙

卡利福，我不是早就对你说过？

卡利福

我记得。

西蒙

（对普修多卢斯）
你已经知道，为什么还 490
瞒着我？为什么不让我知道？

普修多卢斯

我说。
因为我不想由于我而败坏了习俗，
以至于奴隶在主人面前控告主人。

西蒙

（对卡利福）
应该把这个家伙一下抛进磨坊去。②

卡利福

难道他有什么过错，西蒙？

西蒙

错大得很。 495

普修多卢斯

你不用费心，卡利福，我的事情我清楚，
我有过错。

---

① 原文为古希腊文。
② 关进磨坊干苦活是当时对奴隶的一种严厉惩罚手段。

（对西蒙）
现在你自己想想，我为什么对
你的儿子的恋爱默不作声。因为我知道，
我要是对你说了，我会立即被送进磨坊。

西蒙
可是你不知道，你不把事情告诉我， 500
也会立即进磨坊。

普修多卢斯
我知道。

西蒙
那为什么不告诉我？

普修多卢斯
因为说了会倾刻遭殃，瞒着可暂免遭殃。
前者会即刻兑现，后者却可以稍许推迟。

西蒙
（稍许缓和地）
你们现在准备怎么办？因为我已经事先知道
你们的企图，你们不可能再从我这里掏到钱。 505
我还要招呼大家，让他们谁都不借钱给你们。

普修多卢斯
请波卢克斯作证，只要你还活着，我就不会
去求别人，请海格力斯作证，你将会给我钱，
我将从你那儿取。

西蒙
你从我这里取？

普修多卢斯
我会尽力而为。

西蒙
我要是给，天哪，你就挖掉我的眼睛。

普修多卢斯
你会给。 510

　　　　　　我告诉你，你提防着我。

西蒙

　　　　　　　　　　　　请波卢克斯作证，我敢肯定，
　　　　　　你要是还能从我这里掏到钱，那你真是创造了奇迹。

普修多卢斯

　　　　　　我会去做。

西蒙

　　　　　　　　　要是你掏不到我的钱？

普修多卢斯

　　　　　　　　　　　　你用鞭子抽我。
　　　　　　不过如果我掏到，又怎么样？

西蒙

　　　　　　　　　　　　让尤皮特为你作证，
　　　　　　你永远不会为这件事受处罚。

普修多卢斯

　　　　　　　　　　　　请你记住刚才说的话。　　　　　　　　515

西蒙

　　　　　　既然你已经提醒我，我还会不多加提防？

普修多卢斯

　　　　　　我再次提醒你当心。我说了，我告诉你，你防着我。
　　　　　　我保证，你今天定会亲自用你的这双手把钱交给我。

卡利福

　　　　　　神明作证，你要是真能实践诺言，那你真是个能人。

普修多卢斯

　　　　　　要是我做不到，你就把我带去给你当奴隶。　　　　　520

西蒙

　　　　　　你的提议真好，好像你现在不是我的奴隶。

普修多卢斯

　　　　　　你不希望我再说点会使你们更为惊奇的事？

卡利福

　　　　　　海格力斯作证，很想听，我非常乐意听你说。

西蒙

  你就说吧,因为我也很乐意听你进行胡诌。 523a

普修多卢斯

  在进行你想知道的那场战斗之前,我先得进行

  另一场战斗,一场光辉得值得永远纪念的战斗。 525

西蒙

  什么战斗?

普修多卢斯

    你的那位邻居妓馆老板

  有个竖琴女,你的儿子爱上了她,

  我要用伪证和诡计捉弄那个老板,

  把那个女子领走。

西蒙

    你究竟怎么办?

普修多卢斯

  今天天黑之前,我要把这两件事都办成。 530

西蒙

  如果你真的能让你说的话成为现实,

  那你将会比阿伽托克勒斯①还要勇敢。

  不过若你做不到,那时你还有什么借口,

  阻止我立即把你送进磨坊?

普修多卢斯

    而且不只是一天,

  请神明作证,是整个一辈子。不过要是我 535

  获得成功,你会立即给我钱交给妓馆老板,

  而且是按照你的意愿?

卡利福

    (对西蒙)

    普修多卢斯的要求合理,

---

① 阿伽托克勒斯(公元前361年或360—前289年)叙拉古僭主,著名的军事统帅,在与迦太基的冲突中曾经打败过迦太基军队。

你就答应"我给"。

西蒙

你知道我现在在想什么?
卡利福,要是他们这些人互相串通一气,
或者是策划好阴谋,一起来蒙骗我的钱,   540
那时我怎么办?

普修多卢斯

要是我胆敢像你说的那样做,
那还有谁会比我更卑鄙?不,西蒙,让我们
这样说定:要是我事先和他们商量过这件事,
或者和他们作过决定,和他们订过什么契约,
[那么你可以像用笔杆在书板上写字那样,   544a]
就用一根根榆树条在我全身不断反复作图画。   545

西蒙

要是你愿意,那现在就宣布打赌开始。

普修多卢斯

卡利福,那就请你今天为我费点心,
不要再去什么地方忙碌其他的事情。

卡利福

不过我昨天就决定今天的目标是乡下。

普修多卢斯

那就请你现在把已安装好的机械撤掉。①   550

卡利福

由于你,我现在已经决定不去乡下。
普修多卢斯,我很想看看你的表演,
而且要是我发现他不想把说好的钱给你,
最好不会出现这种情况,到时候我给你。

西蒙

我绝对不会食言。

---

① 指攻城机械,以罗马军队攻城为喻。

普修多卢斯

　　　　　　　　请波卢克斯作证，　　　　　　　　555
你要是不给我钱，我就大吵大嚷，
狠狠地让你出丑。你们现在回去吧，
好把这里的地方空出来让我施计谋。

卡利福

好吧，我按你说的办。

普修多卢斯

　　　　　　　不过我要求你
一直待在家里。

卡利福

　　　　　　我会按你的要求做。　　　　　　　　560

（进屋）

西蒙

我现在去广场，很快就回来。
〔下。

普修多卢斯

　　　　　　　请你马上回来。
（对观众）
我猜想你们现在心里在怀疑我，
以为我刚才只是这样空口许诺言，
为的是在演出过程中逗你们快乐，
其实并不准备完成我答应的事情。　　　　　　565
我不会食言。不过有一点我清楚知道，
那就是我还不知道该怎么行动，
只是肯定会行动。我对你们直言相告，
谁登上舞台都应该带来某种新的表演，
若做不到，就该把位置让给能做到的人。　　　570
（稍停）
我现在得进屋去待一会儿，
集中思想，谋划诡计，

我马上就出来,不会耽搁你们。
其间这位吹笛手会给你们演奏助兴。
(进西蒙的屋)

第二幕

第一场

[普修多卢斯由屋内重上。

普修多卢斯
　　尤皮特啊！不管我想出什么花招，愿一切顺利如意！　　　　575
　　我不知道何为犹豫，何为畏惧，我心里已经有了主意。
　　把伟大的事情托付给懦弱的心灵是愚蠢的行为；
　　同样道理，无论你想干什么，你越觉得事情重要，
　　便越会认真地去完成。现在我胸中已经陈兵布阵准备好，
　　两倍、三倍的诡计和欺骗，不管在什么地方遇到什么敌人，　　580
　　　　我宣布，仰仗祖辈的英勇，
　　　　凭借我自己的努力和诡诈，
　　我都会轻易地取胜，用诡骗轻易地解除他人的武装。
　　现在我要对我和你们大家的共同敌人
　　巴利奥发起猛烈的轰击，立即行动。
　　请大家注意，我要攻击这座城市，今天把它拿下。　　585a
　　我把我的军团带到这里来。要是我能拿下它——　　585
　　我会让我的同伴觉得这是一件轻而易举的事情——
　　（指西蒙的屋）
　　然后就随即把军队直接带向这座城堡，
　　让我和全部参战人员满载掳获物，还要慷慨赏赐；
　　敌人则丧魂落魄地逃窜，知道我是一个怎样的人。

我出生于这样的家族，理应完成伟大的业绩，　　　　　　　590
在我身后永远千古流芳。

（向远处张望）

我看见那是谁？他迎面朝我走来，看上去为什么面生？
他佩着剑，为什么来这里？我埋伏着，看他究竟要干什么。

（退到一旁）

第二场

［哈尔帕克斯上。

哈尔帕克斯

这就是主人告诉我的地方，这就是主人告诉我的街区，
如果我的眼睛没有数错，正如我的主人军官吩咐的那样，　　595
这是由城门数起的第七座住宅，妓馆老板就住在这里，
主人让我给他送来这个印记和这些钱。
我非常希望现在有人能明确地告诉我，
妓馆老板巴利奥是不是真的就住在这里。

普修多卢斯

（旁白）

安静！这是我的人，如果神明和人类没有背叛我。　　　　　600
现在我需要重新制订计划，突然出现这一新的情况
我得首先完成这件事情，把所有其他的计划放一放。
请神明作证，我要好好对付这位由军官派来的使者。

哈尔帕克斯

我这就上前去敲门，从屋里叫个人出来。

普修多卢斯

（走上前去）

不管你是什么人，我都希望你不必再劳神敲门。　　　　　605
我是他的代理人，他的门卫，我自己走了出来。

哈尔帕克斯

你是巴利奥?

普修多卢斯

不,你看见的我是巴利奥的化身。

哈尔帕克斯

你这话怎么说?

普修多卢斯

我是他的司库,掌管粮食进出。

哈尔帕克斯

你似乎是说,你是他的管家。

普修多卢斯

不,不,我管管家。

哈尔帕克斯

你是什么身份?是奴隶还是自由人?

普修多卢斯

我只是现在是奴隶。 610

哈尔帕克斯

我也是这样认为,因为你看上去不像是个自由人。

普修多卢斯

当你藐视别人的时候,你通常是不看看自己的吧?

哈尔帕克斯

(旁白)

这个人显然是个恶棍。

普修多卢斯

(旁白)

神明显然喜欢我,拯救我,

给我送来这座铁钻,我今天要拿它好好锻造计谋。

哈尔帕克斯

(旁白)

他在那里嘀咕些什么?

普修多卢斯

年轻人，你在说什么？

哈尔帕克斯

你有什么事？ 615

普修多卢斯

你是不是从那个马其顿军官那里来，
他的奴隶？那军官买了我们的女人，
已经付给了我的主人老板十五谟纳，
还欠着五谟纳。

哈尔帕克斯

我正是。可是你在什么地方和我曾相识，
或者见过我，和我交谈过？须知在这之前我从来没有 620
来过雅典，而且在今天之前我也从来没有亲眼见过你。

普修多卢斯

因为我看见你从那边过来。那个军官离开的时候，
约定今天付给我们应付的银钱，但是一直没有给。

哈尔帕克斯

现在就在我这里。

普修多卢斯

你带来了？

哈尔帕克斯

是的，在我这里。

普修多卢斯

你为什么不拿出来？

哈尔帕克斯

我交给你？

普修多卢斯

当然是交给我，因为我掌管主人巴利奥的 625
一切事务和账目，银钱的收取和支出，收款和付款。

哈尔帕克斯

请海格立斯作证，即使你是至高至尊的尤皮特的司库，
我也永远不会把一个小钱给你。

普修多卢斯

你还没有打完一个喷嚏，事情就会解决。

哈尔帕克斯

我现在最好还是把钱袋捆紧。   630

普修多卢斯

你这个该倒霉的家伙！我看出来，你是想败坏我的信誉，好像人们六百次不相信我。

哈尔帕克斯

让其他的人相信你吧，反正我是不相信你。

普修多卢斯

你好像是说，我现在似乎想骗你的钱。

哈尔帕克斯

你好像完全说对了，我好像正提防这一点。   635
不过你怎么称呼？

普修多卢斯

（旁白）

这个老板有个奴隶叫叙鲁斯，我自己就是那个奴隶。

（对哈尔帕克斯）

我叫叙鲁斯。

哈尔帕克斯

叙鲁斯？

普修多卢斯

我就叫这个名字。

哈尔帕克斯

我们闲扯得太久。如果你的主人在家，你怎么还不把他叫出来？我好办事情，因为我是受差遣来这里。

普修多卢斯

只要主人现在在家，我会把他叫出来。不过如果你愿意   640
把钱交给我，结账会比交给他本人更清楚。

哈尔帕克斯

　　　　　　　　　　你知道是怎么回事？
　　主人派我来是让我付账，不是想把我打死。我很清楚，
　　这件事使你着急，因为你怎么也没法把爪子伸进钱袋。
　　不，不，除了巴利奥外，我不会把钱交给其他任何人。

普修多卢斯

　　他现在正忙着一个案子，为诉讼去到审判官那里。　　　　645

哈尔帕克斯

　　神明保佑，待我觉得他已经在家时，我再回来。
　　你接过我手里的这封信，转交给他。那里面有
　　我的主人和你的主人关于那个女人商定的印记。

普修多卢斯

　　我知道事情：谁把钱和印有他自己肖像的印记
　　给我们送来，他说就把女人交给那个来人带走。　　　　　650
　　他在这里曾经也留下了印记。

哈尔帕克斯

　　　　　　　　　　你知道那件事情？

普修多卢斯

　　我怎么会不知道？

哈尔帕克斯

　　　　　　　　　那就请你把印记交给他。

普修多卢斯

　　　　　　　　　　　　　　当然可以。

　　不过你怎么称呼？

哈尔帕克斯

　　　　　　　　　我叫哈尔帕克斯。

普修多卢斯

　　你快滚吧，哈尔帕克斯，你这个名字真令人讨厌。①
　　你来这里还没进屋，"哈尔帕克斯"可别就干了活儿。

---

① "哈尔巴克斯"的希腊文原意是"贪婪的"、"强盗"。

哈尔帕克斯

我常常能把敌人活活地从战阵拖出来，就有了这名字。　　655

普修多卢斯

天哪，我想更准确地说，应该是从屋里把铜器拖出来。

哈尔帕克斯

不是这样。

（犹豫地）

叙鲁斯，你知道我对你有什么请求？

普修多卢斯

你一说，我就会知道。

哈尔帕克斯

我现在去城门口，那里第三个店铺是家酒馆，
女主人名叫克里西斯，跛足，肥胖得像口缸。

普修多卢斯

你有什么事？

哈尔帕克斯

你家主人一回来，就去那里找我。　　660

普修多卢斯

悉听尊便，乐意效劳。

哈尔帕克斯

我来的时候，路上困乏，
很想能够休息一下。

普修多卢斯

很好的主意，很好的建议。
不过你注意，我去到那里，不要让我到处找你。

哈尔帕克斯

不会那样，我在那里吃顿饭，小睡一会儿。

普修多卢斯

好吧。

哈尔帕克斯

还有什么事？

普修多卢斯

　　　　　　快去睡觉吧!

哈尔帕克斯

　　　　　　好,我走了。

　　[离开,下。

普修多卢斯

　　(对离去的哈尔帕克斯)

　　　　　　　　　　哈尔帕克斯,你听见吗? 665
　　你把自己裹严,如果能出一身汗,那就最好不过。

第三场

普修多卢斯

　　不朽的天神啊,这个人来的正是时候,救了我。
　　他自己花路费,却把我从困境中引上了正道。
　　事实上甚至幸运女神自己也不可能给我带来
　　更大的幸运,超过比让我及时地得到这封信。 670
　　这是给我送来一只丰收角,里面有我需要的一切:
　　这里有诡诈,这里有欺骗,这里有告密,
　　这里有银钱,有主人的儿子的心爱的女子。
　　现在我要让自己成为堂皇人物,满胸膛的计谋。
　　我将如何行动,从妓馆老板那里夺得那女子, 675
　　我已计划好,像我希望的那样作了周到的考虑,
　　我已经确定,已有了主意,事情当然会是这样:
　　一百个聪明人制订的计划,幸运女神独自便可战胜。
　　常理如此:一个人怎样善于利用机遇,他也就会显得
　　怎样的出众,从而也就会怎样地被我们称为智慧之人。 680
　　一个人做事顺利,我们便称他是聪明之人;
　　一个人事情不顺,我们便称他是个大蠢材。
　　我们往往很愚蠢,不知道自己在徒然地忙碌,
　　极力想达到目的,自以为知道事情对我们有利。

我们追求不定的利益时，却把既定的利益失掉； 685
我们忍受痛苦，忍受不幸，死亡却悄悄地临近。
好吧，已经足够地发表了议论，说了不少闲话。
不朽的神明啊，我的欺骗甚至比金子还贵重，
因为我就这样猛然间，突然地想出了这欺骗，
称自己是妓馆老板的奴隶。现在我要用这封信 690
嘲弄三个人：主人、老板和交给我这封信的那个人。
（向远处张望）
好极了，顺利像我希望的那样一个接着一个，
我看见卡利多鲁斯来了，还带来一个陌生人。

第四场

[卡利多鲁斯和哈里努斯边说边上，未发现普修多卢斯。

卡利多鲁斯

我把一切都对你说了，包括甜蜜和痛苦；
你知道我的爱情，我的痛苦和我的需要。 695

哈里努斯

这些我都知道，你就告诉我需要我做什么。

卡利多鲁斯

我告诉你这些情况时，你也知道了印记的事。 696a

哈里努斯

我说我已都知道。现在你就告诉我要我干什么。 696b

卡利多鲁斯

普修多卢斯曾经这样吩咐我，要我给他带来
一个机敏而可靠的人。

哈里努斯

你很好地完成了他的命令，
你带来一个忠实的朋友。不过你那个普修多卢斯
我还不认识。

卡利多鲁斯

　　　　他是个机敏的凡人，我看他简直是个　　　　　　　　　700
　　发明家，答应我要做我对你说过的那些事情。
普修多卢斯
　　（大声地）
　　我郑重地向凡人发出呼吁！
卡利多鲁斯
　　　　　　　　有谁的声音在回响？
普修多卢斯
　　（继续大声地）
　　　　　　　　　　　　　　　　　　　啊，啊，
　　我向你，向你，主啊，普修多卢斯的主宰，我向你请求，
　　献给你三份的、三重的、三倍的、三种类型的三层快乐，
　　献给你我以三种技能，从三个人那里三倍地挣得的，　　　　705
　　用计谋，用诡诈，用欺骗，用谎言三倍地得到的欢乐，
　　它们就写在这封小小的书信里，我要把它们统统献给你。
卡利多鲁斯
　　那就是他。
哈里努斯
　　　　这个无赖多么会饰演悲剧！
普修多卢斯
　　　　　　　　　　　　　你过来，
　　快走近我，
　　（挥动书信）
　　　　勇敢地把你的手伸向拯救。
卡利多鲁斯
　　请告诉我，普修多卢斯，你这拯救者是希望，还是拯救本身？
普修多卢斯
　　二者兼而有之，
卡利多鲁斯
　　　　　二者兼而有之，太好了。不过究竟是怎么回事？
普修多卢斯

        你担心什么？   710

卡利多鲁斯
  我把他拿来了。

普修多卢斯
    什么？拿来了？

卡利多鲁斯
      不，我是想说"我把他带来了"。

普修多卢斯
  这个人是谁？

卡利多鲁斯
    哈里努斯。

普修多卢斯
      太好了！我向他"哈里"。①

哈里努斯
  你需要我干什么？就请你大胆地吩咐。

普修多卢斯
         非常感谢你，
  欢迎你到来，哈里努斯。但愿不会给你带来烦恼。

哈里努斯
  你们给我带来烦恼？绝对不会给我带来烦恼。

普修多卢斯
        你稍待。   715

（展示信函）

卡利多鲁斯
  你这是什么？

普修多卢斯
    我刚才得到一封信函和印记。

卡利多鲁斯
  印记？谁的印记？

---

① "哈里"原文为希腊文，意为"感谢"，谐"哈里努斯"。

普修多卢斯

        由那个军官派遣的人刚才来到。
他是军官的奴隶,随身带来这印记和五谟纳现钱,
他是来把你的情人从这里带走,我捉弄了他一下。

卡利多鲁斯

  你怎么捉弄了他?

普修多卢斯

       这出戏是为这些在场的观众表演,   720
他们刚才在这里,都知道。我以后再说给你们听。

卡利多鲁斯

  现在我们做什么?

普修多卢斯

      你今天将可以拥抱你的自由情人。

卡利多鲁斯

  是我?

普修多卢斯

  我已经说了,就是你,如果你的头脑还健全,
如果你们能立即给我找到一个人。

哈里努斯

         找到什么样的人?

普修多卢斯

  一个恶棍,骗子,机灵鬼,你只要稍许一提示, 725
他就会理解自己该继续做什么,而且他在这里
要很少有人曾见到过。

哈里努斯

       如果是一个奴隶,
也可以?

普修多卢斯

  不,甚至比自由人要更好。

哈里努斯

  我想我可以给你提供这样一个人,一个恶棍,

　　　　真正的机灵鬼,刚刚从卡律斯托斯①来到这里,　　　　　730
　　　　尚未出过屋,此人在昨天之前从未来过雅典。

普修多卢斯
　　　　你太帮忙了。不过此外还需要借五谟纳银钱,
　　　　今天就还,要知道,卡利多鲁斯的父亲欠我。

哈里努斯
　　　　我给,不必去求他人。

普修多卢斯
　　　　　　　　　　啊,对我最为有用的人!
　　　　我还需要一件披篷,一把剑和一顶帽子。

哈里努斯
　　　　　　　　　　　　　　我也可以提供。　　　　　　735

普修多卢斯
　　　　天神啊,此人对于我不是哈里努斯,是富饶之神。
　　　　(对哈里努斯)
　　　　你说的那个从卡律斯托斯来的奴隶感觉②怎么样?

哈里努斯
　　　　腋下有山羊味儿。

普修多卢斯
　　　　　　　　　　那他应穿带袖子的衫衣。
　　　　你再说说,此人心地尖酸吗?

哈里努斯
　　　　　　　　　　　　　尖酸不过。

普修多卢斯
　　　　什么?如果需要他发出甜味儿,他能吗?

哈里努斯
　　　　　　　　　　　　　　　这还用问?　　　　　　740
　　　　他能发出没药味儿,葡萄酒味儿,果汁味儿,蜂蜜味儿

---

① 卡律斯托斯雅典东面尤卑亚岛上一城市。
② "感觉"的原文是sapere,这是一个多义动词:"带有……气味","散发……气味","富有智慧"等。

和各种令人愉快的气味,他可以在自己的胸部开食品铺。

普修多卢斯

太好了!哈里努斯,你以玩笑对玩笑,巧妙地回敬我。
请告诉我,那个奴隶叫什么名字?

哈里努斯

他的名字叫西弥亚①。

普修多卢斯

陷入困境时灵巧吗?

哈里努斯

比旋风还快疾。 745

普修多卢斯

此人机敏吗?

哈里努斯

经常作骗人的勾当。

普修多卢斯

当他被当场捉住时怎么样?

哈里努斯

像条黄鳝,随时溜走。

普修多卢斯

此人狡猾吗?

哈里努斯

没有人比他更狡猾。

普修多卢斯

根据你的介绍,这是一个人才。

哈里努斯

我这样对你说吧,
他只要瞧你一眼,便可以说出你想让他干什么。 750
不过你究竟想要干什么?

---

① "西弥亚"(Simia)的原意是"猴子"。

普修多卢斯

     我这就告诉你。我要把他
打扮一番,让他冒充是那个军官的奴隶。
他得把这个印记和这五谟纳交给妓馆老板,
从老板那里领走女子。这就是整个故事。
至于说他具体该怎么做,我会指教他本人。   755

卡利多鲁斯

现在我们需要干什么?

普修多卢斯

     你们把那个人打扮好,
带他去找我,我在埃斯基努斯的钱庄。
你们快点儿。

卡利多鲁斯

    我们会在你之前赶到那里。

普修多卢斯

      那就快去吧!

[卡利多鲁斯和哈里努斯下。
原先我感到不定或者疑虑的事情,现在我心里
已经明白,已经清楚;现在已经变得道途坦荡。   760
我要在这些旗号下,队伍整齐地率领我的军团,
既然飞鸟自左方来,占卜像我希望的那样清楚。①
我充满信心,我相信会征服我的敌人。
我现在去广场,对西弥亚作一番训示,
使他饰演角色时不会有什么疑虑,能很灵巧地完成   765
这场欺骗。我要发起攻击,拿下这座妓馆老板堡垒。

---

① 罗马军队出征前要进行占卜,吉兆时方可进军。罗马人认为,飞鸟来自左方为吉。

第三幕

第一场

［小奴自巴利奥屋内上。

小奴

如果神明们让一个孩子给妓馆老板
做奴隶，同时如果又让他外貌丑陋，
就像我现在感到的那样，那他们是在
赐给他巨大的不幸和无数的悲哀。 770
在我来到这一家为奴之后，
我经受了多少大大小小的痛苦：
我没有能找到一个喜欢我的人，
他喜爱我，哪怕稍许关心我。
今天是这位妓馆老板的生日， 775
他对家里的大大小小都发出了威胁，
如果今天有谁不给他送礼物，
那么明天他就会让此人受折磨。
天哪，现在我不知道该怎么办，
我还不能像那些人通常那样做。 780
然而如果今天我不给老板送礼，
那明天我就只好任人把我当苞撆。
我还小呀，哪能那样对待我！
波卢克斯啊，我真不幸，我真害怕，

如果有人手里充裕，能够给钱， 785
即使像人们说的那样会大声喊叫，
我也会尽可能地咬紧牙关。
现在我该住嘴不说了，
瞧，主人返回来，还带来一个厨师。

第二场

[巴利奥领厨师及诸随童奴上。

巴利奥

人们把广场称为厨师广场，那真是愚蠢透顶， 790
因为那不是厨师广场，确切地说是盗窃广场。
要知道，如果我发誓要找到一个像厨师那样的人，
那我不可能找到比我现在领来的这位更合适的人选，
一个吹牛家，妄自尊大的家伙，蠢材，废物。
由此甚至奥尔库斯①都不想接受他， 795
仍把他留在世上，给活人准备饭食，
因为只有他做出令他们喜欢的饭菜。

厨师

若是你像你说的那样看我，那你为什么
还要请我来？

巴利奥

因为需要，那里没有第二个厨师。
如果你真是厨师，那你为什么待在广场，
难道只有你技艺超群？

厨师

我这样对你说吧，
是人们贪婪，不是我的天性，使我成为
一个更不中用的厨师。

---

① 奥尔库斯是冥神。

巴利奥

    这话怎么说？

厨师

        我说给你听。
这是因为每当人们前来雇佣厨师时，
谁也不会雇用最好、工钱最高的厨师，   805
而是宁愿雇用一个工钱要的最便宜。
由此今天只有我成了广场上的常住户。
那些穷人只要花一德拉克马，至于我，
少于一硬币①，谁也不可能让我站起身。
我烹调菜肴不像其他厨师那样，   810
他们把整个牧场烹调装盘端给你，
他们是在制作牛食，送来草料，
给一些草料佐以另一些草料：
加进香菜，茴香，大蒜，各种蔬菜，
放上双叶草，芸薹，甜菜，菠菜，   815
再倒进整升香脂，研碎烈味的芥末，
那种芥末会使研磨人尚未把
芥末研碎，双眼便会不断流泪水。
当这些人烹调肴馔，调配佐料时，
他们调配的不是佐料，而是鹰鹫，   820
它们一起把肚肠活活地吞噬。
现在人们就这样供养自己短暂的生命，
把随处生长的草料这样填进自己的肚里，
说起来都令人恐惧。那些草类甚至
连畜类都不食，人们却吃得津津有味。   825

巴利奥

那你怎么样？你既然指责他们的
这些佐料，那你用些什么神性佐料，

---

① "硬币"的原文是 nummus，约相当于 2 德拉克马。

可以使人们益寿延年？

厨师

      我这就大胆相告。
因为要是有人吃了我烹调的食物，
他们或许便可能一直活上二百岁。   830
我把科基凉德鲁姆、克波凉德鲁姆、
马基狄斯、萨卡皮提丝①放进锅里，
这时那锅自己会立即开始沸腾。
这些用来做尼普顿的畜群②的佐料，
陆生的畜群则用另一些佐料，它们是   835
钦钦曼得萝、帕洛普丝或卡塔拉克特。③

巴利奥

愿尤皮特和众神明让你自己和你的
这些佐料和这些杜撰一起遭殃吧！

厨师

不，请让我把话说完。

巴利奥

    你说吧，然后去上十字架！

厨师

在所有的锅都沸腾之后，我揭开锅盖，   840
叉开双手，香气便会立即向天空飞去。

巴利奥

叉开双手，香气升起？

厨师

    我一时说溜了嘴。

巴利奥

究竟怎样？

---

① 这些是剧作家虚构的美食。
② 尼普顿是海神，"尼普顿的畜群"戏指鱼类。
③ 上述各种也是剧作者虚构的美食。

厨师

  我想说"叉开双腿"。
尤皮特每天就吞吸那些香气。

巴利奥

如果不烹调食物,那尤皮特吃什么?   845

厨师

那他就饿着肚子去睡觉。

巴利奥

    你去上十字架吧!
我今天是不是得为你的这些胡扯付工钱?

厨师

我认为我确实是最昂贵的厨师,
我是按价效劳,按什么价受雇,
我就干怎样的活。

巴利奥

    让人雇你去盗窃吧!   850

厨师

你是不是想找一个这样的厨师,
除非他长着一副鹰鹫式的爪子?

巴利奥

那你是不是要找这样一家雇主,
在那里干活用不着约束这些爪子?
（对屋内）
喂,现在我叫你,我们家的小奴,   855
你赶快把我们家所有的东西挪开,
把自己的眼睛紧紧盯着他的眼睛,
他往哪里看,你也跟着往哪里看;
他向哪里走,你也立即跟着他;
他抬手,你也立即把手抬起来;   860
他拿他自己的东西,你就让他拿;

>他如果拿我们的，你就从旁抓住他。
>他走，你也走；他停，你也停；
>如果他坐下来，你也要坐下。
>对这些小帮手我还要另外派监工。　　　　　　　　　　865

厨师
>你就好好放宽心吧！

巴利奥
>　　　　　　　　　　什么？请你告诉我，
>我是把你带回自己家来，我怎么能宽心？

厨师
>因为我今天要用我的汤汁煮你，
>就像美狄亚煮佩利阿斯老人那样，
>据说美狄亚用草药和自己的魔药　　　　　　　　　　870
>把佩利阿斯老人重新变成了青年，
>我也要这样煮你。①

巴利奥
>　　　　　　　　　　啊呀，甚至还是一个巫师？

厨师
>不，神明作证，应该说是人类的保护者。

巴利奥
>　　　　　　　　　　　　　　　　嘿！
>你教会我这种做饭的技术得付给你多少钱？

厨师
>什么做饭技术？

巴利奥

---

① 佩利阿斯是伊奥尔科斯王，从他的兄弟埃宋那里夺得王权。埃宋之子伊阿宋长大后要求佩利阿斯把王权归还他。佩利阿斯答应归还王权，但要他先去黑海东岸的科尔克斯寻取金羊毛，期望伊阿宋在此冒险中丧身。伊阿宋在科尔克斯公主、会魔法的美狄亚的帮助下，寻得金羊毛回来，佩利阿斯背信地不愿让出王权。美狄亚为了惩罚佩利阿斯，声称自己能使人返老还童，并且把一头老公羊放在锅里煮后使其变成了普通公羊。美狄亚怂恿佩利阿斯的女儿们也这样煮他们的父亲，女儿们便把佩利阿斯切成块，放进锅里煮，结果却未能煮活。

厨师

      让我看着你,不让你偷我的东西。   875

厨师

你相信我,一块硬币;不相信我,一谟纳也不干。
不过你今天究竟给什么人准备午餐,是给朋友,
还是给敌人?

巴利奥

     请波卢克斯作证,当然是给朋友准备。

厨师

为什么不是请敌人,而是请朋友?   880
因为我今天要做出这样的饭菜,
要做出如此可口的香美的饭菜,
以至于不管是谁,只要一品尝,
便会贪婪地啃掉他自己的手指。

巴利奥

不,天哪,你在给他人提供饭菜之前,   885
你还是先招待你自己和你的那些童奴,
让你们统统啃掉你们的那些盗窃手指。

厨师

你现在大概仍然不相信我说的话。

巴利奥

不要再继续烦人,你嚷够了,住嘴吧!
这就是我的住屋。进去吧,准备午饭,   890
要快点儿。

童奴

(对巴利奥)

   你快去躺上卧榻,准备用餐,
午饭一会儿就会准备好。
[厨师及众随行童奴下。

巴利奥

(对厨师的童奴的背影)

    天哪,瞧你这仔子!

厨师的这个小帮手也是一个无赖。
我真不知道,我现在最应该提防谁,
这里有一帮贼,近处又有一个强盗。　　　　　　　　895
刚才在广场上,这个邻居,
（指西蒙的住屋）
　　　　　　　　　就是
卡利多鲁斯的父亲极力警告我,
要我提防他的奴隶普修多卢斯,
不要相信此人,今天在打我的主意,
只要可能,便要从我这里夺走女人。　　　　　　　900
他还说,这个奴隶曾明确地对他说,
要用计谋把腓尼基乌姆从我这里领走。
现在我进屋去,告诉家里的人,
不管怎样,都不要相信普修多卢斯。
[进屋,下。

第四幕

第一场

[普修多卢斯上。

普修多卢斯

　　如果不死的神明们曾经希望帮助过什么人,那么他们　　　　905
　　现在是正希望拯救我和卡利多鲁斯,让妓馆老板死去,
　　既然他们给我送来这样一个帮手,一个奸诈狡猾之人。
　　可是他现在在哪里?我真愚蠢,一个人这样自言自语!
　　(向远处张望)
　　天哪,我看他显然骗了我,恶棍防恶棍,我没有好好防着他。
　　要是那个家伙走了,我就完了,不可能把想做的事情做成功。　910
　　(西弥亚由远处上)
　　不过你瞧,那恶棍像一尊雕像。看他走来,那样子多么伟大!
　　喂,请老天作证,我到处找你,我真担心你会从这里离开了。

西弥亚

　　在我看来,我这样很适合我的职业。

普修多卢斯

　　你刚才在哪里待着?

西弥亚

　　　　　　　　在我想待的地方。

普修多卢斯

　　这我完全知道。

西弥亚

你既然知道，为什么还问我？　　　　　　　　　　　　915

普修多卢斯

我想教教你。

西弥亚

你应该先教教你自己。

普修多卢斯

瞧你这个样子，太蔑视我。

西弥亚

我为什么不能蔑视你？既然我被当作军人。

普修多卢斯

我希望把我们业已开始的事情进行到底。

西弥亚

难道你看见我在做其他事情？

普修多卢斯

那你就快点儿走。

西弥亚

我希望不要那样着急。　　　　　　　　　　　　　　920

普修多卢斯

现在是个好机会，那家伙正在睡觉，
我希望你在他去那里之前去到那里。

西弥亚

你为什么着急？沉着点儿，不要怕。
至高的尤皮特这样决定，让那家伙一直
留在那里，不管军官派来的那家伙是谁。　　　　　　925
神明作证，那位哈尔帕克斯永远不会比我强。
你放心吧，我会出色地帮你进行这件事情。
我要用诡诈和欺骗使军官的听差陷入困惑，
使他自己不认识自己，不知道他是何许人，
把我当作他自己。

普修多卢斯

　　　　　　　　　你这怎么可能？　　　　　　　　　　　930

西弥亚

　　你提出这样的问题让人心烦。

普修多卢斯

　　　　　　　　　你真是个无赖。

西弥亚

　　尽管你是我的指导，但是你会知道，
　　若论诡诈和欺骗，我甚至会超过你。

普修多卢斯

　　啊，愿尤皮特为我拯救你。

西弥亚

　　　　　　　　　不，为我自己。

（自夸地）

　　你看我这身打扮与我相称不相称？

普修多卢斯

　　　　　　　　　非常合适。

西弥亚

　　　　　　　　　　太好了！　　　　　　　　　935

普修多卢斯

　　愿不朽的神明像你自己希望的那样奖赏你。
　　如果我不祈求神明应得地奖赏你，那就太不该。
　　我从没有见过哪个人比你更邪恶，更无耻。

西弥亚

　　你这是在对我说话？

普修多卢斯

　　　　　　　　　我不说了。
　　如果你能巧妙地把这件事情办好，我就这样奖赏你，感谢你。

西弥亚

　　你能不能不再说话？提醒记得的人所记得的事情，
　　　　　　那会使记得的人变得记不清。　　　　　940
　　我已经明白，一切都已记住，整个计谋都已考虑周全。

普修多卢斯

  这是个能干之人。

西弥亚

    不,既不是这人,也不是我。

普修多卢斯

        你当心,不要疑惑不决。

西弥亚

           你就不能住嘴?

普修多卢斯

  愿神明保佑我——

西弥亚

        愿神明不会保佑,因为你是在说谎。

普修多卢斯

  西弥亚,凭你的欺诈本领,我喜欢你,害怕你,又赞赏你。

西弥亚

  我通常就是这样哄骗别人,你用不着这样奉承我。   945

普修多卢斯

  我今天会好好招待你,但愿你把事情办成。

西弥亚

          好,好!

普修多卢斯

  有雅致的享受,酒酿,香膏,佳肴,狂饮,
  还会有一个漂亮的女人,会甜蜜地亲吻你。

西弥亚

  你招待我真不错。

普修多卢斯

      你只要能把事情办好,我会超过你的想象称赞你。

西弥亚

  如果我不能把事情办好,那就让刽子手严厉地折磨我。 950
  不过现在就请你指点给我看,哪个是老板住屋的屋门。

普修多卢斯

（指巴利奥的住屋）
就是这第三座门。

西弥亚

嘿，别说话，那门开了。

普修多卢斯

我想准是那住屋感到难受。

西弥亚

为什么？

普修多卢斯

请波卢克斯作证，想把老板吐出来。

西弥亚

就是那个人？

普修多卢斯

就是他。

西弥亚

一个可恶的家伙。

普修多卢斯

你看他那样子，
弯着腰驼着背走路，螃蟹通常就是这个模样。 955

第二场

[巴利奥由屋内上。

巴利奥

我看那厨师并不比我想象的更坏，因为他
除了杯子和盘子，其他什么东西也没有偷。

普修多卢斯

（对西弥亚）
喂，你看，现在正是机会，正是时候。

西弥亚

> 我也这样认为。

普修多卢斯

> （对西弥亚）
>
> 现在你巧妙地进攻，我在这里埋伏着。
>
> （退到一旁）

西弥亚

> （大声地）
>
> 我认真地数过，这就是自城门数起的　　　　　　960
> 第六条街口，吩咐我需要拐进这条街，
> 他具体说了第几座屋子，我说不确切。

巴利奥

> （旁白）
>
> 这个穿着衫衣的人是谁？或者他从哪里来？
> 要找谁？看样子像个外国人，而且很陌生。

西弥亚

> （转向巴利奥）
>
> 但愿这里有人能把我想知道的给我指清楚？　　　965

巴利奥

> （旁白）
>
> 他直接向我走来。他从哪里来？什么种族？

西弥亚

> （对巴利奥）
>
> 喂，你这位长着山头胡子的人，请回答我的询问。

巴利奥

> 嘿，你不应该首先问候一下？

西弥亚

> 　　　　　　　　　　　　我从不白白地问候人。

巴利奥

> 神明作证，你也会得到同样的回答。

普修多卢斯

> （小声对西弥亚）

西弥亚

（对巴利奥）

你认不认识有个人住在这条街上？

（见巴利奥没有反应）

我在询问你。

巴利奥

我认识我自己。

西弥亚

很少有人能像你说的这样，广场上十个人中间很难有一个人认识自己。①

普修多卢斯

（旁白）

我有救了，他在谈哲理。

西弥亚

我在这里找一个人，一个恶棍、背信弃义者、亵渎神灵者、无赖、无耻之徒。

巴利奥

（旁白）

他在找我，因为这些都是我的名号。只是得让他说出名字。

（对西弥亚）

那人叫什么名字？

西弥亚

妓馆老板巴利奥。

巴利奥

我能不知道，年轻人，我就是你想找的那个人。

西弥亚

---

① 此处戏拟苏格拉底的格言"认识你自己"。

你是巴利奥?

巴利奥

我确实正是。

西弥亚

从服装看,你是一个破门而入之人。 980

巴利奥

我相信,如果你在昏暗中看见我,你会把手伸向我。

西弥亚

我的主人希望我多多向你问候。请接受
我手里的这封信,他吩咐我把它交给你。

巴利奥

吩咐你的那人是谁?

普修多卢斯

(旁白)

糟了!现在他陷入窘境,
他不知道名字,事情受了阻。

巴利奥

谁吩咐把这封信交给我? 985

西弥亚

请看看这印记,请你对我说说他的名字,
好让我知道你是否真的是巴利奥。

巴利奥

给我信。

西弥亚

请接信,认认这印记。

巴利奥

啊!波利马克罗普拉吉得斯[①],
确实是他自己。我认识,这是波利马克罗普拉吉得斯
这个名字。

---

① 这是剧作者虚构的一个名字,由三个字组成,意为"用剑杀死许多人的人"。

西弥亚

这样我便知道，我把信交给你交得对，
因为你说出了波利马克罗普拉吉得斯这个名字。

巴利奥

他怎么样？

西弥亚

一个勇敢而高尚的军人应有的样子。
请你现在赶快阅读这封信，因为我事务缠身，
还要请你立即收下这笔钱款，放了那个女子。
我必须在今天赶到西库昂，要不明天会完蛋， 995
因为我的主人就是这样凶暴。

巴利奥

我知道，你在对明了之人作吩咐。

西弥亚

那你就赶快读信！

巴利奥

我这就读，请不要再说话。
"军人波利马克罗普拉吉得斯
致书妓馆老板巴利奥，钤有
我们两人曾经约定的印记， 1000
带有我的画像。"印记钤在信上。
[我看到了，认识那印记。不过他
是不是从没有在信中问候人的习惯？

西弥亚

巴利奥，这就是军人的习惯。
他们用手向要好的朋友致意， 1005
同样地也是用手让敌人遭殃。
既然已开始，那就继续读下去，
看信上写些什么。

巴利奥

你注意听。]

"哈尔帕克斯是我的听差,他会来见你——"
你就是哈尔帕克斯?

西弥亚

　　　　　　　我正是"哈尔帕克斯"本人。① 　　　　　　　1010

巴利奥

"他给你送来信。你从他那里收下钱,
我希望你把那女子交给他一起带走。
谨通过此信向值得致意的人致意,
若我认为你值得致意,便向你致意。"

西弥亚

现在怎么样?

巴利奥

　　　　　你给我钱,就可以领走女人。　　　　　　　1015

西弥亚

还有什么耽搁?

巴利奥

　　　　　你跟我进屋去!

西弥亚

　　　　　　　　　好,我跟着。

[巴利奥和西弥亚进屋,下。

第三场

普修多卢斯

请老天作证,我从没有见过哪个人
比这位西弥亚更无耻,作恶更灵巧。
我对这个人真有些害怕,担心他
会像对待妓馆老板那样对我要无赖,　　　　　　　1020
在事情顺利的时候把角转向我,

---

① 原文"哈尔帕克斯"作为普通名词,即"强盗"之意,但在巴利奥听来,仍以为是人名。

见时机合适，一个这样的大无赖。
天哪，我不希望由于他而出现不测。
现在有三个方面令我心中惶惶。
首先我对这位同伴感到不安， 1025
他会不会抛下我，转到敌人一边去；
其次我担心主人可能从广场返回来，
把掠夺者连同掳获物一起捉住。
我还担心那位哈尔帕克斯可能会在 1030
这位哈尔帕克斯领着女子离开之前来这里。
天哪，他们怎么那么缓慢，还不出屋来。
我的心已打好行装，准备撤退，
如果他还不领着那女子出屋来，
它便要跳出我的胸膛去流亡。 1035
（看见西弥亚和腓尼基乌姆走出屋来）
啊，我胜利了，我战胜了警惕的守卫。

第四场

〔西弥亚带领腓尼基乌姆由屋内上。

西弥亚

不要哭，腓尼基乌姆，你不知道究竟，
一会儿饮宴时我会让你知道事情真相。
我现在不是把你带给那个呲牙裂嘴的 1040
马其顿人，你现在正是由于他而哭泣。
我现在正在带你去见你最希望见的人，
让你一会儿便可拥抱你的卡利多鲁斯。

普修多卢斯

你怎么在屋子里坐了那么久？
我的心一直在胸膛里呼呼直跳。 1045

西弥亚

你真是个笨蛋，挑选了这样的时机，

向我打听细节，面对埋伏着的敌人？
还不赶快迈开行军步伐，离开这里？

普修多卢斯

请波卢克斯作证，尽管你是个恶棍，
不过你的建议还是很对，非常及时。 1050
现在走吧，进行凯旋，直接去饮宴。
［普修多卢斯等下。

第五场

［巴利奥由屋内上。

巴利奥

好啊，只是现在我的心才算安定，
在他离开这里，带走了那女人之后。
现在就让普修多卢斯这个无赖过来，
让他用诡计从我这里领走女人吧。 1055
天哪，我知道自己宁可上千次背誓，
也不愿让自己受那个家伙嘲笑。
现在我若遇见他，我却要嘲笑他。
我胆敢说，这下他肯定得进磨坊。 1060
我现在很想能见到西蒙，
让他同我一起分享快乐。

第六场

［西蒙上。

西蒙

我来看看我那位乌利克塞斯在干什么，

　　　　　　　　　他有没有成功夺得巴利奥堡垒的标志?①

巴利奥

　　　幸运的人啊,西蒙,快把幸运的手伸给我。　　　　　　　　　1065

西蒙

　　　什么事?

巴利奥

　　　　　　　已经——

西蒙

　　　　　　　　　什么"已经"?

巴利奥

　　　　　　　　　　　已经无所畏惧。

西蒙

　　　　　　　　　　　　　怎么回事?

　　　难道那家伙来找过你?

巴利奥

　　　　　　　　　不。

西蒙

　　　　　　　　　那么是什么好事?

巴利奥

　　　你那二十谟纳现在会安然地完好无损,
　　　普修多卢斯今天曾和你以那笔钱打赌。

西蒙

　　　啊呀,太好了!

巴利奥

　　　　　　　你可以向我要二十谟纳,　　　　　　　　　　　　1070
　　　如果他今天真能得到那个女人,并像他
　　　保证过的那样,把那女人交给你的儿子。
　　　[神明作证,你向我要吧,我很乐意给你,]

---

① 乌利克塞斯是古希腊传说中的奥德修斯的拉丁名字。传说奥德修斯是希腊西部伊塔卡王,以诡诈著称,曾参加特洛亚战争。这里戏拟特洛亚战争期间奥德修斯窃得特洛亚城保护神雅典娜的雕像的故事。

只要能够使你相信,你的钱很安全,
我甚至还可以把一个女人作为礼物送给你。　　　　　　　　1075

西蒙

在我看来,这场打赌不会有任何风险,
既然你这样保证:你会给我二十谟纳?

巴利奥

我会给。

西蒙

这件事情进行得不错。
[你见过那家伙?

巴利奥

甚至还见到两个。

西蒙

他说了什么?啰嗦了什么?对你说什么了?　　　　　　　　1080

巴利奥

一点儿戏剧性的废话,喜剧中常见的
对妓馆老板说的那些话,连小孩都知道:
他说我是恶棍、无赖、背信弃义之徒。

西蒙

天哪,他没有说错。

巴利奥

我也没有生气:
因为咒骂一个对咒骂毫不在乎,　　　　　　　　　　　　　1085
也不想否认的人有什么价值?

西蒙]

怎么回事?为什么你不再担心他?我想听听。

巴利奥

因为他永远不可能来领走那女人,也不可能
再从我这里领走。你还记得我曾经对你说过,
我已经把那个女人卖给了一个马其顿军官?　　　　　　　　1090

西蒙

　　　　　我记得。

巴利奥

　　　　　那个军官的奴隶到这里来找过我，
　　带来钱和铃有印记的书函——

西蒙

　　　　　　　　后来呢？

巴利奥

　　我和那个军官曾经有过约定，
　　那个奴隶刚才已把女人领走。

西蒙

　　你凭信誉这样说？

巴利奥

　　　　　我有什么信誉？　　　　　　　　　　1105

西蒙

　　你当心，会不会是他怎么算计了你。

巴利奥

　　书信、印记使我确信无疑。他刚才
　　已经把女人带出城，前往西库昂。

西蒙

　　老天哪，干得太好了！我为什么还不发落
　　普修多卢斯，把他的名字登进马拉殖民地？① 　1100
　　（向远处张望）
　　可是那个穿着披篷的人是谁？

巴利奥

　　（细看）
　　　　　　　　不知道。
　　不妨让我们看看他去哪里，或者干什么？
　　（巴利奥和西蒙退到一旁）

---

① 马拉（Mola）原文是"磨坊"的意思，此处把送奴隶进磨坊干苦活戏拟为向外移民。

第七场

[哈尔帕克斯上。

哈尔帕克斯
奴隶不认真完成主人的吩咐,那是不好的、无价值的奴隶;
如果没有人提醒便会忘记自己的责任,那是不中用的奴隶。
  有些奴隶一离开自己主人的视线,   1105
  他们就以为自己立即成了自由人,
  懒散放纵,把所有的钱挥霍殆尽,
  这样的人将会永远处于为奴地位。
  如果一个人只知道玩不正当的伎俩,
  那么这样的人一定不具备好的天性。   1110
  我从不与这样的人交往,从不与
  这样的人谈话,也从来不想与他们相识。
至于我,尽管主人不在这里,我仍认为他就在这里,在命令我。
  他现在不在这里,我仍然畏惧他;
他真的在时,我便会无所畏惧。我现在正为他的事操心。   1115
刚才我从这里径直进到小酒馆,在那里等待叙鲁斯前来,
我把印记交给了他,像他吩咐的那样一直在那里等待他,
  他说待老板一回来,他便去那里找我。
  可是他一直没有去那里,没有去找我,
我现在来这里,看看是怎么回事,不要被他耍弄。   1120
现在最好的办法是前去敲门,从里面叫个人出来。
  我希望老板从我这里收了钱,
  同时也能把那个女人交给我。

巴利奥
  (旁白,对西蒙)
  喂,喂!

西蒙
    什么事?

巴利奥

西蒙

此人是我的朋友。

为什么?

巴利奥

因为他是我的捕获物。
他正在找伴妓,还带着钱。我真想现在就抓住他。 1125

西蒙

你是不是想把他吞下?

巴利奥

现在正新鲜,正热切,
他正想自投罗网,应该立即把他吞下。
正派人使我财富减少,纵欲者使我财富增加。
人民需要奋进之人,我则需要纵欲之徒。

西蒙

愿神明让你遭殃,你真是个无耻之徒。 1130

哈尔帕克斯

我在迟延,还不上前敲门,好知道巴利奥是否在家。
(去到巴利奥屋门前)

巴利奥

(旁白,对西蒙)
维纳斯赐给我这些财富,她把不好追求利益的人
赶来这里,他们乐意花费,关心自己和自己的青春,
狂饮暴食,生活放纵,他们具有另一种天性;
然而你,既不让自己享受欢乐,还要憎恶他们。 1135
(离开西蒙,向前)

哈尔帕克斯

(敲门)
喂,你们在家吗?

巴利奥

(注视,旁白)
这个人直接来找我。

[哈尔帕克斯

喂,你们在家吗?

(巴利奥和西蒙一起走向哈尔帕克斯)

巴利奥

喂,年轻人,你有何贵干?]

(旁白)

我得拿他好好发财。我知道,这是我的好兆头。

哈尔帕克斯

(继续敲门)

喂,谁来开门?

巴利奥

喂,穿披篷的人,你有何贵干?

哈尔帕克斯

(转过身来)

我在找这屋的主人,就是老板巴利奥。　　　　　　　1140

巴利奥

不管你是谁,年轻人,你不用费劲地寻找。

哈尔帕克斯

为什么?

巴利奥

因为你自己和他面对面,亲眼看见他。

哈尔帕克斯

(对西蒙)

你就是他?

西蒙

穿披篷的人,你得当心免得给自己招来不幸。

(指巴利奥)

请把手指指向他,他是老板。

巴利奥

(对西蒙)

你是一个正派之人。

不过，高尚之人，你会在广场上经常被大声传唤，　　　　　　1145
当你口袋里分文全无，除非这里有老板来帮助你。

哈尔帕克斯

（不耐烦地，对巴利奥）
你怎么不和我说话？

巴利奥

　　　　　　　我这就和你说。你有什么事？

哈尔帕克斯

请收下这笔钱。

巴利奥

　　　　　　　我早就伸着手，就等着你给我。

哈尔帕克斯

请你收下它们，这是五谟纳，足成色的银币。
主人波利马克罗普拉吉得斯吩咐我把它们给你送来，　　　1150
这是他欠你的，让你把女子腓尼基乌姆交给我。

巴利奥

你的主人——

哈尔帕克斯

　　　　　　是的。

巴利奥

　　　　　一个军官——

哈尔帕克斯

　　　　　　　是这样。

巴利奥

　　　　　　　　　马其顿人——

哈尔帕克斯

我再说一遍，是的。

巴利奥

　　　　　波利马克罗普拉吉得斯派你来找我？

哈尔帕克斯

你说得对。

巴利奥

他让你把这些钱交给我?

哈尔帕克斯

如果你就是妓馆老板巴利奥。

巴利奥

还让你从我这里领走女人? 1155

哈尔帕克斯

是这样。

巴利奥

他说那女人叫腓尼基乌姆?

哈尔帕克斯

你说得对。

巴利奥

请等一等,我一会儿就回来。

(向西蒙走去)

哈尔帕克斯

只是快一点儿,我很着急,你看天色已经不早了。

巴利奥

我知道。

(指西蒙)

我想和他商量商量。你稍等,我一会儿就回来。

(走近西蒙)

西蒙,现在怎么样?我们怎么办?我当众捉住了这个人,他拿来钱。 1160

西蒙

怎么啦?

巴利奥

你还不明白这是怎么回事?

西蒙

　　　　　　　　　　　　　　我确实不明白。

巴利奥

你的那个普修多卢斯教唆他,好像他是从
马其顿军官那里来。

西蒙

　　　　　　你收下了这人的钱?

巴利奥

　　　　　　　　　你看见了,还问?

西蒙

好啊,请记住,你应该把掳获物的一半分给我:
它们应该是公共所有。

巴利奥

　　　　　　　恶棍,什么?那全是你的。　　　　1165

哈尔帕克斯

(对巴利奥)
你能马上就办我的事情?

巴利奥

　　　　　　　　　这就来。
(旁白,对西蒙)
　　　　　　　　西蒙,你有什么想法?

西蒙

现在让我们嘲弄一下这个冒名的侦探,
在他还没感觉出来自己被嘲弄的时候。

巴利奥

好,跟我来。
(对哈尔帕克斯)
　　你说什么?你说你是军官的奴隶?

哈尔帕克斯

　　　　　　　　　　　　是这样。

巴利奥

　　他花多少钱买了你？

哈尔帕克斯

　　　　　　　　在战斗中凭暴力获得胜利。　　　　　　　1170
　　要知道，我在家时是我们国家的最高统帅。

巴利奥

　　难道他甚至也对监牢，对你的祖国施过暴？

哈尔帕克斯

　　你如果侮辱人，那你就听着。

巴利奥

　　　　　　　　　　　　你从西库昂来，
在第几天到达这里？

哈尔帕克斯

　　　　　　　　在第二天的中午。

巴利奥

　　请海格力斯作证，你走得真快。

西蒙

　　（对巴利奥）

　　　　　　　　　　　正是，真是一个飞毛腿。　　　　　1175
你看看他那腿骨，你便可以知道他能对付重磅脚镣。

巴利奥

　　你说什么？你小时候喜欢睡在摇篮里？

哈尔帕克斯

　　那自然。

巴利奥

　　　　那就是——也常常——你知道我想说什么？

西蒙

　　那当然是常有的事。

哈尔帕克斯

　　　　　　　你们神智正常吗？

巴利奥

>   你知道我还想问什么？
> 军官夜间值巡，你同他一起巡查时，　　　　　　　　　1180
> 军官的军刀是否也插入你的刀鞘里？

哈尔帕克斯

> 你们见鬼去吧！

巴利奥

>   不，今天该是你见鬼去。

哈尔帕克斯

> 你把不把女人交给我？要不就退钱。

巴利奥

>   等一等。

哈尔帕克斯

> 我还需要等什么？

巴利奥

>   你租这件披篷花了多少钱？

哈尔帕克斯

>   什么？

西蒙

> 军刀值多少钱？

哈尔帕克斯

>   这些人应该服嚏根。[①]

巴利奥

>   喂——　　　　　　　　　　　　1185

哈尔帕克斯

> 你快交人！

巴利奥

>   主人今天为你那顶帽子花了多少钱？

哈尔帕克斯

> 什么主人？你们在说什么梦话？这一切都是我的，

---

① 古希腊人认为，嚏根汤可治癫狂。

都是我买的。

巴利奥

无疑全是靠你自己的长处挣来。

哈尔帕克斯

这两个老家伙身上抹了油膏,想按古风刮尽。   1190

巴利奥

看在海格力斯的面上,请认真回答我的问题:
你挣了多少钱?普修多卢斯花了多少钱雇你?

哈尔帕克斯

你说的是哪个普修多卢斯?

巴利奥

你的指导,他教了你
这些欺骗勾当,好利用它们从我这里领走女人。

哈尔帕克斯

你指的是哪个普修多卢斯?你指的是哪些欺骗勾当?   1195
我不认识任何这样一个人。

巴利奥

你还不从这里滚开?
今天这里捞不到任何好处,你告诉普修多卢斯,
猎物被另一个人领走了,在你们之前来过一个
哈尔帕克斯。

哈尔帕克斯

天哪,我就是哈尔帕克斯。

巴利奥

老天作证,显然你想成为他。
这是一个真正的、货真价实的无赖。

哈尔帕克斯

我给了你钱,   1200
我刚才到来这里时立即把印记交给了你的奴隶,
一封钤着有主人头像的印记的信,就在这门前。

巴利奥

你说把信交给了我的奴隶？我的哪个奴隶？

哈尔帕克斯

叙鲁斯。

巴利奥

这个无赖想出了这种不中用的鬼把戏，想得不高明。
[天哪，好一个普修多卢斯，恶棍，竟然想出了 1205
这样狡猾的欺骗！他把相当于那个军官欠的一笔钱
交给这个人，把这个人打扮一番，好把女人领走。]
（对哈尔帕克斯）
其实真哈尔帕克斯本人来过这里，把那信交给了我。

哈尔帕克斯

我叫哈尔帕克斯，我是马其顿军官的奴隶， 1210
我没有搞什么骗局，使什么坏主意，我从来
就不认识，也不知道你说的那个普修多卢斯。

西蒙

老板，非常很可能的是你已经失掉了那女人。

巴利奥

神明作证，我听他说话，也越来越不安。
天哪，那个叙鲁斯早就使我心中打寒颤， 1215
他从这人手里取走了那印记。不是普修多卢斯才怪。
（对哈尔帕克斯）
喂，你说说看，刚才你交印记的那个人是什么样子？

哈尔帕克斯

火红头发，大肚皮，胖腿，黝黑皮肤，大脑袋，
一双尖细的眼睛，红润的嘴唇，此外还有一副
大脚掌。

巴利奥

你一说这一副大脚掌，你便把我毁了。 1220
他就是普修多卢斯。他毁了我。西蒙，我完了！

哈尔帕克斯

天哪，你别首先让自己死，你得首先把钱还我，

　　　　　　　　　一共二十谟纳。

西蒙
　　　　　　　　　　　　而且还有我的那另外二十谟纳。

巴利奥
　　你也想向我要走那笔钱，我那保证是说着玩的？

西蒙
　　从无耻之徒那里收取所得和掳获完全理所当然。　　　　1225

巴利奥
　　至少你得把普修多卢斯交给我。

西蒙
　　　　　　　　　　　　我把普修多卢斯交给你？
　　他犯了什么罪？他不是对你说过上百次，要你当心？

巴利奥
　　他害了我。

西蒙
　　　　　　　　　他也罚了我整整二十谟纳。

巴利奥
　　我现在怎么办？

哈尔帕克斯
　　　　　　　你只要把钱给我，然后你就去上吊。

巴利奥
　　愿神明让你倒霉！现在你跟我去广场付款。

哈尔帕克斯
　　　　　　　　　　　　我跟着。　　　　　　　　　　1230

西蒙
　　还有我呢？

巴利奥
　　　　　首先付给外邦人，明天再同市民结算。
　　这个普修多卢斯让百人团民会对我判了死刑。①

---

① 古罗马的百人团民会即市民大会，也审理刑事案件。

他今天怂恿那个人来找我，那个人领走了女人。
（对哈尔帕克斯）
你跟我走。
（对观众）
　　　　现在你们不要等待我会从这条大街返回，
待我把事情办完后，我将会顺着穿行那些胡同。　　　　　1235

哈尔帕克斯
你若不是这样说废话，而是赶路，你都到了广场。

巴利奥
毫无疑问，我得把今天我的这生日变成我的祭日。
［巴利奥和哈尔帕克斯下。

第八场

西蒙
我很好地抓住了他，我的奴隶则抓住了自己的对手。
我现在决定采用另一种手法对普修多卢斯预设埋伏，
这手法不同于喜剧中常见的那样，带着棍子或鞭子，　　　　1240
埋伏在一旁。不，我却要从屋里取出整整二十谟纳，
就是如果他成功，我答应的那个数，当面把钱给他。
他这个人机敏透顶，狡猾透顶，特别喜欢使坏作恶：
普修多卢斯超过了整个特洛亚阴谋和乌利克塞斯狡诈。①
现在我进屋去，取出钱，好给普修多卢斯设下埋伏。
［下。

---

① "特洛亚阴谋"指由尤利西斯（奥德修斯）构想建造的巨型木马，里面藏有希腊兵将。特洛亚人把木马运进城里后，希腊人夜间从马肚里爬出来，与城外的希腊军队里应外合，攻陷特洛亚城。

第五幕

第一场

[普修多卢斯上。

普修多卢斯

（喝得醉醺醺的）

这是怎么啦？双脚呀,是不是就这样？能不能站住？
你们想让我倒在这里,谁来把我扶起？
请海格力斯作证,要是我倒下,那是你们的耻辱。
你们还要继续这样？嘿,今天我该
生气了！酒中包含如此巨大的罪恶：　　　　　　　　1250
它首先逮住双脚,真是狡猾的家伙,狡诈之徒。
请波卢克斯作证,我现在确确实实喝醉了：
多么美味的食品,多么雅致的陈设,值得神明享用,
在令人心旷神怡的地方如此享受娱乐！
我何必绕这么多弯子说话？　　　　　　　　　　　　1255
由此人就得要热爱生命！
这里有各种欢乐,各种享受,
令我觉得几乎犹如神界。
情人们互相搂抱,嘴唇挨着嘴唇,
彼此话语投机,絮絮交谈,　　　　　　　　　　　　1260
要是愿意,胸部与胸部贴在一起,
白净的手举起甜蜜的酒杯,

为最最亲密的友谊祝福，
没有憎恨，没有烦恼，
也没有愚蠢的话语， 1265
油膏、香料、发带，还有花冠，
随意拿取，无须吝啬，
没有人要求我递送其他食品。
我和少主人就这样欢乐地度过了这一天，
在我如愿地完成了任务，敌人崩逃之后。 1270
他们还在那里纵饮，同伴妓一起吃喝，抚爱，
我的伴妓也在那里，随心所欲地吃喝。
我站起身来，他们要求我舞蹈。
我优美、在行地舞蹈，我学习过伊奥尼亚舞。①
我撩起衫衣，舞蹈起来， 1275
他们鼓掌，"再来一次"，要我旋转。
我重新开始，然后投向情人的怀抱，接受抚爱。
我开始旋转，倒下了：娱乐的哀歌。
当时就这样挣扎着站起来，几乎把整个新衣弄脏。
请波卢克斯作证，我的跌倒给他们带来 1280
无比欢乐，他们递给我酒杯，我一饮而尽。 1280a
我立即换了衣服，把那件衫衣丢在那里，
从那里来到这里，好把酒醒。
现在我由少主人那里来找老主人，给他作点忠告。

（大声地）

快开门，快开门；喂，你们谁去告诉西蒙，说我在这里。

第二场

[西蒙由屋内上。

---

① 伊奥尼亚舞蹈以放纵著称。

西蒙

    这个无赖的声音把我从屋里叫了出来。　　　　　　　　　1285

  （发现普修多卢斯）

    这是什么？怎么回事？我看见什么啦？

普修多卢斯

    戴着花冠，完全喝醉，你的普修多卢斯。

西蒙

    天哪，多么自由自在！看他那样子！
    我怎么办？应该让他感到害怕？
    我对他严厉些，还是温和地说话？　　　　　　　　　　1290
    我不能对他用武力，我拿着钱，
    如果我对他还可以抱某种希望。

普修多卢斯

    无耻之徒向高尚之人迎面走来。

西蒙

    愿神明保佑你，普修多卢斯！去上十字架吧！

普修多卢斯

    我为什么垂头丧气？

西蒙

        恶棍，你怎么醉醺醺地对着我的脸打嗝？　　　　　1295

普修多卢斯

    轻一点儿，扶住我，小心不要让我倒下。
    难道你就一点没有看见我喝得醉而又醉？

西蒙

    你多么放肆？大白天戴着花冠，
    喝得醉醺醺地走来。

普修多卢斯

        这是我愿意。

西蒙

    什么？你愿意？还继续对着我的脸打嗝？　　　　　　　1300

普修多卢斯

我这么打嗝舒服。西蒙,对不起。

西蒙

无赖,我看你能在一个时辰里,
把马西库斯山四倍丰收酿出的酒①
一次就喝干。

普修多卢斯

    不,还是在冬季。②

西蒙

不过请告诉我,不要再胡诌: 1305
你从哪里赶来你满载的轻舟?

普修多卢斯

我刚才是同你的儿子一起喝酒。
请告诉我,西蒙,巴利奥的事情不错吧!
我怎么对你说过,一切都已做到!

西蒙

你是个大无赖!

普修多卢斯

    这都是那个女人干的事情,   1310
她已获得自由,现在正在同你的儿子喝酒。

西蒙

对于你所干的一切,我知道得一清二楚。

普修多卢斯

那你怎么犹豫,不把钱交给我?

西蒙

    我承认,你说得对。拿着吧。

普修多卢斯

你曾经说不会给我,可现在给了。
驮上我,一起走这条路。

西蒙

———————————
① 马西库斯山在意大利中部坎佩尼亚境内,以产葡萄闻名。
② 冬季白天比夏天短一小时。

　　　　　　　　　我驮你？

普修多卢斯

　　　　　　　　　我知道，你会驮我。　　　　1315

西蒙

　　（自白地）
　　我能对他怎么办？难道他拿了钱，还要狠狠地嘲弄我？

普修多卢斯

　　失败者都得遭不幸。

西蒙

　　　　　　　　　把肩膀转过来。

普修多卢斯

　　好。

西蒙

　　　　我从没有想到，我还得向你请求。
　　啊呀，啊呀！

普修多卢斯

　　　　　　　　　别背了。

西蒙

　　　　　　　　　真痛。

普修多卢斯

　　　　　　若不是你痛，便会是我痛。　　　　1320

西蒙

　　什么？普修多卢斯，你真的要拿走主人的钱？

普修多卢斯

　　　　　　　　　　　非常乐意。

西蒙

　　请问，难道你不想从这些钱中让给我这么一部分？

普修多卢斯

　　你不会说我吝啬吧？你永远不可能从我这里得到一文钱；
　　你也不会可怜我的脊背，要是我今天没把这件事情办成。

西蒙

> 只要我还活着，我会报复你。

普修多卢斯
> 你威胁什么？我有脊背。　　　　　　1325

西蒙
> 好吧，走着瞧。
> （若离开）

普修多卢斯
> 你回来。

西蒙
> 我为什么回来？

普修多卢斯
> 你就回来，你不会被骗。

西蒙
> 我回来了。

普修多卢斯
> 跟我一起去喝酒吧。

西蒙
> 我跟你一起去喝酒？

普修多卢斯
> 请听我吩咐。
> 我会让你把这些钱的一半或更多一些拿走。

西蒙
> 那我走，随你领我去哪里。

普修多卢斯
> 现在怎么样？你现在还为这件事生我或你儿子的气？

西蒙
> 我已经不生气了。

普修多卢斯
> 那就走这条路！

西蒙
> 我跟着。为什么不请观众们一起去？　　　1330

普修多卢斯
　　请海格力斯作证,他们从来没有
　　邀请过我,因此我也不邀请他们。
　　(对观众)
　　不过若你们赞赏剧班和这出戏,
　　愿意为他们热烈鼓掌,那我就
　　邀请你们明天再前来观看演出。① 　　　　　　1335
　　[众下。

剧　　终

---

① 墨加拉赛会延续数日。

缆 绳

RUDENS

导 言

根据剧本的"开场词"第32行的说明，人们确切地知道，普劳图斯的这部剧本的希腊原剧是希腊新喜剧作家狄菲洛斯的作品。这一提示确实为研究者破解了常常需要耗费很多精力进行研究的难题，即剧本的希腊原剧作者的问题。然而当研究者们看似可以轻松地循着这一明确的指引继续往前走的时候，面临的却仍然是一处处难以逾越的礁岩。研究者们曾经试图确定，在狄菲洛斯的众多剧本中究竟是他的哪一部作品成了普劳图斯改作的原剧。有的人认为是他的剧本《行囊》，也有人认为是他的剧本《纤夫》，但是由于上述剧本传下的材料太少，因而始终难以进行明晰的比较，从而得出比较，有说服力的结论。

同样的难题是由于对狄菲洛斯的剧作本身知道得太少，因而研究者们难以确定普劳图斯改作时对狄菲洛斯的原剧究竟作了哪些变动。人们普遍认为，普劳图斯的"开场词"的风格可能与原剧比较接近，然而对普劳图斯在基本保留原剧风格的同时，又作了哪些改动或变化，推论却往往缺乏说服力。

研究者们发现，除了狄菲洛斯的原作外，这部剧本还表现出与希腊拟剧之间有不少近似之处。在一部新发现的希腊拟剧里也描写了暴风雨。剧本的主要人物也是一个少女，暴风雨把她乘坐的船只送到一处陌生的国土，她在那里成了月亮女神的祭司，直到最后她的兄弟出现，把她从蛮族中救了出来。在这样的情节框架下，两部剧本有许多共同的地方。两部剧本的剧情展开的环境相同——都是在海边，在神庙旁。两部剧本里都有海船，剧本情节都开始于暴风骤雨。在普劳图斯的剧本里，少女帕勒斯特拉差一点成为妓馆老板的牺牲品；在那部拟剧里，少女卡里提乌姆被印度皇帝追求。所不同的是卡里提乌姆本来就是祭司，而帕勒斯特拉则是由好心的老妇送进维纳斯神庙受保护。后来卡里提乌姆是由兄长解救，而帕勒斯特拉则是由其父解救。两部剧本"相认"手法也比较接近。所不同的是那部拟剧的故事地点在富有传说色彩的印度，而我们的这部剧本的故事地点在荒凉的北非海岸城市库勒涅。

研究者们还分别对普劳图斯的剧本和狄菲洛斯的剧本的演出时间进行过考证，也都难以得出比较有说服力的具体结论。狄菲洛斯生活在公元前4世纪中期至前3世纪初。普劳图斯的剧本中的人物卡尔弥得斯来自西西里城市阿格里根图姆，但剧中涉及历史不明确具体，因而很难从中作出什么史实性推论。公元前270年，埃及托勒密二世（公元前309—前246年）曾经与自己的同母兄弟发生冲突，库瑞尼科斯·马戈当时就是库勒涅的统治者。这场战争使古城库勒涅进一步出了名，成为人们普遍注意的对象，促进了城市有关传说的复活和流行。例如希腊历史学家希罗多德在其史著《历史》第二卷里就记述了一个源于埃及国王阿马西斯娶生活在当地的一个希腊女子拉狄克的传说。[①]古罗马人一直对北非地区很有兴趣，特别是与迦太基人的战争更增加了他们对北非的了解。古代库勒涅城位于今利比亚地中海海岸西北部。按照希罗多德的记述，那里的确有一座爱神庙，很有名，拉狄克曾经受到女神的护佑，因而给女神立像致谢。其实古代希腊有不少文学作品和民间传说都涉及库勒涅，给故事带来传奇性和幻想色彩。普劳图斯看中狄菲洛斯的这部喜剧，把它改编成拉丁剧本，也许与此并非没有关系。

库勒涅与巴尔干半岛隔海相望，因而早就成为古代希腊人海外移民的目的地之一。较之地中海西部沿海地区，这里距巴尔干半岛要近多了。希腊人从本土出发，向南直航，或者中途在克里特岛停留后继续航行，便可抵达。剧中老人得摩涅斯在被驱离本城邦后，来到这里。如果剧作者真是以他暗喻阿里斯托芬的喜剧中的同名人物，那么他的个人品行本来并不坏。在本剧的故事里，他仍然表现出很好的品行。在当时的社会制度下，他作为自由人奴隶主，拥有好几个奴隶，但作为一个被驱逐者，住屋简陋，在海岸边贫困地生活。剧中似乎是有意识地企图为观众展示一个被驱逐而移居海外的普通希腊人的贫苦生活状况。除了得摩涅斯外，剧中还特别强调了女祭司的贫困生活处境，她"靠侍奉维纳斯维持生活"

---

① 参阅希罗多德：《历史》第2卷第181节。

（第282—283行）。剧中还非常具体地描写了渔夫们的贫困生活。他们靠打渔为生，若是出海无所收获，他们回家后甚至连晚饭都吃不上，夜里不得不饿着肚子睡觉（第290—305行）。上述描写给人们留下了鲜明而深刻的印象。与此同时，剧中以比喻形式顺便提到市政官（第372行），但其强横霸道的行径却跃然纸上，同样给人以深刻的印象。这里反映的是普通民众的情绪和心理。

这部剧本在人物刻画方面的一个明显特点是，对妓馆老板的形象可以说是不吝笔墨地进行了素描。如果说在普劳图斯的其他剧本里，由于当时的社会状况和剧情需要，剧中经常有妓馆老板出现，并且由于其所从事的职业的卑劣而受到人们普遍的蔑视和鄙弃，这类人物通常只是格式化地走过场，处于配角地位，供人们咒骂取笑，那么在这部剧本里，妓馆老板的出现却占了很多场面，可以说成为了剧中的反面主角，特别强调这类人物的卑鄙、不守信。剧作者对他的外貌、心态、品行作了多方面的描写，用的是讥讽性的、嘲弄性的、极端否定性的词语。剧中对这位妓馆老板的描写与古代戏剧面具的形象很相似，反映的是普遍的社会感情。

从《缆绳》的结构来看，剧中包含着古希腊戏剧变形中逐渐出现的因素，特别是由米南德创立的因素。那就是剧作家在解决当时的社会形成的矛盾和冲突时，使自己的剧本中的人物处于一定的悲剧气氛之中，突出心理矛盾和内心痛苦。狄菲洛斯也被吸引进了这一潮流，建立在完全源自悲剧的状态中。这一特点也传给了罗马作家，甚至包括特别喜欢喜剧搞笑的普劳图斯年轻时代的同时代人泰伦提乌斯用来改编的一些喜剧。《缆绳》中对帕勒斯特拉和安佩利斯卡的悲苦命运的感人叙述就是证明。

可以视为与此有关系的是在这部剧本里有大量纯抒情的场面，为歌唱提供了丰富的材料。例如第185—258行帕勒斯特拉与安佩利斯卡的双人唱，随后是对于喜剧非同寻常的渔夫合唱（第290—305行）。合唱队的这种表演在米南德的剧本里并不多见，表明了普劳图斯对采用这一手法刻画人物的用心。这种手法进一步影响了普劳图斯之后的罗马戏剧，特别是其后的泰伦提乌斯的喜剧创作。在18世纪后半期，在1789年的社会革命前夕，英国和法国的戏剧家在这些古代戏剧的基础上建立了新的、被称为"市民戏剧"或"感伤戏剧"的新型戏剧，在莱辛的评论文章和剧作里获得了特别的发展。

在这部剧本里有许多长篇或较长篇的独白，这无论对于普劳图斯的喜剧，或者对于整个古罗马喜剧，都是不寻常的，这样的独白要求演员具有特别好的语言艺术表现才能。剧中在对白方面同样也经常变换手法，能达到很好的戏剧效果。例如奴隶特拉卡利奥回答主人普勒西狄普斯的问题时重复同一个词语（第1269—1277行），表现的是不同的心态，很富有戏剧效果。普劳图斯在他的其他剧本里，例如《卡西娜》（第602—609行）、《布匿人》（第731—743行）里也采用过这种手法，说明他对这种手法的喜好。我们在阿里斯托芬和米南德的剧本里可以见到对这种手法的使用，罗马作家继承了这种表现手法。这种手法也被后代欧洲剧作家所延续继承，例如在莫里哀的喜剧里，在莎士比亚的戏剧里，也可以见到对这种手法的运用。

渔夫格里普斯和奴隶特拉卡利奥之间为争取对提箱的权利而发生争执的整个场面包含着丰富的舞台表演因素。他们一个是固执地一心维护自己常见的可以享有的权利，另一个是看出其中对自己的女主人寻找她的父母亲可能有用的东西而想方设法地力求得到它们。争论很热烈，一个憨厚，一个狡辩，颇有当时法庭抗辩的色彩。

普劳图斯的这部剧本篇幅比较长，细读起来会感到剧本在结构方面有一些欠周全的地方。例如剧中的第78行诗，后面的第87行诗与这行诗的内容基本相同，然而却出自两个完全不同的人物之口。研究者认为，很难想象希腊原剧中会有这样的情况。有的研究者认为，把剧中得摩涅斯关于自己的梦的叙述（第593—614行）不是放在剧本中间，而是放在剧本开始部分或许要更合适一些。对安佩利斯卡这个角色的处理似乎也考虑欠周全。剧中对她与女主角帕勒斯特拉的关系的性质交代得不是很清楚。妓馆老板称帕勒斯特拉和安佩利斯卡两个人为女奴，奴隶特拉卡利奥一再声称她们俩是自由人，剧本末尾发现的物证却只是证明了帕勒斯特拉一个人的出身，其实观众同时也在期待剧本会对后者的身份的改变有所交代。在剧本末尾，在帕勒斯特拉许配给普勒西狄普斯之后，奴隶特拉卡利奥请求老人允许他娶安佩利斯卡，既然他自己已经获得了自由。从整个剧情看，安佩利斯卡原先可能是帕勒斯特拉的奴隶，或者也可能她本来是妓馆老板的奴隶，后来成了帕勒斯特拉的侍奴，两个人的地位不一样。然而在剧中，她们两个人的关系显然特别真诚，这对于喜剧来说是不寻常的。这一点使人想到古希腊悲剧里的类似描写。也许剧作家正是从悲剧那里获得了灵感，从而在剧本里对她们两人的关系作了包含悲剧色彩的描写。

1560年在威尼斯上演了意大利剧作家洛多维科·多尔奇（Lodovico Dolche）的《妓馆老板》，剧作家自称继承了普劳图斯的《缆绳》。

剧情梗概

渔夫撒网从海里拖得一只提箱,
提箱里装着主人的女儿的玩具
女孩遭抢劫落到妓馆老板手里。
现在她意外地处于父亲的保护下,
因船难漂泊而至;终于她被认出,
嫁给了自己钟情的普勒西狄普斯。

人　物

阿尔克图鲁斯　前言朗诵者
斯克帕尔尼奥　得摩涅斯的奴隶
普勒西狄普斯　青年
得摩涅斯　老人
帕勒斯特拉　少女
安佩利斯卡　少女
普托勒摩克拉提娅　维纳斯的祭司
皮斯卡托瑞斯　渔夫
特拉卡利奥　普勒西狄普斯奴隶
拉布拉克斯　妓馆老板
卡尔弥得斯　老人
格里普斯　得摩涅斯的奴隶，渔夫
奴隶数人

地　点

非洲北部，一荒芜海滩，距库勒涅不远。昏暗的背景里有一座维纳斯庙，舞台上有一座祭坛。另有一座小屋，为得摩涅斯的居处，舞台右侧为海港和库勒涅城。

时　间

上午。

开场词

阿尔克图鲁斯

  苍天之神中有位神灵统治所有人间种族，
  统治所有的大海和陆地，我与他是邻邦。
  我如你们所见，是一颗闪灿白辉的星辰，
  一座总是在一定的时刻按时升起的星座，
  在这里和在天空，我的名字就是牧夫座。   5
  [夜间我在天空在神明们中间发光，
  白天里我在有死的凡人中间徘徊。
  这时其他星辰已经从天空降至大地。]
  尤皮特作为神明和凡人的统领，
  委派我们分别观察凡人的生活，   10
  了解凡人们的行为、习性、信仰
  和诚信，帮助他们每个人发财致富。

  谁企图通过虚伪的诉讼，凭借谎言
  赢得官司，在法庭上为自己免除债务，
  我们会记录下他们的名字呈交尤皮特。   15
  他每天都会知道谁在这里企图作恶：
  谁企图在这里以不公正的手段赢得诉讼，
  谁想使法官作出不公正的判决，
  他会对已经判决的事情重新作判决，
  对案件远比应该地作出更大的处罚。   20

  好人的名字书写在另一些书板上。
  那些为恶之徒心里会这样思索：
  也许能够以礼物和祭品软化尤皮特。
  他们会白费辛劳，因为事情是这样：
  尤皮特不接受伪誓者的任何请求。   25

然而若诚实之人向神明发出请求，
要比无耻之徒容易为自己求得宽恕。
因此我提醒你们：如果你们为人诚实，
你们就会虔诚而公正地度过自己的一生。
请你们继续这样，那样会使我们满意。　　　　　　　　　　30

现在言归正传，说说我为什么来这里。
首先，狄菲洛斯希望把这座城市
称为库瑞涅。在那里居住着得摩涅斯，
就在那片土地和那座房屋，距海边不远，
一个不错的老人由雅典迁居来到这里；　　　　　　　　　　35
不过他并非由于犯有过失而失去祖邦，
而是由于拯救他人，给自己招来麻烦，
由于仁慈而失掉了自己已有的财富。
他有过一个女儿，女孩年幼时丢失。
一个卑鄙透顶的家伙从强盗那里买下了她，　　　　　　　　40
那个妓馆老板把女子带来这里的库勒涅。
一个年轻人与老人是阿提卡同邦人，
看见了她，她正从竖琴学校返回家，
并且爱上了她，前去找妓馆老板，
以三十谟纳商定为自己买下那女子。　　　　　　　　　　　45
交付了保证金，立下誓言相约束。

至于这个老板，他像通常那样不守信，
也不在乎他对年轻人发过的誓言。
他有个西西里朋友也同他一样无耻，
阿格里根图姆人①，自己城邦的背叛者；　　　　　　　　　50
他称赞老板拥有的这个女子的美貌，
对老板掌握的其他女子也是赞不绝口。

---

① 阿格里根图姆是西西里北部海滨城市。

他劝说妓馆老板,要老板同他一起
前往西西里,据说那里的人更沉湎于享乐,
老板在那里可以使自己变得更加富有。 55
[在那里可以利用伴妓获得巨大的收益。]

他说服了老板。偷偷地雇了船只,
夜里老板把全部财物都装上了船,
至于对那个向他买了姑娘的青年,
他声称是去履行对维纳斯的许诺, 60
(用手指)
你们看这就是维纳斯庙,为此他还把
那个年轻人邀来这里一起早餐,而他自己
立即登上船,随身载走了所有伴妓。
其他人告诉年轻人发生的事情,
老板已经离开。年轻人来到港口: 65
眼看他们的船只已经航行到海上。

我看到那个女子已经被载上船离开,
便决定帮助她,同时让老板遭毁灭,
立即掀起风暴,在海上推涌起狂浪巨澜。
因为我阿尔克图鲁斯是最凶暴的星辰, 70
我升起时狂暴,降落时狂暴更激烈。①

现在老板和他那位朋友一起撞上了礁石,
两个人被抛出船待在那里,船只被撞碎。
那个女子和另一个小女侍同样
惊恐地从船上登上了一条小舟。 75
现在海浪把她们从礁石送往陆地,
送到那座房屋,那个被驱逐的老人的居处,

---

① 阿尔克图鲁斯即牧夫星座,于每年9月升起,11月降落。

风暴把他的屋顶和砖瓦刮得七零八落。
站在屋前的是他的奴隶,刚从屋里走出来。
那个年轻人已经到来,你们将会看见他,　　　　　　80
就是他从妓馆老板那里买了那女子。
愿你们打起精神,好让你们的敌人陷入绝望。①
[下。

---

① "愿你们打起精神"的拉丁文是valete,一为"再见"。此处"敌人"究竟指谁,由于不知道剧本的演出年代,因而不可查考。

第一幕

第一场

〔斯克帕尔尼奥拿着铁铲,由得摩涅斯的小屋上。

斯克帕尔尼奥

(大声地)

永生的众神明啊,一场怎样的暴风骤雨,

今天夜里受尼普顿派遣降临于我们。

狂风掀走了屋顶——难道还需要叙说? 85

不是欧里庇得斯的《阿尔克墨涅》里那种风暴,①

而是就这样一下子把许多砖瓦从屋顶盖吹散,

立即使整座房屋变得亮堂,照进所有的窗户。

第二场

〔普勒西狄普斯及其朋友身着披篷和佩剑上。

普勒西狄普斯

(沮丧地)

我让你们徒然放弃了自己的事务,

却未能把带领你们办的事情办成, 90

---

① 古希腊悲剧家欧里庇得斯的这部剧本失传。参阅普劳图斯的《安菲特律昂》,"风暴"可能指阿尔克墨涅生育赫拉克勒斯(海格力斯)时突然出现的异样自然景象。希腊瓶画中可见把其表现为霹雳、闪电、暴风、骤雨,以阻碍安菲特律昂发现阿尔克墨涅分娩。

怎么也没能在港口逮住妓馆老板。
不过我并不想就此罢休，失去希望，
为此我想让你们，朋友们，再留一下。
现在我去这里的维纳斯庙查看查看，
因为老板曾经说他要前来这里献祭。 95

斯克帕尔尼奥

（自语）

要是我聪明，就清理掉这些讨厌的淤泥。

普勒西狄普斯

这里附近有人在说话。

（注意观察，看见斯克帕尔尼奥）

[得摩涅斯由屋内上。

得摩涅斯

喂，斯克帕尔尼奥！

斯克帕尔尼奥

谁在叫我？

得摩涅斯

就是那个给你付工钱的人。

斯克帕尔尼奥

你犹如在说，得摩涅斯，我是你的奴隶。

得摩涅斯

我们需要很多泥，你就多挖一些。 100
我看我们得把整个房屋修整一下，
因为现在它比筛子还要多孔透亮。

普勒西狄普斯

（走上前）

老爷①，你好，祝愿你们俩！

得摩涅斯

你好。

---

① "老爷"的原文是pater，意思是"父亲"，或者尊称泛指老一辈人。

斯克帕尔尼奥

（对普勒西狄普斯）

你称呼他是"老爷",可你自己是男人,

还是女人?

普勒西狄普斯

我当然是男人。

斯克帕尔尼奥

你是男人,就去远一点找爷吧! 105

得摩涅斯

我曾经有个女儿,我把她丢失了,

我还从来没有任何一个男性子嗣。

普勒西狄普斯

神明会赐予你幸福。

斯克帕尔尼奥

天哪,不管你是何许人,愿你遭大殃,

我们正忙着,你却用这些废话来打扰。

普勒西狄普斯

你们就在这里居住?

斯克帕尔尼奥

你在寻找什么? 110

你是在探察地方,然后好过来偷窃?

普勒西狄普斯

一个有积蓄而且能干的奴隶,

在主人面前应该避免多说话,

对自由人说话也要温和有礼。

斯克帕尔尼奥

还应该厚颜无耻地,不顾脸面地, 115

还要令人厌烦地走进他人的家里,

尽管他完全不应该进去。

得摩涅斯

别说话,斯克帕尔尼奥。

（对普勒西狄普斯）

年轻人，你有什么事？

普勒西狄普斯

（愤怒地注视斯克帕尔尼奥）

这个家伙该受点苦，
主人在场，他竟然敢急不可耐地说话。
不过如果你不会感到厌烦，我想向你　　　　　　　　　120
打听点事情。

得摩涅斯

乐意效劳，尽管现在很忙。

斯克帕尔尼奥

你怎么不去沼泽地，在那里割些芦苇？
现在天气正晴朗，我们好修屋顶。

得摩涅斯

你住嘴！

（对普勒西狄普斯）

你究竟有什么事，尽管说。

普勒西狄普斯

我现在请问你，
你有没有看见一个人：卷发、灰白脸皮，　　　　　125
凶狠、发伪誓、好巴结谄媚人——

得摩涅斯

有很多这样的人，
我正是由于这种类型的人才生活得这样可怜。

普勒西狄普斯

我是说那个人来到这里的维纳斯庙，
随身带来两个女子，他想美化自己，
给女神行祭礼，就在今天或者昨天。　　　　　　　130

得摩涅斯

请海格力斯作证，年轻人，这许多天以来，
我没有看见任何人来祭祀，若有人来献祭，

怎么也不可能瞒过我：因为他们常常过来，
或是求水、求火，或是求器皿，或是求叉子，
或是求煮祭牲内脏的锅或别的东西，还用多说？ 135
我是为维纳斯，不是为自己准备了水井和器具。
现在这些日子一直闲着无事，已经有许多天。

普勒西狄普斯
像你刚才这样说，你是在预告我的死亡。

得摩涅斯
请海格力斯作证，我这些话应该能让你得救。

斯克帕尔尼奥
依我看，你为了肚皮而周旋于神庙， 140
还不如吩咐人在家里为你准备早餐。

得摩涅斯
也许确实是有人邀请你来这里吃饭，
可是邀请你的人却没有来？

普勒西狄普斯
（沮丧地）
　　　　　　　是这样。

斯克帕尔尼奥
你饿着肚子返回家去也不是什么大不幸。
你与其侍奉维纳斯，还不如侍奉克瑞斯： 145
维纳斯关注爱情，克瑞斯关心的是小麦。

普勒西狄普斯
（自语）
这个家伙如此不应有地嘲笑我。

得摩涅斯
（向海边张望）
不死的神明啊，斯克帕尔尼奥，你看哪，
海岸边那些人怎么啦？

斯克帕尔尼奥
　　　　　若依我看，

那些人准是被邀请前来吃早饭。 150
得摩涅斯
为什么？
斯克帕尔尼奥
依我看，他们晚饭后沐了浴。
得摩涅斯
他们的船只在海上被摧毁了。
斯克帕尔尼奥
是这样。
天哪，陆上我们的住屋和屋顶遭了殃。
得摩涅斯
人类多么渺小啊！如同游鱼一样被抛掷！ 155
普勒西狄普斯
（眺望）
请告诉我，那些人在哪里？
得摩涅斯
（手指）
在这右手边。
你没有看见？就在那海岸边。
普勒西狄普斯
我看见了，
（对随行）
你们跟我来。
但愿我寻找的人就在那里，一个无比神圣的家伙。
（对得摩涅斯和斯克帕尔尼奥）
再见！
〔下。
斯克帕尔尼奥
（待普勒西狄普斯走远）
即使你不提醒，我们也记得。
（向远处张望，吃惊地）

帕勒蒙①啊,尼普顿的神圣伴随,   160
据说你也是海格力斯的朋友!
我看到怎样的罪恶!

得摩涅斯

        你看到什么?

斯克帕尔尼奥

(注视大海)

        我看见
有妇女坐在小船里,只有两个妇女,
可怜地惨受着波涛的冲击。

(突然兴奋地)

        啊,太好了,
海浪使船只离开了岩礁,向海岸驶来。   165
即使舵手也不可能比这更正确地掌舵。
我还从来没有见过比这更强烈的风暴,
她们若躲开那些风浪,她们就会有救。
现在,现在真危险,海浪抛出一个女子。
不过她已经到了浅水区,那里容易游泳。   170
[看见吗?风浪让那个女子浮出了水面。]
她站了起来,正向这里走来。事情有救!
这个女子现在也从小船跳到陆地上。
她由于恐惧,跪到地上,跌进海浪里。
她得救了,爬出了海浪。已经登上岸。   175
她转向了右侧,她又不幸地摔倒了。
啊呀,她今天会在那里徘徊。

得摩涅斯

        那与你有什么关系?

斯克帕尔尼奥

若是她碰着了石头,她会仰面摔倒。

---

① 帕勒蒙,又名墨利克尔特斯(Melicentes),小海绳,庇护遇难的船舶。

那时候她就不得不结束自己的徘徊。 180

得摩涅斯

（准备离开）

若是你今天晚上会前去她们那里吃晚饭，
斯克帕尔尼奥，我认为你应该关心她们。
你若想在我这里吃，那就请关心我的事情。

斯克帕尔尼奥

你说得非常正确，非常对。

得摩涅斯

那就跟我走。

斯克帕尔尼奥

我跟着。

[二人同下。

第三场

[帕勒斯特拉上。

帕勒斯特拉

（浑身水淋淋地、疲惫地、迷惑地）

无论用什么言辞表述我们遭受的不幸， 185
都远不及我们实际上经受的苦难。
可能是神明喜欢让我成现在这个样子，
满怀恐惧地沦落到这块陌生的土地上？
难道我就是为了遭受这样的不幸才出生？
凭我对神明的虔诚我该忍受这样的苦难？ 190
我不该陷入这样的痛苦，忍受这样的不幸，
即使我对自己的父母或者神明有所不敬。
不过我一向注意让自己避免犯这样的过失，
神明们啊，你们怎么这样不体面地、不应有地、
太过分地对待我？那些亵渎之人又该怎样期待？ 195
若是无罪之人竟然从你们那里得到这样的荣赏！

如果我自己或是我的父母亲有什么不敬，
你们惩罚我不会使我感到如此伤心；
这是主人的恶行在折磨我，
　　　　　　　是他的亵渎行为使我陷入不幸。
他使船只和所有的一切全都淹没于大海：
我是他所有的财富的唯一幸存，同我一起　　　　　　200
乘船的那个女子也消失了，只剩下我一个。
如果她能幸存下来，有她的帮助，
我也会比较容易地忍受这场不幸。
现在我还能抱什么希望，获得什么救援，
想什么办法？在这孤独无助的地方只有我一人。　　205
这里只看见岩石嶙峋，只听见大海咆哮，
不见任何人向我迎面走来。
我身上穿着什么，这就是我的全部所有；
我不知道哪里可以找到吃的，何处可以藏身；
我还能有什么希望？我为什么还要活着？
我不是出生在这里，这里我没有见过，没有来过。　　210
我多么希望这里有个什么人能给我
指示道路或小径，现在我拿不定主意，
究竟应该取这个方向，还是那个方向；
我不看见这附近有任何耕种的田地。
寒冷、迷茫、恐惧，它们一起降临我。　　　　　　215
我的可怜的父母亲啊，你们不知道
　　　　　　　现在我陷入了怎样的不幸。
我是自由人出身，但没有享受到任何好处。
我现在甚至都不如一个即使出生于奴籍的人？
我永远不可能回报抚养我长大的那些人。

第四场

[安佩利斯卡从海岸另一侧上。

安佩利斯卡

还有什么更美好？还有什么比让生命与肉体分离更明智？ 220
我活下来如此不幸，那么多对死亡的恐惧充满了我的心灵。
现在的情况是：我已经不可惜生命，曾经让我欣喜的希望已破灭。
我已经巡行过所有的地方，漫游过所有隐蔽的去处。
我到处寻找一起为奴的姐妹，寻踪觅迹，呼喊、遥望、倾听。
可我哪儿也找不到她，我不知道还该到哪里去寻找， 225
我没有见到一个人可以询问，我没法获得任何回答。
世间没有哪一处地方如此空旷，堪与这里相比拟；
只要她还活着，我就到处寻找她，永远不会停止。

帕勒斯特拉

（惊醒、警觉地）
这是谁的声音在我附近说话？

安佩利斯卡

（吃惊地）
我感到害怕，谁在这附近说话？ 230

帕勒斯特拉

善良的期望啊，请你过来帮助我，
请把可怜的我从恐惧中解脱出来。

安佩利斯卡

确实有女子的声音向我的耳朵袭来。

帕勒斯特拉

是女子，是妇女的声音传向我的耳朵。
天哪，难道是安佩利斯卡？

安佩利斯卡

帕勒斯特拉，是听见你说话？ 235

帕勒斯特拉

我为什么不称呼她的名字，好使她听见？
安佩利斯卡！

安佩利斯卡

喂，你是谁？

帕勒斯特拉

是我,帕勒斯特拉。

安佩利斯卡

告诉我,你在哪里?

帕勒斯特拉

天哪,我遭受了那么多不幸。

安佩利斯卡

我也像你一样,经受的不幸并不亚于你。

不过我一直期待能见到你。

帕勒斯特拉

我也像你一样。 240

安佩利斯卡

让我们俩循着声音走。

(大声地)

你在哪里?

帕勒斯特拉

我就在这里。

你向我走来,向我迎面走。

安佩利斯卡

好吧,就这么办。

帕勒斯特拉

你把手伸给我。

安佩利斯卡

好,你抓住!

帕勒斯特拉

你说吧,你还活着?

安佩利斯卡

你使我现在仍然想继续活下去。

我现在已经可以碰到你,我真 245

难以相信,我抓着了你。拥抱我吧,

我的希望。是你减轻了我的所有苦难。

帕勒斯特拉

你抢先说出了我正想说的话。
现在让我们离开这里。

安佩利斯卡

亲爱的,我们走向哪里?

帕勒斯特拉

让我们沿着海岸寻找。

安佩利斯卡

我紧紧跟着你。
我们就这样穿着湿淋淋的衣服上路?

帕勒斯特拉

正是这样。显然我们必须这样忍受。
(二人沿着海岸行走,帕勒斯特拉突然停住)
不过你看,这是什么?

安佩利斯卡

什么?

帕勒斯特拉

亲爱的,你看见吗?
这里是神庙。

安佩利斯卡

在哪里?

帕勒斯特拉

在右手边。

安佩利斯卡

我看见了,这地方显然令神明们满意。

帕勒斯特拉

这里不远处就应该有居民,这地方非常优美。
不管这位神是谁,我请求他让我们摆脱苦难,
请求他尽可能地帮助我们这些可怜的落难人。

第五场

　　　　[普托勒摩克拉提娅由维纳斯庙内上。

普托勒摩克拉提娅

　　（未看见帕勒斯特拉和安佩利斯卡）

　　这里是谁在向我的主人发出祈求？

　　她们的祈求之声召唤我来到庙外。　　　　　　　　　260

　　善良的女神毫不勉强地接受了请求，

　　她们会得到仁慈的女神的慷慨助佑。

帕勒斯特拉

　　（走近庙宇）

　　母亲啊，请接受我们的敬礼。

普托勒摩克拉提娅

　　　　　　　　姑娘们，

　　我也向你们致敬。不过请你们告诉我，

　　你们从哪里来到这里，样子这样伤心？　　　　　　265

帕勒斯特拉

　　从这里徒步立刻就到达，从这里去路途不遥远，

　　然而这里距我们出发来这里的地方确实路遥遥。

普托勒摩克拉提娅

　　那你们是借住树木制造的马，沿着蓝色的道路

　　来到这里？①

帕勒斯特拉

　　　　　　事情正是这样。

普托勒摩克拉提娅

　　　　　　　　由此你们更应该

　　身着白衣前来献祭。从来没有哪个人　　　　　　　270

　　像你们现在这样子前来这座神庙祭祀。

帕勒斯特拉

---

① 女祭司的话模仿史诗和悲剧的崇高风格，指乘船航行。

我们两个人是从海上被抛掷而来，
　　　请问还能从哪里弄到祭品来奉献？
　　　现在我们抱住你的膝头，请求你帮助，
　　　我们来到陌生的地域，怀抱着期望，　　　　　　　　275
　　　请接受我们到你的屋顶下，保护我们，
　　　但愿你能可怜我们这两个可怜之人，
　　　我们没有任何居住地，没有任何希望，
　　　你现在看到的就是我们拥有的一切。

普托勒摩克拉提娅

　　　请你们两人把手伸给我，从膝前站起来。　　　　280
　　　世上没有哪个女人会比我更富有同情心。
　　　不过少女们啊，我们自己也很贫穷，一无所有，
　　　我自己只是勉强维持生活，为糊口侍奉维纳斯。

安佩利斯卡

　　　请问，这里是维纳斯的庙宇？

普托勒摩克拉提娅

　　　是这样。我被称为是这座庙宇的祭司。　　　　　285
　　　不管怎样，你们会受到我亲切的接待，
　　　只要现在这里允许这样做。
　　　你们跟我走！

帕勒斯特拉

　　　　　　　你对我们真友好，真亲切，
　　　老妈妈啊，让我们受到尊重。

普托勒摩克拉提娅

　　　　　　　　　　　理应如此。

　　〔三人一起进庙，下。

第二幕

第一场

[一群渔夫上。

渔夫们
　　贫穷的人们不得不想方设法可怜地生活，　　　　　　　　290
　　特别是既无收入，又未学会任何技艺之人：
　　不管家里拥有什么，都必须以现有为满足。
　　你们从我们的装束就可以知道我们怎样富有，
　　这些是渔钩和渔竿——我们的收入和食物。
　　我们每天都从城里到这海边来寻找食物，　　　　　　　　295
　　我们以此替代体育运动和拳击训练。
　　我们捕捞海胆、帽贝、牡蛎，捡拾橡果、贝壳，
　　我们捕捉海狸、小海鼠，还有斑纹鱼类；
　　我们用钩子或者直接用手在岩石间捕捉。
　　我们从海中捞取食物：若是结果一无所获，　　　　　　　300
　　什么鱼都没有捕到，我们便只好把浑身盐渍
　　冲洗后偷偷地返回家，不吃晚饭便去睡觉。
　　现在海上波涛汹涌，我们不抱任何希望：
　　除了可以捞到一些贝壳，我们肯定吃不上晚饭。
　　现在我们走向这位善良的维纳斯祭司，
　　　　　　求她今天能欣然地帮助我们。　　　　　　　　　305

[众人进庙，下。

第二场

〔特拉卡利奥上。

特拉卡利奥

我用心察看，可不要与主人从旁错过；
主人刚才离家出门时，说是要去港口，
吩咐我到这里的维纳斯庙来寻找他。
我看见那些人站在那里，我过去向他们打听。
（对渔夫们）
海上的窃贼们，你们好，捞贝者，钩鱼者， 310
吃不饱饭的族群。你们怎么样？准备去死？

渔夫们

就像渔夫们通常那样子，忍饥挨渴。

特拉卡利奥

喂，你们有没有看见有一个年轻人，
当你们站在这里时，匆匆地行走，面色微红，
体格健壮，有三个人跟随，身着袍氅，佩带宝剑， 315

渔夫们

从不知道有你说的这种脸色的人来过这里。

特拉卡利奥

那你们有没有看见一个老人如同西拉努斯①，秃脑门儿，
高高身材，大腹便便，眉毛卷曲，前额狭窄，狡猾诡谲，
令神明和凡人同样感到厌恶，卑鄙、奸邪、无耻、丑陋，
随身领着两个外貌非常美丽的女子？ 320

渔夫们

如果确实地出生了像你刚才说的那样品行的人，
那他更应该去刽子手那里，而不是进维纳斯庙。

特拉卡利奥

要是你们看见过，就请告诉我。

---

① 西拉努斯是酒神的伴随。

渔夫们
>没有那样的人来过这里。

再见！
[渔夫们下。

特拉卡利奥
>再见！我相信事情正像我预料的那样，
>妓馆老板蒙骗了我的主人，然后无耻地逃跑， 325
>他自己登上船，带走了那两个女人：我这样估计。
>他还邀请我的主人来这里用早饭，这个无耻家伙。
>现在我最好就留在这里等待我的主人前来。
>这里的这位维纳斯女祭司或许知道一些情况，
>我若能见到她，我就向她打听：她会告诉我。 330

第三场

[安佩利斯卡由维纳斯庙内手提水罐上。

安佩利斯卡
（回身对庙内）
>我知道，你是要我去敲与维纳斯庙相邻的
>住屋的屋门，去那里求些水。

特拉卡利奥
（戏拟悲剧姿态）
>这是谁的声音
>传进了我的耳朵？

安佩利斯卡
（环顾）
>天哪，这是谁在说话？我看见的那人是谁？

特拉卡利奥
>从神庙里走出来的那个人是不是安佩利斯卡？

安佩利斯卡
>我看见的这个人是特拉卡利奥，普勒西狄普斯的差奴？ 305

特拉卡利奥
　　　　是她。
安佩利斯卡
　　　　　　是他。特拉卡利奥，你好！
特拉卡利奥
　　　　　　　　　　你好，安佩利斯卡。
　　你怎么样？
安佩利斯卡
　　　　　　美好的年龄让人不美好。
特拉卡利奥
　　　　　　　　　　　　请不要这样作预言。
安佩利斯卡
　　　　凡聪明之人都应该互通消息，互相提供帮助。
　　你说说，你的主人普勒西狄普斯现在在哪里？
特拉卡利奥
　　　　真奇怪，好像他不在这庙里。
安佩利斯卡
　　　　　　　　神明作证，他不在，没有人来过。　　340
特拉卡利奥
　　　　他没有来？
安佩利斯卡
　　　　　　你说得对。
特拉卡利奥
　　　　　　　　这不是我的习惯，安佩利斯卡。
　　不过早餐是不是很快就要准备好？
安佩利斯卡
　　　　　　　　　请说说，什么早餐？
特拉卡利奥
　　　　你们无疑正在这里举行祭祀。
安佩利斯卡
　　　　　　　　亲爱的，你在说什么梦话？

特拉卡利奥

你们的主人拉布拉克斯曾经邀请我的主人
普勒西狄普斯来这里用早餐。

安佩利斯卡

      天哪,你说的事情不奇怪;   345
要是他欺骗神明和凡人,那他是按老板的习惯行事。

特拉卡利奥

你们和你们的老板不是在这里向神明献祭?

安佩利斯卡

        你预言的对。

特拉卡利奥

那你在这里干什么?

安佩利斯卡

     正当我和帕勒斯特拉失去了一切,
需要帮助时,这里的这位维纳斯的祭司把孤苦的我们
从无数的不幸、极度的恐惧和巨大的危险中接到她这里。 350

特拉卡利奥

请问我的主人的女友帕勒斯特拉也在这里?

安佩利斯卡

        正是这样。

特拉卡利奥

亲爱的阿佩利斯卡,你的消息包括巨大的快慰。
不过我很想知道你们究竟经历了什么样的危险。

安佩利斯卡

特拉卡利奥啊,昨天夜里我们乘的船只被摧毁。

特拉卡利奥

什么船只?你说的是什么事情?

安佩利斯卡

      难道你没有听说,   355
那位妓馆老板想怎样偷偷地把我们从这里
带往西西里,把他所有的财富都装上了船?

现在它们都已经被毁掉。

特拉卡利奥

令人愉快的尼普顿啊,你好,
没有哪个赌博玩家比你更聪明,你的这一掷
简直太令人愉快:你让这个伪誓者倒了大霉!   360
现在老板拉布拉克斯在哪里?

安佩利斯卡

我想他应该喝够丧了命。
昨天夜里尼普顿肯定用充足的饮料招待了他。①

特拉卡利奥

神明啊,我想肯定是让他用大杯喝。我喜欢你,
安佩利斯卡,你真甜美,说出的话真是甜如蜜。
不过你和帕勒斯特拉究竟是怎样获救?

安佩利斯卡

我这就告诉你。   365
我们俩惊恐地从海船跳上小船,因为我们看到,
海船已经撞上礁石;我们立即迅速地解开缆绳,
趁他们一片惊慌。风暴把小船连同我们刮向右方,
离开了他们。狂风巨澜就这样不断把可怜的我们
无法胜计地来回抛掷,不停地上下颠簸了一整夜,   370
好不容易今天把几乎停止了呼吸的我们送到岸边。

特拉卡利奥

我知道,尼普顿通常如此,就像市政官那样,
令人讨厌,若是货物质劣,便会把它们扔掉。

安佩利斯卡

(气愤地)
你该倒大霉,遭大殃!②

特拉卡利奥

---

① 这里以古代希腊人玩骰子为例。古代希腊人玩骰子时纵酒行乐,用大杯饮酒,玩输了的人,也是大杯受罚。
② 安佩利斯卡误以为特拉卡利奥在讽喻她们。

> 亲爱的安佩利斯卡，愿你遭殃！ 375
> 我早就知道老板会干他干了的事情，我反复说过。
> 不过现在最好还是让我披散头发，继续进行预言。

安佩利斯卡
> 你们既然知道，你和主人为什么不多加提防？

特拉卡利奥
> 应该怎样做？

安佩利斯卡
> 既然他已经爱了，你还问该怎样做？
> 应该不分白天黑夜地监视他，时时刻刻保护她， 380
> 请卡斯托尔作证，普勒西狄普斯倒是非常用心。

特拉卡利奥
> 你为什么这么说？

安佩利斯卡
> 事情很明显。

特拉卡利奥
> 你知道吗？甚至当他
> 前往浴堂沐浴，尽管他非常注意保管自己的衣服，
> 但是仍然常常被人偷走，防止被偷窃非常不容易，
> 窃贼容易看出谁是看守；看守却不知道谁是窃贼。 385
> 不过她现在在哪里，带我去见她。

安佩利斯卡
> 你走进这座维纳斯庙，
> 你就会看见她坐在那里哭泣。

特拉卡利奥
> 我不喜欢你说的那样子。
> 不过她为什么哭泣？

安佩利斯卡
> 我告诉你：她现在感到很痛苦，
> 因为妓馆老板抢走了她的小提匣，提匣里装着
> 能够使她的父母认出她来的东西，她非常担心 390

那提匣会丢失。

特拉卡利奥

那提匣原先放在哪里?

安佩利斯卡

当时在船上。
妓馆老板把它装在旅行箱里,使她的父母
不可能找到她。

特拉卡利奥

啊,真是一个卑鄙无耻的家伙。
她本该是自由人,却企图使她处于奴隶地位。

安佩利斯卡

现在旅行箱理应同轮船一起沉入了海底。 395
那里面还有妓馆老板所有的金子和银子。

特拉卡利奥

我相信会有人沉入海里找到它。

安佩利斯卡

现在她正为此发愁,
为自己丢失了那些东西。

特拉卡利奥

如果是像你说的这样,
我更应该进去安慰她,使她心里不要这样难受。
如我所知,有时失去希望的事情会出现好结果。 400

安佩利斯卡

我却看到,许多人满怀希望,结果却上当受骗。

特拉卡利奥

因此保持心境平静是对忧苦的最好的调和剂。
我现在就进去,若你没有其他事情。

安佩利斯卡

你去吧!

[特拉卡利奥进庙,下。

我现在去完成

女祭司吩咐我的事情,去向这位近邻要一点儿水。
她说如果以她的名义请求,他们会立即满足要求。 405
在我看来,我还从未见过任何比她更尊贵的老妇。
我愿众神明和凡人都应该更多地为她行好赞扬她。
她如此愉快慷慨地,如此尊重地和不感到为难地
把充满惊惧、失去一切、浑身水淋淋、
　　　　　　　　被淹得差点丧命的我们
迎进自己的居处,完全好像我们是她的亲生女儿, 410
甚至还系上腰带,亲自把水烧热,好让我们沐浴。
现在我不该让她受耽误,应该按她的吩咐去求水。

(上前敲得摩涅斯的屋门)

喂,现在有谁在屋里?谁来开开门?有人过来了?

第四场

斯克帕尔尼奥

(在屋内,粗暴地)

这是什么人在对我们的屋门粗暴地行非礼?

安佩利斯卡

是我。

斯克帕尔尼奥

(走出屋来)

啊,这是什么福气?天哪,一个多漂亮的女子! 415

安佩利斯卡

(端庄地)

你好,年轻人!

斯克帕尔尼奥

祝愿你也非常好,美丽的女子!

安佩利斯卡

我前来找你们。

斯克帕尔尼奥

　　　　　我很乐意你来做客，要是你能一到傍晚就来，
　　　　　就像这个样子；可现在是早晨，没有什么好招待你。
　　　　　你怎么说，我亲爱的，令人愉快的？

安佩利斯卡

　　　　　　　　　　　　　　　　　　啊呀，我觉得你
　　　　　对我热情过分。

斯克帕尔尼奥

　　　　　不死的神明们啊，她具有维纳斯的容貌。　　　　　420
　　　　　她的双眸充满了喜悦，啊呀，如此美妙的身材，
　　　　　肤色浅灰含浅黑——或者我更想说的是棕褐色。
　　　　　还有那胸脯，又多美好啊，是那样天生地悦人。

安佩利斯卡

　　　　　（挣脱斯克帕尔尼奥的纠缠）
　　　　　我并不是人人可及的荡女。你还不把手拿开？

斯克帕尔尼奥

　　　　　难道不能这样轻轻地令人愉悦地碰碰美人儿？　　　　　425

安佩利斯卡

　　　　　待时间允许时，我再和你玩耍，逗你高兴；
　　　　　现在我是受差遣而来，你说说看可不可以。

斯克帕尔尼奥

　　　　　现在你有什么事？

安佩利斯卡

　　　　　（展示水罐）
　　　　　　　　　　　　聪明人一看便知道我想干什么。

斯克帕尔尼奥

　　　　　聪明人从我的装束也能看出来我想干什么。

安佩利斯卡

　　　　　这里的维纳斯祭司吩咐我来向你们求些水。　　　　　430

斯克帕尔尼奥

　　　　　我是个堂正之人：你不恳求，就别想提走一滴水。
　　　　　我们挖掘那口井是用自己的铁铲为了自己的需要。

你若不非常温柔地请求,你就不可能提走一滴水。

安佩利斯卡

亲爱的,你怎么这样为难我?甚至敌人都可以把水给敌人。

斯克帕尔尼奥

你怎么这样怜惜让我喜欢?甚至市民和市民都互相给予。　　　　　435

安佩利斯卡

不,我的欢乐,我甚至愿意满足你的一切要求。

斯克帕尔尼奥

（旁白）

啊呀呀,我感到很满足,她已经称我是"欢乐"。

（大声地）

会给你水,不能让你一无所获地爱我。给我水罐。

安佩利斯卡

给你!

（递给斯克帕尔尼奥水罐）

亲爱的,快点儿提水来。

斯克帕尔尼奥

你稍待,我的欢乐,我这就提来。

[提水罐下。

安佩利斯卡

（旁白,高兴地）

我该怎么对女祭司说明我在这里耽搁了这么久?　　　　　440
甚至直到现在,我一望见大海,仍是感到恐惧。

（遥望海岸）

不过天哪,我远远看见海岸边是怎么回事?[①]　　　　　450
我看见我的主人妓馆老板和他的西西里客人,
我还以为他们两个人早已经在海上送了命。
他活着给我们带来的不幸会远远超过想象。
我还迟疑什么?赶快跑进庙向帕勒斯特拉

---

① 原文第440—450行只有2行。

说明出现的新情况，我们得逃上祭坛求助， 455
赶在无耻的老板到来这里把我们捉住之前。
我得向这边跑。

（迅速离开）

      意外的灾难就这样突然降临。

〔跑进庙，下。

第五场

〔斯克帕尔尼奥提着水罐上。

斯克帕尔尼奥

（旁白，欢乐地）

不死的神明们啊，我以前还从来没有想到
水里蕴藏着如此巨大的快乐。我很乐意提着它。
那水井也让我觉得要比先前浅了很多很多。 460
我不觉困难就把它提了上来！这话毫不夸张！
我这个人真不中用，直到今天才开始搞恋爱？

（大声地）

喂，现在给你水，我的亲爱的美人儿，
像我这样优美地顶着它，我希望你能惹我喜欢。①

（四处张望）

不过你在哪里？淘气鬼！你来接水！你在哪里？ 465

（旁白）

神明作证，我认为她喜欢我，坏东西藏了起来。
喂，你在哪里？你接不接这水罐？你在哪里？
玩耍得有分寸，请你不要再这样耍闹，
你过来不过来接这水罐？你究竟在哪里？

（环顾）

天哪，我哪儿也不看见女子。她在戏耍我。 470

---

① 参加祭祀的女子通常头顶水罐。

海格力斯啊，我就把这水罐放到这道路中央。
不过要是有哪个人恰好来到这里，
把维纳斯的圣罐提走呢？那会给我招来麻烦。
天哪，我担心那个女人不要对我设下埋伏，
把我连同维纳斯的圣水罐一起捉住。 475
那时长官会合法地给我戴上镣铐，
送进监牢，若是有人看见我提着水罐。
（察看水罐）
水罐上有题字，本身便能表明它属于谁。
天哪，我最好把祭司本人叫来这里，
让她接这水罐。我向庙门走过去。 480
（上前敲门）
喂，普托勒摩克拉提娅，请出来，接水罐：
有个年轻女子把它拿来在这里交给我。
（思考）
不，我还是把它提过去。我找到了差事，
要是我还得把这水给她们送进去。
［进庙，下。

第六场

［拉布拉克斯浑身湿淋淋地上。

拉布拉克斯

（沮丧地）
谁想让自己成为可怜而贫穷的人， 485
就让他把自己及其生命托付给尼普顿，
因为若是有人有什么事情与他相关，
那他就会让那人这个样子返回家。
请神明作证，自由之神啊，你从来没有
想到同海格力斯一起乘坐海船。 490
不过我的那位害了我的朋友在哪里？

（回头张望，气愤地）

瞧，他来了！

[卡尔弥得斯同样浑身湿淋淋地上。

卡尔弥得斯

　　　　拉布拉克斯，你这恶棍去了哪里？
因为不管我怎么匆匆追赶都追不上他。

拉布拉克斯

（气愤地）

但愿我的双眼今后永远不会再看见你，
你已经在西西里遭受残酷的折磨死去，　　　　　　495
不幸的我由于你而遭受了怎样的灾难。

卡尔弥得斯

你把我带到你的居处住宿那一天，
我真宁可让自己在牢狱度过了那一晚。
我请求不死的众神明在你活着时，
让你所有的朋友都像你这样遭殃。　　　　　　　500

拉布拉克斯

我把你这个恶魔带进了自己的住屋，
我当时为什么要听从你这个无耻之徒？
为什么要离开这里？为什么要乘坐海船？
我损失的财富比我曾经拥有的还要多。

卡尔弥得斯

请神明作证，我对你的船只被毁并不感到奇怪，　　505
既然它载着这样一个无赖和无耻地获得的财富。

拉布拉克斯

是你用阿谀奉承让我遭了大殃。

卡尔弥得斯

你给我准备的是一顿罪恶透顶的晚餐，

超过了给提埃斯特斯和特柔斯的安排。①

拉布拉克斯

（感到发晕）

我完了,感到很难受,请扶住我的脑袋。　　　　　　　　　510

卡尔弥得斯

请波卢克斯作证,愿你把肺也一起吐出来!

拉布拉克斯

（哀号）

帕勒斯特拉,安佩利斯卡,你们现在在哪里?

卡尔弥得斯

我想她们已经成了游鱼的食物,现在在鱼肚里。

拉布拉克斯

承蒙你费尽心机使我们现在一贫如洗,

由于我听信了你吹牛夸口的一派胡言。　　　　　　　　515

卡尔弥得斯

我给了你好处你本应该好好地感谢我,

因为我使你由无盐者而成为有盐之人。②

拉布拉克斯

你怎么还不从这里离开我去遭殃?

卡尔弥得斯

你自己走吧,我本希望你会遭殃。

拉布拉克斯

啊,有哪个人活得比我更不幸?　　　　　　　　　　　520

---

① 提埃斯特斯是希腊迈锡尼王阿特柔斯的兄弟。提埃斯特斯图谋篡位,被阿特柔斯驱逐出城邦后,唆使阿特柔斯的儿子谋反,结果阿特柔斯在无意中把自己的儿子同其他的谋反者一起处死。当提埃斯特斯前来与阿特柔斯和解时,阿特柔斯杀了提埃斯特斯的儿子,把儿子的肉煮给他们的父亲吃。特柔斯是希腊特拉刻（色雷斯）王,诱奸了自己的妻妹菲洛墨涅。妻子普罗克涅为了报复丈夫,杀了他们的儿子,煮了给父亲吃。特柔斯知道后,企图杀死姊妹俩,但宙斯救了她们。宙斯把普罗克涅变成夜莺,把菲洛墨涅变成燕子;一说把普罗克涅变成燕子,把菲洛墨涅变成夜莺;也有的说把她们两人都变成燕子。

② "盐"指海水中的盐分。"无盐者"指愚蠢,"有盐之人"喻诙谐有趣。

卡尔弥得斯
　　拉布拉克斯，我要远远比你更不幸。

拉布拉克斯
　　为什么？

卡尔弥得斯
　　因为我不该遭灾难，你却完全应该。

拉布拉克斯
　　灯芯草啊，我赞赏你的好运气，
　　因为你一向保持着干燥的美名。

卡尔弥得斯
　　而我却在受训准备成为投枪手，① 　　　　　　525
　　因为颤抖使我说出的话也颤抖。

拉布拉克斯
　　神明作证，尼普顿啊，你是位寒冷的浴堂主：
　　我自裹着衣服离开你后，现在还觉得冷飕飕。

卡尔弥得斯
　　他从来不会准备任何热饮料，
　　他就这样供应咸而涩的冷饮。　　　　　　　530

拉布拉克斯
　　干铁匠活儿的人们多么幸运啊，
　　他们坐在炭火前，总是热乎乎。

卡尔弥得斯
　　但愿我现在能够成为一只鸭子，
　　使我一从水中出来便浑身干燥。

拉布拉克斯
　　要是节日演出时我表演饱食者怎么样？　　　535

卡尔弥得斯
　　为什么？

拉布拉克斯

---

① 有的研究者认为，此处可能喻公元前211年发生在卡普亚的战斗。

神明作证,我的牙齿在咯咯响。
卡尔弥得斯
我觉得自己确实好好地沐浴了一番。
拉布拉克斯
这话怎么说?
卡尔弥得斯
在我冒失决定同你一起登船后,
你为我搅动大海直至海底不停地翻腾。
拉布拉克斯
我听从了你的劝说,你曾经允诺我　　　　　　540
在那里可以用妇女获得巨大的收益,
声称在那里可赚得无可比拟的财富。
卡尔弥得斯
无耻的野兽,不是你自己渴望得到
整个西西里,渴望能吞下整座岛屿?
拉布拉克斯
究竟是什么海鲸吞下了我的提箱?　　　　　　545
那里面装着我所有的黄金和白银。
卡尔弥得斯
我想就是吞下了我的钱袋的那家伙,
钱袋装满了钱币,放在我的背囊里。
拉布拉克斯
啊呀,我落到怎样的下场:只剩下这件短衫,
此外还有这件可怜的披篷。我这下彻底完了!　　550
卡尔弥得斯
我完全可以作为与你同样的难友,
我们拥有同样的东西。
拉布拉克斯
现在对于我来说,
即使只有那两个女子得救,也是希望。
现在但愿青年普勒西狄普斯会见到我,

我收下了他为帕勒斯特拉预付的定金，   555
他或许会为我在这里操办必要的事情。

卡尔弥得斯

大笨蛋，你哭什么？天哪，你有的是手段，
你的舌头还活着，你可以用它来解除债务。

第七场

[斯克帕尔尼奥由庙内上。

斯克帕尔尼奥

（自言自语地）

天哪，究竟发生了什么事情？有两个女子
在这里，在维纳斯的庙宇里抱着圣像哭泣，   560
有个人让她们感到恐惧？她们说是昨天夜里
她们落难到这里，声称今天刚漂流来到此地。

拉布拉克斯

（急促地上前）

天哪，年轻人，请问你说的那两个女子在哪里？

斯克帕尔尼奥

就在这座维纳斯庙宇里。

拉布拉克斯

那里有几个人？

斯克帕尔尼奥

一共就像我和你。

拉布拉克斯

（渴望地）

她们确实是我的？

斯克帕尔尼奥

我确实不知道。

拉布拉克斯

她们模样儿如何？

斯克帕尔尼奥

        非常优美。

 在我痛饮一番之后或许会爱上其中的一个。   565

拉布拉克斯

 她们确实还年轻?

斯克帕尔尼奥

 我确实厌烦你,你感兴趣,就自己去看。

拉布拉克斯

 (欣喜地)

 喂,卡尔弥得斯,这里的女子应该是我的。

卡尔弥得斯

 让尤皮特让你遭殃,不管她们是不是你的。

拉布拉克斯

 现在就让我进维纳斯庙去看看。

 [拉布拉克斯匆匆地进维纳斯庙。

卡尔弥得斯

       我希望你是进深渊。   570

 (对斯克帕尔尼奥)

 客主,我请给我个什么地方能够小憩一番。

斯克帕尔尼奥

 你可以随意休息,不会有阻碍,这里是公共地方。

卡尔弥得斯

 请看看我这身装束,我的衣服已经湿透:

 请让我进屋里,随意给我一些干的衣服,

 待我的衣服晾干,有机会时我会感谢你。   575

斯克帕尔尼奥

 这里有顶草帽,是我唯一的东西:

       你若想要,我给你。

 下雨时我通常披同一件衣服,进同一处居屋。

 你把衣服给我,我会把它们烘干。

 (试图给卡尔弥得斯脱衣服)

卡尔弥得斯

（把斯克帕尔尼奥推开）

           难道你还不满意：
我在海上遭洗劫，在这里陆上还得再遭受一次？

斯克帕尔尼奥

你沐浴也好，抹油也好，与我没有任何关系。   580
如果没有抵押，我对你永远不会有任何信任。
任你或是出汗，发冷，或是生病，或是康复！
我不需要外邦客人进我的家，争吵已经足够。

（离开回屋）

卡尔弥得斯

难道你就这样离开？

（见斯克帕尔尼奥进屋）

         他准是个赶着奴隶出售的家伙，
一点没有同情心。我怎么还湿淋淋地站在这里？   585
为什么还不到维纳斯的庙宇里酣然小睡一番，
在我不情愿地几乎被窒息地喝了那么多水之后？
好像尼普顿是为我们把希腊酒倒进了大海，
以便这样用咸涩的饮料损害我们的肚子。
还用多说？他这样招待我们没有多少时间，   590
我们便在那里睡着，然后把我们勉强活着放回来。
现在让我去看看我的同伙老板在里面干什么。

〔进庙，下。

第三幕

第一场

[得摩涅斯上。

得摩涅斯
　　　　神明们采用奇怪的手法戏弄凡人：
　　　　他们让人们在夜里陷入奇异的梦境。
　　　　不让睡觉的人们安静地睡眠。　　　　　　　　　　595
　　　　就像我在刚刚过去的这个夜里,
　　　　我梦见了个奇怪的、陌生的梦幻。
　　　　梦中一只猴子摸索着偷偷地
　　　　走近一个燕子的窝巢,但它
　　　　怎么也未能从窝巢里叼出燕子。　　　　　　　　600
　　　　然后我看见它向我走来,
　　　　它请求我把梯子借给它。
　　　　我当时对猴子大概这样回答说,
　　　　燕子是菲洛墨娜和普罗克涅的后代。
　　　　我要求猴子不要伤害我的同乡。　　　　　　　　605
　　　　猴子立即勃然大怒,
　　　　还威胁会让我遭殃。
　　　　它把我告上法庭。我非常生气,
　　　　不知道怎么就一把抓住了猴子;
　　　　给无耻的猴子戴上了镣铐。　　　　　　　　　　610

我现在为什么要叙述这个梦，
因为一整天我怎么也没能悟出道理。
（听见维纳斯庙里发生争吵）
可是与我为邻的维纳斯庙里
发生了什么事情？我感到奇怪。

第二场

[特拉卡利奥由维纳斯庙内上。

特拉卡利奥

（激动地）

库瑞涅人啊，我请求你们帮助我！ 615
农夫们，你们是近邻，就居住在这地区，
请你们帮助软弱者，让卑劣者毁灭。
请你们惩罚亵渎者，使他们不会比
无辜者更强大，无辜之人不希望靠罪恶变显贵。
请你们对厚颜无耻展示警戒，请你们 620
让法律更有力量，而不是屈服暴力地生活。
请你们赶快前去维纳斯庙，再次请求你们帮助，
凡是现在在这附近的人，凡是听见我呼喊的人，
请你们帮助那些按照传统习惯，
向维纳斯和维纳斯的女祭司请求保护的人， 625
请你们扭弯非义的脖子，在它降临我们之前。

得摩涅斯

（困惑地）

这是怎么回事？

特拉卡利奥

（上前扑倒在得摩涅斯的面前）

　　　　老人家，我现在抱膝请求你，
不管你是何人——

得摩涅斯

请你放开我的膝头,告诉我你这么喧嚷,
究竟是怎么回事。

特拉卡利奥

我请求你,哀求你,若是你希望
自己这一年香树脂和蒲苇都能够获得丰产, 630
希望卡普亚也会有良好的收获和安全的出口,
希望你的双眼从此告别睑缘炎而发干……

得摩涅斯

你神智清醒吗?

特拉卡利奥

或者希望苇草获得丰收,
唯愿你不会对我刚才的请求吝啬帮助。

得摩涅斯

(气愤地)

我却要以你的小腿骨、脚后跟和脊背起誓, 635
希望你能准备充足的榆树枝,不会有短缺,
这一年会遭受无数的苦难,收获丰富,
好让你告诉我,你究竟为什么这样大声嚷叫。

特拉卡利奥

你为什么这样诅咒我?我本是希望你一切都好。

得摩涅斯

我是为你说好话,我的请求是你之应得。 640

特拉卡利奥

我请求你去阻止……

得摩涅斯

什么事?

特拉卡利奥

维纳斯庙里
有两个无辜的女子,她们需要你的帮助,
有人明显违背法律和权利地对她们施暴,

而且是在维纳斯庙里,维纳斯的女祭司
也遭受到不应有的暴虐。

得摩涅斯

(气愤地)

　　　　　　　　是何许人如此胆大妄为,　　　　　645
竟然胆敢欺侮女神的祭司?不过那两个妇女
是什么人?或者究竟发生了什么不公正?

特拉卡利奥

　　　　　　　　　　　　请让我说给你听。
那两个女子抱住维纳斯神像。现在有个无耻之徒
正想把她们拉走。那两个女子应该是自由人。

得摩涅斯

你说的那个如此蔑视神明们的人是谁?给我说说。　　650

特拉卡利奥

一个浑身充满欺诈、罪恶、凶杀、不义的人,
一个违法者,无耻之徒,卑鄙小人,不要脸皮的家伙,
简单说一句,一个妓馆老板:还用再多说什么?

得摩涅斯

请波卢克斯作证,你说的是一个该遭大殃的人。

特拉卡利奥

那个无赖抓住女祭司的喉咙想把她憋死。　　655

得摩涅斯

海格力斯作证,他在给自己找倒霉。

(对屋内,大声地)

　　　　　　　　你们出来,
图尔巴利奥,斯巴拉克斯。

(稍停)

　　　　　　　　你们在哪里?

特拉卡利奥

(对得摩涅斯)

　　　　　　　　请你进庙去,

保护她们。

得摩涅斯

我可不会再次叫你们。

［图尔巴利奥、斯巴拉克斯由屋内上。

你们跟我走！

（得摩涅斯带领两奴隶向维纳斯庙走去）

特拉卡利奥

（稍许后退）

好，我就站在这里。

（对离去的得摩涅斯）

你吩咐他们抠出那家伙的眼球，就像厨师对付乌贼。

得摩涅斯

抓住那家伙的双脚拖到这里来，就像拖死猪那样。 660

［得摩涅斯和两奴隶进庙。

特拉卡利奥

（静听）

我听见庙里在大声地喧嚷。我想准是老板在挨揍。
我真希望他们能把这个坏透了的家伙的牙齿揍掉。
我看见帕勒斯特拉和安佩利斯卡从庙里跑了出来。

第三场

［帕勒斯特拉和安佩利斯卡由庙内跑上。

帕勒斯特拉

现在我们已经失去一切求助手段，
失去一切能力、物力帮助和庇护。 665
现在已经没有任何得救的希望，
也不知道我们应该前去何方，
我们俩现在怀着巨大的恐惧，
刚才在这座庙宇里我们的主人
如此强横，如此粗暴地对待我们， 670

如此无耻地对待已如此年迈的女祭司，
如此不顾礼仪地来回推撞驱赶她，
强行把我们从让人敬重的神像前拉开。
现在情况和命运注定我们只有死亡。
对于处于灾难和无数不幸之中的人， 675
这是最好的归宿。

特拉卡利奥

（旁白）

这是怎么回事？怎么这样说话？
让我上前去劝慰她？

（走上前）

喂，帕勒斯特拉！

帕勒斯特拉

谁在叫我？

特拉卡利奥

安佩利斯卡！

安佩利斯卡

请问，这是谁在叫我？

帕勒斯特拉

那是谁在那里叫我们？

特拉卡利奥

你回头看看就会知道。

帕勒斯特拉

（回头注视）

啊，我的拯救希望！

特拉卡利奥

别说话，打起精神。 680
看着我！

帕勒斯特拉

若是可能，请不要允许暴力横行， 680a
暴力在迫害我们，请把暴力赶走。

特拉卡利奥
　　　　　　　　　请不要乱说。

帕勒斯特拉
　　请不要对陷于不幸的我进行言辞劝慰；除非你能
　　提供实际的保护，特拉卡利奥，否则就彻底完了。

安佩利斯卡
　　我宁可一死，也不愿忍受这个老板的侮辱。
　　不过我仍是怀有女性的天性；当可怜的我　　　　　　　685
　　一想到死，我便浑身发颤。天哪，真让人心酸！

特拉卡利奥
　　你们放宽心。

帕勒斯特拉
　　　　啊呀，我们怎么能宽心啊？

特拉卡利奥
　　我再说一遍，你们别害怕；坐到这里的祭坛上。
　　（领着她们走向祭坛）

帕勒斯特拉
　　难道这座祭坛会比庙里的维纳斯像对我们
　　更有帮助，刚才我们抱着它都被拉了下来。　　　　　　690

特拉卡利奥
　　（坚定地）
　　你们就坐在这里，我则从这里保护你们。
　　这祭坛对于你们是营帐、城墙，我从这里维护你们；
　　凭借维纳斯的助佑，向老板的军队发起攻击。

帕勒斯特拉
　　我们听从你的吩咐，尊敬的维纳斯，我们请求你，
　　抱着你的这座祭坛，眼中含泪，用膝盖支撑着，　　　　695
　　请让我们处于你的庇护之下吧，保护我们；
　　对那些无耻之徒，他们侮辱了你的庙宇，
　　你要报复他们，仁慈地允许我们坐在你的这座祭坛上；
　　我们两人从昨天夜里已经仰仗尼普顿费心沐浴了一番，

请你不要嫌弃我们,也不要把过错归罪于我们, 700
若是在你看来我们仍然有什么沐浴得不够光洁。

特拉卡利奥

维纳斯,我认为她们的请求很合理:你应该满足她们的要求。
你应该宽恕她们:她们若有什么不敬之处,那是由于恐惧。
传说你出生于海贝,请不要蔑视她们身上沾着那些东西。
(看见庙门打开)
好啊,老人走出来了,他是我的,也是你们的庇护人。 705

第四场

〔得摩涅斯由维纳斯庙内上,
拉布拉克斯随后,众奴隶随上。

得摩涅斯

(对拉布拉克斯)
你从庙里出来,人类中最最亵渎神灵的家伙。
你们坐到祭坛上。不过她们在哪里?

特拉卡利奥

(指帕勒斯特拉和安佩利斯卡)
你向这里看!

得摩涅斯

太好了,我们就希望这样。让他立即过来。
(对拉布拉克斯)
你想在这里对我们和神明做一个违法之人?
(见拉布拉克斯走近祭坛,对奴隶)
你揍他的脸。
(奴隶上前揍拉布拉克斯)

拉布拉克斯

(对得摩涅斯)
我会为此报复你们。 710

得摩涅斯

你竟然还胆敢威胁我们？

拉布拉克斯

　　　　　　　　　我的权利受到侵犯，
你没有得到我的同意便夺走我的女奴。

特拉卡利奥

　　　　　　　　　　　　　你可以从
库勒涅元老院让任何一个富有之人前来判决，
若是她们应该属于你，而不应该是自由人，
因此不应该把你关进牢房，而且是一直让你　　　　　715
居住在这里，要一直到你把整个监牢磨穿。

拉布拉克斯

（蔑视地）
我今天不想为这件事占卜，同这个恶囚废话，
（对得摩涅斯）
我现在对你说话。

得摩涅斯

（指特拉卡利奥）
　　　　　你首先还是去同你认识的人讨论吧。

拉布拉克斯

不，我要同你说话。

特拉卡利奥

　　　　　你必须同我讨论。
（指帕勒斯特拉和安佩利斯卡）
　　　　　　　　　那两个女子
是你的女奴？

拉布拉克斯

　　　　是这样。

特拉卡利奥

　　　　你过来，只要你胆敢哪怕用手指动她们。　　　　720

拉布拉克斯

要是我碰她们？

特拉卡利奥

     请神明作证，我就立即把你变成拳击皮囊，
你这个伪誓者，把你挂起来，作为训练拳击的对象。

拉布拉克斯

 （对得摩涅斯）
你不允许我把我的女仆从维纳斯祭坛带走？

得摩涅斯

 不允许，因为我们有法律——

拉布拉克斯

     我与你们的法律
没有任何关系。我这就把她们两个人带走。   725
老人啊，如果你看上了她们，你得付现钱；
要是维纳斯喜欢她们，只要付钱，也可以拥有她们。

得摩涅斯

 让神明给你钱？现在我让你知道我的决定：
你只要稍许哪怕只是开玩笑地动她们一下，
我就会立即让你挂彩滚开，甚至都不认识自己。   730
 （对众奴隶）
你们注意，我只要一向你们示意，你们就立即剜出他的眼睛，
否则我就用榆树枝把你们捆住，就像常春藤缠住灯芯草那样。

拉布拉克斯

 你这是想对我采用暴力。

特拉卡利奥

    你这个无耻透顶的家伙，你指责暴力？

拉布拉克斯

 你这个上绞架的东西，竟然胆敢对我粗鲁地说话？

特拉卡利奥

 我是个上绞架的人，你是个再好不过的大好人：   735
难道这样她们就更不应该是自由人？

拉布拉克斯

     什么？让她们成为自由人？

特拉卡利奥

请神明作证,她们是你的女主人,真正的希腊女子;

(指帕勒斯特拉)

而且这个女子就出生在雅典,父亲母亲都是自由人。

得摩涅斯

什么?我听见你在说什么?

特拉卡利奥

我说这个女子是雅典自由人出身。

得摩涅斯

这就是说,她是我的同乡?

特拉卡利奥

难道你不是库勒涅人? 740

得摩涅斯

不,我出生在雅典,在那里成长和受教育。

特拉卡利奥

老人啊,请你保护你的同邦女子。

得摩涅斯

(旁白,激动地)

我的女儿啊,尽管你
不在眼前,当我看见这个女子,便让我想起了全部不幸;
我那个女儿三岁时丢失,我知道她若活着,就像她这样。

拉布拉克斯

我曾经为了她们这两个人给她们的主人付过钱; 745
她们是雅典人或忒拜人出身,与我有什么关系?
我只要她们能好好地为我服务。

特拉卡利奥

你就这样厚颜无耻?
偷窃妇女的黄鼠狼,你想把窃来的自由人出身的孩子
在这里据为己有,用这种不体面的职业伤害她们?
事实上我也确实不知道那另一个女子是何处出生, 750
最不洁净的家伙,不过我敢断言她肯定比你要高尚。

拉布拉克斯

（反讽地）

她们是你的。

特拉卡利奥

那就得比比后背，看谁的更真实：
若是在你的后背上留下的赠品不及随便哪条
大海船上的钉子那样多，那我就是个大骗子。
让我首先看看你的后背，然后你再看我的后背： 755
它若不是那样的洁净，以至于使任何一个陶罐工
都会以为它是最出色、最适宜于进行制作的皮肤，
那时还有什么理由不让我用松树枝狠狠抽打你？
你看她们干什么？你胆敢动她们，我就掏出你的眼球。

拉布拉克斯

（张望）

不过正因为她们是许愿物，所以我要把她们带走。 760

得摩涅斯

你想干什么？

拉布拉克斯

（指得摩涅斯的住屋）

我召请武尔坎努斯，他是维纳斯的对手。①

（向得摩涅斯的住屋走去）

特拉卡利奥

他要去哪里？

拉布拉克斯

（对得摩涅斯的住屋）

喂，里面有人吗？喂，喂！

得摩涅斯

如果你碰门，
请海格力斯作证，你的脸就会立即收获拳头。

---

① 武尔坎努斯是火神，也是维纳斯的丈夫。

奴隶

（由屋内出来）

我们没有任何火种，我们靠干无花果度日。

得摩涅斯

我会给你火种，只要你头上有东西能够点燃。 765

拉布拉克斯

请海格力斯作证，我到其他地方去取火。

得摩涅斯

取火以后呢？

拉布拉克斯

我会在这里点起一把大火。

得摩涅斯

为什么不给自己点燃疯狂？

拉布拉克斯

不，我想把她们在这祭坛上活活地杀死。

得摩涅斯

我却会立即抓住你的胡须把你扔进火里，

然后把燃着的你扔给贪婪的鸟类作食物。 770

（旁白）

我现在作这样推测：他就是那只猴子，

正想把这两只燕子违愿地从巢里抢走，

这就是我做的梦的含意。

特拉卡利奥

（对得摩涅斯）

老人家，你知道我现在怎么想？

你在这里不惜动武地保护她们，我去叫我的主人。

得摩涅斯

你就去找主人，把他领来。

特拉卡利奥

这家伙不会——

得摩涅斯

> 那他会遭大殃, 775
> 若是他胆敢碰她们或者抓她们。

特拉卡利奥

> 你当心!

得摩涅斯

> 我会当心,你去吧!

特拉卡利奥

> 你看住他,不要让他离开。我们已同刽子手约定:
> 今天或是付给刽子手一塔兰同,或是让他去法庭。

得摩涅斯

> 你快走吧,我会认真安排这件事。

特拉卡利奥

> 我马上会返回来。

[特拉卡利奥下。

第五场

得摩涅斯

> (对拉布拉克斯)
> 妓馆老板,我看你可以二者择其一: 780
> 是就这样安静下来还是遭殃变安静?

拉布拉克斯

> 老人家,你刚才说的话一文不值。她们属于我,
> 我要违背你的维纳斯的、至高的尤皮特的意愿,
> 抓住头发把她们拉下祭坛。

得摩涅斯

> 那你就不妨试试看。

拉布拉克斯

> 请海格力斯作证,我很想试一试。

得摩涅斯

> 好吧,你不妨走过来。 785

拉布拉克斯

你现在就吩咐她们俩从那里退回来。

得摩涅斯

不,让她们走近你。

拉布拉克斯

请海格力斯作证,不要这样。

得摩涅斯

若是她们向前走近你,你怎么办?

拉布拉克斯

(胆怯地)

那时我将后退。

(稍待,凶狠地)

老人家,只要一有机会,我会在城里报复你,
请神明作证,就让谁也不把我视为妓馆老板,   790
如果那时候我不把你狠狠地戏弄一番。

得摩涅斯

(不在乎地)

到那时候你再践行你的威胁;现在是:
若是你胆敢触动她们,你就会倒大霉。

拉布拉克斯

(厚颜无耻地)

究竟倒怎样的大霉?

得摩涅斯

足以与妓馆老板相称。

拉布拉克斯

在我看来,你的威胁都不及鸿羽有分量。   795
我要违背你的意愿地把她们拉走。

得摩涅斯

你敢动!

拉布拉克斯

请神明作证,我要碰她们。

得摩涅斯

你碰吧,你知道会怎样?

(对奴隶)

图尔巴利奥,你快跑步回屋去,赶快拿
两根棍棒来。

拉布拉克斯

拿棍棒?

得摩涅斯

(继续对奴隶)

要拿结实的。快点儿跑!

[奴隶跑下。

(对拉布拉克斯)

我今天会像你应得的那样好好招待你一番。　　　　　　800

拉布拉克斯

天哪,我真不该在海船上丢失了盔帽!
现在我恰恰非常需要它,要是它还在。

(对得摩涅斯)

那我起码可以叫唤叫唤她们吧?

得摩涅斯

不可以。

[图尔巴利奥持两根棍棒上。

好啊,请波卢克斯作证,他取了棍棒返回来。

拉布拉克斯

啊呀,波卢克斯啊,我的耳朵里叮咛咛地响。　　　　　805

得摩涅斯

喂,斯巴拉克斯,你过去拿另一根棍棒。

(斯巴拉克斯听从吩咐,上前取过棍棒)

好,现在你们一个人站这边,一个人站那边。

(斯巴拉克斯和图尔巴利奥分别站到拉布拉克斯的两侧)

你们就这样站好。现在你们听我吩咐:
请神明作证,若他今天胆敢强行碰她们,　　　　　　810

哪怕只是动一个指头,你们就要好好招待他,
要使他甚至都忘了该从哪条道路返回家,
否则你们俩就完蛋。若是他召唤她们,
你们就替代她们回答他;若是他想 815
从这里逃跑,你们就立即绕着打他的腿。

拉布拉克斯

甚至都不让我离开这里?

得摩涅斯

(对拉布拉克斯)

    我已经说够了!

(对奴隶)

待那个离开去找主人的奴隶
返回到这里,你们就立即回家来。
现在你们待在这里认真看守他。 820

[得摩涅斯回屋,下。

拉布拉克斯

(望着看守的奴隶和所持的棍棒,沮丧地)

海格力斯啊,这里的看守变换得这么快:
先前是维纳斯庙宇,现在成了海格力斯圣所,
老人在这里安置了两座圣像,握着棍棒。
天哪,我不知道从这里可以逃往何处,
无论陆地或大海,现在对我都一样地狂暴。 825

(稍停)

帕勒斯特拉!

斯巴拉克斯

(装做女性的声音)

  你想干什么?

拉布拉克斯

    去你的,声音不一样。
这位向我作答的不是我的那个帕勒斯特拉。

(稍停)

安佩利斯卡。

图尔巴利奥

（仿女性的声音）

你小心遭不幸。

拉布拉克斯

你也一样。

（思考，注视棍棒）

神像犹如人在提供正确的劝告。

（对看守奴隶，温和地）

喂，喂，我在对你们说话，我能不能 830
向她们走近一些？

斯巴拉克斯

图尔巴利奥

（同声地）

这与我们没有关系。

拉布拉克斯

对于我也不会有什么麻烦？

斯巴拉克斯

图尔巴利奥

（同声地）

只要你当心，不会有。

拉布拉克斯

我该当心什么？

斯巴拉克斯

图尔巴利奥

（同声地）

当心遭受巨大的不幸。

拉布拉克斯

看在海格力斯的面上，请让我离开。

斯巴拉克斯

图尔巴利奥

（同声地）

你想离开就离开。

拉布拉克斯

海格力斯啊，太好了！我感谢你们！ 835

（见斯巴拉克斯和图尔巴利奥站到他面前）

请你们让我走。

斯巴拉克斯

图尔巴利奥

（同声地）

请你站在这里。

拉布拉克斯

请神明作证，我怎么也没法向前走。

显然今天我要用被围困来战胜她们。

第六场

[普勒西狄普斯和特拉卡利奥上。

普勒西狄普斯

（气愤地）

妓馆老板想使暴力，强行把我的女友

从维纳斯祭坛拉走？

特拉卡利奥

事情正是这样。 840

普勒西狄普斯

你怎么没有立即把他杀死？

特拉卡利奥

当时我没有佩剑。

普勒西狄普斯

那也可以抓根棍棒或石块。

特拉卡利奥

什么？好像我可以

用石块像追赶狗那样追赶厚颜无耻之人?

拉布拉克斯

（旁白）

现在我完了,天哪,普勒西狄普斯来了。
他会在这里把我当作灰尘彻底打扫干净。 845

普勒西狄普斯

少女们仍然坐在祭坛上,当你从那里
离开来找我的时候?

特拉卡利奥

现在仍然坐在那里。

普勒西狄普斯

现在谁在那里保护她们?

特拉卡利奥

有一个老人,
维纳斯的邻居;他做出了很大的努力。
他正同奴隶一起守护,我这样委托他。 850

普勒西狄普斯

你带我直接去找老板。这家伙现在在哪里?

（随特拉卡利奥朝神庙方向走去）

拉布拉克斯

（走上前）

你好!

普勒西狄普斯

（厌恶地）

我不接受任何问候。现在你赶快选择:
是想被扭着脖子拖走,还是就这样被带走?
现在允许你自己挑选。

拉布拉克斯

我哪样也不希望。

普勒西狄普斯

特拉卡利奥,你去海边告诉我带的 855

那些人，让他们去城市在港口见我，
好让他们把这个家伙交给刽子手。
然后你再回到这里来，在这里守卫。
我要带着这个无耻的流亡者去法庭。
〔特拉卡利奥下。

（对拉布拉克斯）

你现在走吧，去法庭。

拉布拉克斯

我犯了什么法？

普勒西狄普斯

你还问， 860
难道你没有为女子从我这里收了押金，
然后又把她带走？

拉布拉克斯

我没有把她带走。

普勒西狄普斯

你怎么否认？

拉布拉克斯

我只是想拉开，但我怎么也没法拉走。
我已经对你明确说过，我就站在这里，
站在维纳斯庙旁：我变了？这不是我？ 865

普勒西狄普斯

你去法庭为自己辩护吧，在这里已把话说够。
你跟我走。

（上前揪住拉布拉克斯）

拉布拉克斯

（挣扎）

卡尔弥得斯，我请你快过来帮助我。
我被扭着脖子拉走。

卡尔弥得斯

（跑上）

      谁在这里大声叫我？

拉布拉克斯

  你没有看见我正被拉走？

卡尔弥得斯

      我看见，而且很高兴。

拉布拉克斯

  你不敢上来帮助我？

卡尔弥得斯

     是什么人要把你拉走？   870

拉布拉克斯

  年轻人普勒西狄普斯。

卡尔弥得斯

  你就忍耐着吧！
  一个人最好还是心平气和地进监牢。
  你现在得到的正是为不少人所希望。

拉布拉克斯

  这是什么意思？

卡尔弥得斯

     人们追求什么就该得到什么。

拉布拉克斯

  我请你跟我一起走。

卡尔弥得斯

     你的要求符合你的本性，   875
  你正被带往监牢，想要我跟着你一起去。
  还想再尝试？

拉布拉克斯

    我完了！

普勒西狄普斯

     我希望真能够这样，
  帕勒斯特拉和安佩利斯卡，你们暂时
  就待在这里，我一会儿就回来。

斯巴拉克斯

我倒有个主意，

在你回来之前让她们去我们那里。

普勒西狄普斯

可以这样， 880

你们做得不错。

拉布拉克斯

你们是贼。

斯巴拉克斯

什么？贼？抓住。

拉布拉克斯

帕勒斯特拉，我求求你。

普勒西狄普斯

无赖，跟我走！

拉布拉克斯

（对卡尔弥得斯）

朋友——

卡尔弥得斯

我不是你的朋友，我不需要你的友谊。

拉布拉克斯

你也这样鄙视我？

卡尔弥得斯

我就是这样：遭遇一次就足够。

拉布拉克斯

愿神明惩罚你。

卡尔弥得斯

你就诅咒自己吧！ 885

我相信人可能变成另一种动物；

我想那个妓馆老板会变成鸽子，

不会太久他的脖子就会成为鸽脖子，

他今天就会进监牢为自己准备窝巢。

不过我现在就前去做他的辩护人, 890
要是我的辩护能使他更快地受判处。
[下。

第四幕

第一场

[得摩涅斯上。

得摩涅斯
（高兴地）
事情结果非常好,让人高兴,我今天为她们
提供了帮助。她们已经为自己找到了保护人,
她们两人的容貌那样优美,又那么年轻。
不过邪恶的妻子千方百计地注意我, 895
甚至都不允许我与那两个女子打招呼。
（遥望大海）
不过我们的奴隶格里普斯现在在干什么?
我感到奇怪,他夜里就离开去海上打鱼。
请波卢克斯作证,远为聪明的是在家睡觉,
现在他肯定不会有什么收获,徒然撒网, 900
既然暴风雨直到现在仍像夜里一样猛烈。
今天他捕得的东西可能都不用我动指头,
因为大海还在掀起如此暴烈的狂风巨澜。
（静听）
不过妻子在叫我去吃早饭。我回屋去。
她会立即用连篇的废话堵塞我的耳朵。 905

第二场

[格里普斯手提篮篓,拉着沉重的渔网上。

格里普斯

(欣喜地)
我对我的保护神表示巨大的感激,
他居住在咸涩的、游鱼丰富的大海里,
让我身着如此美好的装束离开他的居地,
带着如此丰富的收获从他的庙宇返回,
还有那条扁舟,但在巨澜滚滚的大海上 910
却使我得到如此丰富而奇特的收获。
这次捕获令人惊异、令人难以置信、
     令人无比欣悦,
不过我其实并没有捕到哪怕一条鱼,
    而是渔网里拖着的提箱。
昨天深夜里,我不知疲倦地爬起身来, 915
不图沉睡和静谧,更渴望追求利益:
我希望体验狂风暴雨的威力,
维持贫穷的主人和为奴的我的生计,
毫不吝啬自己的艰难和辛苦。
懒惰之人一文不值,令我厌恶和鄙弃。 920
一个想按时尽自己责任的人应该保持清醒。
他不应该等待主人催促去完成应尽的义务。
贪图睡觉,不但不能获利,还会遭来不幸。
我一向很勤奋,可现在却找到了可以使我
变懒惰的东西,只要我愿意:
(指拖着的渔网)
就是我在海里捞到的这只提箱。不管里面装的是什么, 925
反正很沉重,我想可能是黄金,反正只有我一人知道。
格里普斯,现在对于你是机遇,只有你能让自己获释。
现在我就这样做,这样决定:我去找主人,智慧、机警。

逐渐向他保证：我想为自己赎身，成为自由人。
只要我获得自由，我要为自己购买土地、房屋、奴隶，　　　　930
为经商购置一条大海船，我自己会成为富豪中的巨富。
然后我为满足喜好装备一条船，模仿斯特拉托尼库斯①，
游遍座座城市，让我的声名传遍世界各地。
再奠基一座巨大的城市，我就命名那座城市为格里普斯，
作为我的英名伟业的纪念牌，在那里建起伟大的王国。　　　　935
我在这里构思这许多伟业，现在先把这只提箱放下。
这个富豪暂时还得以醋和盐作早餐，没有佳肴美味。

第三场

［特拉卡利奥上。

特拉卡利奥
（注意观察格里普斯的渔网里拖的东西）
喂，你停一停。

格里普斯
我为什么得停一停？

特拉卡利奥
你把你拖着的
渔网缆绳收一收。

格里普斯
你别管。

特拉卡利奥
天哪，我是想帮助你。
希望你得到的好处不会毁掉。

格里普斯
昨天天气太恶劣，　　　　940
年轻人，一点鱼都没有捕到，你别想要什么：

---

① 斯特拉托尼库斯是公元前4世纪地中海地区的著名竖琴手。

你没看见我拖着湿漉漉的网，没有长鳞的东西？

特拉卡利奥

请神明作证，我不是要鱼，而是想同你说几句话。

格里普斯

不管你是谁，你让我感到讨厌。

特拉卡利奥

我不让你离开，你停住。

格里普斯

你小心倒霉。恶棍，你为什么拖我回来？

特拉卡利奥

你听着！　　　　　　　945

格里普斯

我不听。

特拉卡利奥

请神明作证，你终究会听。

格里普斯

你想说什么就说吧。

特拉卡利奥

请你停一下，我有非常重要的事情需要跟你说。

格里普斯

你就说吧，什么事情？

特拉卡利奥

你看看附近有没有人跟踪我们。

格里普斯

是不是有什么事情与我有关？

特拉卡利奥

当然是这样。
不过你能不能对我显得比较友善一些？　　　950

格里普斯

究竟什么事情？你说吧。

特拉卡利奥

　　　　　　我这就说，你别说话，
如果你能向我保证，你不会背叛我。

格里普斯

　　我发誓，我会对你忠实，不管你是谁。

特拉卡利奥

　　　　　　　　　　现在你听着。
我看见有个人进行了偷窃，
我知道他所偷窃的那家主人。　　　　　　　　955
在这之后我找那个窃贼，
对他提出了这样的合约条件：
"我知道你对何许人行了窃；
现在如果你愿意与我对分，
那我就不向你的主人告发。"
窃贼一直没有作任何答复，
究竟给我多少合适？你认为　　　　　　　　960
应该平分？

格里普斯

　　　　　不，天哪，还应该更多。
他若是不给你，我认为就应该
向主人告发。

特拉卡利奥

　　　　　　我们就按照你的意见做。
你注意，这件事与你完全有关。

格里普斯

　　　　　　　　什么事情？

特拉卡利奥

　　我早就知道你那只提箱是谁的。

格里普斯

　　　　　　　　还有什么？

特拉卡利奥

还知道它是怎样丢失的。

格里普斯

可我知道它是怎样被找到,
也知道是谁找到它,知道它现在的主人是何人。 965
我与它丢失的关系并不多于你与找到它的关系。
任何人都不可能把它从我这里拿走,你也别期望。

特拉卡利奥

若是他的主人回来也不能把它拿走?

格里普斯

你不要妄想,
除了我,谁也不可能是它的主人,是我捞着它。 970

特拉卡利奥

真是这样?

格里普斯

譬如说,大海中的鱼你会说是我的吗?
然而当我据有我捕的鱼时,那是我的;它们属于我,
任何人都不能伸手宣布也属于他,要求占有一分。
我会在广场上把所有的东西作为我的商品公开出售,
毋庸置疑,大海归所有的人共有。

特拉卡利奥

我同意你的说法: 975
那么请问这只提箱对于我怎么就成为了例外?
它是在公共的大海里被找到。

格里普斯

难道你真的无耻至极?
如果法权如你刚才所说,那渔夫们都得死去。
因为当捕得的鱼被拿到市场上,谁也不会购买,
这时每个人都会立即要求属于他的那一部分鱼。 980
声称那是在公共的海里捕得。

特拉卡利奥

無耻之徒,你说什么?
你怎么竟然胆敢把渔网同捕得的鱼相提并论?
你觉得它们能是同一种事物?

格里普斯

这事不归我掌握。
不管我是撒网或抛鱼钩,逮着什么就拉什么。
我的捕网和鱼钩不管得到什么,都完全属于我。 985

特拉卡利奥

天哪,不是这样,要是你真的捞着碗盘。

格里普斯

(轻蔑地)

好一个哲学家。

(准备离开)

特拉卡利奥

(上前抓住渔网缆绳)
喂,魔法家,你什么时候看见有哪个渔夫
捕到过提箱鱼,甚至还拿到广场去出售?
你在这里不可能想干什么就可以干什么职业:
坏家伙,你想让自己既是编篮工,又想是渔夫。 990
你应该或者给我证明提箱也是一种鱼,
要不你别想拿走海里不生长、也没有鳞片的东西。

格里普斯

(强横地)
什么?难道在这之前你从没有见过提箱鱼?

特拉卡利奥

无耻之徒,
根本就没有这样的鱼。

格里普斯

不,肯定有,我是渔夫,我知道;
确实很少能捕到,通常很难有一条出现在陆地上。

特拉卡利奥

别再胡扯，你这个窃贼，你以为你自己能蒙骗我。

格里普斯

它一身特殊的颜色，这种颜色确实非常罕见。

通常大部分是紫红色；有的是暗黑色。

特拉卡利奥

（威胁地）

这我知道，

请神明作证，我想若是你不小心，也会把你自己

两次变成提箱，一次是紫红，然后又变成暗黑色。　　　　　　1000

格里普斯

（旁白）

我今天碰上了一个怎样的大无赖！

特拉卡利奥

我们这样说话，时间在过去。

你说说看，你希望请谁作为我们争执的仲裁人。

格里普斯

就这提箱。

让它仲裁。就这样。

特拉卡利奥

你真愚蠢。

格里普斯

再见，泰勒斯①。

（准备离开）

特拉卡利奥

（上前紧紧抓住渔网缆绳）

你今天不可能就这样拿走它，除非你把它存起来，

或者由仲裁人对这件东西进行仲裁。

格里普斯

请问你还有理智吗？　　　　　　　　　　　　　　　　　1005

---

① 泰勒斯（公元前7世纪后期至前6世纪前半期），小亚细亚米利都人，希腊古代著名哲学家。

特拉卡利奥

（激动地）

你疯了。

格里普斯

（更为激动地）

我确实疯了，不过我怎么也不会放开它。

特拉卡利奥

（大吼地）

只要你再说一句，我就用拳头狠揍你的脑袋；
或者我会在这里把你像拧新生产的海绵那样，
把你的液汁拧干，只要你胆敢不把它放下来。

格里普斯

（同样严厉地）

你试试看；我会把你打倒，像通常对待章鱼那样。
你是想格斗？ 1010

特拉卡利奥

（缓和地）

何必这样呢？你最好还是分配所获。

格里普斯

你在这里除了倒霉，什么也得不到，别再要求什么。
我现在就离开这里。

特拉卡利奥

（上前抓住渔网缆绳）

我会让你的船只掉头，没法离开，你停下。

格里普斯

即使你是船头的水手，我仍然还会是舵工。
无赖，你放开绳。

特拉卡利奥

我会放开，只要你放下提箱。 1015

格里普斯

请海格力斯作证，你今天从我这里什么也得不到。

特拉卡利奥

你怎么也不可能拒绝我,除非你分给我一部分,
或者由仲裁人做仲裁,或者把它交中间人存放。

格里普斯

难道不是我从海里捞到——

特拉卡利奥

        然而我曾经从岸上看到。

格里普斯

难道不是由于我的努力、辛劳、渔网和小船?

特拉卡利奥

            然而若是   1020
现在那提箱的主人到来,当时我远远地看见你捞到它,
我不是也会像你一样是个贼?

格里普斯

        事情完全不是这样。

特拉卡利奥

             无赖,
你停下:你凭什么说我不是同伙,也不是贼?你说!

格里普斯

不知道,我也不知道你们的那些城市法律,
我只知道说这东西属于我。

特拉卡利奥

        我也说它属于我。   1025

格里普斯

你等等,我已经找到办法说明你不是贼,也不是同伙。

特拉卡利奥

什么办法?

格里普斯

      你让我离开这里,你也默默地走自己的路离开。
这样你不会向任何人告发我,我也什么也不会送给你。
你默不作声,我缄默不语;这样既很合适,又很公平。

特拉卡利奥

你想不想让我们订一个协议?

格里普斯

　　　　　　　　　我早就提出了协议:　　　　　　1030
你从这里离开,放开缆绳,从而不再使我厌恶。

特拉卡利奥

等一等,让我提出协约条件。

格里普斯

　　　　　　　天哪,你就赶快离开吧。

特拉卡利奥

你在这地方有认识的人吗?

格里普斯

　　　　　　　应该认识我的邻居。

特拉卡利奥

你住在这里什么地方?

格里普斯

　　　　　　　距离这里很遥远,远在天涯。

特拉卡利奥

你愿不愿意让一个居住在这个田庄的人做仲裁?　　1035

格里普斯

(暗喜)
你暂且放开渔网缆绳,我好离开一些,想一想。

特拉卡利奥

好吧。

格里普斯

(旁白,兴奋地)
　　机会太好了,事情好办!这提箱将永远是我的。
你要我找我的主人做仲裁,也就等于进了我的马厩;
请神明作证,他今天决不会判决剥夺自己一个银
币。他并不明白自己提出的条件。我这就前去找仲裁人。　　1040

特拉卡利奥

喂，你想得怎么样？

格里普斯

　　　　　　　　尽管我知道我的权利毫无异议，
不过这么办总比现在我与你争斗要好。

特拉卡利奥

　　　　　　　　　　　　你现在满意了。

格里普斯

尽管你让我去找一个不认识的人做仲裁，如果他仲裁公正，
就会由陌生而成为朋友；若是不公正，就会由朋友变陌生。

第四场

〔帕勒斯特拉和安佩利斯卡由小屋上，
　得摩涅斯随上，奴隶跟随。

得摩涅斯

神明作证，女子们，我很想满足你们的愿望，　　　　　　1045
但是我又担心妻子会因为你们而把我赶出屋，
她会说我竟然当着她的面把妍妇领进家里来。
你们逃上祭坛比我逃上祭坛更合适。

帕勒斯特拉
安佩利斯卡

（流着眼泪）

　　　　　　　　我们真不幸，完了！

得摩涅斯

我会继续保护你们安然无恙，你们完全不用害怕。
（对随奴）
你们跟出来干什么？有我在，谁也伤害不了她们，　　　　1050
我说了，你们两个人现在回屋去，从屋内作保护。
〔随奴下。

格里普斯

（大声地）

主人，你好！

（得摩涅斯走近格里普斯，两女子走向祭坛）

得摩涅斯

你好，格里普斯，你有什么事？

特拉卡利奥

（对得摩涅斯）

他是你的奴隶？

格里普斯

这没有什么不好。

特拉卡利奥

（对格里普斯）

我不是跟你说话。

得摩涅斯

那你就赶快离开这里。

特拉卡利奥

（对得摩涅斯）

老人家，请回答我，

他是你的奴隶？

得摩涅斯

是我的奴隶。

特拉卡利奥

如果是你的奴隶，那就更好。

再一次问候你。

得摩涅斯

我也问候你，

（走近注视）

刚才是你从这里离开， 1055

请主人过来。

特拉卡利奥

是我。

得摩涅斯

现在你说说，有什么事情？

特拉卡利奥

这个人确实是你的奴隶？

得摩涅斯

他是我的奴隶。

特拉卡利奥

既然他是你的奴隶，太好了。

得摩涅斯

究竟是怎么回事？

特拉卡利奥

（指格里普斯）

他是一个无耻之徒。

得摩涅斯

他怎么得罪了你？

既然他是无耻之徒。

特拉卡利奥

我想砸碎他的脚后跟。

得摩涅斯

怎么回事？你们刚才发生了什么争执？

特拉卡利奥

我这就告诉你。 1060

格里普斯

不，让我说。

特拉卡利奥

不，我认为应该首先由我说。

格里普斯

要是你还有羞耻感，你就应该从这里滚开。

得摩涅斯

（厉声地）

格里普斯，你听着，别说话。

格里普斯

　　你是想让他首先说!

得摩涅斯

　　（对格里普斯）

　　　　　　　你听着!

　　（对特拉卡利奥）

　　　　　　　现在你说。

格里普斯

　　　　　　　　　你竟然让外人

在自己人之前首先说话!

特拉卡利奥

　　（对得摩涅斯，指格里普斯）

　　　　　　　瞧他控制不住自己的样子。

我刚开始说话，妓馆老板，就是你不久前刚把他　　　　1065
赶下祭坛的那家伙——这个人就拖来他那只提箱。

格里普斯

　　我没有。

特拉卡利奥

　　我亲眼看见的事情，你还想否认?

格里普斯

　　　　　　　　　但愿你没有看见。
无论我有，或是我没有：你怎么管我干什么事情?

特拉卡利奥

　　你是怎么得到的，合法还是非法，这一点很重要。

格里普斯

　　（对得摩涅斯）
如果不是我把它拖上来，你可以把我送上十字架。　　1070
　　（对特拉卡利奥）
我在海里用网捞到它，为什么属于你，而不属于我?

特拉卡利奥

　　（对得摩涅斯）

他在说谎。事情就是那样，正如我说过的那样。

格里普斯

你说什么了？

特拉卡利奥

像优先发言的人说的那样。

（对得摩涅斯）

要是他是你的奴隶，你就该压住他。

格里普斯

什么？你希望主人对我也像你的主人经常对你做的那样？
你的主人惯于对你那样，我们的主人可不这样对待我们。　　　　1075

得摩涅斯

（对特拉卡利奥）
他凭这句话获得了胜利。现在你怎么想？告诉我。

特拉卡利奥

我并不是要求从捕捞到的提箱中为自己分得一份，
我今天也从没有说那提箱属于我；不过那提箱里
有一些这个女子的小东西，我早就说她是自由人。

得摩涅斯

你是说这个女子像你先前说的那样，是我的同乡？　　　　1080

特拉卡利奥

正是这样。她孩童时喜欢玩耍的各种各样儿童玩具
都放在那只小匣子里，那匣子就装在那只提箱里。
那些东西对他没有什么用处，却对不幸的她有帮助：
若是他交出来，她可以用来寻找父母亲。

得摩涅斯

我会让他交出来。

（对格里普斯）

你别说话。

格里普斯

请海格力斯作证，我什么都不会交出来。

特拉卡利奥

         我只要   1085
小提匣和儿童玩具。

格里普斯
  要是它们是黄金的，那怎么办？

特拉卡利奥
         你想怎么办？
对黄金玩具以黄金偿付，对银质玩具则索要银子？

格里普斯
  你首先让我见到黄金，然后我再让你见到玩具。

得摩涅斯
  （对格里普斯）
你小心遭殃，别说话。
  （对特拉卡利奥）
      你还想说什么，就继续说。

特拉卡利奥
我只想对你请求一点，请你可怜可怜这个女子， 1090
要是这只提箱是那个妓馆老板的，我这样猜想。
这只是一种想法，我没办法准确地对你说什么。

格里普斯
看见没有：无耻之徒正待机行动。

特拉卡利奥
      请允许我作解释。
如果那只提箱真是他的，我指那个无耻的老板，
她们定会认识：你吩咐向她们展示。

格里普斯
     你说什么？向她们展示？   1095

得摩涅斯
  他说得完全合适，格里普斯，把提箱向她们展示。

格里普斯
  请神明作证，完全不合适。

得摩涅斯

　　　　　　　　　　为什么？

格里普斯

　　　　　　　　　　　　　因为如果我展示，
她们必然会立即说认得那提箱。

特拉卡利奥

　　　　　　　　　　　　你这个大无赖，
你以为所有的人都像你一样，发伪誓的家伙！

格里普斯

我能轻易承受你说的一切，只要他在这里站在我一边。　　　　1100

特拉卡利奥

是这样，他现在站在你一边，然而却在等待我的证言。

得摩涅斯

（对格里普斯）

你注意听，格里普斯。

（对特拉卡利奥）

　　　　　　　　你直截了当地说究竟有什么要求？

特拉卡利奥

我已说过，如果你还未足够理解，可以再重复一遍。
这两个女子，正如我业已说过，她们应该是自由人，

（指帕勒斯特拉）

这个女子在雅典，还是在幼小时候被人劫走。

格里普斯

　　　　　　　　　　　　你告诉我，　　　　　　　　1105
不管她们是奴隶，是自由人，这与那提箱有什么关系？

特拉卡利奥

无赖，你是想把一切都回忆，使得今天的时间不够用。

得摩涅斯

请你不要咒骂，我问什么，你就相应地回答什么。

特拉卡利奥

在那只提箱里应该收藏着一个用芦苇编制的小提匣，
提匣里有些标记，她借助它们可以找到自己的父母，　　　　1110

正如我已经说过的那样,她是在小时候在雅典丢失。

格里普斯

愿尤皮特和众神明让你遭殃!魔法家,你说什么?
难道她们是哑巴,她们自己不会叙述自己的经历?

特拉卡利奥

她们沉默不语是因为妇女保持沉默比总是说话好。

格里普斯

请神明作证,在我看来,由此你该是个非男非女。 1115

特拉卡利奥

你这话怎么说?

格里普斯

因为无论是说话或者沉默,你都不够格。
(对得摩涅斯)
请问今天是不是也应该让我说说话?

得摩涅斯

　　　　　　　　　　要是你今天
哪怕再多说一句话,我就立即砸碎你的脑袋。

特拉卡利奥

老人家,正如我开始时说的那样,请你吩咐
把提匣归还给她们;要是他为此索要什么, 1120
会对他作补偿:里面其他的东西都让他保存。

格里普斯

(嘲弄地)
你只是现在才这样说,因为你明白了我应有的权利:
先前你曾经要求平分。

特拉卡利奥

　　　　　　　　　不,现在我还是这样要求。

格里普斯

我见过秃鹫这样要求,不过它什么都没有能拿走。

得摩涅斯

难道我不揍你就不能使你住嘴?

格里普斯

如果他不说话， 1125
我也不说话；如果他说话，就请允许我也说话。

得摩涅斯

格里普斯，快把那提箱交给我。

格里普斯

好吧，我听你的；
若没有那些东西，你得把提箱还给我。

得摩涅斯

会还给你。

格里普斯

（把提箱交给得摩涅斯）

你拿着。

得摩涅斯

（对少女们）

帕勒斯特拉，还有安佩利斯卡，现在你们听我说。
（少女们走近）
（对帕勒斯特拉）
你说说，这是不是放着你的提匣的那箱子？

帕勒斯特拉

（热切地）

正是它。 1130

格里普斯

天哪，我完了，真可怜！还没有认真看就立即说，
就是那只箱子。

帕勒斯特拉

（对得摩涅斯）

我可以很容易地把事情说清楚。
那只芦苇编制的提匣应该就放在这只提箱里。
我现在就一一列举放在里面的东西；你不用
拿给我看；如果我说的不真实，那我是白说， 1135

你们就把里面装的所有东西都立即随身拿走；
不过如果真实，我请求你把我的东西还给我。

得摩涅斯

很好。你的要求符合我的想法。

格里普斯

天哪，对于我却不合理。
要是她会占卜或会预言，真实地说出了里面的东西，
那时怎么办？难道那些东西都将归这位预言家所有？　　　　　1140

得摩涅斯

（对格里普斯）

要是她说得不对，就不要拿出来：她是白白作预言。
你现在打开箱子，好让我首先知道她的话是否真实。

格里普斯

（勉强地）

箱子是这样，我解开了。

得摩涅斯

把箱子打开。

（格里普斯打开箱子）

我看见小提匣。

（对帕勒斯特拉）

就是这个吗？

帕勒斯特拉

正是它。亲爱的父母亲啊，我把你们就关在这里面，
我在里面存放了希望和可以借以与你们相认的东西。　　　　　1145

格里普斯

天哪，不管你是谁，你也应该想到神明们会被激怒，
你竟然把自己的父母亲关闭在这样一个狭窄的地方。

得摩涅斯

（接过提匣，示意帕勒斯特拉站到一旁）

格里普斯，你过来，现在涉及到你。

（对帕勒斯特拉）

而你，帕勒斯特拉，站得远一些，
你说说里面装的什么，什么样子，把一切都回忆清楚。
请海格力斯作证，如果你说的话哪怕稍许有一点不实，　　　　1150
要求允许你作更正，少女啊，你不可能获得任何允准。

格里普斯

（高兴地）
你的要求很公正。

特拉卡利奥

是啊，他不这样要求你，因为你不公正。

得摩涅斯

（打开提匣）
少女，现在请你说。格里普斯，你注意听，别说话。

帕勒斯特拉

那里有各种儿童玩具。

得摩涅斯

是的，我看见它们。

格里普斯

（旁白）

刚一交手，我就完了。

（对得摩涅斯）
你等一等，不要给她看。

得摩涅斯

它们是什么样子？你一一回答我。　　　　1155

帕勒斯特拉

首先有一柄黄金短剑，上面刻着字。

得摩涅斯

那你说说看，
短剑上刻着一些什么字。

帕勒斯特拉

那是我父亲的名字。
然后是一把小双刃斧，也是用黄金制作。

上面有题字：斧子上是我母亲的名字。

得摩涅斯

（吃惊地）

你等一等。

你说说，短剑上刻着你父亲什么名字？

帕勒斯特拉

叫得摩涅斯。 1160

得摩涅斯

（半自白，激动地）

不死的神明啊，我的希望在哪里？

格里普斯

不，天哪，我的希望呢？

特拉卡利奥

请你们继续查看。

格里普斯

（对特拉卡利奥）

你别吭声，要不就去上十字架。

得摩涅斯

你说说这里刻在斧头上你母亲的名字叫什么。

帕勒斯特拉

得达利斯。

得摩涅斯

（激动地）

愿神明们保佑我！

格里普斯

然而却毁了我。

得摩涅斯

（仔细观察帕勒斯特拉的脸）

格里普斯，她应该就是我的女儿。

格里普斯

我也但愿是这样。 1165

（对特拉卡利奥）

愿所有的神明毁了你，你今天一直瞪大眼睛盯着我，
我自己也真是个无赖，没有一直上百次地观察四周，
以便不让任何人看见我是怎样从海里拖出来这提箱。

帕勒斯特拉

接着是一把银质小镰刀和两只互相握着的小手，
还有一头小猪。

格里普斯

      见你的鬼去吧，带上你的小猪和猪崽。   1170

帕勒斯特拉

还有一块金牌，那是我生日那天父亲给我的礼物。

得摩涅斯

（看着金牌）

确实就是它。我控制不住自己，不能不去拥抱她。
（上前抱住帕勒斯特拉）
我的亲爱的女儿啊，你好！我就是你的生身父亲，
我就是得摩涅斯，你的母亲得达利斯就在这屋里。

帕勒斯特拉

你好，亲爱的父亲，意外相见。

得摩涅斯

      你好，我热烈地拥抱你，   1175

特拉卡利奥

太好了，巨大的幸运由于你们的虔诚而降临你们。

得摩涅斯

特拉卡利奥，你拿着这些东西，把箱子也提进屋去。

特拉卡利奥

（高兴地）

看格里普斯的无赖样子。
（对格里普斯）

      这件事让你，格里普斯，倒了大霉，
我祝贺你。

得摩涅斯

(对帕勒斯特拉)

   我的女儿,让我们去见你的母亲,
她会根据这些证物更加仔细地询问你事情,   1180
她会更仔细地对你作说明,她更了解它们。

特拉卡利奥

(对众人)

现在让我们一起进屋去,让我们互相帮助。

[特拉卡利奥和得摩涅斯下。

帕勒斯特拉

安佩利斯卡,你跟我走。

安佩利斯卡

   神明们喜欢你,我也很高兴。

[二人同下。

格里普斯

(沮丧地)

我不是真该挨诅咒,今天捞到这么一只箱子?
或者捞到后怎么没把它藏到一个隐蔽的地方?   1185
请神明作证,我原以为我会得到巨大的收获,
因为是在如此恶劣的天气下让我把它捞着,
天哪,我本以为那箱子里装了许多黄金白银。
还有什么更好吗?我现在唯有进屋去偷偷地上吊,
这样起码可以暂时让这一令人伤心的事情离开我。   1190

[下。

第五场

[得摩涅斯由屋内上。

得摩涅斯

(欣悦地)

不死的众神明啊,现在有谁比我更幸福?

我完全出乎意料地找到了自己的女儿！
如果神明们想惠赐福祉于某个人，
不管采用什么方式，不会是虔诚人所期望？
然而我今天既没有期望，也没想到这幸运，　　　　　　1195
我却完全出乎预料地找到自己的女儿；
我要把女儿嫁给一个出身于高贵家族，
品性良好的青年，一个雅典人，我的同乡。
为了能使他尽快地来到我这里，
我已经派他的奴隶前往广场去找他。　　　　　　　　1200
我感到奇怪，他怎么还没有来到这里。
我去门前看看。

（走近屋门，看屋内）

　　　　　　天哪，我看见什么了？
妻子紧紧拥抱着女儿的脖子。
她这种爱真不合时宜，让人厌烦。
［下。

第六场

［得摩涅斯由屋内重上。

得摩涅斯

（非常满意地）

妻子啊，你最好还是稍稍停一停接吻，　　　　　　　1205
以便当我回屋时，能够准备好祭祀，
祭祀我们的家神，他们使我们家庭兴旺。
家里有献祭用的羊和猪。妇女们，你们为什么
阻留特拉卡利奥？

（听见屋门响）

　　　　　　啊，他正好出来了。

［特拉卡利奥由屋内上。

特拉卡利奥

（对屋内帕勒斯特拉）

不管普勒西狄普斯在哪里,我也要把他 1210

一起带过来见你。

得摩涅斯

（对特拉卡利奥）

你把我女儿的事情告诉他,

要他放下一切其他事情,赶快来这里。

特拉卡利奥

一定。

得摩涅斯

你告诉他,我愿意把我的女儿嫁给他。

特拉卡利奥

一定。

得摩涅斯

告诉他,我认识他的父亲,他与我同宗,

特拉卡利奥

一定。

得摩涅斯

可你赶快去呀。

特拉卡利奥

一定。

得摩涅斯

我请他到这里来吃饭。

特拉卡利奥

一定。 1215

得摩涅斯

你怎么总是说"一定"?

特拉卡利奥

一定。不过你还记得我的请求?

你应该记得你曾经允诺今天让我获得自由。

得摩涅斯

                一定。

特拉卡利奥

  那你请求普勒西狄普斯，让他释放我。

得摩涅斯

              一定。

特拉卡利奥

  让你的女儿也一起请求，这样请求更容易。

得摩涅斯

              一定。

特拉卡利奥

  待我一获得自由，就让安佩利斯卡嫁给我。

得摩涅斯

              一定。   1220

特拉卡利奥

  我还要求对我的效力进行奖赏。

得摩涅斯

              一定。

特拉卡利奥

  你怎么总是说"一定"？

得摩涅斯

           一定，我再一次感谢你。
  不过你现在赶快去城里，然后迅速返回来。

特拉卡利奥

              一定。
  我会很快就回来。你暂时准备好需要的一切。
  〔离开，下。

得摩涅斯

  （对着特拉卡利奥离去的背影，大声地）

              一定。
  愿海格力斯会惩罚这个家伙，连同他的"一定"。 1225
  他不断提醒，反复说"一定"，塞满了我的耳朵。

第七场

[格里普斯由屋内上。

格里普斯

（诡秘地）
得摩涅斯，我现在可以立即同你说几句话？

得摩涅斯

你有什么事，格里普斯？

格里普斯

       还是关于那只提箱的事情；
你若是智慧，就请你智慧地拥有神明赐予的财富。

得摩涅斯

你认为我要是把他人的东西说成属于我自己， 1230
这样合理？

格里普斯

      难道不是我在海里找到了它？

得摩涅斯

这样对于那个丢失了箱子的人要好得多。
你对那箱子不应该享有任何更多的权利。

格里普斯

因此你一直陷于贫困，由于你过于虔诚。

得摩涅斯

格里普斯啊格里普斯，人生的道路上有 1235
无数的陷阱，人们常常受蒙蔽而跌下去。
请神明作证，那里通常都摆放着诱饵；
如果贪婪之人贪婪地想得到那些诱饵，
他就会由于自己的贪婪而掉进陷阱里。
如果一个人善于思考，富有智慧，行为乖巧， 1240
他便可能长久地拥有他诚实地得到的财富。
我觉得虽然你的那些掳获物被夺走了，
但它失去时伴随着比得到时更大的收益。

　　　　你是想要我有意隐藏从他人那里得来的东西？
　　　　我们的得摩涅斯绝对不会干这种事情。　　　　　　　　1245
　　　　智慧之人更应该经常注意避免类似的行为，
　　　　不要让自己有意识地对自己造成损害。
　　　　我认为事情已经结束，我不需要任何好处。

格里普斯

　　　　我曾经见过许多喜剧作家像你一样，
　　　　智慧地作这样的说教，博得人们的鼓掌，　　　　　　　1250
　　　　当他们向人们展示这种明智的风俗时。
　　　　不过散场后当人们随即纷纷返回家，
　　　　便没有哪个人信奉他们劝导的信条。

得摩涅斯

　　　　你进屋去，不要再烦我，约束自己的嘴，
　　　　我什么都不会给你，你不要再白费心机。　　　　　　　1255

格里普斯

　　　　不过我会祈求神明，不管提箱里是些什么东西，
　　　　不管是金子或是银子，要让它们全都化为灰烬。
　　　　〔下。

得摩涅斯

　　　　这就是我们拥有的那种无赖奴隶的样子。
　　　　要是他再同另外的某个奴隶串通一气，
　　　　他便会使他自己和那个奴隶都成为窃贼。　　　　　　　1260
　　　　他认为现在掳获物在他那里，掳获物便
　　　　归他所有，让掳获物再衍生其他的掳获。
　　　　现在我得从这里进屋去，准备给神献祭，
　　　　然后便吩咐他们立即为我们准备好午餐。
　　　　〔下。

第八场

[普勒西狄普斯上。

普勒西狄普斯

你把刚才说的话再说一遍,亲爱的特拉卡利奥,   1265
我的获释奴隶,更应该是我的主人,我的父亲!
帕勒斯特拉找到了自己的父亲和母亲?

特拉卡利奥

(厌烦地)

                      是找到了。

普勒西狄普斯

他们还是我的同乡?

特拉卡利奥

                      我想是。

普勒西狄普斯

                      要把她嫁给我?

特拉卡利奥

                      我估想。

普勒西狄普斯

你以为今天就会把她许配给我?

特拉卡利奥

                      我认为。

普勒西狄普斯

什么?我需要祝贺他找到女儿吗?

特拉卡利奥

                      我以为。[1]   1270

普勒西狄普斯

也向她母亲祝贺?

特拉卡利奥

---

[1] "我以为"的拉丁文是censeo。在罗马元老院会议上,元老们通常用此词回答作为会议主席的执政官的提问,表示自己的意见。

普勒西狄普斯

我以为。

特拉卡利奥

你以为什么?

普勒西狄普斯

我以为你所问。

特拉卡利奥

那你说说究竟以为些什么?

普勒西狄普斯

我以为?我以为。

特拉卡利奥

我就在这里,请你不要总这么"以为"。

普勒西狄普斯

我以为。

特拉卡利奥

我要不要跑步过去?

普勒西狄普斯

我以为。

特拉卡利奥

或许这么静静地更合适?

普勒西狄普斯

我以为。

特拉卡利奥

我进屋后要向她问好?

普勒西狄普斯

我以为。

特拉卡利奥

还有她父亲? 1275

普勒西狄普斯

我以为。

特拉卡利奥

然后问候她母亲？

特拉卡利奥

我以为。

普勒西狄普斯

然后呢？

我进屋后就拥抱她的父亲？

特拉卡利奥

我不这么以为。

普勒西狄普斯

拥抱她的母亲呢？

特拉卡利奥

不这么以为。

普勒西狄普斯

拥抱她本人？

特拉卡利奥

不这么以为。

普勒西狄普斯

我完了，他不再选择了。现在我在想他不以为。

特拉卡利奥

你现在失去了理智。跟我走。

普勒西狄普斯

你领我去，我的保护人，不管你去哪里。 1280

第五幕

第一场

〔拉布拉克斯上。

拉布拉克斯

（气喘嘘嘘地）

在现在活着的凡人中今天有谁比我更不幸？
刚才普勒西狄普斯强行拉着我去见裁判员①，
当即判定帕勒特拉离开我，我彻底完了。
我看所有的妓馆老板都是由欢乐之神所生，
只要老板遭到什么不幸，人们都兴灾乐祸。   1285
现在我来看维纳斯庙里另一个女子，她为我所有，
起码我可以把她带走，那是留下来的财产剩余。

第二场

〔格里普斯持铁铲上。

格里普斯

（沮丧地）

天哪，你们不可能看见格里普斯活着到傍晚，
要是他们不把提箱还给我。

---

① 按照罗马司法制度，司法裁判员（recuperator）是由罗马裁判官任命处理外邦人诉讼的审判官员。

拉布拉克斯

（旁白）

完了，我听他提到
什么地方有个提箱，我的心有如被标杆撞击。　　　　　　1290

格里普斯

那个无赖获得自由，是我从海里用渔网拖上来，
得到了那只提箱，可你们什么东西也没有给我。

拉布拉克斯

（旁白）

不死的神明啊，他说的这些话让我竖起了耳朵。

格里普斯

请海格力斯作证，我要用大字母到处写上，
若有谁丢失了装有许多金子和银子的箱子，　　　　　　1295
就去找格里普斯。你们不可能得到那提箱。

拉布拉克斯

（旁白）

海格力斯作证，我看这个人知道我的提箱的下落。
我应该上前去找他。神明们啊，请你们帮助我吧！

格里普斯

（听见屋里在叫他）

你们在屋里叫我干什么？我想在这门前把铲擦干净。
请波卢克斯作证，它全变成了锈，而不是由铁制成。　　　1300
我越是这样擦它，它越是变成红色，也变得更纤薄。
现在整个铁铲都染了毒素，就这样在手里逐渐老旧。

拉布拉克斯

（上前，亲切地）

年轻人，你好！

格里普斯

愿众神明保佑你这个头发蓬松之人。

拉布拉克斯

你怎么样？

格里普斯

　　正在给铁铲擦锈。

拉布拉克斯

　　　　你身体好吗？

格里普斯

　　　　　　你询问这个干什么？难道你是医生？

拉布拉克斯

　　不，波卢克斯作证，我比"医生"多一个字母。

格里普斯

　　　　　　　　　　　　那就是说，　　　　　1305
你是"依乞生"？①

拉布拉克斯

　　　　你猜得正合适。

格里普斯

　　　　　　你的外貌完全当之无愧。
不过你究竟有什么事？

拉布拉克斯

　　　　　　我昨天夜里在海里沐过浴。
船只被摧毁，我所有的东西全都不幸地失掉。

格里普斯

　　你丢失了什么东西？

拉布拉克斯

　　　　　　一只提箱和许多金子银子。

格里普斯

　　你可还记得那只丢失的提箱里装着什么东西？　　　1310

拉布拉克斯

　　　　既然已失掉，怎么能返回？不说了，谈别的。

格里普斯

　　　　要是我知道是谁找到了它？我想让你告诉我特征。

---

① "医生"的拉丁文是medicus。比"医生"多一个字母的字指mendicus，意为"乞讨者"、"穷光蛋"。

拉布拉克斯

　　有个希腊钱袋装着八百块金币，此外还有

　　一百腓力谟纳，装在另一个希腊式钱袋里。

格里普斯

　　（旁白）

　　天哪，一笔巨大的收获，我会获得丰厚的奖赏。　　　　1315

　　神明们眷顾着人类：我会带着猎获物离开这里。

　　看来那只提箱肯定就是他的。

　　（对拉布拉克斯）

　　　　　　　　请你再继续往下说。

拉布拉克斯

　　在一个钱囊里装着完全是足成色的一塔兰同银子，

　　此外还有罐子，带把手的大酒杯，小勺，大盅，高脚杯。

格里普斯

　　天哪，你这个人原来拥有那么大笔的财富。　　　　　1320

拉布拉克斯

　　你这话既让人可怜，又让人伤心：我有过，又一无所有。

格里普斯

　　你准备怎么报偿帮助你寻踪觅迹，报告消息之人？

　　你赶快说，赶快告诉我。

拉布拉克斯

　　　　　　　三百块银币作报偿。

格里普斯

　　　　　　　　　　你在开玩笑。

拉布拉克斯

　　那就四百块。

格里普斯

　　　　　你这是瞎扯。

拉布拉克斯

　　　　　　　那就五百块。

格里普斯

　　　　　　　　　　　空心坚果。

拉布拉克斯

　　那就六百块。

格里普斯

　　　　一个微不足道的小气鬼在瞎聊天。　　　　　　1325

拉布拉克斯

　　我出七百块。

格里普斯

　　　　你的头脑刚才发热,现在在变凉。

拉布拉克斯

　　那我出一千块。

格里普斯

　　　　你在做梦。

拉布拉克斯

　　　　　我将什么都不给。

格里普斯

　　　　　　　你快滚!

拉布拉克斯

　　　　　　　　你听着:
天哪,我离开了,就不会有我。想要一万?

格里普斯

　　　　　　　　　你在睡觉。

拉布拉克斯

　　你就说吧,究竟要多少。

格里普斯

　　　　　　你丝毫不得勉强地给:
足成色整整一塔兰同。不得比这少一个银币。　　　1330
你同意还是不同意?

拉布拉克斯

　　　　　　又能怎么样? 我看出了,必须给:
就给一塔兰同。

格里普斯

现在你走过来,让这位维纳斯监管你。

拉布拉克斯

你就随意吩咐我吧。

格里普斯

抚触维纳斯的这座祭坛。

拉布拉克斯

抚触着。

格里普斯

你以这位维纳斯的名义发誓。

拉布拉克斯

发什么誓?

格里普斯

我会吩咐你。

拉布拉克斯

你首先按你的意愿发誓。

(旁白)

凡是属于我的,我从不向任何人乞求。 1335

格里普斯

现在握住祭坛。

拉布拉克斯

我握着。

格里普斯

你发誓:你会在同一天给我一塔兰同,当你得到你那只提箱的时候。

拉布拉克斯

好吧。

格里普斯

"库瑞涅的维纳斯啊,我请你为我作证:

如果我在乘船时丢失的那只提箱,

箱子里装着金子和银子,能安全地 1340

　　　　找到它并且那箱子重新归我所有，
　　　　我就给这位格里普斯"——你这样说，抚着我——

拉布拉克斯

　　　　我就给这位格里普斯——我说，维纳斯，请你听——
　　　　就立即给他一塔兰同足成色的银子。

格里普斯

　　　　要是你有什么欺骗，你说，那时就让　　　　　　　　　　1345
　　　　维纳斯毁掉你的财富，甚至还有你的生命。
　　　　既然你发了誓，你就得认真信守誓言。

拉布拉克斯

　　　　若是我有什么背逆誓言，维纳斯，
　　　　我请你把所有过失归于妓馆老板。

格里普斯

　　　　即使你履行了誓言，也会是这样。　　　　　　　　　　1350
　　　　现在你在这里稍待，我去找一个老人，
　　　　你随即要求他说明提箱的下落。
　　　　（离开，进得摩涅斯的屋）

拉布拉克斯

　　　　即使他把我的那只提箱还给我，
　　　　我今天也不会给他哪怕一个小银币。
　　　　不管我的舌头发了什么誓，我自己是仲裁。　　　　　　1355
　　　　（看见得摩涅斯的屋门打开）
　　　　我不说了，他出屋来了，领着个老人。

第三场

　　　　［格里普斯和得摩涅斯上。

格里普斯

　　　　（对得摩涅斯）
　　　　你跟着我这边走。

得摩涅斯

老板在哪里？

格里普斯

（对拉布拉克斯）

喂，给你找来了，提箱在他那里。

得摩涅斯

是这样，我承认提箱在我那里。若是你的，我给你。

（让格里普斯去取提箱，格里普斯回屋）

不管提箱里有些什么东西，全都会完好地归还给你。

（格里普斯从屋内提着箱子重上。）

既然是你的，你就拿吧。

拉布拉克斯

不死的神明们啊，是我的。提箱，你好！ 1360

得摩涅斯

是不是你的？

拉布拉克斯

你还问？即使它曾经属于尤皮特，现在也属于我。

得摩涅斯

所有的东西都在里面，完好无损；只是取出了小提匣，
包括里面的儿童玩具，今天我凭它们找到了我的女儿。

拉布拉克斯

什么女儿？

得摩涅斯

就是你的那个帕勒斯特拉，原来她是我的女儿。

拉布拉克斯

（装作高兴的样子）

请海格力斯作证，事情太好了。事情的结果让你 1365
心满意足，我很高兴。

得摩涅斯

不过我不会就轻易地相信你。

拉布拉克斯

不，天哪，为了让你相信我高兴，你为她不用付我

一个银币,我把她作为礼物送给你。

得摩涅斯

天哪,你还真慷慨。

拉布拉克斯

请海格力斯作证,你也一样。

格里普斯

(见得摩涅斯转身离开,对拉布拉克斯)

喂,你已经得到提箱。

拉布拉克斯

我得到了。

格里普斯

那你赶快。

拉布拉克斯

我赶快什么?

格里普斯

赶快给我银子。 1370

拉布拉克斯

请神明作证,我不给你,我不欠你什么。

格里普斯

你这是怎么回事?
你不欠我?

拉布拉克斯

请海格力斯作证,是这样。

格里普斯

你不是对我发过誓?

拉布拉克斯

我是发过誓,现在还可以再发,只要我想那样做;
然而发誓是为了保护财富,而不是为了耗费财富。

格里普斯

你这个伪誓者。快给我一塔兰同足成色的银子。 1375

得摩涅斯

（诧异地）

格里普斯，你向他索要什么塔兰同银子？

格里普斯

他向我发誓说要给我。

拉布拉克斯

我乐意发。难道你是我发伪誓的裁断官？①

得摩涅斯

（对格里普斯）

他为什么允诺要给你银子？

格里普斯

如果我能够让他重新得到这只提箱，他发誓会给我一塔兰同足成色的银子。

拉布拉克斯

我认为得找个人做仲裁，无论是你或我在这里都没有进行恶意欺诈，我已经二十五岁。②   1380

格里普斯

（指得摩涅斯）

我们就找这个人。

拉布拉克斯

应该找另一个人。

得摩涅斯

（旁白）

即使我给他们作判决，我也不能肯定就能拿到钱。

（对拉布拉克斯）

你允诺给他钱了吗？

拉布拉克斯

---

① 在古代罗马，视誓言为一种社会行为，伪誓归最高祭司裁断。
② 罗马法规定，未满25岁的人不得借贷。

我承认。

得摩涅斯

不管你对我的奴隶作了
什么允诺，都应该属于我，老板，你别想在这里　　　　　　　1385
采用妓馆老板们惯常手法，你不会得逞。

格里普斯

（高兴地，对拉布拉克斯）

你以为找到了
一个容易受蒙骗的人？现在你就给足成色的银子吧：
我会立即把那些银子交给他，好让他现在就释放我。

得摩涅斯

我刚才对你非常慷慨大度，完全凭我的善意，
为你保全了这些东西——

格里普斯

不，请神明作证，你说我的就是你的。　　　　　　　　　　1390

得摩涅斯

（对格里普斯）

你就聪明些，别说话。

（对拉布拉克斯）

因此你也应该对我慷慨大度，
对我表示应有的感激。

拉布拉克斯

你是在以我的权利的名义
向我请求？

得摩涅斯

我不能冒失地向你要求属于你的东西。

格里普斯

（旁白）

我有救了，老板动摇了，预示我会获得自由。

得摩涅斯

他找到了你的这只提箱，它本应该归我所有；　　　　　　　1395

我一直为你保管箱子,包括里面的巨额财富。

拉布拉克斯

(屈服地)

我感谢你,我没有任何理由不给你那一塔兰同。

我曾经允诺要给他。

格里普斯

喂,要是你聪明,就把它给我。

得摩涅斯

(对格里普斯)

你怎么不住嘴?

格里普斯

你好像在为我办事,实际上是在为自己铺路。

请神明作证,你蒙骗不了我,若是我失去另一个收获。 1400

得摩涅斯

要是你再说一句话,我就揍你。

格里普斯

天哪,或者你就杀死我,

否则我不会沉默,除非你用塔兰同银子堵住我的嘴。

拉布拉克斯

(嘲弄地)

他是在帮助你,你别话说。

得摩涅斯

老板,你走过来。

拉布拉克斯

好吧。

(走近提箱)

格里普斯

(大声地)

你在公开处理事情,我不希望有什么嘀咕和耳语。

得摩涅斯

(对拉布拉克斯)

　　　　　　　你告诉我，你为购买那另一个女子付了多少钱？　　　　　1405
　　　　就是为那个安佩利斯卡。

拉布拉克斯
　　　　　　　　　　　付了一千块银币。

得摩涅斯
　　　　　　　　　　　　　　　　你希望我
　　　　给你提个更好的建议吗？

拉布拉克斯
　　　　　　　　　　　非常希望能这样。

得摩涅斯
　　　　我想把一塔兰同分成两份。

拉布拉克斯
　　　　　　　　　　　你做得好。

得摩涅斯
　　　　　　　　　　　　　一半为那个女子，
　　　　让她获得自由，那一半就给你，我要另一半。

拉布拉克斯
　　　　这样非常好。

得摩涅斯
　　　　（小声地）
　　　　　　　　　　我用那另一半让格里普斯为自己赎身，　　　　1410
　　　　因为是他让你找到提箱，我也找到了女儿。

拉布拉克斯
　　　　　　　　　　　　　　你做得很好。
　　　　我非常感谢你。

格里普斯
　　　　　　　　我能够很快得到我的银子吗？

得摩涅斯
　　　　事情已经解决，格里普斯。它们在我这里。

格里普斯
　　　　　　　　　　　天哪，我更希望它们在我这里。

得摩涅斯

　　海格力斯啊,这里一点也没有你的,你别期望。我是想感谢他的允诺。

格里普斯

　　(激动地)

　　　　天哪,我完了!现在我只有去上吊,让自己一死。 1415
请海格力斯作证,你从今以后,永远不可能再蒙骗我。

得摩涅斯

　　老板,你今天在我这里吃饭。

拉布拉克斯

　　　　　　很好,你的邀请使我高兴。

得摩涅斯

　　你们现在跟我进去!

　　(对观众)

　　　　　观众们,我本想也邀请你们吃午饭,
如若不是我相信,你们已经受邀去别的地方用餐。 1420
不过若是你们仍能对这一部剧本报以热烈的掌声,
所有达到十六岁的人我都会邀请前去我那里饮宴。

　　(对拉布拉克斯和格里普斯)

　　你们两人今天去我那里用午餐。

拉布拉克斯

　　　　　　　　很好!

得摩涅斯

　　　　　　　　请大家鼓掌!

　　[众下。

剧　　终

斯提库斯

STICHUS

导 言

按照这部剧本的"演出纪要"记载的执政官名字,查考罗马执政官名录,该剧的演出年代应该是公元前200年,平民赛会通常于9月举行。演出时的主要演员是提图斯·普布利利乌斯·佩利奥(T.Publilius Pellio),该名字在普劳图斯的喜剧《巴克基斯姐妹》第214—215行中已经提到。诗人说:

即便是埃皮狄库斯,我非常喜欢,就像喜欢我自己,

然而若由佩利奥来表演,便没有哪部剧更令我厌恶。

佩利奥作为当时的一位著名演员,究竟为什么令剧作家如此讨厌,由于缺乏史料,后人难以知晓。"演出纪要"称,这部剧本由奴隶奥皮乌斯·马尔基波尔谱曲,用萨拉笛演奏。萨拉是腓尼基城市,萨拉笛是一种高音调双音笛,已经失传,详情不得而知。

"演出纪要"称,普劳图斯的喜剧的希腊原剧是著名新喜剧作家米南德的《两兄弟》。米南德有两部剧本取名为《两兄弟》,其中一部被普劳图斯的后辈剧作家泰伦提乌斯改编为同名剧本,另一部被普劳图斯改编为这部剧本。米南德的这两部剧本都未能传下来,只传下来其他作家一些零散的称引片段,其中有两个片段被认为可能属于被普劳图斯这次改编的那部剧本。它们是:

其一

故乡的土地,你好,我多么高兴啊,

终于重又见到你!并非所有的土地

都能够如同乡土这样令人愉快，
因为我敬重自己的抚育者如神明。

其二

他要求人们给他连舀十勺酒①，
认为应该让所有的人都喝醉。

不难感觉到，这两个片段在普劳图斯的这部剧本里似有相似之处。

这部剧本的剧情并不复杂，全剧实际上没有什么计谋。两个妻子是两姐妹，出身于商人家庭，焦急地等待外出经商已经三年的同是两兄弟的丈夫归来。在这期间，父亲希望她们与丈夫离婚，但是她们作为妻子，愿意继续等待，忠贞不二。最后丈夫们终于积得巨额财富，运回来许多金子，银子，镶金和象牙的卧榻，巴比伦地毯，各种油膏，此外还有许多美丽的竖琴女和吹笛手等。观众可以很容易地看出，剧中实际上是当时的罗马人前往东方经商情景的真实写照。

随着商业的发展，金钱起着越来越大的作用。老人安提福在港口见到女婿埃皮格诺摩斯事业成功，运回来大量钱财，他对埃皮格诺摩斯的怨气立即烟消云散，当即在船板上便与后者恢复了友好和情谊。后来他还像一个深谙社会真谛的人那样向埃皮格诺摩斯强调说明金钱和友谊的关系（第520—522行）：

当一个人的事业顺利时，由此他会拥有许多朋友；
如果事业稳固，他的朋友也稳固；若是事业下滑，
他的那些朋友同样也会随之滑动：是事业找朋友。

其实这正好是他自己的心理的鲜明写照。正如在他与埃皮格诺摩斯恢复了友好后，埃皮格诺摩斯对此颇有感慨地说：请你们看吧，金钱意味着什么（第410行）。

埃皮格诺摩斯从东方运回来那么多财富和女子使安提福眼馋，他也想从中捞一点好处。他要求埃皮格诺摩斯给他一个竖琴女。在埃皮格诺摩斯同意给他一个后，他又要求增加一个，而且还得为两个女子给他口粮，理由是他把女儿嫁给了他，还为女儿给了他嫁妆，因此他的要求是合理而不过分。安提福的这番表述充分表现了他的商人心理和商业逻辑。

随着金融资本的发展，这部剧本里特别着重提出了婚姻问题。从社会下层一

---

① "勺"是古代希腊人从调酒缸里取酒的容器。1勺约合0.047公升。

起反对商业-金融资本的观点出发,普劳图斯在这部剧本里表明,婚姻不应该建立在金钱基础上。父亲要求女儿同丈夫离婚,为此小女儿反驳父亲说(第130—131行):

> 如果丈夫不令你满意,你早先就不应该把我们嫁给他,
> 或者现在,父亲啊,不应该在他们外出时与他们分离。

父亲强调,他不是后悔过去,而是鉴于现在的情况,主要是现在他看到女儿生活在贫困之中,他不希望自己的女儿"同贫穷的丈夫一起生活"(第132行)。

小女儿继续反驳父亲说(第133—134行):

> 贫穷的丈夫令我喜欢;国王令王后喜欢。
> 他原先富有,现在贫穷,但感觉仍一样。

并且强调说(第136行):

> 我看你原先并不是把我嫁给钱,而是嫁给人。

小女儿还特别提醒姐姐记住自己的义务。她认为(第39—46行):

> 我看凡聪明之人
> 都应该重视和履行自己应尽的义务。
> 姐姐啊,尽管按年龄你比我年长,
> 但我仍要提醒你,要你记住这一点。
> 即使他们不尽责,不像应有的那样,
> 而是另样地对待我们,这时我们仍
> 不能让自己变得比他们更有错,
> 而是要牢记我们自己应尽的义务。

剧本在强调妻子应该忠于丈夫的同时,还强调应该维护父权。帕涅吉里斯是一个典型的听话的女儿。她认为不可不听从父亲的意愿,说道(第51—54行):

> 我现在对这场婚姻并不感到后悔,
> 也不明白为什么要改变这场婚姻;
> 不过事情的最终决定权在父亲手里,
> 我们应该按照父母亲的吩咐去做。

小女儿性格比较直露,难以附和父亲的想法,不过她仍然对父亲说(第96—98行):

> 其实女儿对父亲的关爱永远不会过分。
> 我们能对谁比对你更加关心?父亲啊,

在你之后，才是你把我们嫁给的丈夫。

普劳图斯在剧中表现的这种偏于保守的思想是同当时罗马社会下层民众的传统意识相符合的。

这部剧本里花了很大的篇幅刻画门客形象。剧中的门客革拉西摩斯说道（第179—180行）：

父亲说，我出生那年粮价昂贵：
我相信由此我现在总是感到饥饿。

剧作者在这里显然是想说，古代希腊罗马时代社会本身是这一特有现象产生的根源。社会贫富分化，贫穷迫使一些人不得不靠依附于富有者而维持生存。这种依附生活又使依附者发生变化，变成为丧失自我尊严的寄生者。他们唯一的生存手段就是以搞笑博得依附对象的欢心，从而为自己求得填饱肚子的机会，进而成为贪婪的暴食者。这部剧本里的门客不管他怎么苦求，也没有能吃到午饭，既令人鄙弃，又令人可怜。

剧本中的喜剧搞笑除了门客革拉西摩斯外，还有小奴隶皮纳基乌姆。观众从女主人的谈话中得知，他受遣一直待在港口，等待主人返回来的消息。他一得到消息后，就赶紧往回跑。奔跑中又突然想到自己得到的消息的重要，因而又立即妄自尊大起来，觉得不应该是自己作为奴隶，去向主人报告消息，而应该是主人有求于他，从而显得非常有趣而可笑，包含丰富的表演因素。

普劳图斯在剧本末尾提供了一个非常热闹的奴隶饮宴场面。毫无疑问，这给米南德的希腊戏剧的原有情调增加了不少热闹的喜剧气氛。斯提库斯说道（第692—695行）：

这就足够，对于奴隶来说节俭而不铺张更相宜。
让他们用船形酒盅、带把大酒杯、高脚大杯盏，
纵情豪饮吧，我们则采用萨摩斯陶杯，我们是
自斟自饮，就在我们的住处，花费自己的积蓄。

剧作者对饮宴的描写怀着一定的好感。剧作家特别向观众强调，奴隶们这样又饮宴，又恋爱，那是在雅典。一般说来，罗马的奴隶生活要比希腊严苛得多。剧作者作这样的申明，既是为了缓和罗马奴隶主们的反感，同时显然也包含着剧作者的某种愿望和追求，表现出普劳图斯的基本社会倾向。

演出纪要

/希腊剧本是米南德的《两兄弟》
/演出于贫民赛会
/由平民保民官格奈乌斯·贝比乌斯和盖尤斯·泰伦提乌斯主持
/由提图斯·普布利利乌斯·佩利奥表演
/奥皮乌斯的奴隶马尔基普尔谱写音乐
/全剧演奏采用萨拉笛/演出于盖尤斯·苏尔皮基乌斯和盖尤斯·奥勒利乌斯执政年/

剧情梗概（一）

有两个兄弟，一同娶了两个姐妹，
丈夫亏蚀了家产，又一同去国外，
以求获取财富，减轻自己的贫苦。
他们离开后在国外已经待了三年。
两姐妹不想背弃她们远去的丈夫。
父亲为这事专门前来责备女儿们；
女儿们却规劝他，不愿改嫁他人。
丈夫们积得巨额财富归来见妻子，
人们愉快地娱乐。奴隶们也饮宴。

剧情梗概（二）

老人前来指责女儿们，竟然那样
对去到国外的贫穷丈夫保持忠实，
连续保持三年，不愿把他们抛弃；
她们相反却用殷切的话语劝慰父亲，
允许保持婚约，既然已经嫁给他们。
丈夫们带着大批的财富循海路归来，
保住了妻子，斯提库斯则得到娱乐。

人　物

帕涅吉里斯　埃皮格诺摩斯之妻
妹妹　潘菲利普斯之妻
安提福　老人
革拉西摩斯　门客
克罗科提乌姆　女奴
皮纳基乌姆　童奴
埃皮格诺摩斯　兄
潘菲利普斯　弟
斯提库斯　奴隶
桑伽里努斯　奴隶
斯特法尼乌姆　女奴

时　间

上午。

地　点

雅典，一街道。舞台上有三座房屋，分别为埃皮格诺摩斯、潘菲利普斯和安提福的居处。

第一幕

第一场

［帕涅吉里斯和妹妹上。

帕涅吉里斯

（同妹妹一起走到门前，忧郁地遥望街道远处）

我认为佩涅洛佩是个不幸的女人，

妹妹啊，按照她的心灵体验

如此长久地独居，见不到丈夫。①

我们根据自己的经验理解她，丈夫也远去，

我们为远在的他们的事业——也理所当然，　　　5

妹妹啊，白天黑夜地担忧，一直如此。

妹妹

（坚定地）

这是我们的义务，我们应该实践它，

我们现在所做的并没有超出妇道的要求。

（走向一张长椅）

姐姐，现在让我们坐在这里，我想同你

叙说叙说丈夫的事情。

帕涅吉里斯

亲爱的，都还好吗?　　　10

---

① 佩涅洛佩是著名的奥德修斯的妻子。奥德修斯远征特洛亚战争十年，佩涅洛佩一直对丈夫忠贞不渝。

妹妹

> 希望，但愿如此；姐姐，我心中不安，
> 那就是我们的父亲在所有的市民中
> 一向以独一无二的公正受到敬重，
> 可是他现在要让自己行为不公正，
> 想让我们远行在外的丈夫 15
> 遭受不应有的屈辱，
> 让我们同他们离婚。
> 这件事，姐姐啊，使我感到难受，
> 令我感到厌恶，让我心中忧伤。

帕涅吉里斯

> 请不要哭，妹妹，你可以不去做 20
> 父亲胁迫要你违愿做的事情：
> 仍有希望让他做得更好一些。
> 我知道他，他这是在戏说。
> 他不可能为自己挣得波斯山峰，
> 据说它们都是黄金之山，① 25
> 好让他希望做，而你却害怕做的事情。
> 如果他真那样做，那我们也
> 不应该生气，因为并非无缘无故。
> 你看我们的丈夫自离开家门至今，
> 已经是第三个年头。

妹妹

> 是像你说的那样。 30

帕涅吉里斯

> 他们是否还健康？什么时候返回来？
> 他们在哪里？在做什么？在怎么做？
> 他们一直没有告诉我们，也不回家来。

妹妹

---

① 古代西方盛传波斯富裕至极。

（流泪）
姐姐，是否因为你尽了自己的义务，
他却没有尽而让你伤心？

帕涅吉里斯

天哪，是这样。 35

妹妹

别再说，我不希望首先从你这里
听到这些话。

帕涅吉里斯

这是为什么？

妹妹

请波卢克斯作证，我看凡聪明之人，
都应该重视和履行自己应尽的义务。 40
姐姐啊，尽管按年龄你比我年长，
但我仍要提醒你，要你记住这一点。
即使他们不尽责，不像应有的那样，
而是另样地对待我们，这时我们仍
不能让自己变得比他们更有错， 45
而是要牢记我们自己应尽的义务。

帕涅吉里斯

你说得对，我不再多说。

妹妹

愿你能记住。

[**帕涅吉里斯**

妹妹，我不想让自己被视为忘了丈夫，
我并没有忘记他曾经怎样地尊重我；
神明作证，他的温情使我感到亲切快乐。 50
我现在对这场婚姻并不感到后悔，
也不明白为什么要改变这场婚姻；
不过事情的最终决定权在父亲手里，
我们应该按照父母亲的吩咐去做。

妹妹
　　我知道，正是由此心中越来越郁闷。　　　　　　　　　　　55
　　他实际上差不多已经表明了自己的意图。
帕涅吉里斯
　　因此让我们好好想想我们该怎么办。]

第二场

　　[安提福上。
安提福
　　（激动地对屋内）
　　那些奴隶总是只知道等待提醒，不想记住自己
　　该尽什么责任，他们按习惯不是一个好奴隶。
　　你们记住了每月首日领取应得的口粮，　　　　　　　　　　60
　　怎么把应该在家里干的事情都统统忘记？
　　如果有谁没有把器皿给我放到它的地方，
　　待我返回来时，我会用牛皮鞭子作提醒。
　　同我在这里一起居住的好像不是人，是一群猪，
　　你们必须把我的房屋打扫干净等待我回来。　　　　　　　　65
　　我一会儿就回家来：我这是去我大女儿那里看看，
　　若有人找我，就派人去那里找，或者等我返回来。
　　（离开屋前，沉思）
妹妹
　　姐姐，若是父亲对我们固执己见，我们怎么办？
帕涅吉里斯
　　我们得忍耐，不管他要做什么，他的权利比我们强。
　　我认为我们应该做的是请求，而不是争论。　　　　　　　　70
　　如果我们能博得父亲喜欢，我希望能这样达到目的。
　　如果进行争论，那会使我们蒙受指责和最大的耻辱，
　　我自己不会这样，也不会建议你这样做，
　　我们还是请求，我知道父母亲：父亲很宽容。

安提福

（静静地沉思）

我怎样开始同她们说话，我得好好考虑。　　　　　　　　75
我或者含糊其辞地对她们这样说，
装作好像我什么都不知道，什么都没有听见，
她们有什么过错，温和地试探她们，
[还是严厉地威胁——这时会争吵，我知道她们。]
要是她们宁可留在这里，而不是改嫁他人。　　　　　　　80
不，我不这样做。我已经这么大年纪，何必还要同
自己的孩子争斗，而且也看不出为什么要这样做？
我不希望发生混乱，不过我这样做也许最合适。
[我就这么做：我装作好像她们犯有什么过失。]
用一种模糊的语言让她们今天稍许感到害怕，　　　　　　85
然后再直接向她们说明我心里的想法。
我知道会有许多话要说。我现在就进屋去。

（走向帕涅吉里斯的住屋）

　　　　　　　　　　　　　　可门自己开着。

妹妹

我觉得好像是父亲的声音传进了我的耳朵。

帕涅吉里斯

（窥视）

天啊，那就是他。让我们赶快上前和他相见，亲吻他。

（二人上前）

妹妹

你好，父亲！

安提福

（装作不愉快地）

　　　　　　你们好。你们过来，在这里坐下。　　　　　　90

妹妹

让我们吻——

安提福

我厌烦你们两个人的吻。

帕涅吉里斯

父亲,这是为什么?

安提福

因为现在我的心里很烦乱。

妹妹

(指她们坐的条凳)

父亲,那请你这里坐。

安提福

我不坐到那里,你们俩坐吧;我坐这张小板凳。

(坐上小板凳)

帕涅吉里斯

(递坐垫)

给你坐垫。

安提福

你真费心。我这么坐着很好。你坐吧。

妹妹

谢谢,父亲。

安提福

有这个必要?

帕涅吉里斯

有必要。

安提福

按吩咐办。这就足够。

妹妹

其实女儿对父亲的关爱永远不会过分。
我们能对谁比对你更加关心?父亲啊,
在你之后,才是你把我们嫁给的丈夫。

安提福

你们应该让自己成为善良的妻子,虽然丈夫不在家,
你们也要如同他们在家一样。

妹妹

         父亲，贞操要求我们   100
尊重那个我们已经选择作为自己伴侣的人。

安提福

（向四周察看）
这里有没有什么捕鸟人可能会听到我们的谈话？

妹妹

不，这里除了我们和你，没有其他人。

安提福

         我希望你们注意听，
我现在对于你们是一个不熟悉女性事情和习性的人，
我是作为一个学生前来向老师讨教，优秀的女子   105
应该具有怎样的习性？让你们两个人都对我说说。

妹妹

你为什么要像现在这样前来询问妇女的习性？

安提福

请神明作证，在你们的母亲故去后我一直想续弦。

妹妹

父亲，你很容易找到比我们的母亲要坏、要卑劣的女人；
你不可能找到比她好的女人，那样的连太阳也没有见过。 110

安提福

不过我现在既想询问你，也想询问你的姐姐。

妹妹

           父亲啊，
我知道女子应有的品质，若是好女子，我看应该是这样。

安提福

我想知道你认为那应该是怎样。

妹妹

          她们在城里行走时，
应该能堵住人们的嘴，谁也不可能对她们说坏话。

安提福

（对帕涅吉里斯）

现在轮到你对我说说。

帕涅吉里斯

父亲，你要我说什么？ 115

安提福

从什么方面能够最容易看出一个女子具有好天性？

帕涅吉里斯

一个人尽管有可能做坏事，但她控制自己不去做。

安提福

你说得不错。你认为应该订立怎样的婚约：
是另娶个女子，还是娶一个寡妇？

妹妹

请听我的想法：
无数恶中最小的恶便可以把它视为最小的恶。 120

安提福

女子怎样才可以避免缺点？

妹妹

那她就今天不要做
前一天努力避免做以免第二天会后悔的事情。

安提福

在你看来，什么样的女子是最富有智慧的女子？

妹妹

这样的女子应该是处于幸福之中仍然能认识自己，
陷入超过通常那样的逆境时仍能心境平静的女子。 125

安提福

好啊，我巧妙考察了你们，知道了你们的品性。
不过我前来找你们是想同你们商量这样一件事：
朋友们劝告我，希望我把你们从这里领回家去。

妹妹

不过既然这件事情与我们有关，我们却有另样的想法。
如果丈夫不令你满意，你早先就不应该把我们嫁给他， 130

或者现在，父亲啊，不应该在他们外出时与他们分离。

安提福

我能够活着眼看你们同贫穷的丈夫一起生活？

妹妹

贫穷的丈夫令我喜欢；国王令王后喜欢。

他原先富有，现在贫穷，但感觉仍一样。

[安提福

你们是不是觉得雇佣兵和穷光蛋都很了不起？]   135

妹妹

我看你原先并不是把我嫁给钱，而是嫁给人。

安提福

他们已经离家三年，你们怎么还在等着他们？

你们就不希望以最好的婚约代替最差的婚配？

帕涅吉里斯

父亲啊，强逼猎犬去狩猎是愚蠢的行为。

女子违愿地嫁人是做所嫁的丈夫的敌人。   140

安提福

你们俩是不是已决定不想听从父亲的意见？

帕涅吉里斯

我们听从，我们不想离开你把我们嫁给的人。

安提福

（站起身）

好吧，再见。我去把你们的意见告诉我的朋友。

帕涅吉里斯

（看着安提福离开）

若你是对高尚之人叙说，我相信他会认为我们很高尚。

安提福

那你们就尽可能照管好自己的家业。

帕涅吉里斯

　　　　　　　　　　　　　非常好的劝告。   145

现在你让我们喜欢，你吩咐得对，我们会听从你。

（见安提福下）

妹妹，现在我们也进屋去。

妹妹

不，我想回去看看。

若是有信使从你丈夫那边来，请立即告诉我。

帕涅吉里斯

我不会瞒着你。你有什么消息也不要瞒着我。

（对屋内）

喂，克罗科提乌姆！

（克罗科提乌姆由屋内上）

你去请门客革拉西摩斯。 150

你把他一起带来。天哪，我想派他去港口，

或是有哪条船只昨天或今天从亚细亚抵达。

现在确实有个奴隶整天坐在港口那里等待，

不过我仍想有人去看看。你快去，然后快回来。

［帕涅吉里斯进屋，下。

（克罗科提乌姆去到安提福屋门前）

第三场

［革拉西摩斯上。

革拉西摩斯

（饥饿地）

在我看来，我的生母肯定是饥饿， 155

因为我自出生之后，从没有吃饱过。

从来没有人这样感激过自己的母亲，

［像我现在非常不情愿地感激我母亲， 157a

以前也没有，像我这样感激母亲饥饿。

她在自己的肚子里怀我九个月，

而我在自己的肚子里怀她七年多。 160

她怀着我只是一个很小的小孩，

我想她由此付出的辛劳要小得多，
而我在肚子里怀的不是什么微小的饥饿，
请海格力斯作证，却是非常巨大而沉重。
我的肚子每天都是疼痛难忍，165
我却没法把母亲生出，不知道该怎么办好。
我经常听见民间流传这样的说法，
大象怀孕通常延续十年，
我的饥饿显然源自大象的种子，
因为它在我的肚子里已经待了许多年。170
（稍停）
现在若有人想找一个滑稽之人，
我可正带着所有的装束在展卖；
我会找到需要的补充填满各种空闲。
父亲在小时候给我起名叫革拉西摩斯，
因为我从孩童时期起就非常可笑而滑稽。[1] 175
给我起这样的名字是由于贫穷，
因为贫穷会由此变得滑稽可笑；
不管它降临谁，它能教会人一切技艺。
父亲说，我出生那年粮价昂贵：
我相信由此我现在总是感到饥饿。180
不过对我的家族赋予了这样的报答：
只要有人请我吃饭，我从不拒绝。
真可惜，人世间有一句话消失了，
请神明作证，我看是最好最明智的一句话，
以前人们常这样说："请过来吃饭，你来吧，185
答应吧，不要不好意思。有什么不方便？"
我说"方便"，"那你就不要拒绝，来吧！"
现在人们找到了另一句话来替代它，
请海格力斯作证，最空洞、最没价值的一句话：

---

[1] "革拉西摩斯"的古希腊文原意为"滑稽可笑的"。

"我会请你吃饭,若不是我在外面用餐。" 190
请海格力斯作证,我要用这句话砸他的腰窝,
若是他在家吃饭,就不要真的毁了他。
这些话促使我学习蛮族人①的手法,
从而用不着另外去请宣传人,
由我自己宣布把自己来拍卖。 195

克罗科提乌姆

(旁白)

这就是那个门客,女主人刚才派我去叫他,
在我与他说话之前,我首先听听他说什么。

革拉西摩斯

这里有许多不好的事情让人好奇。
人们对别人的事情特别感兴趣,
操心的事情没有一件与他们自己有关。 200
当他们得知将会进行某种商业交易时,
他们会立即前去询问那里会有怎样的交易:
是进行借贷,还是购买了地产,
或是由于离婚而归还给妻子嫁妆。
请海格力斯作证,尽管我认为他们完全 205
应该遭受一切不幸,但任他们忙碌,与我无关:
我会告诉他们交易的原因,让他们为亏损而高兴。
其实没有一个好奇之人不是居心叵测。
[我现在就说明他们进行交易的原因。 208a]
巨大的损失降临不幸的我,
交易的不顺使我陷入如此的窘境, 210
无数的纵酒狂饮一下子死去了,
还有多少午餐死去了,我忍不住为它们哭泣,
多少甜美的饮料,多么美好的早餐,
我已经连续三年失去了它们。

---

① "蛮族人"指罗马人。

革拉西摩斯

除了忧愁，哀伤还使可怜的我 215
逐渐变老年；我差一点没饿死。

克罗科提乌姆

（旁白）

当他饿着肚时，没有哪个人比他更可笑。

革拉西摩斯

现在我决定开始进行拍卖，
我不得不出售我拥有的一切。
有意购买者快过来，在场的人会获益。 220
现在我出售玩笑话。请你们出个价。
谁说值一顿饭钱？这个人说值一顿早餐？
海格力斯啊，我认为值一顿早餐，午餐留给你。
喂，你点头了？没有人出更高的价钱。
或者出售能发汗的希腊油膏， 225
或者出售另样的锦葵，醉酒呕吐；
各种各样的戏谑，各种各样的巴结奉承，
还有门客方式的各种欺骗和把戏，
还有积满锈垢的刷子，红棕式的小瓶， 230
还有空着肚子的门客，供你储存剩余。
需要尽可能迅速拍卖掉这一切，
以便用收入的十分之一献祭海格力斯。①

克罗科提乌姆

（旁白）

请神明作证，他进行的拍卖价钱不高。
饥饿使得这个人不得不迁就自己的胃。 235
我现在向他走过去。

革拉西摩斯

（看见克罗科提乌姆走过来，旁白）

这是谁正在向我走来？

---

① 古代罗马人通常把赚得的钱的十分之一敬献给海格力斯。

她是埃皮格诺摩斯的女奴克罗科提乌姆。

克罗科提乌姆

革拉西摩斯,你好!

革拉西摩斯

我不是那样的名字。

克罗科提乌姆

请卡斯托尔作证,你确实叫这个名字。 240

革拉西摩斯

我确实使用过,但丢失了不再用它。
现在我合理地叫做弥克科特罗戈斯。①

克罗科提乌姆

啊呀,天哪,我今天还嘲笑过你。

革拉西摩斯

什么时候?在哪里?

克罗科提乌姆

就是你在这里进行拍卖的时候。

革拉西摩斯

这个坏东西, 245
你听见了?

克罗科提乌姆

听见了你作的最高尚的拍卖。

革拉西摩斯

你现在去哪里?

克罗科提乌姆

去找你。

革拉西摩斯

为什么去找我?

克罗科提乌姆

帕涅吉里斯吩咐,

―――――――――
① "弥克科特罗戈斯"是音译,意义"啃不到一点东西。"

一定要竭力邀请你同我一起前去她们家。

革拉西摩斯

请海格力斯作证,我会尽可能迅速赶过去。　　　　　　　250
献牲内脏已经炖好?杀了几条羊举行祭祀?

克罗科提乌姆

她没有准备任何祭牲。

革拉西摩斯

　　　　　　　　　为什么会这样?
那她请我去干什么?

克罗科提乌姆

　　　　　　我想她是需要
十斗①小麦。

革拉西摩斯

　　　　　　什么?她想给我这么多?

克罗科提乌姆

不,她是想让你贷给我们这么多。　　　　　　　　　　　255

革拉西摩斯

你告诉她我不会给她,没有什么可贷,
我现在除穿的这件披衫,其他一无所有;
我甚至都可以把舌头白白地卖给她。

克罗科提乌姆

啊呀,你就没有舌头了?

革拉西摩斯

　　　　　　　没有了说"我会给"的舌头,　　　　　　260
不过为肚子留下了会说"请给"的另一只舌头。

克罗科提乌姆

如果你想遭倒霉——

革拉西摩斯

　　　　　　它也会这样对你说。

---

① "斗"的拉丁文为modium(或modius),给合9公升。

克罗科提乌姆

  现在怎么样？跟我走吗？

革拉西摩斯

       你就回去吧，
告诉她我一会儿就到。你赶紧走吧！

〔克罗科提乌姆下。

我感到奇怪，她为什么要我去她那里，   265
可在这之前她从没有吩咐过要我前去，
自从他的丈夫离开之后。真奇怪，不知为什么，
我不妨去试探试探，看是怎么回事。

（遥望街道远处）

不过我看见那是她的童奴皮纳基乌姆。你看他， 270
站在那里的样子是不是很动人，就像一幅画？
请波卢克斯作证，他已经经常为自己舀酒喝，
狡猾地用很小的杯子，然而却是不太掺水的酒。

（退回静听）

第二幕

第一场

[皮纳基乌姆带着捕鱼器具上。

皮纳基乌姆

（激动地）

墨丘利被称为尤皮特的信使,却从没有给他的父亲

报告过比我现在要向女主人报告的更加愉快的消息;   275

我现在整个的心胸充满了愉快和欢乐,

我不可能不把这消息说得如此伟大恢宏。

我带来了所有美好的欢乐和美妙的愉快。

快乐湮没了各处海岸,充满了我的胸膛。

皮纳基乌姆,你快跑,加快脚步,不要说空话。   280

现在你有可能获得光辉的荣誉,巨大的荣耀,

快去帮助愁苦的女主人,[承蒙祖辈们助佑,]

她正悲苦地期待丈夫埃皮格摩斯归来。

她像应有的那样爱自己的丈夫盼夫归。现在你,

皮纳基乌姆,尽快行动,赶快跑,不管遇到什么人,   285

你用肘部把他推开,为自己准备顺畅的道路,

即使国王迎面挡道,你就首先把国王掀翻。

革拉西摩斯

（旁白）

皮纳基乌姆为什么这样兴高采烈地奔跑?

捎着芦苇钓竿，背着渔篓，挂着小鱼钩。

皮纳基乌姆

（停住脚步）

不过我又这么想，终于应该是女主人来请求我，　　　　290
派使者来见我，给我带来黄金礼物和四辕大车，
我得乘车，我不能徒步走。因此我应该返回去。

（回到原先的起点）

我认为现在应该让他们前来见我，前来请求我。
你是不是以为我在胡扯，我现在知道的消息微不足道？
我从港口带来了如此巨大的好处，如此巨大的快乐，　　295
女主人自己除非已经知道，否则都不敢向神明们祈求。
现在我自己去向她报告？不行，我看这不是男人的义务。
我看她为这样的消息更应该向我这个报信人走来；
她向我迎面走来，向我乞求，要我把消息告诉她；
傲视对于幸福的际遇正相宜。　　　　　　　　　　　300

（停住，思考）

不过我又想，她怎么会知道我知道这个消息？
我不能不返回去，不能不告诉她，不能不对她说，
我应该让女主人摆脱忧愁，我要让我的功绩超过先辈，
我应该以未曾预料到的意外消息敬重她，鼓励她；
我要超过塔尔提比奥斯的功绩，①我藐视所有的信使，　305
我同时也是在练习跑步，准备参加奥林匹亚赛会。
不过这点儿距离不够：跑程太短暂，让我太失望。

（接近住屋）

这是怎么回事？我看见屋门紧闭。我这就上前去敲门。

（走上前，大声地）

开门，你们快来开门，快过来把门打开，不要耽搁；
你们办事太疏懒。你看，我就这样站在这里不断地拍打。　310
你们是不是在睡觉？要不我就让胳膊和腿脚去对付这扇门。

---

① 塔尔提比奥斯是阿伽门农参加特洛亚战争期间的侍从和传令官。

我真希望这门能如奴隶躲避主人鞭打，愿它们遭大殃！

（稍停）

我已经打累了。

这是最后一次。愿你们倒霉！

革拉西摩斯

（旁白，走上前）

我过去，向他走近。 315

（停住）

你好！

皮纳基乌姆

（傲视地）

我也向你问好。

革拉西摩斯

你已经成了渔夫？

皮纳基乌姆

你好久没有吃饭了？

革拉西摩斯

你从哪里来？拿来什么？怎么这样着急？

皮纳基乌姆

与你没关系，你别问。 320

革拉西摩斯

（指皮纳基乌姆的背囊）

你那里面有什么？

皮纳基乌姆

是你爱吃的蛇。

革拉西摩斯

怎么这样生气？

皮纳基乌姆

若是你
还有羞耻感，就不会这么纠缠我。

革拉西摩斯

  我能从你那里知道是怎么回事吗?

皮纳基乌姆

  完全可以:今天你不可能有饭吃。

第二场

 [帕涅吉里斯上。

帕涅吉里斯

  是谁在这里要把门打破?他在哪里?

  (看见革拉西摩斯)

  是你干的事情?怎么像是敌人到来?   325

革拉西摩斯

  你好,我是按照你的邀请前来。

帕涅吉里斯

      因此你就想砸破门?

革拉西摩斯

  请责怪自己人,是他们的错,我想知道你要我干什么?

  其实我刚才也很惋惜这扇门。

皮纳基乌姆

      我是赶着给她们送来帮助。

帕涅吉里斯

  (未看见皮纳基乌姆)

  谁在我们旁边说话?

皮纳基乌姆

  (趾高气扬地)

  是皮纳基乌姆。

帕涅吉里斯

  (仍未看见)

      他在哪里?   330

皮纳基乌姆

你回过头来看我，帕涅吉里斯，丢下饥饿的门客。

帕涅吉里斯

（回过头来）

是皮纳基乌姆。

皮纳基乌姆

祖辈们给我起了这样一个名字。

帕涅吉里斯

你这是怎么回事？

皮纳基乌姆

你问我怎么回事？

帕涅吉里斯

我是问怎么回事？

皮纳基乌姆

你的事与我有什么关系？

帕涅吉里斯

你怎么这样让我讨厌？皮纳基乌姆，赶快说。

皮纳基乌姆

那你赶快吩咐放开我。

帕涅吉里斯

谁在抓住你？

皮纳基乌姆

你还问？
疲乏抓住我所有的关节。

帕涅吉里斯

我清楚地知道，
你的舌头没有被疲乏抓住。

皮纳基乌姆

我从港口以极快的速度
跑了过来，出于对你的尊敬。

帕涅吉里斯

那你带来了什么好消息？

皮纳基乌姆

  我带来了远远超出你的期望的好消息。

帕涅吉里斯

        我有救了!

皮纳基乌姆

  可是我完了,疲乏已经吸干了我的骨髓。   340

革拉西摩斯

  就像我一样,饥饿吸干了我肚里的髓液。

帕涅吉里斯

  (疑惑地)

  你在那里遇见了谁?

皮纳基乌姆

      遇见了许多人。

帕涅吉里斯

      有我的丈夫?

皮纳基乌姆

        有你的丈夫。

  (指革拉西摩斯)

  在那么多人中没有哪个人比他更可恶。

革拉西摩斯

        怎么啦?

  (指皮纳基乌姆)

  他一直这样言语侮谩我,我已经忍耐了很久。

  (对皮纳基乌姆)

  要是你还继续这样激怒我——

皮纳基乌姆

  (打断革拉西摩斯的话)

      请神明作证,就让你挨饿。   345

革拉西摩斯

  (勉强地,自白)

  我真得控制住自己,不要让你真像他说的那样。

皮纳基乌姆

（对帕涅吉里斯）

我想进行彻底打扫,你们把扫帚和芦杆拿过来,
我好毁掉蜘蛛们的所有劳动和它们的拙劣编织,
把它们所有的织物清除掉。

革拉西摩斯

可怜的蜘蛛们便会挨冻。

皮纳基乌姆

什么？你以为它们也像你那样,只有一件衣服？   350
快接住扫帚。

革拉西摩斯

我接住。

皮纳基乌姆

我打扫这里,你打扫那里。

革拉西摩斯

好吧。

皮纳基乌姆

（旁白,对观众）

你们谁把水桶提过来？

革拉西摩斯

（旁白,对观众）

他没有经过市民们的选举,
竟然就开始履行市政官职责。

皮纳基乌姆

你动作快一点儿,
在地上作画,给屋前洒上水。

革拉西摩斯

好吧！

皮纳基乌姆

早就该这样。
我现在清除房屋后门和墙壁上的那些蜘蛛网。   355

革拉西摩斯

（旁白，对帕涅吉里斯）

请波卢克斯作证,真麻烦。

帕涅吉里斯

（旁白,对革拉西摩斯）

我也不明白,这是怎么回事,

除非将有客人到来。

皮纳基乌姆

（对奴隶们）

你们把餐榻铺好。

革拉西摩斯

（旁白）

关于餐榻的话开始合我的意。

皮纳基乌姆

（对奴隶们）

你们现在去砍柴,

你们去把鱼清洗干净,我刚刚把它们捕来,

你们去把火腿和口条取下来。

革拉西摩斯

（旁白）

天哪,这个人真聪明。　　　　　　　　　　　360

帕涅吉里斯

（对皮纳基乌姆）

请卡斯托尔作证,我看你好像不怎么在意女主人。

皮纳基乌姆

不,我为了满足你的愿望,搁下了所有其他事情。

帕涅吉里斯

那你就回答我,你被派往港口的事情办得怎么样。

皮纳基乌姆

我这就报告。在你把我同晨曦一起派往港口,

光芒四射的太阳把自己从大海中升起来之后。　　365

     我询问港口工作人员有没有船只从亚洲驶来，
     他们都回答没有船只来到，这时我恰好看见
     一条帆船，我觉得从没见过比它更大的船只。
     那条帆船乘着顺风驶进了港口，船帆被收起。
     我们当时互相询问：这是谁家的船只？运来了什么？ 370
     这时我看见你的丈夫埃皮格诺摩斯和随奴斯提库斯。

帕涅吉里斯

    啊呀，什么？你刚才说埃皮格诺摩斯？

皮纳基乌姆

            是说你的丈夫。

革拉西摩斯

            也是我的生命。

皮纳基乌姆

    我说他回来了。

帕涅吉里斯

        你看见他本人了？

皮纳基乌姆

          是的，还是非常高兴地。
    他运回来许多黄金和白银。

革拉西摩斯

          事情简直太美好了，
    海格力斯作证，现在我拿起扫帚，乐意打扫。 375

皮纳基乌姆

    这里有许多羊绒和彩毯——

革拉西摩斯

           我会用来裹肚子。

皮纳基乌姆

    这些餐榻，有的镶黄金，有的镶象牙。

革拉西摩斯

           我会国王般地躺卧。

皮纳基乌姆

　　　　他还运回来许多巴比伦式修剪过的褥毡和地毯，
　　　　还有许多无比珍贵的财宝。

革拉西摩斯

　　　　　　　　　　海格力斯作证，事业很成功。

皮纳基乌姆

　　　　此外，正如我已说过，还有许多竖琴女，吹笛女，　　　　380
　　　　还带回来许多香木琴演奏女，容貌俊秀。

革拉西摩斯

　　　　　　　　　　　　　　太妙了，
　　　　当我纵饮时，说笑时，我更会变得可笑无比。

皮纳基乌姆

　　　　还有各种数不清的油膏。

革拉西摩斯

　　　　（旁白）
　　　　　　　　　　我决定不再出售我的笑话。
　　　　我决定不再进行拍卖，丰富的遗产降临于我：
　　　　那些心怀不正的拍卖追逐者，你们见鬼去吧。　　　　385
　　　　海格力斯啊，我曾经许愿给你十分之一，现在要增加。
　　　　[终于有希望把令人讨厌的饥饿从我的胃里彻底赶跑。]

皮纳基乌姆

　　　　此外他还随身带回来许多门客。

革拉西摩斯

　　　　（旁白）
　　　　　　　　　　啊呀，这下我完了！

皮纳基乌姆

　　　　都非常滑稽可笑。

革拉西摩斯

　　　　天哪，把我刚才打扫的东西打扫回来。

帕涅吉里斯

　　　　你看见我妹妹的丈夫潘菲利普斯了吗？

皮纳基乌姆

没有。

帕涅吉里斯

他不在? 390

皮纳基乌姆

不,埃皮格诺摩斯曾经说,他也一起返回来了,
我只顾迅速往这里跑,好向你报告渴望的消息。

革拉西摩斯

(低声地)

看来我还得出售那些我原本不想出售的话语。
无疑那些心怀叵测之人会为我的不幸而高兴。
海格力斯啊,尽管你是神,也得不称心地离去。 395

帕涅吉里斯

我进屋去,皮纳基乌姆,你去吩咐奴仆们为我准备献祭。
〔皮纳基乌姆下。
(对革拉西摩斯)
再见!

革拉西摩斯

你也不要我侍候?

帕涅吉里斯

我屋里有足够的奴隶。
〔下。

革拉西摩斯

革拉西摩斯,我看你返回来没有得到好处;
如果他没回来,回来的这个人又不帮助你。
我现在去翻看书卷,学一些更巧妙的话语; 400
我若是不能赶走那些人,那我就彻底完蛋。
〔下。

第三幕

第一场

[埃皮格诺摩斯上,斯提库斯随上;
 众女奴随后。

埃皮格诺摩斯
（欣喜地）
事业进行顺利,身体健康地返回,
我向尼普顿致谢,向风暴之神致谢,
此外还有墨丘利,他在各项商务中
一直帮助我,让我四倍地获益。　　　　　　405
先前我离开时曾经使得许多人忧伤,
现在我要以顺利返回让他们欣喜。
我刚才已经遇见了我的岳丈安提福,
与他由不快而重新恢复了友好。
请你们看吧,金钱意味着什么:　　　　　　410
岳父看见我商务进行顺利返回来,
还运回来无法胜计的巨额财富,
没有人中间劝说,就在快船甲板上,
我们立即恢复了友好和故有的情谊。
他将在我这里用午餐,还有我的兄弟;　　　　415
昨天我们两人待在同一个港口里,
只是今天我的船只舶锚稍许早一些。

（对斯提库斯）

斯提库斯，你把我一起带来的女奴带进屋去，

斯提库斯

主人，无论我沉默或说话，我想你都知道，
我同你一起经受了那么多这么巨大的苦难。 420
现在凭经受的这许多苦难，我只想请求你，
允许我这一天返回家去，好好地庆祝一番。

埃皮格诺摩斯

你的要求合理合法；斯提库斯，给你这一天。
这一天我不会对你有任何妨碍，不管去哪里。
我还会送给你一大罐陈年好酒。

斯提库斯

非常感谢你。 425
今天我会把女友带过来。

埃皮格诺摩斯

哪怕带十个，自己负担。

斯提库斯

怎么样？我还有一个请求。

埃皮格诺摩斯

还有什么请求？说吧！

斯提库斯

你能过来参加午餐吗？

埃皮格诺摩斯

如果你邀请，我就前来。

斯提库斯

这样太好了！不管算不算邀请，请你千万别耽误。

埃皮格诺摩斯

你今天在哪里举行午餐？

斯提库斯

我决定做这样的安排： 430
我有个女友斯特法尼乌姆，来自这个近邻，

是你兄弟的女奴，我已经说好在那里进行
　　　拼份子午餐，她的朋友桑伽里努斯·叙鲁斯也参加。
　　　他是我们两人的朋友，我们是竞争对手。

埃皮格诺摩斯
　　　现在你带领她们进屋去。我交给你一整天。　　　　　　　　435
　　　［埃皮格诺摩斯进屋，下。

斯提库斯
　　　（对离去的埃皮格诺摩斯）
　　　就算是我的过失，我若不能好好对付它。
　　　（自白）
　　　请神明作证，我现在穿过园子去找女友，
　　　今天夜晚归我支配；我去把份子钱交了，
　　　同时吩咐在桑伽里努斯那里烧煮菜肴。
　　　或者我现在就前去，然后去采购食物。　　　　　　　　　　440
　　　我知道桑伽里努斯会同自己的主人一起回来。
　　　他是个奴隶，只要他不能按时前来聚餐，
　　　请波卢克斯作证，我就派人持着棍棒，
　　　前去找他，让他们用鞭打陪伴他回家。①
　　　我会把事情如意安排，现在我在误自己。　　　　　　　　445
　　　（对观众）
　　　请你们不要感到奇怪，为奴之人竟然
　　　又喝酒，又恋爱，甚至还约定聚餐，
　　　在我们雅典允许这样做。我还想到：
　　　为了不会引起嫉妒，这里还有另一扇门，
　　　那扇门就开在我们的住屋的后侧，　　　　　　　　　　　　450
　　　［他们更经常利用住宅的后侧部分。］　　　　　　　　　　450a
　　　我现在去采购食物，再从那里送回食物，
　　　经过园子可以自由地通往两个方向。
　　　（对女奴们）

---

① 戏拟罗马人晚上外出时通常由奴隶陪伴。

你们跟我来。

（旁白）

    我要好好地花费掉这一天。

[领众女奴进埃皮格诺摩斯的住屋。

第二场

[革拉西摩斯上。

革拉西摩斯

  我翻遍了书籍，尽可能地有了信心，
  期望着能凭我的机敏笑谑胜过主人，   455
  我现在过来看看他有没有从港口返回来，
  以便他一回来，我便用话语诱惑他。

[埃皮格诺摩斯从屋内上。

埃皮格诺摩斯

（向街道远处张望）

  我看那走过来的人正是门客革拉西摩斯。

革拉西摩斯

（未看见埃皮格诺摩斯）

  今天我出门恰好碰上了绝好的兆头，
  黄鼠狼从我的脚旁叼走了一只小耗子。   460
  既然出现吉兆，显然是对我作预示。
  正如它今天为自己找到了生存的可能，
  我相信自己也会一样；预兆就是这个意思。

（继续走向埃皮格诺摩斯的住屋）

  那是埃皮格诺摩斯站在那里，我过去同他说话。

（走上前）

  埃皮格诺摩斯，我真高兴现在见到你。   465
  以至于我的泪珠由于兴奋竟夺眶而出。
  你一向可好?

埃皮格诺摩斯

　　　　　就这么继续保持着，一向很好。

革拉西摩斯

　　　　　为你的健康，我举杯灌满咽喉地一饮而尽。

埃皮格诺摩斯

　　　　　你说得吉利而友好，愿神明满足你的愿望，

革拉西摩斯

　　　　　就在你这里吃午饭吧，祝贺你顺利归来。

470

埃皮格诺摩斯

　　　　　谢谢你，现在已经有人邀请我前去吃饭。

革拉西摩斯

　　　　　你拒绝他。

埃皮格诺摩斯

　　　　　已经约定。

革拉西摩斯

　　　　　　　就按我说的做。

埃皮格诺摩斯

　　　　　　　已经做好安排。

革拉西摩斯

　　　　　看在海格力斯的面上，请你满足我的要求。

埃皮格诺摩斯

　　　　　　　　我知道你的意思。

　　　　　待以后有机会再说。

革拉西摩斯

　　　　　　　现在就是机会。

埃皮格诺摩斯

　　　　　天哪，现在不行。

革拉西摩斯

　　　　　你为什么感到为难？你想想。
　　　　　我这里也许会有点什么好东西。

埃皮格诺摩斯

　　　　　　　　　　　你走吧，
　　　你今天去为自己找另一个人一起吃饭。

革拉西摩斯

　　你真的不同意？

埃皮格诺摩斯

　　　　　　若是可能，我不会感到为难。

革拉西摩斯

　　海格力斯作证，有一点我可以向你保证，　　　　　480
　　只要你允诺，我肯定会非常乐意地接受。

埃皮格诺摩斯

　　再见！

革拉西摩斯

　　你这样决定了？

埃皮格诺摩斯

　　　　　　决定了。我将在家吃饭。

革拉西摩斯

　　既然你怎么也不愿意答应我的要求。
　　那我就更为直截了当地说话，实话实说：　　　　485
　　你想不想让我去吃饭？

埃皮格诺摩斯

　　　　　　只要可能，我愿意。
　　今天一共将会有九个人在我那里吃午饭。

革拉西摩斯

　　我并不要求能让自己躺上卧榻用餐：
　　你知道我是个惯于坐小板凳吃饭之人。

埃皮格诺摩斯

　　不过那些客人都是著名人士，高贵客人；　　　　490
　　他们是从安布拉齐亚①前来的国家使节。

革拉西摩斯

---

① 安布拉齐亚为希腊西北部沿海城市。

因此他们都是著名的人士，高贵的客人，
理应卧高位就餐。我就卧于最低的位置。

埃皮格诺摩斯

不应该让你同那些演说家卧在一起就餐。

革拉西摩斯

天哪，我也是演说家，只是不那么成功。 495

埃皮格诺摩斯

我希望明天我们再处理剩余。现在再见！
〔下。

革拉西摩斯

（绝望地）

天哪，我彻底完了，无辜受惩罚。
唯有革拉西摩斯早就变得一文不值。
我从今以后肯定永远不会再相信黄鼠狼，
我已经知道没有什么动物比它更不可信， 500
竟然一天里变换了十来处吃饭的地方，
我却用它来占卜与我生命攸关的事情？
我决定召集朋友们，向他们咨询，
现在该按什么法律判处我忍饥挨饿。
〔下。

第四幕

第一场

[安提福和潘菲利普斯上。

安提福

　　神明们如此喜爱我,为我保佑我的两个女儿, 505
　　多么令人愉快啊,潘菲利普斯,因为我们两人
　　一起返回来,看到你和你的兄长,事业成功。

潘菲利普斯

　　我清楚地看出来这一点,安提福,即使我不把你看作朋友。
　　现在因为我经过考验,看出你是我的朋友,因此我相信你。

安提福

　　我本来会请你去我那里吃饭,若不是你的兄长告诉我, 510
　　说你今天要在他那里吃饭,还邀请我去他那里用午餐。
　　其实我更应该邀请你们到我那里吃饭,你们刚刚回来,
　　而不是我接受他的邀请,我怎么也不能不去他那里。
　　现在我完全不想用任何言辞来说明你对我的友谊,
　　你和你的兄长明天带上你们的妻子到我那里来做客。 515

潘菲利普斯

　　那就后天去我那里,因为兄长昨天已经邀请我
　　今天去他那里。安提福,我和你已经完全和解?

安提福

　　尽管你们的事业如同朋友们希望你们的那样顺利,

你们自己和睦，同我也友好，可我仍要你们想想：
当一个人的事业顺利时，由此他会拥有许多朋友； 520
如果事业稳固，他的朋友也稳固；若是事业下滑，
他的那些朋友同样也会随之滑动；是事业找朋友。
［埃皮格诺摩斯由屋内上。

埃皮格诺摩斯

（自语）

我现在返回来，很高兴，离家这么久之后，
回到家时又没有遇到什么事情让你感到不快。
在我外出期间妻子井井有条地管理我的家庭， 525
她使我摆脱一切烦琐小事和各种可能的不快。

（看见兄弟和岳父）

我看见兄弟潘菲利普斯，同自己的岳父一起走。

潘菲利普斯

（向前走近）

怎么样，埃皮格诺摩斯？

埃皮格诺摩斯

你怎么样？怎么好久才进港？

潘菲利普斯

完全不算很久。

埃皮格诺摩斯

（暗指安提福）

在那之后他与你已经恢复平静？

安提福

比你们航行过的大海还平静。

埃皮格诺摩斯

你仍像往常一样亲切。 530
兄弟，我们是不是装了一满船？

潘菲利普斯

（不在意地）

我希望能放松放松。

依我看我们最好还是不断地轮替安排一些娱乐。
很快就会备齐午餐？我还没有吃早饭。

埃皮格诺摩斯

你现在去我那里沐浴。

潘菲利普斯

不，我想首先还是回家去祭祀一下神明，看望妻子；
像我希望的那样完成这些事后，我就立即去你这里。　　　535

埃皮格诺摩斯

你的妻子同她的姐姐已经一起迅速来到我们这里。

潘菲利普斯

这太好了，便可以在那里少耽搁。我很快就回来。

安提福

在你离开之前，我想当着你的面对你的兄长说则寓言。

潘菲利普斯

这太好了。

安提福

从前有一个老人，就像我现在这样的年纪，
他有两个女儿，也像我现在这样，嫁给了两兄弟，　　　540
就像我的两个女儿嫁给你们。

埃皮格诺摩斯

（旁白，对潘菲利普斯）

我感到奇怪，这则寓言要说明什么？

安提福

那个年纪轻一点的人有竖琴女和吹笛女，
从外邦带回来，像你现在这样；老人鳏居，
就像我现在这样。

埃皮格诺摩斯

你继续说。

（对潘菲利普斯）这则寓言非常适合现在的状况。

安提福

后来那个老人对那个拥有吹笛女的年轻人说，   545
就像我现在对你说。

埃皮格诺摩斯

我在听你说，而且是全神贯注。

安提福

"我把我的女儿嫁给了你，你同她生活很美满；
我认为，你现在也应该给我一个女子一起生活。"

埃皮格诺摩斯

是谁这样说？他就像你这样说？

安提福

就像我现在对你说。
"不，我会给两个，"那年轻人说，"若一个不够；   550
若是两个仍然感到不满足，那就给你再增加两个。"

埃皮格诺摩斯

谁像你这样说？是他像我说的这样？

安提福

他像你这样说。那个老人
像我这样说："如果你愿意，那就请你给我四个，
还请你再给她们食物，免得她们消耗我的粮食。"

埃皮格诺摩斯

显然这个老人很吝啬，既然他当时像你这样说，
年轻人答应了他的要求，他却还要求提供食物。

安提福

那个年轻人显然不应该那样做，他立即回答
老人的要求这样说，他不会给哪怕一粒小麦。
请海格力斯作证，这时老人提出应有的要求：
既然他给了女儿嫁妆，他为吹笛女也该有所得。   560

埃皮格诺摩斯

请海格力斯作证，那个年轻人无疑很机灵，
因为他不想为一个姘妇给那个老年人嫁妆。

安提福

老人本希望若是有可能，能够得到食物，
因为不可能得到，他便任意提出了条件。
这时那年轻人说："好吧！""你真慷慨。"老人说： 565
"就这样决定了？"年轻人说："就按你所希望的办。"
不过我现在进屋去，向女儿们祝贺你们归来。
然后去浴堂沐浴，在那里温暖一下我的老年。
[愉快地下。

潘菲利普斯

安提福是一个富有心计之人，非常巧妙地叙说寓言。 570

埃皮格诺摩斯

这个家伙甚至现在仍然把自己当作是一个年轻人。
我给他一个女伴，让他夜间在床边为老头子唱歌。
请波卢克斯作证，不知道他要女伴还有什么要求。

潘菲利普斯

我们的门客革拉西摩斯现在怎么样？他还好吗？

埃皮格诺摩斯

请波卢克斯作证，刚才我看见过他。

潘菲利普斯

他怎么样？

埃皮格诺摩斯

还在挨饿。 575

潘菲利普斯

你有没有让他来一起吃饭？

埃皮格诺摩斯

我刚回来就得耗费。
他对于你来说就像故事里的狼：饥汉来吃饭。

潘菲利普斯

我们可以拿他来取乐。

埃皮格诺摩斯

我也有像你这样的想法。

第二场

[革拉西摩斯上。

革拉西摩斯

（对观众）

正如我曾经对你们说过,刚才我离开这里,

我同朋友们商量,还同我的亲人们商量过。　　　　580

他们劝告我,要我今天饿着肚子割断喉咙。

（张望）

那是潘菲利普斯和兄长埃皮格诺摩斯?正是他。

我现在去找他。

（上前）

啊,令人渴望的潘菲利普斯,我的希望,

我的生命,我的欢乐,你好。我很高兴你能健康地

从国外返回到你的祖邦。

潘菲利普斯

你好,你好,革拉西摩斯。　　　　585

革拉西摩斯

你身体可好?

潘菲利普斯

非常好。

革拉西摩斯

请波卢克斯作证,我很高兴。

波卢克斯啊,但愿我现在能拥有上千斗①的银子。

埃皮格诺摩斯

你需要干什么?

革拉西摩斯

请海格力斯作证,邀请他吃饭,不邀请你。

埃皮格诺摩斯

---

① "斗"的原文是medimnum,古代希腊的谷物容量单位,约合51.84公升。

你这话说得对你自己不利。

革拉西摩斯

我是想说邀请你们两人；
而且是并非不怀好意地邀请你们俩去我家吃饭。 590
不过在我家里什么都没有,这一点你们很清楚。

埃皮格诺摩斯

请波卢克斯作证,我很乐意邀请你,要是有剩余席位。

革拉西摩斯

那时我甚至可以站着匆匆吞下一些食物。

埃皮格诺摩斯

不,只是这样不行。

革拉西摩斯

那怎么办?

埃皮格诺摩斯

待客人们离开后,你再来。

革拉西摩斯

你该遭诅咒!

埃皮格诺摩斯

洗刷餐具,不吃饭。

革拉西摩斯

愿众神明让你遭殃! 595

(对潘菲利普斯)

潘菲利普斯,你说什么?

潘菲利普斯

请神明作证,我将去外面吃饭。

革拉西摩斯

什么?在外面?

潘菲利普斯

请神明作证,是在外面。

革拉西摩斯

你可能是累坏了,

才去外面吃饭?

潘菲利普斯
　　　　　你怎么选择?

革拉西摩斯
　　　　　　你怎么不吩咐在家准备午饭,
同时回绝那个邀请之人?

潘菲利普斯
　　　　　只有我一人在家吃饭?

革拉西摩斯
你不会独自一人,你可以邀请我。

潘菲利普斯
　　　　　　　　　那个人会对我生气, 600
因为他为我做了耗费。

革拉西摩斯
　　　　　　你可以很容易地表示道歉。
你就听我的,吩咐人在家准备午饭。

埃皮格诺摩斯
　　　　　　　　不,我不允许
那个人今天蒙骗我的兄弟。

革拉西摩斯
（对埃皮格诺摩斯）
　　　　　你怎么还没有从这里离开?
你认为我没有看出你想干什么。
（对潘菲利普斯）
　　　　　你要好好当心自己。
因为那个人如同一条饥饿的狼,想吞下你的财产。 605
你还不知道,人们怎样夜里在这里的街上被杀死?

潘菲利普斯
如果那样,便召唤更多的人出来迎面进行保护。

埃皮格诺摩斯
（对潘菲利普斯,指革拉西摩斯）

他不会走，不会离开，因为你这样劝他他也不走。

革拉西摩斯

你就盼咐人在家为我、你和你妻子迅速准备午饭吧。

天哪，如果你这样做，我相信你不会说是被我蒙骗。　　　　610

潘菲利普斯

革拉西摩斯，你今天为了这顿饭会吃不上午饭。

革拉西摩斯

你现在去外面吃饭?

潘菲利普斯

　　　　　　　　我就在旁边我兄长那里吃饭。

革拉西摩斯

这样决定了?

潘菲利普斯

　　　　　　　　决定了。

革拉西摩斯

　　　　　　　　神明啊，愿你奔跑时石头碰了你。

潘菲利普斯

我不怕：我就这样穿过园子过去，不顺着大街走。

埃皮格诺摩斯

革拉西摩斯，你说什么?

革拉西摩斯

　　　　　　　　你招待演说家，招待他们吧。　　　　615

埃皮格诺摩斯

请神明作证，这事与你有关。

革拉西摩斯

　　　　　　　　要是真与我有关，我愿效劳。

埃皮格诺摩斯

请波卢克斯作证，我想可以为你一个人找到位置，
供你躺卧。

潘菲利普斯

　　　　我想完全应该这样。

革拉西摩斯

啊，你是城市的光明。

埃皮格诺摩斯

若是你可以挤着点儿卧。

革拉西摩斯

甚至可以在铁楔子之间，
只要有狗崽可卧的一点点地方，对于我就足够。　　　620

埃皮格诺摩斯

我就这样要求他们，你来吧。

革拉西摩斯

到这里来？

埃皮格诺摩斯

不，去牢房，
在这里你不可能使你的才能显得更出色。
（对潘菲利普斯）

现在我们走吧！

潘菲利普斯

我首先得向神明致敬，然后就立即前去向那里。
［下。

革拉西摩斯

（恳求地）

现在怎么样？

埃皮格诺摩斯

我已经说了，你去监牢吧。

革拉西摩斯

（谦卑地）

既然你吩咐，
我只好去那里。

埃皮格诺摩斯

天哪，这个人为了一顿午餐或晚餐，　　　625
竟然准备让自己遭受折磨。

革拉西摩斯

　　　　　　　这就是我的性格：
我宁可同一个人决斗，也比忍受饥饿要轻松。

埃皮格诺摩斯

（真诚地）
当你是我和我兄弟的门客时，我们耗尽了财产。

革拉西摩斯

我不否认你说的话。

埃皮格诺摩斯

　　　　　　你的幸运已经让我体验够了；
现在我不想让你为我由革拉西摩斯
　　　　　变成卡塔革拉西摩斯。① 　　　　　630

［下。

革拉西摩斯

你也离开？
（失望地）
　　　　　革拉西摩斯啊，
现在你该想想：怎么办？
是我吗？是你。
是给我？是给你。
你看到粮食价很贵吗？② 　　　　　　　　　　635
你看到人们的善意和热忱一起消失了吗？
你看到逗乐人变得一文不值，他们自己成了门客？
请神明作证，明天不会有人还看见我活在世上。
我将会在屋里用蒲草饮料灌满我的喉咙。
我不会提供口实，让人们说我死于饥饿。 　　　　640

---

① "革拉西摩斯"一名源自古希腊文，意为"逗乐者"，"卡塔革拉西摩斯"意为"可笑者"。
② 原文第630行—635行抄本不完整。

第五幕

第一场

[斯提库斯上,在潘菲利普斯屋前
　摆放好餐桌、卧榻等。

斯提库斯

（向街道远处张望）
现在就是这样的风俗,我看很愚蠢:
如果需要等待一个人,常常需要不断地张望。
请海格力斯作证,因此他怎么也不赶紧来。
我现在就是这样做,我在等待桑伽里努斯,
可他正是这样就怎么也不赶快过来。　　　　　　　645
请神明作证,我就一个人躺卧,既然他没来。
我从我自己那里提来装满酒的酒罐,
然后卧上餐榻,犹如积雪消融那样消磨时光。
[下。

第二场

[桑伽里努斯上。

桑伽里努斯

（扬扬得意地）
你好,雅典娜,抚育希腊之神,
主人的故乡,令人渴望,见到你真高兴。　　　　　　650

（遥望潘菲利普斯的住屋）
我那一同为奴的女友斯特法尼乌姆，
她怎么样？健康吗？我曾托斯提库斯
向她转达问候，向她转告消息，
我今天就返回来，好让她按时准备午饭。
（听见埃皮格诺摩斯的屋门打开）
好，那就是斯提库斯。
［斯提库斯提着酒罐上。

斯提库斯

（自语）

　　　　　　　　主人啊，你真行好，　　　　　　　　655
赠给你的奴隶提库斯这样的好礼物，
不死的众神明啊，我是多么高兴啊，
多少欢声笑语，多少滑稽幽默，多少亲密的吻，
还有欢乐的舞蹈、纵情的献媚、真诚的善意。

桑伽里努斯

（大声地）
斯提库斯！

斯提库斯

　　　　　　　啊？

桑伽里努斯

　　　　　　你怎么啦？

斯提库斯

（察看）

　　　　　　　　啊，是最亲爱的桑伽里努斯。　　　　660
将要进行狄奥倪索斯饮宴，就是为了我和你。
请波卢克斯作证，午餐已经准备好，留着空位，
为了我和你，就在你这里——我们那里也有饮宴，
你的主人和妻子在那里午餐，还有安提福，
我的主人也在那里——

（递给桑伽里努斯酒罐）

　　　　　　　　这是给我的礼物。　　　　　　　　　　　　　665

桑伽里努斯
　　　　有谁梦见过金子?

斯提库斯
　　　　　　　　这与你有什么关系?
　　　　你赶快去沐浴。

桑伽里努斯
　　　　　　　　我已经沐完浴。

斯提库斯
　　　　　　　　　　太好了!
　　　[那就跟我进屋去。

桑伽里努斯
　　　　　　　我跟着你!]

斯提库斯
　　　　让我们今天好好清洗一番,把外邦的东西
　　　　全都抛弃,我们现在向雅典娜致敬。你跟着我!　　　670
　　　[进潘菲利普斯的住屋,下。

桑伽里努斯
　　　　我跟着,这住屋让我一回来就高兴。
　　　　美好的预兆,他从右边出来迎接我。
　　　[下。

第三场

　　　[斯特法尼乌姆从埃皮格诺摩斯的屋内上。

斯特法尼乌姆
　　　　观众们,我不希望你们中间有人会惊奇,
　　　　我住在那边,为什么从这里出来?我这就告诉你们。
　　　　我早就从家里被叫到这里来,自从传来消息,　　　675
　　　　她们的丈夫就要回来,我们全都在这里忙碌:
　　　　铺好就餐的卧榻,把屋子打扫干净。

我忙着这些事情，同时挂念着我的朋友们，
为斯提库斯和与我一起为奴的桑伽里努斯准备午饭。 680
斯提库斯购买了食物，其他的事情归我：他这样吩咐。
现在我从这里过去，朋友们到来，我去照顾他们。
〔进潘菲利普斯的住屋，下。

第四场

〔桑伽里努斯和斯提库斯上。

桑伽里努斯

（对屋内）

你们快出来，把这些东西拿进去。

（对斯提库斯）

斯提库斯，我让你当主持。
我们今天将采用各种可能的方式进行饮宴。
愿神明保佑，我们在这里聚会，一定会很愉快。 685
不管谁路过这里，我都会邀请他们来参加。

斯提库斯

　　　　　　　　　　　　　　应该这样，
海格力斯作证，凡是参加饮宴的人都得带上自己的酒。
今天这里准备的一切都是为了我们，不为其他任何人。
我们今天独自饮宴，自己照顾自己。

桑伽里努斯

　　　　　　　　　　　　这场饮宴完全是
自己的份子钱，有坚果、小蚕豆、无花果，很充足， 690
盘子里有橄榄、羽扇豆，还有切成碎块的面包干。

斯提库斯

这就足够，对于奴隶来说节俭而不铺张更相宜。
让他们用船形酒盅、带把大酒杯、高脚大杯盏，
纵情豪饮吧，我们则采用萨摩斯陶杯，我们是
自斟自饮，就在我们的住处，花费自己的积蓄。 695

桑伽里努斯

　　请你给我们每个人安排卧榻位置。

斯提库斯

　　你卧在最上手，不过你更知道，我会怎样与你分享：
　　你看着，现在你两个职位择其一，挑选自己的行省。

桑伽里努斯

　　你指什么行省？

斯提库斯

　　　　　你更希望自己掌管
　　泉水行省，还是掌管利柏尔行省？①

桑伽里努斯

　　　　　　　　　当然是利柏尔行省。　　　　　　700
　　不过我和你的女友还没有到来，她还在打扮，
　　不妨让我们开始饮酒，你做我们的宴会主持。

斯提库斯

　　我想到一个好主意，让我们不要卧在榻上，
　　而是像昔尼克派那样坐在板凳上。②

桑伽里努斯

　　　　　　　　　这样很好。
　　主持人啊，可为什么这里的酒杯还是干的？　　　　　　705
　　你说说，我们喝几杯？

斯提库斯

　　　　　　　就喝你一只手的手指那个数。
　　希腊人这样唱：喝五杯，喝三杯，就不喝四杯。③

桑伽里努斯

　　现在我首先为你干杯！你给自己掺入十分之一的水，
　　为你们，为我们，为你，为我，为我们的斯特法尼乌姆。

[**斯提库斯**

---

① "利柏尔"的原文是liber，意为"酒"。
② "昔尼克派"是古希腊晚期哲学派别之一，也译作"犬儒派"。
③ 歌词原文为古希腊文。

想喝就喝吧。

桑伽里努斯

我不会有迟延。

斯提库斯

请波卢克斯作证，这就是饮宴。
我们的斯特法尼乌姆还没来，就缺她，
其他什么都不缺。 710–711]

斯提库斯

（对桑伽里努斯）
这样安排真令人愉快。现在为你干杯。你有酒吗？ 710

桑伽里努斯

特别需要一点美味。

斯提库斯

你对现有的不满意，
没有什么美味。给你水。

桑伽里努斯

（上前） 你说得不错，不用什么美食。
吹笛女，干杯。你们干活。必须喝这个，别拒绝。
你怎么嫌弃？你没看见是你该做的？你怎么不喝？
我说了，接过这杯酒。不是由你花费，是大家花费。 715
看你害怕的样子，用不着这样。把笛子从嘴边拿开。

斯提库斯

（对桑伽里努斯）
你喝吧，要有限度，或者我给你，或者你自己提出来。
我不希望我们喝得太过分。那样我们便什么都干不了。
请波卢克斯作证，让我们立即喝干——然后收拾酒罐。

桑伽里努斯

你说什么？尽管说话这样认真，但是不会有什么妨碍。 720
来吧，吹笛女，你已经喝了酒，就把笛子放到嘴唇边，
迅速把你那两侧的腮帮子鼓起来，要像游动的蛇那样。
斯提库斯，来吧，我们谁违犯了规则，谁就该受处罚。

斯提库斯
　　　　你提出的规则很好。既然是好规则,就该执行它。

桑伽里努斯
　　　　好吧,你当心。若是你违犯它,我会立即处罚你。　　　　725

斯提库斯
　　　　你的要求非常公正,非常合理。首先就从你开始:
　　　　这件事很有趣,两个人同爱一个人,一样的感情,
　　　　现在用同一个杯子喝酒,同时与同一个女子交往。
　　　　应该好好记住:我是你,你是我,我们同一心灵,
　　　　我们俩爱同一个女人,她与我相好,也与你相好;　　　　730
　　　　他与我相近,也与你相近,我们两人互相不嫉妒。

桑伽里努斯
　　　　啊呀,够了,不要再让人讨厌;我需要另一种娱乐。

斯提库斯
　　　　你要不要我们现在把女友叫来?她会跳舞。

桑伽里努斯
　　　　　　　　　　　　　　我也这样想。

斯提库斯
　　　　我的甜蜜我的爱,亲爱的斯特法尼乌姆:请你出来,
　　　　到你所喜欢的人这里来,你是我的好美人儿。

桑伽里努斯
　　　　　　　　　　　　对于我来说是最美的美人儿。　　　　735

斯提库斯
　　　　请你让我们高兴得更加高兴,现在你就过来吧。

桑伽里努斯
　　　　我们从他邦返回来想见你,斯特法尼乌姆,我的蜜,
　　　　要是你喜欢我们的爱,既然我们两个人都令你喜欢。

第五场

[斯特法尼乌姆上。

斯特法尼乌姆

> 我的快乐，我会像往常一样。亲爱的维纳斯作证，
> 我本会早就同你们两个人一起走出屋，前来这里， 740
> 若不是我需要为你们作打扮。这是妇女们的习惯：
> 干净地沐浴，整洁地梳妆，她们还会觉得很不够，
> 伴妓由于自己的不整洁，与那些总是喜欢让自己
> 保持洁净的女子相比，更容易招来对她们的厌恶。

斯提库斯

> 你说的特别令人愉快。

桑伽里努斯

> 真正是维纳斯的语言。 745

斯提库斯

> 桑伽里努斯！

桑伽里努斯

> 什么事？

斯提库斯

> 我浑身难受。

桑伽里努斯

> 浑身难受？那更糟糕。

斯提库斯

> （站到桑伽努斯的上手）
> 我卧在哪里？

桑伽里努斯

> （对斯特法尼乌姆）
> 你想卧哪边？

斯特法尼乌姆

> （公正地）
> 我想同你们两个人一起，因为你们俩我都爱。

斯提库斯

　　　　瞄着我的积蓄,我完了。

桑伽里努斯

　　　　　　　　　自由在离开我这颗脑袋。

斯特法尼乌姆

　　　　请你们给我位置,如果你们俩喜欢我。

斯提库斯

　　　　　　　　　你卧在我这里?

斯特法尼乌姆

　　　　我想同你们俩卧在一起。

斯提库斯

　　　　　　　　天哪,我完了!

　　(对桑伽里努斯)

　　　　　　　　　你说呢?

桑伽里努斯

　　　　　　　　　什么事情?　　　　　　　750

斯提库斯

　　　　愿众神明保佑我,今天怎么也不可能不让她跳舞。

　　(对斯特法尼乌姆)

　　　　喂,我的甜蜜,我的快乐,你跳舞吧,我同你一起跳。

桑伽里努斯

　　　　请波卢克斯作证,你战胜不了我,我已经浑身在发痒。

斯特法尼乌姆

　　　　如果你们想让我跳舞,那你们得让吹笛女喝酒。

斯提库斯

　　　　我们也喝。

桑伽里努斯

　　　　(斟酒)

　　　　　　　吹笛女,你接住,首先喝;等你喝完,　　　755
　　　　然后就迅速开始唱歌,唱我们喜欢听的歌曲。
　　　　要唱得让人感到愉快,感到甜蜜,富有情致,让我们浑身发痒，一直痒到脚跟。

（对斯提库斯）

         你过来倒水。

（斯提库斯上前倒水）

第六场

桑伽里努斯

（对吹笛女）

你接住杯子，喝干。早就想喝。

现在已不再那么沉重，你拿住。   760

我的眼珠儿，给我一个吻，也给他一个。

斯提库斯

（上前）

难道你是个妓女，就这么站在这里，

男女互相接吻？啊呀，这是在吻小偷。

桑伽里努斯

（对吹笛女）

鼓起你的两腮，现在要甜美一些。

来吧，为陈年老酒奉献新鲜歌曲。   765

第七场

桑伽里努斯

你会不会伊奥尼亚舞蹈，你能不能来一段？

斯提库斯

（旋转）

若是你能这样旋转超过我，我就再来一手。

桑伽里努斯

那你就来吧！

斯提库斯

    你就这样。

桑伽里努斯

很好!

斯提库斯

就这样。

桑伽里努斯

太妙了!

斯提库斯

停住。

桑伽里努斯

(不满足地)

现在我们两个人一起。我邀请放荡的舞蹈者。

有如蘑菇喜欢阴雨,我们也喜欢这样跳个够。 770

斯提库斯

现在让我们进去吧:喝足了酒,也跳够了舞。

(对观众)

观众们,请你们鼓掌,回到家后也痛饮一番。

[众齐下。

剧 终

三文钱

TRINUMMUS

导　言

这部剧本的开场词中称（第18—20行）：
>这部剧本的希腊文标题是《财宝》，
>由菲勒蒙编撰，普劳图斯用蛮族语言改编，
>给剧本取名为《三文钱》……

　　剧作者的这一交代免却了研究者们的许多心思，不过有的研究者仍然试图能比较准确地确定菲勒蒙的《财宝》的写作年代。由于可凭借考证的材料非常零散，而且很有争议，因而始终无法定论。相对说来，比较有根据的考证是约略地确定普劳图斯的这部剧本的改作时间。剧本第990行提到："按照我和新当选的市政官的命令……。"在古罗马历史上，自公元前266至前153年，每年新当选的市政官在该年的3月中旬开始履职。由此可以得出结论，剧本演出应接近于这一时间段。有一份史料称，这部剧本演出于墨伽拉赛会。从公元前194年起，该赛会在每年的4月举行，戏剧演出成为赛会的组成部分，由市政官主持。

　　除了上述相关线索，剧本第542行提到叙利亚奴隶，称那是"最能吃苦耐劳的民族"。罗马人在征服巴尔干半岛后，开始涉足西亚，公元前191年结束叙利亚战争。正是在罗马人涉足西亚以后，包括叙利亚人在内的大批西亚人沦落到罗马，成为奴隶，并且以"能吃苦耐劳"而闻名。此外，剧中还提到钱币上以马其顿国王腓力二世的头像铸造的金币，这种金币在罗马流行也是开始于这一时期。综合上述种种情况，基本可以推导出这部剧本的改作时间应在普劳图斯在世的最后时期。

剧本第30—34行提到"物价腾飞"。这一提示似乎是在暗示具体现实，从而促使研究者试图由此推断出剧本具体的写作时间。普劳图斯经常喜欢把希腊原剧的材料与他自己的东西揉合在一起，不过这里难以确定的是普劳图斯是从希腊原剧汲取了这一内容，还是他为回应当时罗马市场状况而加进去的。而且即便可以确定是后一种情况，但由于并非对具体事件所指，因而也很难据此推断剧本的具体写作年代。

这部剧本里有些细节促使人们认为，它的希腊原剧较多地吸收了一些以阿里斯托芬为代表的希腊旧喜剧的一些特点。例如墨伽罗尼得斯关于个人利益与社会公共利益的关系的议论（第36—38行），他误解了卡利克勒斯购买朋友住屋的行为而满怀愤慨地对卡利克勒斯做的谴责（199—202行）等。这些无疑很适合旧喜剧通常进行的抨击，只是在旧喜剧里这样的内容一般是由合唱队来完成，而在这里则是由单个角色来承担。

与此相联系，剧中一些人物形象的刻画，一些场景的安排也与阿里斯托芬的手法相近似。例如剧中墨伽罗尼得斯同卡利克勒斯的谈话便与阿里斯托芬的《财神》里布勒普西德摩斯与克瑞弥洛斯的谈话很相近，当时布勒普西德摩斯很想知道克瑞弥洛斯突然发财的原因。此外，剧中菲尔托以当代和古代历史为例教诲儿子，也让人们联想到阿里斯托芬的剧本里父亲狄克奥波利斯和斯特瑞普西阿得斯的类似的谈话。剧中对当代道德堕落的批评，剧本结尾处（第1032—1054行）奴隶斯塔西摩斯的道德感慨，也与古希腊旧喜剧的情调相近似。

总的说来，这部喜剧的希腊原剧在反映社会生活方面，比其他剧本更鲜明地展现了公元前4世纪的希腊社会生活的各个方面。与此相关的是这部剧本的另一个特点，那就是剧中较其他剧本在更大程度上涉及了公元前4世纪希腊哲学思想经常涉及的一些社会问题。例如剧中菲尔托对儿子做的必须道德完善的训诲便与斯多葛派的道德说教相接近。剧中还花了不少的篇幅谈论友谊问题。卡尔弥得斯回来后不了解真实情况，误以为卡利克勒斯真的利用他外出和受托代为照管他的家产和儿女的机会，侵吞了他的财产，不禁当面责问卡利克勒斯：我把自己的财产托付给了一个怎样的朋友！他的奴隶也怀疑卡利克勒斯不仅趁人之危吞下了朋友远行前托他代为照管的房屋，而且还想趁机夺取剩下的唯一一处地产，因此慨叹能找到一个可靠的朋友多么难。后来卡利克勒斯对朋友的忠实终于得到理解，他的诚信终于受到称赞。剧中对友谊的称赞与哲学家亚里士多德的看法相近似。吕西特勒斯在第二幕开始时的独白与伊壁鸠鲁的学说相接近，甚至菲尔托关于保持良好风尚和习性的说教也可能源于伊壁鸠鲁。上述这些伦理说教都给人们留下了比较深刻的印象，也使得这部剧本在后代欧洲赢得很大的称赞。

吕西特勒斯决定不带嫁妆地娶勒斯波尼库斯的妹妹是这部剧本的戏剧矛盾的焦点。菲尔托按照当时的习俗，起初不同意自己的儿子娶一个没有嫁妆的女子，不过后来他在儿子的劝说下同意了儿子的想法。然而接着由于勒斯波尼库斯而出现了新的矛盾。勒斯波尼库斯提出要把他在郊外的一块地产给妹妹作嫁妆，这首先使他的奴隶斯塔西摩斯感到害怕，因为这等于断了他们的唯一生活来源。在后来勒斯波尼库斯同自己未来的妹夫的谈话中，他怎么也不能同意妹妹不带嫁妆地出嫁。在他看来，他宁可忍饥挨饿，也不能丧失名誉，因为他若不给妹妹嫁妆，那不是把妹妹嫁人，而是同居。

在古代希腊社会，嫁妆是缔结婚姻的基础条件之一，在希腊人的家庭生活中起着重要的作用。这一传统形成于远古，荷马史诗里便多处提到聘礼、嫁妆和退婚补偿等问题。在《奥德赛》第八卷里，爱神阿佛罗狄忒背着丈夫匠神赫菲斯托斯，与战神阿瑞斯偷情，结果由于太阳神赫利奥斯通风报信，赫菲斯托斯把他们当场捉住。这时赫菲斯托斯提出解决问题的条件是阿佛罗狄忒必须退还他当初送的全部聘礼。①

在《奥德赛》第二卷里，女神雅典娜向奥德修斯之子特勒马科斯提议：不能让那些求婚人在他家里无限期地为非作歹，要让他们各自回家，至于他的母亲，如果她想改嫁，可以让她回到父亲家里去（第277—278行）：

  他们会给她安排婚礼，筹办嫁妆，

  嫁妆会丰厚得与可爱的女儿的身份相称。

《伊利亚特》第十一卷里谈到未婚夫用丰富的礼物交给未婚妻的父亲作聘礼。色雷斯（特拉克）首领伊菲达马斯娶妻时，曾经给了不少聘礼，给了一百头牛，另外还再加一百头羊。②这里涉及礼物的种类，反映了当时的社会经济特征。

《奥德赛》第二卷中还谈到让已婚女子返回娘家时的补偿问题。奥德修斯之子特勒马科斯对她的母亲的求婚人犯难地说（第130—133行）：

  安提诺奥斯，我怎么也不能强行把一个

  生养抚育我的人赶出家门。父亲在外，

---

① 荷马史诗：《奥德赛》第11卷第318行。
② 荷马史诗：《伊利亚特》第11卷第244—255行。

生死未卜。如果我主动把母亲赶走，

我就得付伊卡里奥斯一大笔补偿。

在丈夫去世的情况下，女子如果返回娘家，嫁妆也应该归还。

尽管嫁妆是婚姻的基础条件之一，但它既能够巩固婚姻关系，同时也常常有副作用，那就是嫁妆丰厚的妇女以此傲岸自负，企图驾驭丈夫，给家庭生活造成不和，从而成为比较普遍的社会问题。在公元前7世纪时，雅典执政者梭伦曾经对嫁妆数量作出限制，哲学家们甚至也参加了对这一问题的探讨，同时也成为以人们的日常生活为主要描写对象的希腊新喜剧的重要题材。普劳图斯的《提匣》是根据米南德的剧本改编的，里面就涉及嫁妆数量应达到20塔兰同。

凡此种种，很好地说明了嫁妆在古代希腊人心目中的地位。

这部剧本有一些有别于普劳图斯的其他喜剧的特点。这部剧本的"开场词"很简短，在"开场词"里没有介绍剧本的内容和情节。"开场词"里出现了两个寓意形象，即"奢侈"（卢克叙里亚）和"贫穷"（伊诺皮娅），形象地说明一个普通而基本的生活道理："奢侈"会毁掉生活和人。由此有研究者认为，这两个角色，或者起码"奢侈"这个角色是普劳图斯添加的，从而认为整个开场词系普劳图斯添加的。

这部剧本在结构方面有一个明显的特点，那就是虽然勒斯波尼库斯的妹妹的婚事构成剧本纠葛的基本环节，然而她本人却自始至终完全没有出现于舞台，仅仅是剧中的有关人物在谈话中提到她。这一手法被后代剧作家承袭，成为一种特有的戏剧技巧。例如德国著名剧作家席勒的《阴谋与爱情》，也有与此相类似的手法。剧中权力在握的公爵本人一直留在台后，虽然他的习性和行为与剧本的行动和人物命运有着非常紧密的联系。类似的手法也可见于俄国著名剧作家契诃夫的戏剧。在契诃夫的《三姐妹》里，生病的妻子维尔西尼娜与基本剧情有着密切的联系，但她一直处于病中。德国著名戏剧评论家莱辛非常赞赏普劳图斯的成功处理。他认为，习惯于看到妇女出场的观众会为剧中没有女性角色而感到泛味，剧作家应该向普劳图斯学习如何处理这样的问题。[1]有人认为，普劳图斯没有让剧中该妇女角色出场的原因可能是由于剧班里没有适合饰演的演员。这样的设想似乎难以成立，而且即便真是这样，那也从另一个角度表明了普劳图斯出色的戏剧技巧和成功处理。

---

[1] 参阅莱辛《汉堡剧评》第9章，张黎译，上海译文出版社，2002年9月。

叙科凡塔与卡尔弥得斯相遇的场面（第843—997行）很有趣，前者大肆吹嘘自己与卡尔弥得斯如何熟悉，岂知对方就站在他面前。在后代欧洲戏剧里，在莎士比亚的喜剧里，也可以见到类似的安排。这里可能有普劳图的影响，也许正是普劳图斯为这种安排提供了原型，它或许也能使当代剧作家从中受到启示。

剧情概要

卡尔弥得斯离家去外邦,把埋藏的财宝
和全部家产托付给自己的朋友卡利克勒斯。
父亲在外,儿子挥霍掉他的全部财产,
甚至卖掉了房屋,被卡利克勒斯买下来。
有人向他那个无嫁妆的少女妹妹求婚;
卡利克勒斯热心地给少女准备了嫁妆,
委托他人转交,称是他父亲送来的金子。
那人来到屋前,受到卡尔弥得斯的捉弄,
恰好老人从外邦归来,孩子们顺利婚嫁。

人　物

卢克叙里娅　前言朗诵者

伊诺皮娅　前言朗诵者

墨伽罗尼得斯　老人

卡利克勒斯　老人

吕西特勒斯　青年

菲尔托　老人，吕西特勒斯的父亲

勒斯波尼库斯　青年

斯塔西摩斯　勒斯波尼库斯的奴隶

卡尔弥得斯　老人，勒斯波尼库斯的父亲

叙科凡塔　告密者

时　间

白天。

地　点

雅典，一街道。有两座房屋，分别是墨伽罗尼得斯和卡尔弥得斯的住屋，卡尔弥得斯的住屋暂由卡利克勒斯居住。附近有菲尔托的居处。两座住屋中间有一条通道，通向卡尔弥得斯的住屋的后屋，为勒斯波尼库斯暂住。

开场词

［卢克叙里娅衣着华丽地上，
　　伊诺皮娅衣服破旧地随上。①

卢克叙里娅
　　你随我来这里，女儿，履行自己的职责。
伊诺皮娅
　　我跟着，不过我不知道什么时候是尽头。
卢克叙里娅
　　（停住，指勒斯波尼库斯的居处）
　　就在这里。就是这处住屋，现在你进去。
　　［伊诺皮娅进屋，下。
　　（对观众）
　　现在为了使你们不至于迷惘，我稍许
　　向你们介绍几句，只要你们能注意听。　　　　　　　5
　　我首先介绍我是何许人，她是何许人，
　　就是刚才进屋去的那个人，你们认真听。
　　首先，普劳图斯给我取名为卢克叙里娅，
　　那个为伊诺皮娅，他让她做我的女儿。
　　她刚才为什么按照我的吩咐进屋去，　　　　　　　10
　　我这就作说明，请你们空出耳朵来。
　　有个年轻人，他就住在这座屋子里；
　　他在我的帮助下挥霍掉了祖传的财富。
　　因为我看到他已经没有什么供养我，
　　于是我便派来女儿陪他过些日子。　　　　　　　　15
　　不过你们不要期待我介绍剧情：
　　一会儿就有老人上来，他们会给你们叙说。
　　这部剧本的希腊文标题是《财宝》，
　　由菲勒蒙编撰，普劳图斯用蛮族语言改作，

---

① "卢克叙里娅"（Luxuria）意为"奢侈"，"伊诺皮娅"（Inopia）意为"贫穷"。

给剧本取名为《三文钱》，现在他　　　　　　　　　　　20
请求你们允许剧本采用这个标题。
好吧，就这样。再见，请你们保持安静。

第一幕

第一场

[墨伽罗尼得斯上。

墨伽罗尼得斯

（困惑而忧郁地）

人们经常应有地指责朋友的错误，
总是费力不讨好，然而对于生活却是
有利而有益的事情。就像我今天　　　　　　　　　　25
要为朋友理应受指责的过错指责他，
尽管不愿意，但是良心促使我去做。
现在一种特别可鄙的恶习侵入高尚的风气，
几乎使它的绝大部分已经泯灭。
然而良好的习性患病后，邪恶的习性　　　　　　　30
却有如野草得到充足的水分而生长繁茂：
已经可以对它们非常丰富地收割，
现在除了恶习，什么都不受重视。
他们特别看重比较少的人们的利益，
视小部分人的利益高于公共利益。　　　　　　　　35
让个人利益战胜普遍的利益，
可鄙地处于多数人的利益之上，
阻碍个人的和公共的事业。

第二场

[卡利克勒斯由屋内上。

卡利克勒斯

（回身对屋内）

我想用花冠装饰我们的灶神。

妻子，你请求神明让我们的居处   40

良善、吉祥、幸福——①

（旁白）

让我能够看到你尽快地死去。

墨伽罗尼得斯

（看见卡利克勒斯）

这正是他，老人年纪，却成了孩童，

就是他让自己成为人们谴责的对象。

我向他走过去。

卡利克勒斯

（未看见墨伽罗尼得斯）

    这里有谁在我身旁说话？   45

墨伽罗尼得斯

你的好心朋友的声音，要是你像我希望的那样；

如若你是另一个样子，那就是令你气愤的敌人。

卡利克勒斯

啊，好朋友，同龄人，你好！你怎么样？

墨伽罗尼得斯！

墨伽罗尼得斯

    波卢克斯啊，我也问你好，卡利克勒斯。

卡利克勒斯

你现在好吗？以前也好吗？

---

① 罗马传统的官方祈祷词是：祝愿吉祥、幸福、幸运（quod faustum felix fortunatumque sit）。参阅李维：《自建城以来》，第1卷第17章第10节。

墨伽罗尼得斯

现在很好，以前更好。　　　50

卡利克勒斯

你的妻子怎么样？她好吗？

墨伽罗尼得斯

比我希望的要好。

卡利克勒斯

请海格力斯作证，你为她健康地活着而高兴。

墨伽罗尼得斯

请海格力斯作证，令我烦恼的事情都让你高兴。

卡利克勒斯

凡我所希望的也为我所有的朋友所希望。

墨伽罗尼得斯

喂，朋友，你的妻子怎么样？

卡利克勒斯

她是不死的。　　　55

她现在活着，还会活下去。

墨伽罗尼得斯

天哪，美好的消息。

我祈求神明，好让她活着的时间能超过你。

卡利克勒斯

请海格力斯作证，我真希望她是你的妻子。

墨伽罗尼得斯

不妨让我们作交换，我娶你的妻子，你娶我的？

如果我能够这样做，那你就怎么也蒙骗不了我。　　　60

卡利克勒斯

我相信，你其实会悄悄地向我爬来。

墨伽罗尼得斯

不，请神明作证，你不会不知道该怎样容忍。

卡利克勒斯

你就拥有你具有的东西吧，知道恶乃是最好的事情。

要是现在我娶个陌生女人,我会不知道该怎么办。

墨伽罗尼得斯

请波卢克斯作证,由此生活越久会越好。 65

不过请你注意听,让我们把玩笑放一边,

其实我来这里找你是有事情。

卡利克勒斯

你来有什么事情?

墨伽罗尼得斯

我想狠狠地、痛痛快快地把你责骂一顿。

卡利克勒斯

责骂我?

墨伽罗尼得斯

这里除了我和你还有其他什么人?

卡利克勒斯

没有其他人?

墨伽罗尼得斯

那你为什么问是不是责骂你? 70

除非你认为我是想自己责骂我自己。

既然你身上传统的习性已经患病,

[既然环境已经使你改变了习性,

或者使你不再保持传统的习性,

而是极力追求现今流行的东西。 72a—74]

使你的朋友们患上严重的疾病, 75

看见你或听你说话都会使他们感染。

卡利克勒斯

你怎么会想到前来对我说这些话?

墨伽罗尼得斯

因为不分男女,高尚之人都应该

竭力使自己避免受到猜疑和指责。

卡利克勒斯

无法避免猜疑或过失。

墨伽罗尼得斯

　　　　　　　　　为什么？

卡利克勒斯

　　　　　　　　　　　这还用问？　　　　　　　　80
我认为，避免犯过错我自己是主管；
然而那猜疑则存在于他人的内心里。
譬如说，如果现在我猜疑你偷窃了
卡皮托里乌姆山巅的尤皮特的花冠，
尽管你没有那样做，但我这样猜想，　　　　　85
你又怎么能阻止我不作这样的猜测？
不过我想知道你究竟为什么这样说。

墨伽罗尼得斯

你有没有哪个人认为，他与你是贴心的
朋友或亲属？

卡利克勒斯

　　　　　　　请波卢克斯作证，我不说谎，　　　90
我知道有些人是朋友，有些人对我猜疑，
其中有些人的习性和心理我没法完全了解，
是把他们算作我的朋友，还是算作敌人；
不过你是我的忠实朋友中最为忠实的朋友。
要是你知道我做了什么拙劣不光彩的事情，　　　95
若你不责备我，那你本人就应该受谴责。

墨伽罗尼得斯

　　　　　　　　　　　　　我知道，
要是我是为其他事情而来，那你要求得对。

卡利克勒斯

我现在等着你说话。

墨伽罗尼得斯

　　　　　　　其中最最首要的一点，
就是人们中间流传着对你指责性的议论：
你的市民们称你是个好卑鄙赚钱之人；　　　　100

甚至有一些人，他们称你是贪婪的秃鹫。
你是作为客朋还是邦民在吃饭，全不在乎。
听见你被人们这样议论，我感到很痛心。

卡利克勒斯

人们怎样议论我，墨伽罗尼得斯，不在我掌握；
不过不管他们怎么议论，只要我不是那样的人。 105

墨伽罗尼得斯

（指卡尔弥得斯的住屋）
这位卡尔弥得斯本是你的朋友？

卡利克勒斯

是的，现在还是。
为使你相信这一点，我给你提供证据。
在他的这个儿子挥霍掉他的财产，
他看到自己被迫陷入了贫困之后，
他有个女儿，已经长成一个大姑娘， 110
姑娘的母亲，他的妻子已经去世，
当时他正要从这里前往塞琉西亚，
他便把自己的那个女儿托付给我，
还有他的全部财产和他那个被败坏了的儿子。
如果他不是我的朋友，他就不会这样委托我。 115

墨伽罗尼得斯

你看到那个年轻人已经被败坏，
既然出于信任他被托付给你，
那你为什么不教育他走上正路？
你本应该尽自己所能帮助他，
使他变得更好，而不是这样 120
让你自己也一起丧失名誉，
把你的恶名同他的恶行相混合。

卡利克勒斯

我做什么了？

墨伽罗尼得斯

　　　　　　像一个不中用的人。

卡利克勒斯

　　　　　　　　那不是我的错。

墨伽罗尼得斯

　　你买了年轻人的这座房子,你怎么不说话?
　　你现在居住在哪里?

卡利克勒斯

　　　　　　　　我购买时付了钱,　　　　　　　　　　125
　　一共四十谟纳,亲自交到年轻人手里。

墨伽罗尼得斯

　　你给了钱?

卡利克勒斯

　　　　　　我给了。而且对这样做不后悔。

墨伽罗尼得斯

　　天哪,年轻人被托付给了一双恶毒的手。
　　你这样做不就是给了他剑,使他败坏自己?
　　这里的差异仅在于你是把钱交给了一个　　　　　　130
　　正在恋爱、心灵已经不能自持的年轻人,
　　使得他彻底败坏了自己业已懈怠的生活?

卡利克勒斯

　　那就是说我不该给他钱?

墨伽罗尼得斯

　　　　　　　　你不该给他钱,
　　不该向他买,也不该卖给他任何东西,
　　不为他提供使他进一步败坏的可能。　　　　　　　135
　　难道你不是没有尽到对被保护者的责任,
　　把那个委托给你的人逐出了他自己的住屋?
　　请波卢克斯作证,你确实认真关照了委托者;
　　(对观众)
　　人们只要托付他监管:他会把事情办得更好。

卡利克勒斯

　　　　（沉思）
　　　你是想以粗暴的辱骂，墨伽罗尼得斯，　　　　　　　　140
　　　以这种新方式强让我把委托给我的事情
　　　告诉你，那是我曾经以沉默为保证，
　　　不吐露，不公开，不管遇到什么情况。

墨伽罗尼得斯
　　　你委托给我的东西你会完好地取走。①　　　　　　　　145

卡利克勒斯
　　　你快仔细看看周围，有没有人
　　　在注意我们，我请你好好看看。

墨伽罗尼得斯
　　　我注意听，你说吧。

卡利克勒斯
　　　　　　　　你别说话，我告诉你。
　　　卡尔弥得斯在从他这里出发去外邦时，
　　　向我说明了在这座屋里的一个房间里，　　　　　　　　150
　　　埋有宝藏——不过你再仔细看看周围。

墨伽罗尼得斯
　　　（向四周张望）
　　　没有任何其他人。

卡利克勒斯
　　　　　　　　约有三千足成色的腓力金币。
　　　当时只有我们两人，他以友谊和诚信的名义，
　　　流着眼泪请求我不管是对他的儿子或是对
　　　任何可能知道这消息的人，都不要说出这秘密。　　　 155
　　　现在若是他能健康地返回来，我归还他的宝藏；
　　　若是他发生什么不测，我就把它交给他的女儿，
　　　他把女儿托付给我，我从其中为她准备嫁妆，
　　　好为她订立与她的身份相称的婚约。

---

① 这句话可能是一句谚语。

墨伽罗尼得斯

> 请不死的众神明作证,你这么不多几句话,   160
> 迅速改变我了,我来找你时是另一个样子,
> 不过请你就像刚才开始的那样继续往下说。

卡利克勒斯

> 我还能对你说什么!他的预见、
> 我的诚信和整个秘密都差一点
> 被他那个不中用的儿子彻底毁掉。   165

墨伽罗尼得斯

> 怎么回事?

卡利克勒斯

>   我去乡下六天。在我离开期间,
> 在我不知道的情况下,没有同我商量,
> 他出具正式文书宣布要出售这座房屋。

墨伽罗尼得斯

> 一条饥饿的狼更会注目观察,
> 乘猎犬睡觉的时机仔细搜索;
> 妄图把整个的畜群一口吞噬。

卡利克勒斯

> 狼是会这样做,若不是狗有预感。   170
> 不过现在我想该轮到我向你询问:
> 请告诉我,我该如何履行自己的义务?
> 我是应该向他说明宝藏的事情,
> 尽管他父亲曾经请求我不要这样做,
> 还是让另一个人成为这座房屋的主人?   175
> 他买了房屋,同时也就拥有那笔财富。
> (稍停)
> 于是我买下了这房屋,付了房款,
> 为了那批财宝,好好地交给朋友。①   180

---

① 此处原文缺少两行。

　　　　我买下了这座房屋不是为自己，不是为获利：
　　　　我是为了他而买下它，付的是我自己的钱。
　　　　事情就是这样：不管这样做对不对，
　　　　墨伽罗尼得斯，我承认我这样做了。
　　　　这就是你所认为的我的恶行，我的贪婪。　　　　　　185
　　　　我由于这些事情而承受着毁誉的传闻。

墨伽罗尼得斯

　　　　好吧，①你战胜了你的指责者，
　　　　你堵住了我的嘴，我无言以对。

卡利克勒斯

　　　　现在我请求你帮助我，给我出主意，
　　　　并且同我一起分担我所承担的责任。　　　　　　　　190

墨伽罗尼得斯

　　　　我保证帮助你。

卡利克勒斯

　　　　　　稍许过一会儿你在哪里？

墨伽罗尼得斯

　　　　　　　　　　　我在家。

卡利克勒斯

　　　　你还有什么了？

墨伽罗尼得斯

　　　　　　请你保持诚信。

卡利克勒斯

　　　　　　　　　一定这样做。

墨伽罗尼得斯

　　　　不过你怎么说？

卡利克勒斯

　　　　　　什么事？

墨伽罗尼得斯

---

① "好吧"的原文为古希腊文。

　　　　　　　　那个年轻人现在住在哪里？

卡利克勒斯

　　他出售房屋时保留了房屋的后面部分。

墨伽罗尼得斯

　　我正是想知道这一点。我走了，再见！　　　　　　　　195

（欲离开，又停住）

　　你说说，他那个女儿现在在哪里，同你在一起？

卡利克勒斯

　　是这样，我就像对待自己的女儿那样。

墨伽罗尼得斯

　　　　　　　　你做得对。

卡利克勒斯

　　在我离开之前，你还有什么想询问？

墨伽罗尼得斯

　　　　　　　　再见！

［卡利克勒斯下。

　　世上没有什么会更愚蠢，更荒谬，
　　更胡说八道地瞎扯，更捕风捉影，　　　　　　　　200
　　更胆大自负地狂言，更卑鄙恶劣，
　　能胜过城里有固定居所的花花公子！
　　甚至我自己也和他们搅和到一起，
　　听信了他们那些无根无据的言辞，
　　他们装着好像知道一切，其实什么都不知道。　　　　205
　　他们好像知道每个人在想什么，会想什么，
　　知道国王对着王后的耳朵说了些什么，
　　知道尤诺同尤皮特做了什么交谈；
　　他们甚至知道将来不会有现在也没有的事情。
　　他们不吝啬称赞，也不吝啬指责一个人，　　　　　　210
　　这些都无关紧要，只要他们什么都知道。
　　关于这个卡利克勒斯，人们就说他
　　不配做这个城市的市民，不配在这里生活，

因为他抢劫了这个年轻人的财富。
我对这些搬弄是非者的话不辨真伪，　　　　　　　　215
匆匆指责我这个无辜的朋友。
若是对这些传言盘根究底，
说明从哪里听到，如果说不清楚，
就该对搬弄是非的人进行惩罚。
要是能这样做，对社会会大有裨益，　　　　　　　　220
那些知道不知道事情的人就会减少很多，
闭上他们那些惯于诋毁他人的嘴巴。
〔进屋，下。

第二幕

第一场

〔吕西特勒斯急匆匆地由屋内上。

吕西特勒斯

（焦燥不安地）

我让许多事情一起在我的心中翻腾,
不停的思绪使我感受到无尽的痛苦;
我炙烤自己,折磨自己,使自己疲惫, 225
我的心灵是我的教师,它在教练我。
不过我仍然不明白,仍然没有思考清楚,
是更应该追求两种对象中的哪一种,
认清两种对象中哪一种能使生活更稳固。
我更应该追随爱情,还是追随金钱, 230
它们哪一个更能使像我这样年纪的人生活快乐。
关于这一点我没能足够想清楚;我想除非继续尝试,
除非对它们不断思考,我是法官,我是事情的主人。
好,我就这样做,这样做令我喜欢;
我想说说爱情如何施展技巧。 235

  爱情之神从来只允许自己
  对有情人发起冲击,追袭他们,
  把他们拉进自己的罗网里;
诡诈地劝说,甜言蜜语地诱惑,不断地说谎,

美食，贪婪，挑剔，蒙骗，在巢穴里伤害人， 240
　　贫穷追踪隐藏的财富。
　　只要有人迷上这样的爱，
　　亲吻会如利矢，立即把你打倒，
　　财富会从你家里不断流出去。
"亲爱的，要是你爱我，就给我这个，还有那个。" 245
傻瓜会当即回答说："好吧，我的小眼珠儿，
我给你，若是你还想要什么，我也给。"
这时她会立即逮住你，要求你更多地给予；
怎么也不会满足，总是更多地索要，
不管是吃是喝，全得需要花销。
晚上留下你，全家都由你供养， 250
衣服、油膏、金饰、小折扇、平底拖鞋，
女歌手、小玩具、递送消息人、回秉消息人，
　　面包和储仓的掠夺者；
情人对她们温和亲切，他自己却陷入贫困。
我心里反反复复地这样思考， 255
陷入贫穷后会变得一文不值：
阿摩尔，你走吧，你一点也不令人喜欢；
尽管那能让人甜蜜地吃和喝，
然而阿摩尔令人苦涩，贫穷使人感到满足；
　　情人躲避广场，回避自己的亲人， 260
　　甚至都不愿看自己一眼，
　　没有人再愿意称他是朋友。
阿摩尔，怎么也不应该与你相识，
应该与你分开，保持距离；
不管是谁，只要一头扎进爱情里， 265
他就有如跳下悬崖，死得更悲惨：
阿摩尔，你离开吧，去忙你自己的事情，
阿摩尔，我永远不要你做朋友；
凡是受你控制的人，凡是顺从你的人，

都会可怜地陷入不幸。   270
我决定要校正自己的心灵，
尽管会面临巨大的困难。
高尚之人为自己争取财富、信任、荣誉、
声望、感激；这些是对良善之人的奖赏。
因此我更乐意与良善之人交往，   275
而不愿与邪恶的浮夸之人为邻。

第二场

　　[菲尔托上。

菲尔托

（未看见吕西特勒斯）
他刚才从屋里出来，藏到哪儿去了？

吕西特勒斯

父亲，我就在这里，你随意吩咐吧，
我不会让你有什么迟延，不会藏匿，
从你眼前消失。

菲尔托

（自信地）
　　　　　你就像先前一样行为，   280
只要你能对自己的父亲保持敬重。
我不希望你，儿子啊，同不诚实的人交往，
无论是在道路上或在广场上作任何交谈。
我知道这个时代是怎样的风习。
邪恶者都希望好人变邪恶，好与他自己一样；   285
世道变混乱，风俗变恶劣：强取者羡慕贪婪者，
神圣变为世俗，公共视为私有，贪得无厌。
我为这些而忧伤，就是它们在折磨我。
我白天黑夜提醒你，要你多加防范。
他们只把不去追求不可能得到的东西视为天职，   290

至于其他的一切：抢夺、劫掠、攫取，
每当我见此景象，眼泪不禁夺眶而出，
因为我竟然活到这样的一辈人之间。
我怎么没有让自己早就去到先辈们那里？
现在先辈风习受称赞，然而既受称赞，又被玷污。 295
我不赞赏这样的风习，你也不要敬重和培养这样的秉性。
你要像我一样，按照古老的风习生活，
按照我对你的教导去为人处世。
我们不需要那些习性，它们鄙陋，使高尚之人变污浊，
你要接受我对你的这些教诲，让美好在你心中常驻。 300

吕西特勒斯

我自从由青春成长到现在这个年龄，
父亲，一向总是遵循你教诲的原则。
我觉得自己按天性是自由的，但又认为，
我的心灵从属于你，应该听从你的支配。

菲尔托

如果一个人从小就能与心灵作斗争， 305
二者择其一：是按照欲望的要求生活，
还是更应该听从父母和亲属们的教诲：
若是欲望把他击溃，他便会屈从于欲望，而不是自己；
若是他征服了欲望，他便会作为胜利者活着，
　　　　　　　　　　　　被称为胜利者。
如果是你战胜了欲望，而不是欲望战胜了你，
　　　　　　　　　　那你应该高兴。 310
人最好成为应该的那样，而不是欲望希望的那样：
战胜欲望的人通常比被欲望征服的人更受人称赞。

吕西特勒斯

我一直把你的教诲作为对我这年龄的护障；
从来不让自己进入会造成伤害的集会场所，
而是参加夜间漫游，或是攫取别人的东西， 315
而是尽可能不使你，父亲，感到痛心失望：

以自己的节制来维护、肯定你的正确指教。
菲尔托
你何必这样称赞？你品行端庄是为自己，不为我，
我的年纪已接近极限，你能这样对你自己很重要。
真正的正派之人不会为这些正派行为而感到满足； 320
凡自我满足之人非正派之人，也不具有良善品性；
〔凡是自我蔑视之人必定具有敏锐的天性。〕
高尚行为要以其他高尚行为作掩蔽，否则会流失。
吕西特勒斯
父亲，我对你说这些是因为我有事情想对你说。
我有事情请求你。
菲尔托
　　　　　　你有什么事情？我很乐意满足你的愿望。　　325
吕西特勒斯
这里有个青年出身高贵，是我的同龄朋友，
他管理自己的事务有失谨慎，思考不周全，
父亲，我想帮助他，要是你不反对。
菲尔托
　　　　　　　　　　　　用自己的积蓄？
吕西特勒斯
用自己的积蓄：凡你的就是我的，我的也是你的。
菲尔托
什么？他现在很贫困？
吕西特勒斯
　　　　　是很贫困。
菲尔托
　　　　　　　　曾经有过钱？
吕西特勒斯
　　　　　　　　　　　曾经有过。
菲尔托
　　　　　　　　　　　　　　　怎么花掉？　　330

他是花在公共事务上，还是由于海外事业？
　　是由于经商，还是出售奴隶而毁掉了产业？

吕西特勒斯

　　完全不是由于这些。

菲尔托

　　　　那是由于什么？

吕西特勒斯

　　　　　　天哪，父亲，是由于软弱。
　　他由于心地太善良，结果把家产都花在了娱乐上。

菲尔托

　　天哪，你非常友好地推荐的是这样一个人，　　　　　　335
　　他不是由于立功积德耗掉家产使自己贫困：
　　我一点也不希望你有一个这样品性的朋友。

吕西特勒斯

　　他毫无不足之处，所以我想帮助他摆脱贫困。

菲尔托

　　提供吃喝帮助他摆脱贫困，这并不是好的效力。
　　这样只会毁掉提供的东西，在不幸中延续生活。　　340
　　我说这些不是想表示我不想做你希望做的事情，
　　而是很乐意：不过是想既给他，也是给你指出，
　　你可怜他人不应该是为了好让他人也可怜你。

吕西特勒斯

　　让他得不到帮助地抛弃他，令我感到耻辱。

菲尔托

　　天哪，同样多字母，但宁可耻辱，而不要懊恼。①　　345

吕西特勒斯

　　神明作证，父亲，承蒙神明庇佑，祖先和你积德，
　　我们正当地拥有许多财富，若是很好地帮助朋友，
　　它不会使我们懊恼，不帮助反而会使我们感到惭愧。

---

① "同样多字母"指拉丁文pudere（耻辱）和pigere（懊恼）两个词的字母数目相同。

菲尔托

即使你只从巨额财富中取一些,那是变多还是变少?

吕西特勒斯

父亲,那是减少。不过不尽义务的市民

通常会受到怎样的赞扬? 350

"愿你虽拥有财富却并不拥有,愿你拥有

你不拥有的——灾难,

若你不愿意让自己,也不愿意让他人从中享受好处。"

菲尔托

我知道,经常会出现你说的情况;不过我的儿子啊,

那种一无所有,较少尽义务之人才是不尽义务之人。

吕西特勒斯

蒙神明庇荫,父亲,我们的财富足以供自己花费, 355

而且还富有得可以让我们乐善好施地帮助其他人。

菲尔托

请波卢克斯作证,我没有拒绝你的任何愿望。

你想帮助谁摆脱贫困,你就大胆地告诉父亲。

吕西特勒斯

这里有个青年名叫勒斯波尼库斯,卡尔弥得斯之子,

(指住屋)

就住在那座屋里。

菲尔托

他把拥有的和不拥有的财产都花光了? 360

吕西特勒斯

父亲,请不要责怪他。每个人都会

遇上许多事,无论愿意不愿意。

菲尔托

请神明作证,儿子,你这是在臆想,

而且你很少像现在这样做。

波卢克斯啊,智慧之人自己给自己铸造命运,

而且很少违背愿望,如若并非是个拙劣工匠。

吕西特勒斯

  需要花费许多的铸造劳作才能使一个人成为   365
  出色的生活铸匠,可是这个人现在还很年轻。

菲尔托

  获得智慧不是靠年龄,而是靠人的本性;
  年龄是智慧的佐料,智慧是年龄的养料。
  你说说吧,现在你想给他什么?

吕西特勒斯

       父亲,什么都不用给;
  若是他给我什么,只是希望你不要阻挡我接受。 370

菲尔托

  这样就能减轻他的贫困,只要从他那里得到东西?

吕西特勒斯

  是这样,父亲。

菲尔托

    天哪,请你告诉我,你将怎样做。

吕西特勒斯

         好吧。
  你知道他的出身家族吗?

菲尔托

      我知道,出身于很好的家族。

吕西特勒斯

  他有一个已经成年的妹妹,父亲,我想娶她,
  不要嫁妆。

菲尔托

    你要娶一个没有嫁妆的妻子。

吕西特勒斯

        是这样。 375
  你保全了财产,还会从他那里获得巨大的感激,
  你没有什么比这更为合适的办法给他提供帮助。

菲尔托

难道我会同意你娶一个没有嫁妆的妻子?

吕西特勒斯

你这样做还会给我们家庭增加美好的声誉。

菲尔托

我也可以说出许多明智的道理,雄辩地讲述, 380
我现在这样的老年记得许多生前古老的历史;
不过既然你认为这样可为我们的家庭增加友谊
和好感,尽管我不同意你的想法,我还是答应,
我允许你,你就求婚吧,娶她吧!

吕西特勒斯

愿神明为我拯救你。
你还得对你的美意作一点补充。

菲尔托

还得补充什么?

吕西特勒斯

我这就说。 385
你前去找他。亲自同他商量。亲自求见。

菲尔托

(惊讶地)

原来是这样。

吕西特勒斯

你赶快去办事情,你去办会使事情更加牢靠。
在这件事情上你只要说句话胜过我说上百句。

菲尔托

我就这样又亲切地找到了这样一件工作。
好吧,我去办。

吕西特勒斯

你真让人喜欢。
(指住屋)
这里有座房屋,他就住在那里面; 390
他的名字叫勒斯波尼库斯。你去办吧,我在家等你。

[进屋,下。

第三场

菲尔托

(走向勒斯波尼库斯的住屋)

这样做不太好,而且我觉得也不应该;
不过不管怎么说,总比最坏的情况要好。
而且还有一点使我的心灵感到慰藉,
因为若是有人做事情只求自己高兴,   395
丝毫不顾及儿子,那他是在瞎忙乎。
他自己会为此感到痛心,而且于事无补。
他是在为自己的老年准备更为严寒的冬天,
若是有人还要召唤那种严峻的坏天气。

(站住,静听)

我听见我准备前去的住屋门开了: 400
勒斯波尼库斯正好带着奴隶出屋来。

第四场

[勒斯波尼库斯上,斯塔西摩库斯随后。

勒斯波尼库斯

还不到十五天,自从我用这座房屋
从卡利克勒斯那里得到那四十谟纳。
斯塔西摩斯,是我说的这样?

斯塔西摩斯

      我想是这样,
凭我的记忆。

勒斯波尼库斯

    究竟怎样把它们花费了?   405

斯塔西摩斯

　　　　吃了，喝了，挥霍了：在浴堂里沐浴，
　　　　渔夫、磨坊主拿走了，还有肉铺老板、厨师、
　　　　菜园主、香料商、捕鸟人。花起来非常快，
　　　　请海格力斯作证，就像被不同方向地拆散，
　　　　就像要是你把罂粟果扔进了一窝蚂蚁群里。　　　　　　　　410

勒斯波尼库斯
　　　　天哪，你说的这些花费不会超过六谟纳。

斯塔西摩斯
　　　　你给伴妓们的钱怎么样？

勒斯波尼库斯
　　　　　　　　　　　我一起算进去了。

斯塔西摩斯
　　　　那就是我欺骗了你？

勒斯波尼库斯
　　　　　　　　　　　嘿，你说的是最大数。

斯塔西摩斯
　　　　你花费，它们不可能为你对上账，
　　　　除非你以为你的那些钱是不朽的。　　　　　　　　　　　　415

菲尔托
　　　（旁白）
　　　　晚了，真愚蠢，早就应该小心谨慎，
　　　　等到把钱花光以后，这才想到算账。

勒斯波尼库斯
　　　　可是你的账目与钱怎么也合不上。

斯塔西摩斯
　　　　请神明作证，账目对上，钱对不上。
　　　　你从卡利克勒斯那里得到四十谟纳，　　　　　　　　　　420
　　　　而他从你这里得到房子？

勒斯波尼库斯
　　　　　　　　　　　事情是这样。

菲尔托

（旁白）

波卢克斯啊，我的邻居卖了房子；

父亲从外邦回来，屋门口有地方，

他用不着爬到儿子的肚子里面去。

斯塔西摩斯

交给银钱兑换商奥林皮库斯整整一千　　　　　　　　　425

德拉克马，你计算时把这笔钱扣除了？

勒斯波尼库斯

我确实办过这笔钱。

斯塔西摩斯

不，你要说"交过这笔钱"，

为了那个年轻人，你还曾经说他很富有。

勒斯波尼库斯

是这样。

斯塔西摩斯

就这样消亡了。

勒斯波尼库斯

事情确实是这样。

我当时看见他很可怜，我很同情他。　　　　　　　　　430

斯塔西摩斯

你可怜别人，却没有人可怜你，感到羞愧。

菲尔托

（旁白）

是我走过去的时候。

勒斯波尼库斯

（注意看）

那个走过来的人是菲尔托？

是的，天哪，正是他。

斯塔西摩斯

（旁白，对勒斯波尼库斯）

啊，我真希望

他是我的奴隶，带着自己的积蓄。

菲尔托

菲尔托向主人和他的奴隶致敬，   435
勒斯波尼库斯和斯塔西摩斯。

勒斯波尼库斯

         愿神保佑你，
菲尔托，一切如愿。你的儿子怎么样？

菲尔托

他祝你好。

勒斯波尼库斯

     请波卢克斯作证，愿我们彼此彼此。

斯塔西摩斯

"祝你好"这句话毫无价值，如果不采取行动。
我也希望自己能成为自由人，可我只是在奢望。   440
我的主人希望我成为正派之人，也是一句空话。

菲尔托

我的儿子要求我前来找你，
希望你和我们之间缔结友谊。
他想娶你的妹妹；我希望
你也是有这样的想法。

勒斯波尼库斯

（不快地）

      我看你不是这样：   445
以你自己的富有来讥笑我的不幸。

菲尔托

（平静地）

我是人，你也是人，愿尤皮特喜欢我，
我前来不是想讥笑你，我认为不该那样做。
正如我已经说过：我的儿子请求我，
要我为他请求你的妹妹给他做妻子。   450

勒斯波尼库斯

我应该清楚知道自己的财产状况。
我们的状况与你们的状况不一样。
请你们为自己另觅相称的亲戚关系。

斯塔西摩斯

（旁白，对勒斯波尼库斯）

你的心灵健康吗？你还有理智吗？
竟然想拒绝这样的婚约。我却明白，　　　　　　455
为你找到了一位怎样的患难朋友。

勒斯波尼库斯

（旁白，对斯塔西摩斯）

你怎么还不滚开？

斯塔西摩斯

　　　　神明作证，要是你允许，我就走。

勒斯波尼库斯

（对菲尔托）

要是你对我没有其他要求，菲尔托，那我已经答复。

菲尔托

勒斯波尼库斯，你该对我比现在
友善一些，我相信你会这样做；　　　　　　460
无论是行为粗鲁或者语言粗鲁，
勒斯波尼库斯，对于人生并不利。

斯塔西摩斯

（对勒斯波尼库斯）

请海格力斯作证，他说得对。

勒斯波尼库斯

（对斯塔西摩斯）

　　　　要是你再说一句，
我就抠出你的眼珠儿。

斯塔西摩斯

　　　　请神明作证，我还会说；
如果不可能像现在这样，我就独眼地说。　　　　465

菲尔托

（对勒斯波尼库斯）

你刚才是说，无论是社会地位，
或财产状况，你同我们都不一样？

勒斯波尼库斯

我是这样说。

菲尔托

怎么样？如果现在是进公餐厅，①
在那里恰巧有个富人同你躺卧在一起，
午餐被送上来，那是人们称之为公餐； 470
如果各种充足的美味佳肴由门客递来，
这时如果有你喜欢的食物放在他面前，
要是你尚未吃饭，你会享用丰盛的餐食？

勒斯波尼库斯

如若不禁止，我就食用。

斯塔西摩斯

天哪，尽管不允许我吃，
我也会鼓起两个腮帮子大口大口地吞噬， 475
他觉得什么好吃，我会尽可能抢在他前面，
为满足生命需要，我不会对他做任何让步。
谁也不应该在餐桌边感到不体面，
因为这里是由神法和人法来决定。

菲尔托

说得在理。

斯塔西摩斯

而且我还可以直截了当地告诉你， 480
我会在大街上，在乡间小道上给他让路，
为了保持人民的荣誉，但当事情涉及肚皮，
海格力斯作证，即使拳头也不可能战胜我。

---

① 指进行社会公餐，在希腊由富有家庭承担，在罗马由富人或者凯旋者捐给海格力斯的献款负担。

　　　　　午餐作为整年的收获，是不用献祭的遗产。①

菲尔托

　　　　　勒斯波尼库斯，你要经常这样做，这样想， 485
　　　　　这是最好的决定，会让你成为最优秀的人；
　　　　　如果不可能，起码也会成为近似最优秀的人。
　　　　　现在这个建议由我提出，希望你能接受，
　　　　　希望你，勒斯波尼库斯，既赞成，又接受。
　　　　　神明们应该富有，神明们应该拥有财富， 490
　　　　　应该全能，我们只是一些微不足道的小民，
　　　　　当我们突然呼出最后那一点的气息时，
　　　　　极贫穷之人和极富有之人变成死人后，
　　　　　在接受前往阿克戎的财富审查时都一样。

斯塔西摩斯

　　　　　（旁白）
　　　　　太奇怪了，你还想把财产带到那里去。 495
　　　　　你只要一死去，就是通常称呼的死人。

菲尔托

　　　　　现在为了让你知道订立婚约不在于地位，
　　　　　不在于财富，我们非常看重你们的友谊，
　　　　　我请你把你的妹妹不带嫁妆地嫁给我的儿子。
　　　　　但愿事情成功——可以吗？你为什么沉默？ 500

斯塔西摩斯

　　　　　不死的神明啊，一个怎样的合约！

菲尔托

　　　　　（对勒斯波尼库斯）
　　　　　你怎么不说"愿神明保佑，我应允婚约"？

斯塔西摩斯

　　　　　（旁白）
　　　　　这个人不需说时他倒会说："我允婚。"

---

① "不用献祭的遗产"（hereditas sine sacris）是罗马遗产规定，指不用捐出所得遗产中的部分作为家族祭祀用费。

现在需要说这句话时他却沉默不语。

勒斯波尼库斯

（感动地）

既然你们认为值得与我结亲， 505
菲尔托啊，我非常感谢你们。
不过尽管由于我的愚蠢使家业陷入窘境，
菲尔托，在这里的城郊我们还有处地产，
我将把它给妹妹作嫁妆，那是我们
除了生命外，剩下的唯一一处财产。 510

菲尔托

不，完全不用嫁妆。

勒斯波尼库斯

我已经决定给。

斯塔西摩斯

（旁白，对勒斯波尼库斯）

主人，你是不是要让抚育我们的
保姆与我们分离？你可别这样做，
在这之后我们吃什么？

勒斯波尼库斯

你怎么还不住嘴？
是不是想让我跟你算账？

斯塔西摩斯

（旁白）

我们彻底完了， 515
我得想个主意，菲尔托，我想和你说话。

菲尔托

斯塔西摩斯，你想说什么？

斯塔西摩斯

请你走过来一些。

菲尔托

可以。

斯塔西摩斯

我想偷偷地对你说件事情，

（指勒斯波尼库斯）

不要让他知道，

也不要让其他人知道。

菲尔托

你就大胆地相信我吧。

斯塔西摩斯

我以神明和人类的名义请求你，请你怎么也不要 520
让那块土地成为你的，也不要让它属于你的儿子。
我这就向你说明原因。

菲尔托

请波卢克斯作证，很乐意听。

斯塔西摩斯

首先，以前每当我们耕种那块土地时，
在每个第五条犁沟，那些牛就会死去。

菲尔托

你滚吧，阿克戎河口在你们的土地上。 525

斯塔西摩斯

那块土地上的葡萄还未成熟就会腐烂。

勒斯波尼库斯

（旁白）

我想他是在劝说，尽管他是个大无赖，
不过他对我并非不忠实。

斯塔西摩斯

请你听我继续说。
还有，那里其他地方的粮食收成都很好，
我们那块地只能有不到三分之一的收成。 530

菲尔托

邪恶的风气就应该种植在你们这地里，
但愿它们能够在种植之后就立即死去。

斯塔西摩斯

  到目前为止,还没有一个人能够在
  得到那块土地后不遭殃:他们当中
  有些人是遭驱逐,有些人终老于贫困,   535
  有些人上了吊。即使我们现在这一位,
  也很快会毁灭。

菲尔托

     你快从我这里滚开,离开这块土地。

斯塔西摩斯

  若你能听我说完,你更会说"滚开"。
  那里生长的树木到处被雷电击中,
  那里的猪一群群地患咽喉炎迅速死去;   540
  羊群生癣疥,羊毛掉光,就像我这双手。
  即使叙利亚人,那是最能吃苦耐劳的民族,①
  也没有哪个人能够在那里生活六个月:
  他们全都会由于夏日的热病而倒下。

菲尔托

  斯塔西摩斯,我完全相信你说的话: 545
  不过坎佩尼亚人②比叙利亚人更能吃苦。
  正如我刚才听你所说,这块地适合于
  把所有那些卑劣之徒由国家派去那里,
  犹如妇人们传说存在幸福之人的岛屿,
  所有纯洁无瑕地度过一生的人都前往那里。③   550
  这里则相反,显然应该把那些无赖们
  送往那里,既然那块土地像你说的那样。

---

① 当时叙利亚人以体格强壮著称。
② 这里"坎佩尼亚人"指卡普亚人。公元前211年,他们因支持汉尼拔而被罗马贬为奴隶。
③ 关于幸福岛的传说源自希腊作家赫西奥德,参阅其著作《劳作与节令》第171行。

斯塔西摩斯

  这里是各种灾难的聚集地：还需要说什么？

  不管你想寻找什么不幸，在那里都可以找到。

菲尔托

  神明作证，随处都可以找到。

斯塔西摩斯

      不过我刚才所言，   555

  请你不要对任何人述说。

菲尔托

      我会对你刚才说的话保密。

斯塔西摩斯

  由此他希望能把这块地交给他人，

  若是能够找到一个人可以受捉弄。

菲尔托

  那块地怎么也不会成为我的。

斯塔西摩斯

      你若是个聪明人。

  （旁白，对勒斯波尼库斯）

  神明作证，我成功地把这个老人从那块地吓跑了， 560

  他若夺走那块地，那时我们就没有什么办法生活。

菲尔托

  勒斯波尼库斯，我重新同你说话。

勒斯波尼库斯

      请你告诉我，

  这个人同你说了些什么？

菲尔托

      你以为呢？他是人。

  他想成为自由人，但是没有钱为自己赎身。

勒斯波尼库斯

  我也想成为富有之人，但那是空想。   565

斯塔西摩斯

（低声地）

若是想想，可以；现在什么都没有，就不可能。

勒斯波尼库斯

斯塔西摩斯，你在嘀咕什么？

斯塔西摩斯

就是关于刚才你说的事情。

要是你经常希望，你就可能；现在希望为时已晚。

菲尔托

（对勒斯波尼库斯）

怎么也不可能再同我商量嫁妆的事情：

你同我的儿子商量吧，是他让我来找你。 570

现在我为我的儿子向你的妹妹求婚。

祝愿事情顺利。怎么样？你在想什么？

勒斯波尼库斯

好吧，既然你希望：愿神明保佑，我同意。

斯塔西摩斯

波卢克斯啊，从没有哪个人这样希望自己

有一个儿子，就像对于我来说这个"我同意"。 575

愿神明们保佑你如愿。

菲尔托

我也是这样希望。

勒斯波尼库斯

斯塔西摩斯，你现在为我妹妹的事去见卡利克勒斯，

把这件事情告诉他。

斯塔西摩斯

我这就前去。

勒斯波尼库斯

为我妹妹向他表示敬意。

斯塔西摩斯

这还用说。

菲尔托

勒斯波尼库斯，你跟我一起走,以便当面商定   580
结婚的日子;让我们把这件事情最终确定下来。
[下。

勒斯波尼库斯

(对斯塔西摩斯)

[你去按我的吩咐办,我一会儿就回来。]
你告诉卡利克勒斯,让他到我这里来。

斯塔西摩斯

        你走吧。

勒斯波尼库斯

好让他考虑嫁妆的事情,应该怎么办。

斯塔西摩斯

        我这就走。

勒斯波尼库斯

肯定不能不带嫁妆地嫁她。

斯塔西摩斯

        你赶快走吧。   585

勒斯波尼库斯

我不能让她受到伤害——

斯塔西摩斯

        你赶快走!

勒斯波尼库斯

由于我的粗疏。

斯塔西摩斯

   你走吧!

勒斯波尼库斯

       我认为怎么也
不应该,怎么也不能由于我的过错——

斯塔西摩斯

        你走吧!

勒斯波尼库斯

斯塔西摩斯

你走吧！

勒斯波尼库斯

父亲啊，
我什么时候能够见到你？

斯塔西摩斯

你走吧，走吧，走吧！ 590

［勒斯波尼库斯下。
终于把他赶走了。愿神明保佑你们，
神明啊，我让糟糕的事情发生了好转，
若是我们的田庄能保全；尽管到目前，
这件事情会如何结果仍然难以预料。
不过若是把它给了别人，等于让我去上吊， 595
我就去国外扛盾牌、头盔和行军装备；
他将离开城市，待他举行完婚礼，
不管到哪里去遭受最大的大霉，
去当雇佣兵，或是去亚细亚，去基里基亚。
不过我现在去办吩咐给我的事情，尽管我 600
憎恶这处住屋，自从他把我们从家里赶来这里。
［下。

第三幕

第一场

[卡利克勒斯和斯塔西摩斯上。

卡利克勒斯

斯塔西摩斯,你刚才说什么?

斯塔西摩斯

我说我们的少主人
勒斯波尼库斯要嫁自己的妹妹。就是在刚才。

卡利克勒斯

他要把她嫁给谁?

斯塔西摩斯

嫁给菲尔托的儿子吕西特勒斯,
不带嫁妆。

卡利克勒斯

他要把她不带嫁妆地嫁到这样一个富人家里?
你说的事情不可能。

斯塔西摩斯

请波卢克斯作证,你就不信吧。
尽管你不信,我却会相信——

卡利克勒斯

相信什么?

斯塔西摩斯

          信不信都无所谓。

卡利克勒斯

 是很久以前，或者是在哪里说定？

斯塔西摩斯

         就在这门前，
 刚才，像普瑞涅斯特人说"在这里"。①

卡利克勒斯

        这就是说挥霍掉财产后，
 勒斯波尼库斯变得比拥有财产时要节俭一些？   610

斯塔西摩斯

 完全不是这样，是菲托尔亲自出面为儿子求的亲。

卡利克勒斯

 海格力斯啊，真丢脸，嫁女子竟然要不带嫁妆。
 （旁白）
 请神明作证，我认为这件事情还与我有关，
 我这就去找谴责我的那个人，向他征求意见。
 [下，进墨伽罗尼得斯的住屋。

斯塔西摩斯

 我差不多已经知道，嗅出点气味，他为什么匆匆离开？   615
 他想把勒斯波尼库斯从田产赶走，就像把我们赶出住屋。
 主人卡尔弥得斯啊，你不在家，你的财产正在被瓜分！
 但愿我能见到你健康地返回，报复你那些用心险恶的朋友，
 至于我，由于我过去和现在对你忠心，但愿你能奖赏我。
 要找到一个能够被称为可靠的朋友的人是多么难啊，   620
 对这样的朋友你可以托付财产，自己无所顾虑地睡大觉。
 （遥望街道远处）
 不过我看那正是我们的女婿和我们的亲家一起走过来。
 不知道他们为什么还未能取得一致意见：他们两个人

---

① 普瑞涅斯特是拉丁城市，距罗马不远。这里可能是戏拟普瑞涅斯特的方言。

都急匆匆地向这里走来，女婿还抓着亲家的披衫，
他们站着的样子并非不好看。我稍许从这里后退，625
听一听两个新结亲的人说些什么，将会很有意思。

（退到舞台一侧）

第二场

[勒斯波尼库斯上，吕西特勒斯紧随上。

吕西特勒斯
　　你给我站住，你别想走开，你不可能躲开我。

勒斯波尼库斯
　　你怎么不让我去我想去的地方？

吕西特勒斯
　　　　　　　　　　勒斯波尼库斯，
　　你若是前去求功名，争取荣誉，我就放你去。

勒斯波尼库斯
　　你现在做的是非常容易的事情。

吕西特勒斯
　　　　　　　　什么事情？

勒斯波尼库斯
　　　　　　　　　欺侮朋友。630

吕西特勒斯
　　那不是我的本性，我没有学会那样做。

勒斯波尼库斯
　　　　　　　　你这个外行，比内行还会干。
　　要是有人教过你，你又会怎么，好让我对你那样憎恶？
　　你装作要为我做好事，然而却以恶意的劝告对我作恶。

吕西特勒斯
　　我这样？

勒斯波尼库斯
　　是你。

吕西特勒斯

　　　　　　我做什么坏事了？

勒斯波尼库斯

　　　　　　　　　你做的正是我不希望的事情。

吕西特勒斯

　　我是想使你的事情变好。

勒斯波尼库斯

　　　　　　　难道你对我会比我对自己更好？　　　　　635
　　我也很聪明，能足够地看出事情如何对我有利。

吕西特勒斯

　　难道把朋友的善行视为恶意，这就是你的聪明？

勒斯波尼库斯

　　我不认为任何你做的却不令人喜欢的事情是善行。
　　我知道，明白该做什么，我的理智不会背逆义务，
　　我绝对不会被你的话强行逼迫而附和民众的舆论。　　640

吕西特勒斯

　　你说什么？难道我能容忍不对你进行应有的驳斥：
　　你的祖辈们遗留给你的好声誉难道是为了让你
　　用卑鄙的手段伤害他们凭借德行得到的财富？
　　实际上你本应该成为你的祖辈们的遗产的
　　捍卫者，
　　你的父亲和你的祖父使你追求荣誉的道路　　　　　645
　　变得如此轻松而平坦，而你却使它变崎岖，
　　以极度的过失、游手好闲和愚蠢的习性。
　　可你却宁可把你的爱情置于美德之上。
　　现在你以为这样可以掩盖你所有的错误？不可能。
　　请你认真拥有美德，从心里驱除懒散；你应该去广场　650
　　与朋友们交往，而不是像你习惯地躺在女伴的卧榻上。
　　正是为此我才竭力要为你留下那处地产，
　　好使你有可能校正自己，也可以使得那些
　　敌视你的市民没有人能指责你完全一贫如洗。

勒斯波尼库斯

你说的这些我全都知道，我甚至可以写出，	655
我是如何玷污了父亲的产业和祖辈的荣誉；	
我本知道我应该成为怎样的人，但是我没有那样做；	
维纳斯的力量已经把我征服，闲逸使我完全陷入罪恶。	
现在我非常感激你，对你感激完全理所应该。	

吕西特勒斯

我不会允许我的努力被白费，我也不可能允许	660
我说的话遭蔑视，我同时也为你缺乏羞耻感而懊悔；	
要是你最终仍不愿意听我的话，不按照我的话去做，	
那你很容易藏匿在我的背后，就像你找不到荣誉那样，	
那时尽管你很想让自己享受名誉，但是仍将隐匿于昏暗。	
勒斯波尼库斯啊，你要牢牢记住你具有良好的天性，	665
我知道你并非是自觉自愿地陷入了迷途，那是爱情	
模糊了你的心灵；我自己也知道爱情之神的一切手段，	
爱情有如施放的攻城炮：没有什么比它飞行更迅捷；	
它会使人们理智变迟钝，使人的习性变执拗；	
恋人们不喜欢听人说教，而是更喜欢听从劝诱；	670
不足时，你渴望人给；富足时，你不要人给；	
［想拆开，却会赶到一起；想劝告，却是在禁止。］	
企图向库皮得寻求庇护所，那是完全失去理智。	
我仍要劝你反复地好好想一想你所追求的东西。	
若是你按照你的想法行事，那你会焚毁家族；	675
若是你想解救你的家族，那时你就需要水；	
若是你偶然得到——恋爱之人都是那样敏感，	
请你不要留下一点点火星，以免烧毁你的族系。	

勒斯波尼库斯

要找到它很容易，甚至你向敌人索要也会给。	
不过你现在指责我的缺点，你自己却滑上了歪道。	680
你劝我把妹妹嫁给你不带嫁妆，这不可能，	
我把父辈的这么多财产都耗费掉，还想继续	
拥有那处地产，而她却生活于贫困，理应憎恨我。	

一个人对自己的亲人行为轻率，从不会被外人看重。
我会怎么说就怎么做，我请你内心不要感到不安。 685

吕西特勒斯

难道只有这样才好：你由于妹妹而陷入贫困，
是我，而不是你，拥有那块地产，尽你的责任？

勒斯波尼库斯

我不希望看到你为我考虑是为了减轻我的贫困，
然而却使我由于贫困而丧失掉自己的名誉，
产生这样的传闻，我是把亲妹妹交给你做姘头， 690
我没有嫁妆地嫁她，只是把她给人而不是出嫁。
有谁比我更不中用？这样的流言对于你是荣耀，
然而却会把我玷污，若是你不要嫁妆地娶她。
你得到的收获是荣誉，我得到的收获是指责。

吕西特勒斯

什么？若是我接受你的地产，你就会成为独裁官？ 695

勒斯波尼库斯

我不这样想，不这样追求，也不这样认为，
不过记住自己的义务对于知廉耻的人是荣誉。

吕西特勒斯

我清楚知道你在怎么打算；我看到，嗅到，
感觉到：你现在这样做是想在我们缔结亲谊后，
交给我那块地产，自己不留任何手段维持生活， 700
然后两手空空离开城市，只身流亡，抛弃祖邦，
抛弃熟人、亲戚、朋友，只待一办完婚事；
人们会认为你是由于我的用心和贪婪而被驱逐。
请你不要以为我会允许发生这样的事情。

斯塔西摩斯

我几乎要大喊：太好了！吕西特勒斯，再来一次！ 705
你轻易得到棕榈枝：我的主人被打败，你的喜剧获胜。

（对勒斯波尼库斯）

他的表演更符合题材，诗歌也更美妙。

由于你的愚蠢，我要对你作一谟纳罚款。

勒斯波尼库斯

你怎么来打断我们谈话，干涉我们的讨论？

斯塔西摩斯

（威胁地）

我怎么来，也会怎么离开。

勒斯波尼库斯

吕西特勒斯，你同我 710
一起进屋去，我们在那里就这件事再商量。

吕西特勒斯

我从不习惯隐蔽干事情，心中怎么想，就怎么说：
如果你把你的妹妹，就像我决定的那样，嫁给我，
不带嫁妆，你自己也不离开这里，我的也就是你的；
若你另有想法，那我祝愿你事情顺利，我就不再 715
是你的朋友，你对于我也一样，这就是我的决定。

[勒斯波尼库斯突然转身进屋。

斯塔西摩斯

（望着勒斯波尼库斯离去的背影）

他走了。

（转身，发现吕西特勒斯向街道远处走去）

喂，吕西特勒斯，你听我说。我需要你。

（见吕西特勒斯走远）

他也走了。斯塔西摩斯，就剩下你。我怎么办，
我除非收拾好行装，把青铜圆盾背到背上，
吩咐把鞋跟儿钉上鞋底，不可能继续留在这里。 720
我看我不久就会成为军队里的勤务兵。
我的主人会前去投奔某个国王喂养牲口，
在那些最勇敢的兵士中间他会是最出色的逃兵，
只要有人与主人迎面相遇，都会夺得他的盔甲。
我则立即给自己背上弯弓、箭袋和箭矢， 725
把盔帽戴到头上，在营帐里安静地睡去。

我现在去广场，六天前贷出了一塔兰同款子，
今天得要回来，好带着那笔钱一起上路。
〔下。

第三场

〔墨伽罗尼得斯和卡利克勒斯上。

墨伽罗尼得斯

怎么也不可能像你对我说的那样，
卡利克勒斯，竟然不给女子嫁妆。　　　　　　　　　　730

卡利克勒斯

神明啊，这怎么也不会光彩，
要我允许把她嫁人不带嫁妆，
然而她的财富却就在我这里。

墨伽罗尼得斯

你在家里准备好嫁妆，若你不想
让她兄弟把她不带嫁妆地嫁出去。　　　　　　　　　　735
你应该去见菲尔托，告诉他你会
提供嫁妆，因为你是她父亲的朋友。
不过我又确实担心，你的这一允诺
不要引起人们对你的指责和非议。
人们可能说你不会是徒然为姑娘好，　　　　　　　　　740
你为她提供嫁妆是由她父亲交给你，
你作为中间人慷慨地提供，人们会以为
你提供的并非全部，而是留下了一部分。
（稍停）
现在你如果等待卡尔弥得斯回来，
他外出已经很久，这期间新郎的热情　　　　　　　　　745
会过去；这一婚约确实是很好的结合。

卡利克勒斯

请海格力斯作证，你刚才说的我也想到，

你看若是这样做在你看来是否更合适,
我去找勒斯波尼库斯,说明他有一笔财富。
不过要我现在去告诉他有一笔财富, 750
告诉一个放纵、心中只有爱情、被败坏了的青年?
不,请海格力斯作证,绝对不能。我敢肯定,
他会不仅把财富,甚至还会把那处地方吞下去;
我甚至也不敢去挖它,免得他可能听到声音,
猜测是怎么回事,若是我告诉他会提供嫁妆。 755

墨伽罗尼得斯

怎么才可能把那笔嫁妆偷偷取出来?

卡利克勒斯

但愿会出现合适的时机,这期间
我可以向某个朋友借贷这笔钱。

墨伽罗尼得斯

能够求得某个朋友帮忙?

卡利克勒斯

      当然可以。

墨伽罗尼得斯

废话,那时你肯定会听到这样的回答: 760
"请神明作证:我确实没有钱可以借贷。"

卡利克勒斯

请神明作证,我更希望你说实话,而不是你借贷。

墨伽罗尼得斯

你看我倒有个主意,不知合不合适。

卡利克勒斯

      你有什么主意?

墨伽罗尼得斯

我认为我想出了一个很好的主意。

卡利克勒斯

      究竟什么主意?

墨伽罗尼得斯

让我们尽可能地设法雇用一个人,   765
好像是个外邦人,

卡利克勒斯

    然后告诉他该怎么做?

墨伽罗尼得斯

面貌陌生,从未在这里露过面,
一个惯于说谎之人。

[卡利克勒斯

    他怎么知道该做什么?]

墨伽罗尼得斯

好说假话,又很自信。

卡利克勒斯

    在这之后呢?   770

墨伽罗尼得斯

让这个人穿着花衣服,外邦人模样,
好像从塞琉西亚由他父亲那里前来,
随即向他转达他父亲的问候:
他在那里事业顺利,身体健康,
很快就会返回来,他带来两封信,   775
由我们钤印,好像来自他的父亲:
其中一封信给他,另一封信按吩咐
则是给你。

卡利克勒斯

    然后呢? 你再继续说。

墨伽罗尼得斯

他随身带来金子,父亲给女儿的嫁妆,
并且他父亲吩咐把那些金子交给你。
你明白了吗?

卡利克勒斯

    差不多明白了,愿听你继续说。   780

墨伽罗尼得斯

你当然会把那黄金交给年轻人，
等到他为妹妹举行婚礼的时候。

卡利克勒斯

天哪，一个好主意。

墨伽罗尼得斯

当你挖掘财宝时，
你便可以排除年轻人可能的猜疑：
他会以为金子是由他父亲那里送来， 785
而你则取自于埋藏。

卡利克勒斯

你的主意很好，很巧妙，
尽管我这么大年纪，对编造感到羞愧。
不过当把钤有印记的书信交给他时，
难道你以为那个年轻人不可能辨认
他的父亲的印记？

墨伽罗尼得斯

你不妨继续听我说， 790
人们可以为这件事情找到许多借口：
他先前家用的那个丢失，另做了一个。
若送来的信函不带印章，也可以这样说，
它们在检查员人那里启过封，受过检查。
若是为这件事这样没完没了地扯下去， 795
得拖拖拉拉地花上一整天的时间，
若是你想这样说下去，得说很长时间：
你现在立即偷偷地回到藏财宝的地方，
把男女奴隶打发走。你听见了？

卡利克勒斯

还有什么吩咐？

墨伽罗尼得斯

你甚至也要背着你的妻子做这件事， 800
神明作证，她对什么都不会保持沉默。

（见卡利克勒斯站着不动）
你怎么还站着？不赶快离开，赶快去？
你去刨开，从那里取出需要的金子，
然后再立即封好，不过正如我说过，
一定要偷偷地进行，把所有的人赶出屋。　　　　　　　　805

卡利克勒斯
是的，我就这样做。

墨伽罗尼得斯
　　　　　　不过我们耗费了太多的时间，
我们把整天时间花在应该迅速做的事情上。
关于印记你丝毫用不着担心，你就相信我：
这样是一个很好的口实，正如你已提醒过，
就说那些信函曾经被检查员检查拆封过。　　　　　　　810
而且你没看见现在这时间？对他你怎么想，
这样一个品行和性格之人？而且早就喝醉，
你对他怎么说都可以；并且最为主要的是
我们的人是拿来，而不是讨钱。

卡利克勒斯
　　　　　　　　　我会这样做。

墨伽罗尼得斯
我现在去广场寻找这样一个善于　　　　　　　　　　　815
行骗之人，给两封信都钤上印记，
再让他到这里来好好蒙骗这个年轻人。

卡利克勒斯
那我现在就进屋去干我的事情，
你前去那里。

墨伽罗尼得斯
　　　　　我会非常有趣地进行安排。

第四幕

第一场

［卡尔弥得斯上。

卡尔弥得斯
  尤皮特和涅柔斯的兄弟，咸涩而潮湿的
    大海的全能统治者尼普顿①，   820
  我无比欣悦地、乐意地、赞颂地对你和
    充满盐分的波涛表示感激，
  你们一向对我拥有全权，包括我的财富和我的生命，
  让我从你们的权力范围返回到无比甜美的故邦。
  尼普顿啊，我特别感激你，超过对其他的众神明；
  我们都说你狂暴、严厉、生性贪婪、行为怪僻、   825
  不可思议、难以忍受、冷酷无情；然而据我的体验，
  你对我是那样的平静，在海上是那样像我希望的温和。
  我早就听说你享有这样的荣誉，在人类中间享有盛名；
  你经常宽恕贫穷之人，常让富有者受损失，制服他们。
  我不仅称赞你，还知道你和神明们能公正地对待凡人，   830
  ［和善地对待极度贫穷的人们］
  你值得信赖，尽管传说你不可信任；若是没有你，

---

① 涅柔斯是一个古老的海神。

我早就被拖进了深渊，被你的侍从们可怜地撕碎，
　　我的所有财富和我本人一起在蔚蓝的海面上四散漂浮，
　　就像那些狗，完全没有两样，风暴在船只周围肆虐，　　835
　　暴风骤雨和满怀敌意的狂涛巨澜把桅杆折断，把帆桁刮断，
　　把船帆撕碎，若不是你富有同情心，立即送来安静。

（平静下来）

　　好吧，现在我决定去休息一下：我挣得了足够的钱财，
　　尽管遭受了许多苦难，但是为儿子积得了财富。

（遥望街道远处）

　　那个人是谁？他正朝街道走来，穿着和相貌都很新奇。　　840
　　请波卢克斯作证，尽管我着急回家，
　　仍不妨等待，注意看看他究竟想干什么。

第二场

〔叙科凡塔上。

叙科凡塔

　　今天我给自己取个名字为特里努穆斯①，
　　　　　　因为我今天以三文钱受雇进行小欺骗。
　　我来自塞琉西亚，马其顿，亚细亚和阿拉伯，　　845
　　其实那些地方我都从未见过，从未涉过足，
　　你们看吧，贫穷迫使我可怜地去干什么事情？
　　我现在为了三文钱，不得不去递交两封信，
　　声称自己从一个人那里得到它们，
　　　　　　至于那是怎样一个人，
　　我不知道，从未见过，甚至都不知道他
　　　　　　是否出生，是否存在过。　　850

卡尔弥得斯

　　（旁白）

---

① "特里努穆斯"的拉丁文是trinummus。nummus是古罗马一种硬币，trinummus，意即为"三文钱的"。

　　　　　天哪，这个人来自真菌族：帽子罩住了整个脑袋。
　　　　　他似乎是伊利里亚人的样子，一身那样的装束。

叙科凡塔

　　　　　那个雇用我的人雇了我后把我领进屋里，
　　　　　告诉我他想干什么，预先指示我，教导我，
　　　　　我该怎么做，怎么办；现在若是我再增加些什么， 855
　　　　　那个雇用我的人便从我这里得到额外的收益。
　　　　　我现在这身装束就是他给我打扮，这是交给我的钱。
　　　　　他自己冒险从服装管理员那里领来这身服装。
　　　　　现在若是我能够凭这身服装蒙骗那个人，
　　　　　那我会让他承认我是一个真正的叙科凡塔①。 860

卡尔弥得斯

　　　　　（旁白）
　　　　　我愈是看他，愈是不喜欢这个人的样子，
　　　　　没什么好奇怪，要是他是个夜猫子或偷钱包的。
　　　　　他在观察地方，仔细查看、辨认屋子。
　　　　　天哪，我相信他看准地方后便会去下手。
　　　　　不妨看看他究竟想干什么，好吧，就这么办。 865

叙科凡塔

　　　　　雇用我的那个人告诉我的就是这处地方，
　　　　　我应该就在这座屋前施展我的欺骗伎俩。
　　　　　现在我上前去敲门。

卡尔弥得斯

　　　　　（旁白）
　　　　　　　　　　他直接向我们的屋子走去。
　　　　　天哪，我一回家来，今天夜里就得当守卫。

叙科凡塔

　　　　　（敲门）
　　　　　喂，你们快来开门。喂喂，谁在看守这扇门？ 870

---

① "叙科凡塔"（Sycophanta）作为普通名词，本意为"告密者"、"骗子"。

卡尔弥得斯

（走上前）

喂,年轻人,你想干什么?你为什么敲这扇门?

叙科凡塔

喂,老人,既然向我调查,我就给予准确的回答。

[**卡尔弥得斯**

你回答我,也许我能给你指出你正在寻找的人。

叙科凡塔

我这就告诉你。]我在找名叫勒斯波尼库斯的年轻人,

他住在这里?同时还要找一个头发斑白的老人,

据说他叫卡利克勒斯,交给我这些信的人这样说。　　　875

卡尔弥得斯

（旁白）

这个人在寻找我的儿子勒斯波尼库斯和我的那个朋友,

我曾经把自己的孩子和财产委托给他,就是卡利克勒斯。

叙科凡塔

大伯,若是你知道,请告诉我,这两个人居住在哪里。

卡尔弥得斯

（警惕地）

你找他们干什么?或者你是谁?从哪里来?来自何方?

叙科凡塔

你一下子问这么多问题,我不知道首先该向你说什么。　　　880

若是你能够一个问题一个问题地询问,慢慢地细打听,

我会告诉你我叫什么名字,我有什么事情,怎么到来。

卡尔弥得斯

好吧,就按你说的办。首先请你告诉我你叫什么名字。

叙科凡塔

你想知道的东西太多。

卡尔弥得斯

这是为什么?

叙科凡塔

　　　　　　　　　这是因为，老伯，
　　　　若是你天亮前首先从询问我的姓名开始，　　　　　　　　885
　　　　　那么直到深夜到来你也不可能把我查完。

卡尔弥得斯

　　　那就是说需要带上路资，才能让你说出你的名字。

叙科凡塔

　　　不过也有另一种比较简单的办法，就像那种盛酒器。①

卡尔弥得斯

　　　年轻人，你究竟叫什么名字？

叙科凡塔

　　　　　　　　　帕克斯②，这就是我的名字。
　　　这是我通常的名字。

卡尔弥得斯

　　　　　　　　请神明作证，一个游手好闲的名字。　　　　　　890
　　　正如你所说，若是给你放什么贷，帕克斯——完蛋。
　　　（旁白）
　　　这是一个真正的蒙骗人的家伙。
　　　（对叙科凡塔）
　　　　　　　　　你说什么，年轻人？

叙科凡塔

　　　　　　　　　　　　　　什么？

卡尔弥得斯

　　　请你说说看，你正在寻找的那些人与你有什么关系？

叙科凡塔

　　　那个年轻人的父亲交给我这两封信，要我交给
　　　勒斯波尼库斯，那个人是我的朋友。

卡尔弥得斯

　　　（旁白）

---

① 此语含义不明。
② "帕克斯"的原文是pax。这里不是拉丁文的"和平"、"平静"之意，而是源自古希腊文，意思可能是"完了"、"够了"、"算了"。见下文。

>   我当场捉住了他。   895
> 他说我给了他那些信。不妨让我嘲弄他一番。

叙科凡塔

> 若是你愿意听，我就继续说。

卡尔弥得斯

>   我愿意听，你说。

叙科凡塔

> 他让我把这封信交给他的儿子勒斯波尼库斯，
> 吩咐我把另一封信交给他的朋友卡利克勒斯。

卡尔弥得斯

> （旁白）
> 神明作证，这个人在胡扯，我不妨针锋相对。   900
> [你自己去过哪里？

叙科凡塔

>   他事业进行得很顺利。

卡尔弥得斯

>   究竟在哪里？

叙科凡塔

>   在塞琉西亚。]

卡尔弥得斯

> 你从他本人手里得到这些信？

叙科凡塔

>   是他亲手把它们交到我手里。

卡尔弥得斯

> 那人长的什么模样？

叙科凡塔

>   他比你高出约有一尺半。

卡尔弥得斯

> （旁白）
> 这事真奇怪，若是我在外邦比我现在还要高。
> （对叙科凡塔）

你见过这个人？

叙科凡塔

你询问得真可笑，我曾经和他 905
经常一起吃饭。

卡尔弥得斯

他叫什么名字？

叙科凡塔

神明作证，好人常用的名字。

卡尔弥得斯

我想听听。

叙科凡塔

他——他——天哪——他叫——真倒霉。

卡尔弥得斯

怎么回事？

叙科凡塔

我不经意一下子把名字吞下了。

卡尔弥得斯

一个人不应该把朋友咬在自己的牙缝里。

叙科凡塔

刚才他还在我的嘴唇边翻腾过。 910

卡尔弥得斯

（旁白）

我抢先一步采取了行动。

叙科凡塔

（旁白）

我被当场逮住了，真倒霉。

卡尔弥得斯

你想起名字来了？

叙科凡塔

（旁白）

海格力斯啊，我真是神界人间丢脸。

卡尔弥得斯

　　瞧你怎样熟悉人。

叙科凡塔

　　　　　　就像知道我自己。人通常会
手里拿着一本书,眼睛看得见,却会寻找它。
请让我按字母回忆,名字的第一个字母是C。① 　　　　915

卡尔弥得斯

　　卡利阿斯?

叙科凡塔

　　　　不是。

卡尔弥得斯

　　　　卡利普斯?

叙科凡塔

　　　　　　不是。

卡尔弥得斯

　　　　　　卡利得弥得斯?

叙科凡塔

　　不是。

卡尔弥得斯

　　　科利尼库斯?

叙科凡塔

　　　　不是。

卡尔弥得斯

　　　　卡利马尔库斯?

叙科凡塔

　　　　　　　完全不是。
请神明作证,你说的这些都不对,我自己知道。

卡尔弥得斯

　　这里有不少人叫勒斯波尼库斯,你若不说出

---

① "卡尔弥得斯"的拉丁文是Charmides。

他的父亲的名字，我就无法指出你要找的人。　　　　　　　　920
　　能不能举个例子？我们或许可以找到。

叙科凡塔
　　举个例子——

卡尔弥得斯
　　　　　　是卡瑞斯吗？卡尔弥得斯？

叙科凡塔
　　　　　　　　　　　　就是卡尔弥得斯。
　　就是这个名字。愿神明让他遭殃。我早就对你说——
　　这个倒霉的家伙就在我的嘴唇边翻腾。

卡尔弥得斯
　　你对朋友应该说好话，不应该诅咒谩骂。

叙科凡塔
　　有这样一文不值的家伙，隐藏在嘴唇和牙齿后面？　　　　925

卡尔弥得斯
　　不要辱骂不在眼前的朋友。

叙科凡塔
　　　　　　　　　　谁叫他这样胆怯，
　　躲着我？

卡尔弥得斯
　　　　　　若是你称呼他的名字，他本来会答应你。
　　不过他现在在哪里？

叙科凡塔
　　　　　　神明作证，我把他留在基克罗皮亚岛拉达曼斯那里。

卡尔弥得斯
　　（旁白）
　　有谁比我更愚蠢，竟然自己询问我自己在哪里？
　　不过这对事情没有什么不好。
　　（大声地）
　　　　　　　　　　你看怎么样，若是我想再问问你？　　　　930
　　你去过哪些地方？

叙科凡塔

       我去过许多令人惊奇的奇异地方。

卡尔弥得斯

  我很想听,你不妨说说。

叙科凡塔

        甚至我也很想说一说。
  其中首先,我们在蓬托斯去过阿拉伯土地。①

卡尔弥得斯

  啊?阿拉伯在蓬托斯?

叙科凡塔

       是这样:不是那个产乳香的地方。
  不过那里生长艾草,那里还有鸡群好食的丛草。   935

卡尔弥得斯

  (旁白)
  这个人在胡说八道,真好笑。不过我也真愚蠢,
  让我从那些地方回来,询问我知道,他不知道的事情;
  也许这样可以试试他会怎样结束这场表演。
  (大声地)
  现在你说说,后来你又去到哪里?

叙科凡塔

        只要你注意听,我这就说。
  我去到源自天空尤皮特的座椅下的那条河的源头。   940

卡尔弥得斯

  源自尤皮特的座椅下?

叙科凡塔

       我是这样说。

卡尔弥得斯

       源自天空?

叙科凡塔

---

① 蓬托斯是黑海的古称。

而且是源自天空中央。

卡尔弥得斯

啊呀,你甚至登上过天空?

叙科凡塔

不,我们是乘着小舟,
逆流而上。

卡尔弥得斯

啊呀,你甚至都看见过尤皮特。

叙科凡塔

其他神明说他去到田庄给奴隶们分发口粮。
在这之后——

卡尔弥得斯

(打断)

终于够了,我不想再听你继续说什么。 945

叙科凡塔

不过——

卡尔弥得斯

天哪,你走吧,要是你继续烦人。一个人知廉耻,
帕克斯,由地上去过天空,就不应该泄露任何的天机。

叙科凡塔

好吧,我会满足你的愿望。不过还得请你告诉我
我要寻找的这几个人,我需要把这些信交给他们。

卡尔弥得斯

你说说看,要是你现在恰好与卡尔弥得斯相遇, 950
你曾经说要交给他你现在手里正拿着的这些信,
你能认出那人吗?

叙科凡塔

天哪,你这是把我看成像一头动物,
竟然认不出来曾经一辈子同他一起生活的朋友。
他也竟然如此愚蠢,以至于把上千的腓力金币
托付我,要我把它们交给他自己的那个儿子 955

和他的朋友卡利克勒斯，他曾经把财产托付此人？
他怎么会委托我，若是我们俩互相见面都不认识？

卡尔弥得斯

（旁白）
我现在确实也想蒙骗一下面前的这个骗子，
如果我能够把他那里的一千腓力金币骗过来，
他说那是我给他，其实我并不知道这个人是谁， 960
在今天之前也从没有见过。我怎么会把钱托付给他？
即使事件生命攸关，永远也不会哪怕把铅币委托他。
我这就巧妙地向他走过去。

（大声地）
　　　　　　　　帕克斯，我想对你说几句话。

叙科凡塔

那怕说几百句。

卡尔弥得斯

　　　你现在带着从卡尔弥得斯那里得到的金币？

叙科凡塔

而且还是腓力金币，并且是他亲自当面点清， 965
整整一千。

卡尔弥得斯

　　　你确实是从卡尔弥得斯本人那里得到它们？

叙科凡塔

要是从他父亲或祖父那里得到就怪了，他们已经故去。

卡尔弥得斯

年轻人，你就把那些金币交给我吧。

叙科凡塔

　　　　　　　　为什么要把它们交给你？

卡尔弥得斯

你已经承认那些钱是从我这里得到的。

叙科凡塔

　　　　　　　　从你那里得到？

卡尔弥得斯

         我是这样说。

叙科凡塔

  你是何许人?

卡尔弥得斯

     我就是卡尔弥得斯,曾经给了你一千金币。   970

叙科凡塔

  不,你不是他,今天不是,永远不是,即使为了这些金子。

卡尔弥得斯

  我是卡尔弥得斯。

叙科凡塔

    神明作证,你这是徒劳,我没有任何金子。
  就在那一刻的时间里,你非常敏捷地把它取走了;
  我一告诉你我带着金子,你就变成了卡尔弥得斯。   975
  在我没说金子之前,你不是卡尔弥得斯。你在胡扯。
  就像变成卡尔弥得斯一样,现在你再重新变回去吧。

卡尔弥得斯

  要是我不是我自己,那我是谁?

叙科凡塔

        这与我有什么关系?
  只要你不是我不希望的人,你爱是什么人都可以。
  你以前不是你本人,现在又突然成了非你那个人。   980

卡尔弥得斯

  你就干你准备干的事情吧!

叙科凡塔

     我想干什么?

卡尔弥得斯

      把金子还给我。

叙科凡塔

     老人家,你在做梦!

卡尔弥得斯

你自己曾经承认卡尔弥得斯给了你金子。

叙科凡塔

那只是钱票。

卡尔弥得斯

你怎么还不快滚,还不现在就从这里迅速滚开?
幻想家,在我吩咐在这里好好折磨你一番之前。

叙科凡塔

这是为什么?

卡尔弥得斯

因为我恰好正是你借以蒙骗的那个卡尔弥得斯, 985
你声称他交给了你这些信。

叙科凡塔

天哪,请问你确实是他?

卡尔弥得斯

我当然确实是。

叙科凡塔

啊呀,你真是他?确实是他本人?

卡尔弥得斯

我说是。

叙科凡塔

你是他本人?

卡尔弥得斯

我说了,我是他本人,我是卡尔弥得斯。

叙科凡塔

那你真是他?

卡尔弥得斯

我确实就是他。
你怎么还不从这里,从我面前滚开?

叙科凡塔

现在认真说话,因为你来到舞台上——

按照我和新当选的市政官的命令,你将挨鞭打。①   990

卡尔弥得斯

    你还要恶语伤人?

叙科凡塔

        不,既然你这样健康无恙地返回来——
    愿神明们让你遭殃,在这之前你未遭死亡于我并非小事。
    我为这件劳作已经得到银子,你就去倒大霉吧:
    无论你真是或者不是那个卡尔弥得斯,这都无关紧要。   995
    我这就回去找给了我三文钱的那个人说明情况,
    好让他知道他已经完蛋。我这就走,祝你不健不康!
    〔下。

卡尔弥得斯

    他已经离开这里,现在我可以自由说话。
    我觉得时间还许可,也是合适的时机。
    我的这颗心早就像在被针扎一般,   1000
    他为了什么事情来到我这住屋旁。
    他的那封信让我心里惊恐发颤,
    还有那一千块金币,他究竟想干什么。
    波卢克斯作证,铃铛不会突然自己发声:
    除非有人触动它,否则它总是哑口无语。   1005
    (向广场旁边遥望)
    不过那是谁匆匆顺着街道跑过来?
    我想看看他干什么?我退到这边来。

    (退到舞台一侧)

第三场

    〔斯塔西摩斯匆匆地跑上。

斯塔西摩斯

---

① 市政官是罗马官职,主管节日戏剧演出事宜,包括对违规者进行肉体处罚。饰演叙科凡塔的演员在这里打破戏剧幻觉,他已经不是剧中人物,而是演员。

（自语）

斯塔西摩斯，你赶快跑，赶快跑向主人的住屋，
免得担心你的肩胛骨会由于你的愚蠢而突然飞起。
你快跑，加快脚步。你离开家已有很长的时间。 1010
你得当心，免得牛皮鞭子在你身上不停地噼啪响，
若是你主人追究你为什么不在。不可停止奔跑。
斯塔西摩斯啊，你真是个一文不值的东西，
竟然把戒指忘在了小酒馆，在那里润过喉咙之后？
你尽可能赶快往回跑，为时还不晚。

卡尔弥得斯

（旁白）

         你们看， 1015
完全是一个醉汉，正在教导这个家伙奔跑。

斯塔西摩斯

（继续自语）

你真是个不中用的人，怎不感到害臊？就这么三杯酒，
便让你失去了记忆？是不是一起喝酒的是些能干之人，
他们很容易控制自己不向别人伸手？三个人同你一起，
克尔科尼库斯·克里努斯，克尔科布卢斯，科拉布斯， 1020
双眼糜烂，足跟糜烂，一些戴镣铐的无赖，
难道你能够从这样一些人那里重新讨回戒指？
这是一些能够从捷速奔跑者脚下偷走土地的人。

卡尔弥得斯

（旁白）

愿神明保佑，一个彩绘的骗子！

斯塔西摩斯

       我何必寻找丢失了的东西？
除非我想给业已遭受的损失再补充额外的辛劳。 1025
难道你还不认为丢失了就已经失掉？赶快调转风帆，
回到主人那里去。

卡尔弥得斯

（旁白）

　　　　　这个人不是想逃跑，他还记得回家。

斯塔西摩斯

　　但愿人们的古老习俗，古老的节俭传统

　　能比当今败坏了的风习受到更大的尊重。

卡尔弥得斯

　　不死的神明啊，他一开始说话便具有王室风彩。　　　　1030

　　他向往古老的习俗，热爱先辈们养成的古代风习。

斯塔西摩斯

　　人们视现今的风习一文不值，无论允许或不允许，

　　逢迎巴结献媚按习俗被视为神圣，不受法律干预；

　　在敌人面前丢弃盾牌逃跑为现今的风俗所允许，

　　卑鄙无耻地追求官职成风。

卡尔弥得斯

　　（旁白）

　　　　　一种不好的社会风气！　　　　1035

斯塔西摩斯

　　有能力之人不受重视，现今流行成风。

卡尔弥得斯

　　（旁白）

　　　　　可恶的家伙！

斯塔西摩斯

　　社会风气已经把法律纳入自己的权力范围。

　　法律如此驯服顺从，超过父母亲对自己的孩子。

　　那些法律被铁钉可怜地钉在墙壁上，

　　更特别应该被钉上墙壁的是败坏了的风气。　　　　1040

卡尔弥得斯

　　（旁白）

　　我很想走上前招呼他，可又很想听他继续说，

　　担心我若上前与他招呼，他便会说其他事情。

斯塔西摩斯

法律对于它们失去神圣性，法律成为风俗的奴隶，
时风迅速劫掠一切神圣的，属于社会公共的东西。

卡尔弥得斯

（旁白）

海格力斯啊，他对时风进行着应有的严厉责备。 1045

斯塔西摩斯

怎么不看看现在的社会精神？现今这类人
与所有的人敌对，对整个的人民作恶：
他们自己不守信义，还剥夺他人的信义；
从这些人的品性可以看出这些人的本性。
我为什么想起这些？是为事情本身所驱使。 1050
你若给某人借贷，那钱会被如他自己的那样花掉；
当你向他讨还时，你的善行会使朋友成敌人。
若是你的索要更强烈，会有两种情况任你选择：
或是失去你的贷款，或是失去你的那个朋友。

卡尔弥得斯

（旁白）

这个人就是我的奴隶斯塔西摩斯。

斯塔西摩斯

      我借给一个人一塔兰同， 1055
一塔兰同让我买得一个敌人，卖掉一个朋友。
不过我也有点太愚蠢，竟然去关心社会事务，
而不关心更为接近的东西——就是我的脊背。
我已经赶到家。

卡尔弥得斯

（大声地）

  喂，你站住，听见吗？

斯塔西摩斯

（未看）

    关你什么事，我不站住。

卡尔弥得斯

我需要你。

斯塔西摩斯

（未看）

要是我不希望你需要我呢？

卡尔弥得斯

你太狂妄了，斯塔西摩斯。　　　　　　　　　　1060

斯塔西摩斯

你最好首先买下你想命令的人。

卡尔弥得斯

神明作证，我已经买下他，付了款。

不过如果他不听从命令，我怎么办？

斯塔西摩斯

那就狠狠地对付他。

卡尔弥得斯

你说得太好了，应该这样做。

斯塔西摩斯

只要你不欠他什么。

卡尔弥得斯

要是他是好奴隶，那我欠他；要是相反，我就按你说的办。

斯塔西摩斯

这与我有什么关系，无论你的奴隶是好是坏？　　　1065

卡尔弥得斯

因为无论是好是坏，你也有份。

斯塔西摩斯

我把其中的一份

让给你；你就把其中另一个好的部分交给我。

卡尔弥得斯

你就得你所应得吧。你回过头来看我。我是卡尔弥得斯。

斯塔西摩斯

哎，他在那里提到那个最为杰出的人，他是谁呀？

卡尔弥得斯

是那个最为杰出的人自己。

斯塔西摩斯

大海、大地、苍天啊，伟大的神明们啊，　　　　1070
我的双眼看清楚了吗？那个人是不是就是他本人？
正是他，确实是他本人。啊，我无比向往的主人，
你好！

卡尔弥得斯

你好，斯塔西摩斯！

斯塔西摩斯

看见你健康——

卡尔弥得斯

我知道，我相信你。
不过暂不说别的，你回答我：我的孩子们怎么样？
就是我留在这里的儿子和女儿。

斯塔西摩斯

他们活着，健康。　　　　1075

卡尔弥得斯

是他们两个人？

斯塔西摩斯

是他们两个人。

卡尔弥得斯

是神明喜欢我，拯救我。
关于其他事情待我进屋后空闲时再询问你。
现在我们进屋去。你跟着。
（朝住屋走去）

斯塔西摩斯

你要去哪里？

卡尔弥得斯

除了进屋，还能去哪里？

斯塔西摩斯

你以为我们还住在这里？

卡尔弥得斯

      我能以为住在别的什么地方？

斯塔西摩斯

  已经——

卡尔弥得斯

  "已经"什么？

斯塔西摩斯

  它们已经不是我们的住屋。

卡尔弥得斯

      我听见你在说什么？   1080

斯塔西摩斯

  你的儿子把住屋卖了。

卡尔弥得斯

    糟了！

斯塔西摩斯

      是卖了，现钱交易。

  付的是银币现款——

卡尔弥得斯

    卖的什么价？

斯塔西摩斯

      四十谟纳。

卡尔弥得斯

      我完了！

  谁买了这座屋子？

斯塔西摩斯

    卡利克勒斯，你曾经把自己的家产托付给他。
  他自己搬过来住进了这座屋子，还把我们赶了出来。

卡尔弥得斯

  现在我的儿子住在哪里？

斯塔西摩斯

    住在这里的后屋里。   1085

卡尔弥得斯

  我彻底完了。

斯塔西摩斯

  我本就知道,你听到这个消息后会非常痛心。

卡尔弥得斯

  我在辽阔的大海上曾经遭受过无数的艰辛,
  终于返回来,从海盗们手里挽救了自己的生命,
  得以安全归来,现在却在这里遇害,由于他们,
  我正是为了他们让我这残生承受了无数磨难。 1090
  痛苦正在夺走我的灵气。斯塔西摩斯,快扶住我。

斯塔西摩斯

  (上前扶持)
  你想喝水吗?

卡尔弥得斯

  在我的财产失去时,应该那时给罐水。

第四场

〔卡利克勒斯身着工作服,由屋内上。

卡利克勒斯

  (未看见卡尔弥得斯和斯塔西摩斯)
  我听见是谁在这里,在我的屋前放声大叫?

卡尔弥得斯

  喂,卡利克勒斯,卡利克勒斯,卡利克勒斯,
  我把自己的财产托付给了一个怎样的朋友? 1095

卡利克勒斯

  托付给了一个正派、诚实、守信的朋友。
  我非常高兴,你能健康无恙地返回来。

卡尔弥得斯

  我相信,只要所有的事情能像你说的那样。
  不过你这身装束干什么?

卡利克勒斯

　　　　　　　我这就说给你听。
　　　　　我从地下抱出你的财宝，好给你的女儿　　　　　　　1100
　　　　　提供嫁妆。不过最好就在这里让我首先
　　　　　给你叙说这件事和其他事情。
卡尔弥得斯
　　　　　　　　　斯塔西摩斯。
斯塔西摩斯
　　　　　　　　　　　有。
卡尔弥得斯
　　　　　　　　　斯塔西摩斯，
　　　　　你赶快去皮赖欧夫斯，要一口气奔跑过去。
　　　　　你在那里会看见一只轮船，我们乘坐它回来。
　　　　　你吩咐桑伽里奥带上所有我曾经要他　　　　　　　1105
　　　　　带走的东西，你同他一起走。
　　　　　搬运费用我已经付给了搬运工；
　　　　　不要有任何延迟。走，快去！立即返回来。
斯塔西摩斯
　　　　　我会在那里，又在这里。
卡利克勒斯
　　　　　（对卡尔弥得斯）
　　　　　　　　　你跟我进屋去。
卡尔弥得斯
　　　　　　　　　我跟着。
　　　　　〔二人进屋，下。
斯塔西摩斯
　　　　　只有他是我的主人的可靠朋友，　　　　　　　　　1110
　　　　　一直没有改变坚守诚信的心灵，
　　　　　尽管正如我看到他为了保持忠诚，
　　　　　承受了那么多辛劳和忧虑，
　　　　　我理解他为此所承担的艰辛。
　　　　　〔下。

第五幕

第一场

〔吕西特勒斯上。

吕西特勒斯

（兴奋地）

在所有的人们中间我是这样一个人，　　　　　　　　　　1115
无论是愿望的满足或内心的欣悦我都超过他们：
我所希望的一切都能如此顺利地实现，
我所追求的一切都能立即出现，立即成功，
喜悦会随着无数的喜悦接踵而至。
我刚才在家里遇见勒斯波尼库斯的奴隶斯塔西摩斯；　　　1120
他告诉我，自己的主人卡尔弥得斯已从外邦回来。
现在我应该尽可能地见到他，好把我
同他儿子商量的事情由他父亲亲自来认可。

（静听）

不过我听见门在响，可能会给我造成耽误。

（后退）

第二场

〔卡尔弥得斯和卡利克勒斯上。

卡尔弥得斯

（高兴地）
我认为大地上过去、将来、现在都没有哪个人 1125
能够像你这样对自己的朋友如此忠实可靠；
要是没有你，我便被从这所住屋赶出了门外。

卡利克勒斯

如果我为朋友做了什么好事或者诚信地为他出主意，
我不值得受称赞，在我看来只是避免了过错。
［因为若是把什么归别人所有，那就意味着失去； 1130
若只是暂时交给他，那他想要时仍可以要回去。］

卡尔弥得斯

你说得对。不过我对这一点不能不感到奇怪，
他竟把自己的妹妹许配给了这样一个富有家庭。

卡利克勒斯

确实许配给了菲尔托之子吕西特勒斯。

吕西特勒斯

（旁白）

他在说我。

卡尔弥得斯

他找到一个非常杰出的家庭。

吕西特勒斯

我为什么还不过去同他们说话？ 1135
不过我看不妨再等一等，因为他们正在说这件事。

卡尔弥得斯

啊呀！

卡利克勒斯

怎么啦？

卡尔弥得斯

刚才在屋里我忘了对你说一件事。
我刚回来，有一个无耻之徒便朝我迎面走来，
模样特别像是一个蒙骗人的家伙，声称我给了他
一千金币，让他转交给你和我的儿子； 1140

我在这之前从不认识他,也从没有见过他。
不过你为什么笑?

卡利克勒斯

　　　　　他是由我指教派而来,装做他是
由你那里给我送来金子,给你的女儿做嫁
妆,好让你的儿子相信我给的东西是从你那里送来,
从而不会想到那笔钱是你存在我这里的财富,　　　　　1145
进而也就不可能按照祖辈的法律向我索要它。

卡尔弥得斯

　　请波卢克斯作证,你真机敏。

卡利克勒斯

　　　　　是你我的共同朋友墨伽罗尼得斯
用心良苦地想出了这么个主意。

卡尔弥得斯

　　　　　我非常赞赏这么个好主意。

吕西特勒斯

(旁白)
我真不中用,担心打断他们谈话,就这么站着,
不去做已经开始的事情?我上前去同他们说话。　　　　　1150

卡尔弥得斯

(对卡利克勒斯)
那个朝我们走来的人是谁?

吕西特勒斯

　　　　　吕西特勒斯向自己的岳父
卡尔弥得斯问好!

卡尔弥得斯

　　　　　吕西特勒斯,愿众神明赐福于你。

卡利克勒斯

　　难道我不值得问候?

吕西特勒斯

　　　　　不,卡利克勒斯,你好!

我应该首先问候他:披衫比护篷更贴近。

卡利克勒斯

我祝愿神明们让你的计划成功地实现。 1155

卡尔弥得斯

我听说我的女儿被许配给你。

吕西特勒斯

　　　　　　　如若你不反对。

卡尔弥得斯

不,我不反对。

吕西特勒斯

那就是说你应允把女儿嫁给我?

卡尔弥得斯

我应允,还有一千腓力金币作嫁妆。

吕西特勒斯

　　　　　　　我完全不要嫁妆。

卡尔弥得斯

如果你喜欢她,那你也应该喜欢她给你带来的嫁妆。
如若你不接受你所不希望,你也就得不到你所希望。 1160

卡利克勒斯

（对吕西特勒斯）

他说得对。

吕西特勒斯

这就是说他将既是保护人,又是中间人。

（对卡尔弥得斯）

你允许以这样的条件把女儿嫁给我?

卡尔弥得斯

我允诺。

卡利克勒斯

我也这样承诺。

吕西特勒斯

啊,你们好,我的亲属。

卡尔弥得斯

  神明作证，不过你还有事情让我对你生气。

吕西特勒斯

  我做什么了？

卡尔弥得斯

      因为你败坏了我那个堕落的儿子。   1165

吕西特勒斯

  如果那是由于我的意愿，那你可以对我生气。
  不过请允许我向你做个请求。

卡尔弥得斯

      请求什么？

吕西特勒斯

        是这样，
  要是他做了什么蠢事，请你宽恕他这一次。
  你怎么摇头？

卡尔弥得斯

     我的心痛，而且感到担心。

吕西特勒斯

        为什么？

卡尔弥得斯

  因为他没有能长成我希望的那样，这使我心痛；   1170
  我担心如果我拒绝你的请求，你会以为我瞧不起你。
  我不会再生气。我按你的意愿办。

吕西特勒斯

     你真是好人，我这就去叫他来。

  （向屋门走去）

卡尔弥得斯

  真可惜，我不能像应有的那样对他做应受的惩罚。

吕西特勒斯

  （敲门，对屋内）

喂，开门，快开门，把勒斯波尼库斯叫来，
如果他在家；我需要见他，赶快叫他出来。　　　　　　1175
〔勒斯波尼库斯由屋内上。

勒斯波尼库斯

（生气地）

是谁这么大声吵吵嚷嚷地叫我出屋来？

吕西特勒斯

（激动地）

是你的满怀善意的朋友。

勒斯波尼库斯

你都好吗？请告诉我。

吕西特勒斯

一切都好。是你父亲从外邦健康无恙地回来了。

勒斯波尼库斯

谁这么说？

吕西特勒斯

我。

勒斯波尼库斯

你看见了？

吕西特勒斯

（手指）

你也同样会看见。

勒斯波尼库斯

（向前）

啊，父亲，亲爱的父亲，你好！

卡尔弥得斯

你好，我的儿子。　　　　　　1180

勒斯波尼库斯

如果我，父亲，有什么使你不快——

卡尔弥得斯

没什么，你别害怕。

事业顺利，我健康地返回来——只要你能让自己改好。
已说定这位卡利克勒斯的女儿嫁给你。

勒斯波尼库斯

父亲，我娶她。
无论是她或是其他女子，只要你吩咐。

卡尔弥得斯

尽管我对你生气，
一个人遭遇一次不幸便足够。

卡利克勒斯

不，对于他来说还不够， 1185
因为按照他的过失，应该让他娶一百个妻子。

勒斯波尼库斯

以后我会节制自己。

卡尔弥得斯

你现在这样说，只要你能这样做。

吕西特勒斯

若是我明天把妻子娶回家，不会有妨碍？

卡尔弥得斯

不会。
（对勒斯波尼库斯）
你准备好后天娶妻子。

剧班

（齐声）
请大家鼓掌。
［众下。

剧　终

粗鲁汉

TRUCULENTUS

导　言

关于普劳图斯的这部剧本的具体演出时间和它的希腊原剧问题，后人无从确考。普劳图斯本人没有在这部本剧本里或者在其他任何地方说明他的这部剧本的希腊原剧及其作者，于是研究者们不得不根据一些若明若暗的线索，尽可能地进行推测，就希腊原剧作家的名字及其作品提出各种设想。研究者们普遍注意到，普劳图斯的这部剧本中的场景和人物关系安排得很出色。尽管传世抄本的诗行文字多有残损，但是精彩的场面安排和对人物的鲜明刻画使得一些研究者认为，普劳图斯的这部剧本利用的希腊原剧可能是米南德的作品。剧中的主要角色、伴妓弗罗涅西乌姆可能源自米南德笔下的著名伴妓形象塔伊斯，只是改换了名字。

也有人认为，这一人物形象可能是米南德的另一作品《西库昂女子》中的那个西库昂女性形象。做出这样的推论的一条重要理由是，像在普劳图斯的这部剧本中一样，在米南德的《西库昂女子》的传世片段里也有一个名叫斯特拉托法涅斯的军人出场。这一设想无疑显得有些勉强。在古希腊喜剧里，同名人物很多，不仅在不同作家的剧本里，甚至在同一个作家的不同剧本里，也经常出现重名人物。古代材料传世非常零散，零散的材料更容易引起人们的联想，但往往由于证据不充分而难以定论。此外，罗马作家改编希腊剧本时也经常按照自己的习惯和考虑改变原剧中人物的名字。因此，普劳图斯的剧本里人物名字不一定与希腊原剧中的人物名字完全相一致地对应。

普劳图斯的这部剧本里多次提到巴比伦，有的研究者据此推测，这部剧本是否源自希腊新喜剧的另一位著名作家菲勒蒙的作品《巴比伦人》。由菲勒蒙的

《巴比伦人》传下来一个片段，其内容与普劳图斯的这部剧本中的任何段落都不相合，因此这一假设也难以成立。

关于普劳图斯的这部剧本的写作时间，古罗马著名演说家西塞罗在《论老年》一文里提到普劳图斯的这部剧本的写作。西塞罗在谈到人到老年时的乐趣时说："如果一个人真能做到求得知识和学问如同获得食物一样，那么没有什么比闲逸的老年时期更令人愉快的了。"为此，西塞罗列举了一系列实际例子，其中便提到普劳图斯写作这部喜剧感受到的乐趣，称普劳图斯对自己写作的《粗鲁汉》和《普修多卢斯》"是何等的满意啊！"① 由此可以推断，普劳图斯的这部剧本写作于作者戏剧活动的后期，在普劳图斯晚年。

普劳图斯的这部剧本的情节基本围绕着伴妓弗罗涅西乌姆与三个情人周旋而展开。剧本首先通过剧中人物、伴妓弗罗涅西乌姆的情人之一狄尼阿尔库斯的独白、弗罗涅西乌姆的贴身女奴阿斯塔菲乌姆与奴隶"粗鲁汉"的对话介绍，使观众对剧中人物的相互关系有了一个初步了解。本剧中最鲜明的形象是剧中主要人物弗罗涅西乌姆。弗罗涅西乌姆（Phronesium）一名的本意是"聪明的"。剧中突出描写她同时与三个追求者周旋，巧妙地使他们心甘情愿地拜倒在她面前，处于她的控制之下，从而随心所欲地掠夺他们的财富，集中表现了她的"聪明"这一性格特点。研究者们普遍认为，弗罗涅西乌姆这一形象是当时喜剧里的伴妓人物类型中一个最为完整的代表。在普劳图斯的所有剧本里，这部剧本对这类人物的刻画最为集中。剧本对伴妓生活的描写完全符合当时的现实生活。弗罗涅西乌姆有自己的个性，剧中同时也指出了母亲对她的生活方式的影响。弗罗涅西乌姆称自己"邪恶"，认为那是由于母亲的恶毒和她自己的邪恶本性而形成的（第471行）。在她的众多蒙骗追求者的手法中，剧中突出描写了她假装生了孩子蒙骗军人，以便尽可能多地搜刮军人钱财的场面，这些场面给演员提供了丰富的表演材料。

军人斯特拉托法涅斯是一个发战争财的恶棍，这样的军人通常被视为在富裕的西亚当雇佣军发财，然后肆无忌惮地挥霍，反映的是马其顿的亚历山大率军东征后的社会现实和普通民众对他们的憎恶情感。斯特拉托法涅斯在本剧里是弗罗涅西乌姆进行欺骗的首选对象。弗罗涅西乌姆掠夺的原则是要求对方给，不断地给。因此，尽管斯特拉托法涅斯竭力向弗罗涅西乌姆馈赠礼物，迎合对方的要

---

① 西塞罗：《论老年》第14章第50节。

求,但是总不能让弗罗涅西乌姆感到满足,斯特拉托法涅斯最后不得不委屈地和解,同意与竞争对手分享弗罗涅西乌姆的温存。这种情形在当时的社会是常见的现象,喜剧中也总是让吹牛夸口的军人在受尽嘲弄后落入这种可笑的境地。

剧中的女仆阿斯塔菲乌姆非常狡猾。"阿斯塔菲乌姆"(Astaphium)一名的古希腊原文的意思是"葡萄干",显然就是为了借以比喻这位作为伴妓的贴身侍奴的特点。阿斯塔菲乌姆这类人物常见于当时的喜剧,但本剧中的阿斯塔菲乌姆与当时喜剧中的同类人物又有所不同。通常这种角色的主要任务是侍奉由于某种原因而陷入困境的女主人,一种勤勉、忠心,有时显得善良的家庭仆奴形象,然而阿斯塔菲乌姆在本剧中的作用并非完全如此。阿斯塔菲乌姆对于弗罗涅西乌姆来说可以算是一个内助理,外当家。对内她是好助理,外面的事情也由她张罗、承揽。阿斯塔菲乌姆与出差回来的狄尼阿尔库斯相遇,居然与对方显然心领神会地调起情来(第124—129行)。狄尼阿尔库斯自己也承认,他与阿斯塔菲乌姆之间曾经有过某种关系(第94行)。由此可以想象,阿斯塔菲乌姆的年龄不会比弗罗涅西乌姆大很多,从而决定了她在弗罗涅西乌姆身边的地位和行为。阿斯塔菲乌姆自然也像当时的所有伴妓一样,一切都是从获利出发。她声称,她们不怕名声不好,不怕有人说她们卑鄙,只要能得到钱财就行(第161行)。阿斯塔菲乌姆以为狄尼阿尔库斯的钱财已经被榨干,因而厌烦狄尼阿尔库斯的造访,但当她听狄尼阿尔库斯说还有田产和房屋时,对狄尼阿尔库斯的态度便立即发生了变化,热情起来,正如她说:有钱才是她们的朋友。

剧中的奴隶特鲁库伦图斯的形象也很突出。这个名字的拉丁文原文是Truculentus。它本是一个形容词,意思为"严厉的"、"粗暴的",剧本标题即由此而来,意译为"粗鲁汉"。在这部剧本的有的版本里,这个人物另有自己的名字。特鲁库伦图斯在剧本第二幕第二场登场。他一出场就表现得很严厉,完全与他的名字相称。他与阿斯塔菲乌姆是近邻,他一登场正好与阿斯塔菲乌姆相遇。阿斯塔菲乌姆与"粗鲁汉"的对话非常鲜明地表现了这两个人的性格。特鲁库伦图斯随即严厉地指责对方,称对方败坏了他的少主人,使他的少主人走向毁灭。他驱赶阿斯塔菲乌姆,拒绝回答后者的问候,严厉地责骂她。他这样并没有能使阿斯塔菲乌姆畏缩,相反却想以她自己的全部魅力制伏这个性情暴烈的粗鲁汉。这更激怒了特鲁库伦图斯,使得特鲁库伦图斯更为严厉地谴责她,表现为一个非常鲜明的维护传统简朴道德的形象。不过在剧本的后半部分,他完全变成了另一个样子。他自己声明,他已经不像从前那样严厉,请求阿斯塔菲乌姆不要害怕他（第673—674行）。他自己建议阿斯塔菲乌姆随意吩咐他，他已经抛弃了原先的性格，完全是另一种习性。他甚至也想爱，找个女伴（第676—678行）。他先前拒绝阿斯塔菲乌姆接近，现在却温和地抓住她的手，跟着她走。在整个这一场里，由先前的那个特鲁库伦图斯只剩下他还关心主人的儿子不要毁在伴妓的手里。这时尽管他心里仍然残留着他先前对青年过早地走访伴妓感到的不满，批评被败坏的青年甚至把情人看得比自己的母亲还重要，但他的行为完全变了。问题在于剧作者对发生这样的变化的原因没有说明。有的研究者把这一点视为这部剧本的一个明显的不足。不过如果从另一个角度看，从这部剧本主要是描写伴妓的骗人伎俩看，也许把它视为表现伴妓的伎俩的效应可能更合适一些。

除了批评本剧中对这位粗鲁汉的性格描写缺乏一贯性外，一些研究者还指出了剧本在结构安排方面存在的一些其他的不足。例如有的研究者认为，剧中对狄尼阿尔库斯在剧本结束时的命运在此前没有得到足够的、必要的暗示和交代。在现在传世的文本里，对狄尼阿尔库斯与卡吕克勒斯的女儿结婚的事情的说明也很简略。从整部剧本的篇幅看，也可能这方面的情节被人压缩了。

在剧本的前一部分，中心人物是弗罗涅西乌姆，她的诡计和蒙骗使得追求她的人遭受损失。但是从第四幕第三场开始，矛盾中心成了那个始终只是提及而从未直接在观众前露面的婴儿。弗罗涅西乌姆谎称由于军人斯特拉托法涅斯而生了那个孩子。在舞台上占着一处住屋，实际上很晚才出场的卡吕克勒斯意外地得知，实际上那是他的女儿的未婚而早生的儿子，是由于狄尼阿尔库斯的酒后强暴造成的。事发后，狄尼阿尔库斯忘记了对弗罗涅西乌姆的追求，同意与该女子结婚。她的父亲对卡吕克勒斯也没有表示反对，只是压缩原先计划的嫁妆分量（只给6塔兰同），狄尼阿尔库斯只好感激未来的岳父。有的研究者认为，尽管这样的结局对于当时喜剧中出身于端庄家庭的少女是必需的，但是在这部剧本里，这一结局所占的分量与事情造成对少女及其父亲的痛苦相比，显得要少了些。

在处理好女儿与狄尼阿尔库斯的事情后，卡吕克勒斯准备告诉自己的一个族人，让他为儿子找新的妻子。有的研究者设想，这个未提到名字、卡吕克勒斯准备嫁女儿的年轻人可能是斯特拉巴克斯。此人在剧中是与军人竞争弗罗涅西乌姆的对手，不过弗罗涅西乌姆有狄尼阿尔库斯一人，也完全可以激发军人的醋意，获得慷慨赠予。由此有人设想，在希腊原剧里这一青年角色可能描写得更鲜明，而且对他的父母可能给予了更多的篇幅，把他的父亲作为一个具有传统道德观念的人进行描写，以便表现新旧思想冲突。

上述这些分析和议论并非毫无道理，但需要指出的是，这些疑问只有在仔细阅读文本时才可能发现，在舞台上演出时很容易避过人们的注意。剧中对几个主要人物形象的出色塑造和活跃表演使观众在很大程度上能够获得充分的戏剧满足，从而可以在一定程度上弥补戏剧情节发展过程中存在的弱点。

　　现在很难断定出现这种不足的原因，是普劳图斯本人编写剧本时由于匆忙而出现的粗疏，还是普劳图斯剧本的后来演出者进行缩编而造成的。古罗马的剧本在后代重新演出时经常遭遇到这种情况。

剧情梗概

三个年轻人同时迷恋上了一个女子，
一个住乡下，另一个住城里，第三个
来自外邦；女子为了狠狠蒙骗军人，
偷偷给自己找来一个出身不明的婴儿。
有个奴隶非常粗鲁，性格暴躁，　　　　　　　　　　5
惋惜主人的积蓄被母狼们掠走，
不过他也被驯服。军人到来，
为了儿子，慷慨馈赠丰富的礼物。
遭强暴的女子的父亲知道了一切，
同意那个施暴者娶自己的女儿，　　　　　　　　　10
那人向伴妓要回了他那被假冒的孩子。

人　物

狄尼阿尔库斯　青年
阿斯塔菲乌姆　弗罗涅西乌姆女侍奴
特鲁库伦图斯　斯特拉巴克斯家的奴隶
弗罗涅西乌姆　伴妓
斯特拉托法涅斯　军人
库阿穆斯　狄尼阿尔库斯的奴隶
斯特拉巴克斯　青年
卡吕克勒斯　老人，狄尼阿尔库斯的邻居
女侍奴
女理发师

时　间

白天。

地　点

雅典，某街道。舞台上有两座房屋，分别为弗罗涅西乌姆和斯特拉巴克斯的父亲的居处。

开场词

普劳图斯请求从你们这巨大的,
美好的城市范围里给他一块地,
他要不带建筑师地把雅典移过来。
（审视观众）
现在怎么样？你们给不给？他们首肯。
（高兴地）
我知道我会得到城市财产，不会有延误； 5
要是我向你们要求一点财产？
（四向环顾）
        大家都在摇头。
请神明作证，你们仍然保持着古老传统，
现在就让我们办我们前来准备办的事情。
我把演出场地由雅典搬来这里， 10
让我们好暂时表演这部喜剧。
这里居住着一个女人，名叫弗罗涅西乌姆；
她拥有我们这个时代这样的习性：
从不向恋人索要已经赠送过的东西，
她关心的是剩下的东西，不得有剩余， 15
索要，得到它们——妇女的本性如此；
所有的女性都这样，她们知道自己被喜欢。
…………①
现在她装作自己为军官生了孩子，
好尽快地把军人打扫得一尘不染，
还用多说吗？………… 20

---

① 此处原文残损数行，内容可能是说明弗罗涅西乌姆与军官的关系。

第一幕

第一场

[狄尼阿尔库斯沮丧地上。

狄尼阿尔库斯
　　（厌恶地注视弗罗涅西乌姆的住屋）
　　恋爱之人即使花上一辈子时间学习,
　　也始终不可能学会,有多少方法会让他毁灭,
　　甚至维纳斯虽然掌管恋人们的所有事情,
　　她也永远无法计算清楚,究竟有多少　　　　　　　　25
　　手段和方法让恋爱之人受嘲弄,
　　让他遭受灭亡,受到多少动人的请求:
　　对他多少阿谀奉承,多少愠色嗔怒,
　　又会发出多少央求,愿神明保佑你,
　　甚至需要发怎样的誓言,除了礼物馈赠。　　　　　30
　　首先是一年的供养——第一个收益,
　　由此会给他三个夜晚;在这期间
　　还得有钱、酒、油和小麦面包,
　　试探你是个慷慨之人,还是吝啬财富。
　　有如打鱼人向鱼池里抛撒渔网,　　　　　　　　　35
　　渔网被抛进鱼池,随即拉紧麻网绳。
　　若是有鱼蹿进网里,就不可能再逃出去;
　　渔网这边那边地被拖拉,把鱼网住,

直到最后终于把鱼拖出水面。
同样地，如果恋人按索要馈赠， 40
而且是慷慨给予胜过节俭花费，
那会增加夜晚，而他则吞着诱饵。
如果他喝的是整杯的爱情纯酒，
而且饮了的酒已经渗入他的心胸，
那他自己会立即毁灭，还有他的财富和声誉。 45
若是姘头有时对自己的情人生气，
那情人会双倍地毁灭：既失去财富，又失去安宁；
若是他们互相体谅，同样也是死亡。
如果很少共度夜晚，那就会失去平静；
若是经常往来，他自己高兴，财富却遭殃。 50

在妓馆老板的屋里经常会这样对待你。
在你馈赠一次之前，已经准备好上百次要求：
或是会损失金子，或是披衫被撕破，
或是买来的女侍奴，或是某种银具，
或是古老的黄铜容器，或是雕花卧榻， 55
或是希腊小柜，或是其他什么经常需要
赠送的东西，情人总是亏欠自己的姘头。

我们总是尽可能地掩盖遭受的损失，
使我们的金钱、信誉和我们自己受亏损，
不让父母、亲人知道；其实若是他们知道了 60
我们的行为，他们会及时调控我们的青春，
由此我们也可以把先前的积蓄传给继承人，
从而使妓馆老板和伴妓减少，
挥霍之人也会比现在减少许多。
须知现今妓馆老板和伴妓的数量 65
甚至比酷暑日子里的苍蝇还要多，
尽管在其他地方见不到她们，但她们

每天都围坐在钱庄里,难以胜计;
不过我确切知道那里的伴妓比砝码①还要多。
至于为什么她们在钱庄里不把钱款取出门, 70
我说不准,除非是在那里按原利率转账;
我看也许是因为在那里只接受,不垫付。

通常每当一座巨大的城市人群麇集,
一派和平与闲逸景象,敌人被战胜,
这时凡具有支付能力的人便会追寻爱。 75
我也是这样,
(用手指)
      这里居住着我的伴妓弗罗涅西乌姆,
这个名字意为着要从我心中掏取一切。②
我承认我是她的非常亲近的朋友,
这对于恋人的金钱来说是最大的悲哀; 80
现在她又找到另一个人,比我更慷慨,
由此让他替代我的位置,让他遭受更大的损失,
一个巴比伦军人。据说他即将从
外邦前来;她现在为他安排了这样的计谋: 85
她装作生了孩子,以便把我赶出门外,
同时只同军人一个人按希腊方式生活;③
她装作那个军人是孩子的父亲。
我认为这个坏东西那里的孩子是假冒。
她想这样蒙骗我,或者她以为
要是她已经怀孕,可以瞒过我? 90
我由楞姆诺斯回到雅典,今天是第三天,
接受公家某种委派作为使者回来。

---

① 可能指各种不同计量、用来称量金子的小砝码。
② "弗罗涅西乌姆"一名源自希腊文,相当于拉丁文的sapientia,意为"智慧"。
③ "按希腊方式生活"的原文是pergraecetur,意即像希腊人那样寻欢作乐,包含着罗马人对希腊人的生活方式的鄙视。

（见弗罗涅西乌姆的屋门打开）
我看见那是她的女侍奴阿斯塔菲乌姆，
我甚至同她也曾经有过交易。

（稍许后退）

第二场

[阿斯塔菲乌姆上。

阿斯塔菲乌姆

（对屋内）

你们要注意听门外的动静，看好住屋，　　　　　　　　　95
不要使有人离去时比前来时更有分量，
喂，若有人揣着空空的双手来找我们，
离去时却背着重负。我知道人们的习性；
现如今的年轻人就是这样的品性；他们
五个一群六个一伙地前来找姘头饮酒作乐，　　　　　　100
事先商量好计划：在他们进屋后，他们中间
一个人直接去找女伴送吻，其他人则开始偷窃；
若发现有人在监视他们，他们便与守卫开玩笑取乐，
进行说笑；经常由我们提供吃喝，样子如制作灌肠。
神明作证，事情就这样，有些观众肯定知道我没说错。
从掠夺者那里夺得猎获物对于他们被视为战斗荣耀。
卡斯托尔啊，我们则出色地回报我们的那些窃贼。①　　110
我们是当面偷窃他们，是他们亲自把财物给我们送来。

狄尼阿尔库斯

（旁白）

她说出那些话是在抨击我。
我确实曾经亲自送来赠礼。

阿斯塔菲乌姆

---

① 原文第100—110行只有7行。

我猛然想起来。天哪，若他在家，我就把他带过来。

狄尼阿尔库斯

（大声地）

喂，你停住，阿斯塔菲乌姆，你不要离开！ 115

阿斯塔菲乌姆

谁在叫我？

狄尼阿尔库斯

你回过头看看，就会知道。

阿斯塔菲乌姆

（没有回头）

他是谁？

狄尼阿尔库斯

一个想给你们送来许多礼物的人。

阿斯塔菲乌姆

（仍未回头）

你想给就给吧。

狄尼阿尔库斯

我会给，只是请你回过头来看这里。

阿斯塔菲乌姆

（仍未回头）

啊呀呀，
你这个人真麻烦人，不管你是谁。

狄尼阿尔库斯

坏透了的东西，你给我站住。 120

阿斯塔菲乌姆

好透了的朋友，你可真可恶。

（回过头来看）

那不是狄尼阿尔库斯？是的，正是他。

狄尼阿尔库斯

（走向前）

你好。

阿斯塔菲乌姆

  我也问候你。

狄尼阿尔库斯

  请把手伸过来,让我们一起走。

阿斯塔菲乌姆

  愿意为你效力,听从你的吩咐。   125

狄尼阿尔库斯

  你怎么样?

阿斯塔菲乌姆

    我很好,看见你也很好,
你是从外邦回来,应该请你吃饭。

狄尼阿尔库斯

  承蒙你美意,感谢你邀请,阿斯塔菲乌姆。

阿斯塔菲乌姆

         你真好,
请你让我前去女主人要我去的地方。

狄尼阿尔库斯

       你去吧,你说什么?

阿斯塔菲乌姆

         你怎么啦?

狄尼阿尔库斯

  你说说,现在你去哪里?你去邀请谁?

阿斯塔菲乌姆

       去请阿尔基利尼姆,   130
一个接生婆。

狄尼阿尔库斯

  你真是个邪恶女人,我从你身上闻到你们行业的气味。
我当场捉住了你这个说谎之人。

阿斯塔菲乌姆

      亲爱的,这是怎么回事?

狄尼阿尔库斯

　　　　　因为是你自己说出要把他，而不是把她带过来；　　　　　135
　　　　　现在他由男人突然变成女人；你真是个超级女妖婆。
　　　　　你得告诉我，阿斯塔菲乌姆，他是谁？新的情人？

阿斯塔菲乌姆
　　　　　我看你真是一个绝顶空闲之人。

狄尼阿尔库斯
　　　　　　　　　你为什么这么认为？

阿斯塔菲乌姆
　　　　　因为尽管你有吃有喝，却仍要关心他人的事情。

狄尼阿尔库斯
　　　　　是你们给了我空闲。

阿斯塔菲乌姆
　　　　　　　亲爱的，这是为什么？

狄尼阿尔库斯
　　　　　　　　　　我这就给你解释。
　　　　　我在你们那里时失去了财产，你们剥夺了我的闲暇。
　　　　　要是我保住了财产，我就会在什么地方忙自己的事务。　　140

阿斯塔菲乌姆
　　　　　你是想让你既得到维纳斯和阿摩尔的领地，
　　　　　却按另样的规则，不让你成为空闲之人？

狄尼阿尔库斯
　　　　　是她，不是我得到那领地；你颠倒了事情真相，
　　　　　她违背我的条件，违反我的协约，逮住了畜牲。

阿斯塔菲乌姆
　　　　　许多人事情进行不顺利，都像你现在这样做：　　　　　145
　　　　　他们无法按协约付款时，他们便指责包税人。

狄尼阿尔库斯
　　　　　我与牲畜的事情在你们那里进展不顺利，现在我
　　　　　希望能按照我拥有的财力，轮流地拥有小块耕地。

阿斯塔菲乌姆
　　　　　这里的土地不是为了耕种，而是为了牧放；

　　　　若是你想耕种，那你最好去找那些男童。　　　　　　　　150
　　　　我们拥有这样的领地，他们拥有另样的领地。
狄尼阿尔库斯
　　　　这两种领地我都熟悉。
阿斯塔菲乌姆
　　　　　　　　请波卢克斯作证，这就是你的空闲，
　　　　既在那里，又来这里周旋。不过你最喜欢的是哪一边？
狄尼阿尔库斯
　　　　你们更肆无忌惮，他们更不守信；你给什么，
　　　　他们毁了什么，对于他们自己也没有什么好处，　　　　　　155
　　　　凡你们索要的东西，至少是把它们喝光吃光。
　　　　总之一句，他们无耻，你们邪恶，还好吹嘘。
阿斯塔菲乌姆
　　　　凡你对我们的指责，狄尼阿尔库斯，你应该用来自责，
　　　　对于我们或他们都一样。
狄尼阿尔库斯
　　　　怎么可以这么说？
阿斯塔菲乌姆
　　　　　　　　　请听我作说明。
　　　　若一个人指责他人可鄙，他自己应该有好名声。　　　　　160
　　　　聪明的你从我们这里什么都没有得到，
　　　　　　卑劣的我们却从你那里得到许多。
狄尼阿尔库斯
　　　　阿斯塔菲乌姆啊，你以前从来不是这样同我说话，
　　　　而是很亲热，那时我拥有现在在你们那里的东西。
阿斯塔菲乌姆
　　　　一个人活着，你应该知道他；他死了，就让他静息。
　　　　你以前活着，我知道你。
狄尼阿尔库斯
　　　　　　　　你是不是认为现在我已经死了？　　　　　　　　165
阿斯塔菲乌姆

親愛的，这还不明白？先前你是我们的好朋友，
可是现在，你的到来却会给你的女友带来抱怨。

狄尼阿尔库斯

请海格力斯作证，是由于你们不公正，你们先前太着急：
你们应该慢慢地掠夺，好让我对于你们长久地平安无恙。

阿斯塔菲乌姆

情人就像是敌人的城堡。

狄尼阿尔库斯

这话什么意思？ 170

阿斯塔菲乌姆

最好是第一次攻击就把它拿下，这样对女友最有利。

狄尼阿尔库斯

我承认，但情人是一回事，朋友是另一回事：
请海格力斯作证，朋友愈长久，对人愈有利，

阿斯塔菲乌姆

要是他活着。

狄尼阿尔库斯

天哪，我还没有死，我仍有田产和房屋。

阿斯塔菲乌姆

突然热情地

啊，你怎么站在门口，好像是不认识的人或外人？ 175
你快进来，你完全不是外人，神明作证，今天她
不会真心地爱任何其他人，

（旁白）

既然你还有地产和房屋。

狄尼阿尔库斯

你们的舌头蘸着蜂蜜，你们说出的话也带有蜜，
你们的行为和心蘸的是苦胆，既苦涩，又尖刻。
你们是用舌头说出甜蜜的话，用苦涩的心做事。 180

阿斯塔菲乌姆

若是恋人不作赠予，我通常不同他这样胡扯。

> 亲爱的慷慨恋人，你不应该像刚才这样胡扯。
> 那些吝惜鬼由于固有的天性才喜欢这样争吵。

狄尼阿尔库斯

> 你是个坏女人，惯于诱惑人。

阿斯塔菲乌姆

> 你从外邦回来，
> 符合我们的期待，女主人早就想见到你。　　　　　185

狄尼阿尔库斯

> 这是为什么？

阿斯塔菲乌姆

> 所有的人中她只爱你一人。

狄尼阿尔库斯

（旁白）

> 田产和住屋啊，
> 你们来得真是时候。

（大声地）

> 阿斯塔菲乌姆，你说什么？

阿斯塔菲乌姆

> 你希望说什么？

狄尼阿尔库斯

> 弗罗涅西乌姆现在在屋里？

阿斯塔菲乌姆

> 就像对于其他人，她对于你现在在屋里。

狄尼阿尔库斯

> 她好吗？

阿斯塔菲乌姆

> 不，请波卢克斯作证，她一看见你，我想会更好。

狄尼阿尔库斯

> 这就是我们的大毛病，我们相爱是在毁灭自己：　　190
> 当我们互相倾心交谈，即使那是在公开说谎话，
> 我们却无知地互相信任，不会合理地感到气愤。

阿斯塔菲乌姆

  啊呀,事情不是这样。

狄尼阿尔库斯

    你是说她爱我?

阿斯塔菲乌姆

      不,是只爱你一个人。

狄尼阿尔库斯

  我听说她已生了孩子。

阿斯塔菲乌姆

    啊呀,狄尼阿尔库斯,别说话。

狄尼阿尔库斯

        为什么这样?

阿斯塔菲乌姆

  真可怜啊,只要一说起分娩的事情,我便浑身发颤, 195
  对于你差点不再有弗罗涅西乌姆。亲爱的,你过去,
  去看她。不过你还是稍等:她会出来,她已经沐完浴。

狄尼阿尔库斯

  你说说是怎么回事?她从没有怀孕,怎么能生孩子?
  因为我确实知道,我从来没有发现她的肚子膨起来。

阿斯塔菲乌姆

  她一直瞒着你,担心你会劝说她, 200
  要她去做流产,让孩子丧掉性命。

狄尼阿尔库斯

  天哪,这么说孩子的父亲是那个巴比伦军人,
  现在她正期待他到来。

阿斯塔菲乌姆

    不,从他那里已传来消息,
  说他很快就会到来。她奇怪他怎么还没有到。

狄尼阿尔库斯

  那么我现在就进去?

阿斯塔菲乌姆

怎么不呢?你就像进自己的住屋那样; 205
神明作证,狄尼阿尔库斯,你现在仍是我们的人。

狄尼阿尔库斯

你很快就会返回来?

阿斯塔菲乌姆

很快就回来,我前去不远的地方。

狄尼阿尔库斯

请你赶快返回来。我会一直在你们这里等待你。

[下。

第二幕

第一场

阿斯塔菲乌姆
  哈哈，哈哈，他终于离开了这里。
  只要他一进屋，我就能够静下来。 210
终于就剩下我一人。现在可以按我的想法，
自由自在地说话，想说什么就可以说什么。
我的女主人早就在家里对这个钟情者唱挽歌，
他的地产和房屋早就为他的爱情作了抵押。
我的女主人会大胆地对他叙说自己的最后计划， 215
他与其说是她的帮手，不如说是她的友好谋士。
他有什么都给了，现在什么都没有：
    他拥有的现在都归我们所拥有，
他现在的境遇与我们先前一样。人的遭遇就是这样。
命运经常会骤然发生变化，人生各式各样：
我们记得他曾经富有，他也记得我们曾经贫穷； 220
记忆出现了倒转，愚蠢之人才会对此感到惊异。
他贫穷，我们得忍耐；他爱时，为他做了应做的一切。
同情把自己的事情办糟的人，对于我们是一种赎罪。
［一个出色的妓馆老板应该具有良好的牙齿，
有人到来，要能把他抓住，谄媚地交谈， 225
心中构思邪恶计划，舌头说话却要友善。］

伴妓可与荆棘相比拟；不管她碰着什么人，
必定会或是让他倒霉，或是让他受损失。
伴妓从来都不应该接受追求者的表白，
他无可给，就把他当作不能尽职的兵士退回家。 230
一个人若不是财富的敌人，便永远不会是好的恋人。
如果确实想得到爱，那就得给，而且要给了再给；
只有那忘记自己已给过的人才能在我们这里得到爱。
只要还有，你就爱；已经一无所有，就去另谋职业。
一个人一无所有，就心平气和地把位置让给能给之人。 235
[一个好的恋人应该能够抛弃事业，把财富全都毁掉。]
至于男人们通常在背地里指责我们行为恶劣，
指责我们贪婪。我们怎么啦？我们究竟怎么恶劣？
天哪，任何一个恋人从来都不会足够地馈赠情人，
神明作证，我们也从未能满足地接受，满足地要求。 240
　　事实上当恋人过分吝惜馈赠，
　　声称再也无可赠送时，我们只好相信，
　　我们不会够地得到，既然他不足够地馈赠；
　　由此我们总是经常需要寻找新的赠送者，
　　他们能够由从未动用过的财库里进行馈赠。 245
　　就像这里有个乡村青年，就住在这旁边，
　　天哪，一个特别令人愉快、特别美好的赠予者。
　　[他甚至瞒着父亲，就在今天夜里，经过园子，
　　偷偷地来到我们这里，我很想见到他。]
　　不过他有个奴隶，那奴隶特别粗暴， 250
只要一看见我们有人来到这座住屋旁边，
就会大声地发出威胁，如同从粮食堆上
驱赶鹅群。不过不管怎么样，我过去敲门。
（敲门，大声地）
有谁在这里看守这座门？有谁从屋里出来？

第二场

[特鲁库伦图斯从屋内匆匆地跑上。

特鲁库伦图斯

（粗暴地）

那是谁在这里对我们的住屋发起攻击？

阿斯塔菲乌姆

（讨好地）

是我，你回过头来看看我。

特鲁库伦图斯

（继续粗暴地）

什么"我"？你以为我不是我？

你为什么走近这座屋子，而且还这么使劲地敲打？

阿斯塔菲乌姆

你好！

特鲁库伦图斯

我不用你问候。我一点儿也没疯，难道我不健康？①   260

我倒是希望自己生病，而不是由于你的问候而更健康。

不过我倒很想知道，你为什么需要待在我们的住屋旁边？

阿斯塔菲乌姆

请你压一压火气。

特鲁库伦图斯

神明作证，你就像惯常那样压你自己吧，

不知羞耻的东西，竟然为了取笑劝乡下人干卑鄙事情。

阿斯塔菲乌姆

我说的是"压火气"，瞧你的误解！你去掉了一个字母。   265

这个人太粗鲁②。

特鲁库伦图斯

老妇，你怎么还在继续辱骂我？

---

① 原文第251—260行只有8行。

② "粗鲁"的拉丁文是truculentus，该人物的名字即由此而来，亦作为剧本的标题。

阿斯塔菲乌姆

  我怎么在辱骂你?

特鲁库伦图斯

     因为你说我是"笨木头"①。

  现在这样：要不你离开，要不你告诉我，你想干什么？

  否则我就会，老妇，像对待小猪那样，用脚把你研烂。

阿斯塔菲乌姆

  一个真正的乡巴佬。

特鲁库伦图斯

      真是不知羞耻的猴种。

  跑到这里来显示自己，脸上还抹着粉脂，   270

  无耻的东西，你以为这样说说就可捞件披衫？

  [可以使自己变得漂亮，能够得到一副铜手镯？]

阿斯塔菲乌姆

  我喜欢你现在这样粗鲁地对我说话。

特鲁库伦图斯

      我问你，你来干什么？

  你是为了进行交易，还随身带着这样的黄铜手镯？

  你就把你戴的绘着胜利女神像的木质耳环作抵押。 275

  （上前伸手）

阿斯塔菲乌姆

  （愠色地）

  你别碰我。

特鲁库伦图斯

     我会碰你？我以刈草刀发誓，

  我宁可让自己在乡下拥抱长角的牛，

  同它在草堆上连续不断地度过夜晚，

  也不会接受白白地提供的带晚餐的一百个夜晚，

  你想咒骂我是乡下人？我都羞于咒骂你这样的人。 280

---

① "笨木头"的拉丁文是truncus lentus。

　　　　　不过老妇,你在我们的住屋旁边究竟有什么事情?
　　　　　你为什么在这里转悠,我们刚刚来到这城里?

阿斯塔菲乌姆
　　　　　我想见见你们的妇女。

特鲁库伦图斯
　　　　　　　　你对我说的妇女是些
　　　　　什么样的?我们屋里连一只母苍蝇都没有。

阿斯塔菲乌姆
　　　　　你们那里一个妇女也没有?

特鲁库伦图斯
　　　　　　　　我告诉你,去了乡下。你走吧。　　　285

阿斯塔菲乌姆
　　　　　疯子,你瞎嚷嚷什么?

特鲁库伦图斯
　　　　　　　　如果你不大步地赶快离开这里,
　　　　　海格力斯作证,我就把你那编织的、假装的、弯曲的、
　　　　　卷起的、抹着香料的头发从你的脑壳上扯下来。

阿斯塔菲乌姆
　　　　　　　　　　　这是为什么?

特鲁库伦图斯
　　　　　因为你竟然胆敢涂抹着香料来到我们的屋门前,
　　　　　因为你竟然还把你那么漂亮的面颊涂满了粉脂。　　　290

阿斯塔菲乌姆
　　　　　请卡斯托尔作证,我是由于你大声叫嚷而脸红。

特鲁库伦图斯
　　　　　真是这样?你真的脸红了?好像你的身体里,
　　　　　可恶的东西,还保存着接受某种颜色的能力。
　　　　　你把双颊涂成粉红,把你的整个身体涂上白粉。
　　　　　你们真无耻!

阿斯塔菲乌姆
　　　　　　　　这些东西究竟怎样伤害了你们?　　　295

特鲁库伦图斯
　　我知道的比你想象我知道的还要多。
阿斯塔菲乌姆
　　　　　　　　　　　请告诉我,
　　你究竟知道什么?
特鲁库伦图斯
　　　　　　　我的主人的儿子斯特拉巴克斯正在
　　被你们毁坏,你们正把他引入罪恶的深渊和耻辱。
阿斯塔菲乌姆
　　要是我认为你理智健康,我会说:你这是在漫骂。
　　没有人在我们这里遭毁灭,是他们在毁自己的钱财;　　　300
　　他们毁掉了钱财,就从这里离开,可以希望健康地。
　　我不认识你说的你们那个年轻人。
特鲁库伦图斯
　　　　　　　　　　你是在认真地说话?
　　园子里的那段围墙在说什么?它一夜夜地在变矮。
　　就这样慢慢形成了一条面向你们那里的亏损道路。
阿斯塔菲乌姆
　　这没什么好奇怪,围墙老了,砖头旧了,便崩塌了。　　305
特鲁库伦图斯
　　你说那是由于砖头老化而崩塌?
　　天哪,愿今后任何人都不要相信我,
　　要是我不把你们的事情告诉老主人。
阿斯塔菲乌姆
　　（欣喜地）
　　他现在是不是也像你一样在生气?
特鲁库伦图斯
　　　　　　　　　　　他积聚钱财,
　　并不是为了馈赠伴妓,他是那样节俭和艰辛。　　　　　310
　　卑鄙的东西,现在它们却偷偷去到你们那里;
　　被你们用来吃喝。难道我会对这些缄默不语?

请海格力斯作证，我这就去广场，向老人叙说，
免得我的后背会成为密密地布满灾难的马蜂窝。
［下。

阿斯塔菲乌姆
　　请卡斯托尔作证，即使这个人只是以芥菜度日， 315
　　我看也不会如此乖戾。可以看出他对主人很忠诚。
　　不过不管他如何暴躁，我仍然希望能够改变他，
　　凭借阿谀谄媚、甜言蜜语和其他的伴妓手段；
　　我曾经看到烈马和其他野兽也由暴烈变驯服。
　　现在回屋去见女主人。
　　（眺望）
　　　　　　　　可我看见令人憎恶的人正走过来。 320
　　看他愁眉苦脸的样子，显然他还未见到弗罗涅西乌姆。

第三场

　　［狄尼阿尔库斯上。

狄尼阿尔库斯
　　（激动地）
　　我想，鱼只要活着就一直在水里沐浴，
　　也不及这位弗罗涅西乌姆沐浴那么久。
　　如果女人们长时间地沐浴，陷入爱情，
　　所有的浴堂役工都会成为她们的恋人。 325

阿斯塔菲乌姆
　　你能不能再稍许多等待她一些时候？

狄尼阿尔库斯
　　请海格力斯作证，我已经等得很累，
　　还不如干脆在等累之前我也去沐浴。
　　天哪，阿斯塔菲乌姆，请你进去说一声，
　　就说我已来到，让她快一些沐完浴。 330

阿斯塔菲乌姆

　　可以。

　（若下）

狄尼阿尔库斯

　　　　你听见吗？

阿斯塔菲乌姆

　　　　你想说什么？

狄尼阿尔库斯

　　　　　　我真该死，
把你叫住，我不是已经对你说"走"？

阿斯塔菲乌姆

　　那你为什么又叫我回来？不中用的家伙，
是你自己给自己耽误了有整里路的距离。
〔进屋，下。

狄尼阿尔库斯

　　（慢步思索）
可是她为什么在这座房屋前面站了这么久？　　　　335
她也许是在等什么人；我想可能是那个军人。
她们已经在为他忙碌，犹如秃鹫，
三天前就会预知，哪一天会有食物：
现在大家都对他张着嘴，都想着他；
谁也不再看我一眼，自从他到来之后，　　　　　340
好像我在二十年前就早已经死去。
若能保住财产该多好啊！我真可怜，
事后才想起来，把先前的积蓄损失掉。
不过尽管我把一笔巨额遗产
糟蹋掉了，现在我已经知道，　　　　　　　　　345
金钱里包含着怎样的甜蜜和苦涩。
请神明作证，我将保护财产，节俭地生活，
否则用不了几天时间，我会什么都没有，
我会反驳现在正在指责我的人们。

不过我听见那扇熟悉的门被打开。 350
可能有什么东西掉进了门闩,被吞了进去。

(稍许后退)

第四场

[弗罗涅西乌姆由女侍奴搀扶着上。

弗罗涅西乌姆

(看见狄尼阿尔库斯,亲切地)
难道我的屋门,亲爱的,会咬了你,
我的欢乐,你怎么不进来?

狄尼阿尔库斯

(旁白)
　　　　　　　请看,春天的景色。
她这么美丽,散发着香气,多么光彩照人!

弗罗涅西乌姆

你怎么这么没有礼貌!你从利姆诺斯返回来, 355
狄尼阿尔库斯,怎么也不过来亲亲你的女友?

狄尼阿尔库斯

(旁白)
天哪,我好像在被人殴打,那样地难受!

弗罗涅西乌姆

你怎么转过脸去?

狄尼阿尔库斯

(勉强地)
　　　　　　　你好,弗罗涅西乌姆。

弗罗涅西乌姆

你好!你今天就在这里吃午饭,祝你平安归来?

狄尼阿尔库斯

已经受邀请。

弗罗涅西乌姆

你要去哪里午餐？

狄尼阿尔库斯

　　　　　　　　　　按你的吩咐。　　　　　　　　360

弗罗涅西乌姆

我希望你在我这里。

狄尼阿尔库斯

　　　　　请波卢克斯作证，我更愿意。
弗罗涅西乌姆，你今天确实将同我一起午餐？

弗罗涅西乌姆

我很愿意，只要有可能。

狄尼阿尔库斯

（对女侍奴）

　　　　　　　你们请给我便鞋，
赶快把桌子搬走。

弗罗涅西乌姆

　　　　　亲爱的，你还有理智吗？

狄尼阿尔库斯

（晃悠）

请波卢克斯作证，我不能饮酒，没有心情。　　365

弗罗涅西乌姆

你停住，会有某种办法。你别走。

狄尼阿尔库斯

　　　　　　　　　啊，你刚才在泼水。
我已经恢复了精神。给我脱掉便鞋，我要饮酒。

弗罗涅西乌姆

卡斯托尔啊，你还是往常那样子。不过请告诉我，
你一路顺利吗？

狄尼阿尔库斯

　　　　　请海格力斯作证，很高兴来到你这里，
因为有可能同你相见。

弗罗涅西乌姆

　　　　　　　请你拥抱我吧。　　　　　　　　　　　　370

狄尼阿尔库斯

　　　　　　　很乐意。啊呀，这样比甜蜜的蜂蜜还要甜。
　　　　　　　尤皮特啊，就这样，我的幸福远远超过你。

弗罗涅西乌姆

　　　　　　　你怎么不吻我？

狄尼阿尔库斯

　　　　　　　　　　不，即使吻上十次。

弗罗涅西乌姆

　　　　　　　　　　　　啊呀，你太贫寒；
　　　　　　　你通常作的保证总是远远超过我对你的要求。

狄尼阿尔库斯

　　　　　　　但愿你从一开始对我的钱财就能这样节制，　　375
　　　　　　　就像你现在这样节制回吻。

弗罗涅西乌姆

　　　　　　　　　　　　　只要什么时候
　　　　　　　可以为你节俭，神明作证，我很乐意做。

狄尼阿尔库斯

　　　　　　　你洁净吗？

弗罗涅西乌姆

　　　　　　　　　　请神明作证，我自己看是这样。
　　　　　　　难道你觉得我不干净？

狄尼阿尔库斯

　　　　　　　　　　　天哪，我不那么认为。
　　　　　　　我还记得，以前确实有过这样的时候，　　　380
　　　　　　　当时我们曾经不担心互相会沾污对方，
　　　　　　　不过我回来后已经听到关于你的事情，
　　　　　　　你在我外出期间已经从事了新的事业？

弗罗涅西乌姆

　　　　　　　你指什么？

狄尼阿尔库斯

       我刚回来，听说你生了孩子，
    而且看到你自己很健康，我很高兴。   385
弗罗涅西乌姆
  （对侍女们）
  你们从这里进屋去，然后把门关上。
   （待侍女们离开后，对狄尼阿尔库斯）
  现在只有你留在这里，请听我说话。
  我一向把自己的隐秘想法都告诉你。
  其实我既没有生孩子，也没有怀孕；
  我只是曾经假装怀了孕，我不否认。   390
狄尼阿尔库斯
  亲爱的，那是为了什么？
弗罗涅西乌姆
      为了那个
  巴比伦军人，他曾经有一年时间
  住在这里，视我如同妻子。
狄尼阿尔库斯
       我曾经听说过，
  不过你为什么要那样做，装作自己怀了孕？
弗罗涅西乌姆
  为了设置某种陷阱和圈套，   395
  以便使他重新回到我这里，
  不久前他给我发来一封信，
  企图试探他还怎样被看重：
  若是我生了孩子，留下来抚养，
  他的所有财产将归于我。
狄尼阿尔库斯
      我乐意听。   400
  你决定怎么办？
弗罗涅西乌姆
    奶妈吩咐女侍们，

　　　　　因为时间已经临近第十个月，
　　　　　要她们四处打听，寻找一个孩子，
　　　　　不管是男孩或女孩，谎称属于我。
　　　　　我何必还要多说？你知道我们的　　　　　　　　　　405
　　　　　理发师叙拉，她靠报酬养活自己？

狄尼阿尔库斯
　　　　　我知道她。

弗罗涅西乌姆
　　　　　　　她挨家挨户到处打听寻找，
　　　　　终于找到个男孩，把孩子偷偷交给我，
　　　　　声称是有人送给她。

狄尼阿尔库斯
　　　　　　　　　真是个狡猾的女人。
　　　　　现在变成不是生了他的女人生了他，　　　　　　410
　　　　　是在这之后的你。

弗罗涅西乌姆
　　　　　　　你已经知道整个事情。
　　　　　现在军人预先派来信使向我报告，
　　　　　说军人本人很快就到来。

狄尼阿尔库斯
　　　　　　　　　　你现在就这样
　　　　　在这里躺着，好像是生育后养身子？

弗罗涅西乌姆
　　　　　　　　　　　可不是，
　　　　　但愿这件事情能够不遇障碍地顺利成功。　　　　415
　　　　　每个人都应该是自己从事的行业的巧手。

狄尼阿尔库斯
　　　　　在军人到来之后我会怎样？
　　　　　难道你会抛弃我？

弗罗涅西乌姆
　　　　　　　只待我从他那里一得到

　　　　　我希望得到的东西，我便会找到办法，
　　　　　我会使自己与他之间出现分歧和争吵。　　　　　　420
　　　　　在这之后我会一直和你，我的欢乐啊，
　　　　　待在一起。

狄尼阿尔库斯
　　　　　　　　　不，请神明作证，我更希望卧着。

弗罗涅西乌姆
　　　　　我想今天为孩子向神明们献祭。
　　　　　今天应该是第五天。

狄尼阿尔库斯
　　　　　　　　　　我想是这样。

弗罗涅西乌姆
　　　　　你不想送给我一件什么小小的礼物？　　　　　　425

狄尼阿尔库斯
　　　　　请海格力斯作证，亲爱的，我觉得
　　　　　你向我索要什么是让我获利。

弗罗涅西乌姆
　　　　　　　　　　　　而我则是在得到后。

狄尼阿尔库斯
　　　　　我会准备好一切。我会派我的奴隶过来。

弗罗涅西乌姆
　　　　　你就这么办。

狄尼阿尔库斯
　　　　　　　　　不管他送什么来，请你笑纳。

弗罗涅西乌姆
　　　　　请卡斯托尔作证，我知道你肯定会　　　　　　430
　　　　　尽可能送来不会使我不满意的礼物。

狄尼阿尔库斯
　　　　　你对我还有什么要求？

弗罗涅西乌姆
　　　　　　　　　你有空时，

希望你能再过来看望我。再见。
[进屋，下。

狄尼阿尔库斯

再见。

（激动地）
不死的神明们，她不是卖俏女子，
她是一个具有共同的心灵的忠实朋友。 435
她刚才履行诚信义务，向我说明真相，
非常信任地告诉我，那个男孩是假冒。
甚至亲姐妹之间也不会有这样的互信。
她向我表明了自己的肺腑真情：
她会永远对我忠心，只要她活着。 440
难道我不会这样爱她？祝愿她幸运？
我宁可不爱我自己，也不能不爱她。
我不给她送礼物？我会立即从这里
派人给她送去五谟纳的礼物，
还要外加至少一谟纳的食品。 445
祝愿她事事如意，既然她也这样祝愿我，
祝愿她超过我，我宁愿让自己事事不顺。
[下。

第五场

[弗罗涅西乌姆上，随意地穿着睡衣，
由女侍奴们陪护，把睡椅安放在门前。

弗罗涅西乌姆

（对女侍奴们）
你们给孩子喂奶！
（感叹地）
作为母亲有多么难，
我们心中总是满怀不安，忍受折磨！ 450

天哪，恶意的虚构，我思考这件事时，
我觉得尽管人们说我们恶毒，
但仍远不及我们具有的本性。
我根据自己的感受和经验，且说第一点。
我心里承受着多少不安，感受到多少痛苦： 455
这一欺骗不要一败露，使这个孩子丧命。
我承担着母亲的名义，也更为孩子的生命操心：
我竟然如此大胆，现在进行这样的欺骗。
我由于贪婪而陷入了如此邪恶的境地，
我让自己承受他人的痛苦； 460
不过如果不能机敏地、慎审地办事情，
那你就不要进行任何诡诈的欺骗。
你们已经看到，我现在怎样穿着地登台：
我现在让自己假装生了孩子，病痛缠身。
一个女人要是不把开始进行的欺骗进行到底， 465
她会患病，会衰老，会一个不幸接着一个不幸；
即使她把事情安排得很周全，也会很快招来憎恶。
她们只要一开始欺骗，很少有人会感到疲倦；
尽管她们安排周全，也很少有人能最终完成：
妇女特别容易做邪恶的事情，而不是行善。 470
我邪恶，由于母亲的恶毒和我自己的邪恶本性，
我让自己装作由于巴比伦军人而怀了孕；
我希望军人能陷入这一经过周密策划的圈套。
我看他很快就会来到这里，现在我认真作准备，
瞧我这身衣服，似乎在生病，像产妇那样躺到卧榻上。 475
（对女侍，大声地）
你们把没药拿来，给祭坛点上火，我要祭卢基娜①。
（侍女们按吩咐进行安排）
把东西就放在这里，然后随即离开。喂，皮特基乌姆，

---

① "卢基娜"指尤诺·卢基娜，助产女神。

　　　　你扶我躺下，到这里来，帮助我。像产妇应有的那样。
　　　　阿尔基利斯，帮我脱下便鞋，给我披上外衣，就这样。
　　　　阿斯塔菲乌姆，你在哪里？你把桂枝拿来，还有糕点。　　　　　480
　　　　你们给我手上浇水洗手。好吧，现在我就等军人过来。

第六场

　　　[斯特拉托法涅斯上，二侍女随上。
斯特拉托法涅斯
　　　　观众们，请不要期待我首先夸耀自己的军功。
　　　　我习惯于用双手说明战斗，而不是用语言。
　　　　我知道，许多军人都好回忆他们编造的谎言：
　　　　自荷马时代以及后来，可以指出上千这样的军人，　　　　　485
　　　　他们由于吹嘘虚构的战斗而受到揭露和谴责。①
　　　　我不赞赏更爱听众，而不是爱亲眼目睹者相信之人：
　　　　[我不喜欢更爱听众，而不是爱亲眼目睹者赞赏之人。]
　　　　一个亲眼目睹的证人强过十个长耳朵的听众；
　　　　听众叙述听到的事情，亲眼目睹者确切地知道事实。　　　　　490
　　　　我不喜欢那种受优伶夸赞，战斗同伴却缄默之人，
　　　　我也不喜欢那些在家里舌头比佩剑更锋利的人。
　　　　勤勉的军人比那些巧言善辩的人对人民更有利：
　　　　勇武很容易为自己找到灵巧的辞令，
　　　　词语灵巧而不勇武的市民令我觉得有如哭丧女，　　　　　495
　　　　哭丧女更善于称赞别人，却不会称赞自己。
　　　　现在我在十个月后重新回到雅典来见自己的女伴，
　　　　我留下她时她由于我而怀有身孕，不知现在怎样。
弗罗涅西乌姆
　　　　（低声地，对阿斯塔菲乌姆）
　　　　你去看看谁在这附近说话。

---

① 普劳图斯在这里可能是暗讽公元前190年一位罗马将军谎报战功，以图享受凯旋。

阿斯塔菲乌姆

（观察）

      亲爱的弗罗涅西乌姆，是军人。
是斯特拉托法涅斯来到你这里，现在你应该
把自己装作有病的样子。

弗罗涅西乌姆

        你别说话，你是不是以为   500
我是个不够格的指导者，你在搞欺骗方面超过我？

斯特拉托法涅斯

（眺望）

我想她大概已经生了孩子。

阿斯塔菲乌姆

（对弗罗涅西乌姆）

     我要不要向他走过去？

弗罗涅西乌姆

          你去吧。

斯特拉托法涅斯

（看见阿斯塔菲乌姆，旁白）

好啊，阿斯塔菲乌姆正向我走来。

阿斯塔菲乌姆

（兴奋地）

      天哪，你好，斯特拉托法涅斯。
看见你健康地——

斯特拉托法涅斯

     我知道。请告诉我，弗罗涅西乌姆生孩子了？

阿斯塔菲乌姆

生了一个非常漂亮的男孩。

斯特拉托法涅斯

     太好了，像我吗？

阿斯塔菲乌姆

        这还用问？   505

　　　　他刚一出生，就要求人们给他短剑和盾牌。
斯特拉托法涅斯
　　　　这孩子是我的，按这些特征就知道。
阿斯塔菲乌姆
　　　　　　　　　　　他非常像你。
斯特拉托法涅斯
　　　　　　　　　　　　　太好了，
　　　　他个头儿很大？已经带着军队？已经戴起盔甲？
阿斯塔菲乌姆
　　　　啊呀，他五天前才刚刚出生。
斯特拉托法涅斯
　　　　　　　　　　后来他怎么样？
　　　　天哪，这些天里他应该已经完成了什么事情。　　　　510
　　　　在他能够投身于战斗之前还会有什么奇迹出现？
阿斯塔菲乌姆
　　　　你现在跟着我，去向她问候，向她致敬。
斯特拉托法涅斯
　　　　　　　　　　　好，我跟着。
弗罗涅西乌姆
　　　　（虚弱地）
　　　　他在哪里？他就这样丢下我，自己走了？去哪里了？
斯特拉托法涅斯
　　　　就在这里，我给你带来了你渴望的斯特拉托法涅斯。
弗罗涅西乌姆
　　　　　　　　　　　告诉我，他在哪里？
斯特拉托法涅斯
　　　　马尔斯从外邦前来，向自己的妻子涅里埃涅致敬。①　　515
　　　　你生育顺利，为家庭添丁，我非常高兴，
　　　　你的生育既为我，也为你自己增添了荣耀。

---

① 按意大利萨比尼地区神话，涅里埃涅是战神马尔斯的妻子。

弗罗涅西乌姆

你好，你差一点让我丧了命，失去光明，
你以自己的快乐给我和我的身体带来
巨大的痛苦，使我现在仍然可怜地忍受病痛。　　　　520

斯特拉托法涅斯

啊呀，我的快乐，你的辛苦并没有让你受损失，
你生育了一个儿子，他会使你的住屋摆满战利品。

弗罗涅西乌姆

请卡斯托尔作证，我们需要装满小麦的仓房，
以便在夺得战利品之前我们不会在这里挨饿。

斯特拉托法涅斯

请你打起精神。

弗罗涅西乌姆

（艰难地）

请吻我，到这里来。啊，我抬不起头来，　　　　525
我的头就只能这么抬着，不能移动身子，还不能
自己独自起步。

斯特拉托法涅斯

请海格力斯作证，即使你现在要求我
从大海深处过来吻你，我的蜂蜜，我也不会感到为难。
这一点我以前知道，现在也知道，亲爱的弗罗涅西乌姆，
我多么爱你。你看，我从叙利亚给你带来这两个女奴，　　　　530
作为礼物送给你。

（对侍从）

你把她们带到这里来。

（对弗罗涅西乌姆）

她们两个人
原先在家里是公主，我亲手摧毁了他们的城市。
我把她们送给你。

弗罗涅西乌姆

你是觉得我供养那么多女侍奴还不够？

现在又带来了一群人，好让她们来吃我的粮食？

斯特拉托法涅斯

（旁白）

天哪，她不喜欢这件礼物。

（对侍从）

把那只提包递给我。　　　　　　535

（对弗罗涅西乌姆）

我的欢乐，我从弗律基亚给你带来这披肩，

你拿着吧！

弗罗涅西乌姆

我承受了那么多痛苦，就送我这件礼物？

斯特拉托法涅斯

（旁白）

海格力斯啊，我完了！我的儿子已经用金子来衡量，

我送给她紫红色衣服她都不屑一顾。

（对弗罗涅西乌姆）

我还从阿拉伯

给你带来香料，从蓬托斯带来香草，亲爱的，你拿着。　　　540

弗罗涅西乌姆

阿斯塔菲乌姆，你接住，把叙利亚女子也从这里带走。

〔阿斯塔菲乌姆提礼物，带叙利亚女子进屋，下。

斯特拉托法涅斯

（激动地）

你还爱我吗？

弗罗涅西乌姆

天哪，一点都不爱，你不值得。

斯特拉托法涅斯

（旁白）

她对什么都不满意？

她至少哪怕曾经说出一句好听的话。我相信，

我刚才送给她的这些礼物也足够值二十谟纳。

她现在对我非常生气，我感觉出来，我明白； 545
好吧，我走。
（对弗罗涅西乌姆）
　　　　　你看怎么样？亲爱的，现在你让我
应邀前去吃晚饭吗？我很快就会返回来睡觉。
（稍停）
你怎么不说话？
（旁白）
　　　　　天哪，我彻底完了。
（看街道远处）
　　　　　　不过那是什么新鲜事？
那人是谁？带领着那么大批侍从，让我看看清楚。
他们要去哪里？我看是来这里。我会看得更清楚。 550

第七场

[库阿穆斯上。

库阿穆斯

（对其他奴隶，粗暴地）
快走，为了女奴而遭损失的奴隶们，
你们都拿好财物，把财物拿到这里来。
一个人只要陷入爱，难道不是变得
一文不值，养成许多不好的习惯？
我怎么会知道这些东西？用不着询问我，
我们家里就有这样一个恋人，把家里搅乱。 555
他视自己的财物如污秽，吩咐搬到屋外，
担心我们家里有什么最不清洁的东西；
他要彻底打扫住屋，把东西都扔到屋外。
现在他自己正走向毁灭，我会暗地里帮助他，
既然他自己愿意，我的努力无法阻止他灭亡。 560
我刚才为这些食品一共花了五谟纳：

　　　　　从用来为海格力斯献祭的款项里取出来一部分。
　　　　　这样做有如从小河里为自己取出一点水：
　　　　　如果你不取，那些水还是会全部流进大海；
　　　　　我们家的财富也这样流进海里，得不到任何感激。　　　　565
　　　　　……我看到这一切，于是偷偷地取出，
　　　　　　　从掳掠物中取出掳掠物。
　　　　　依我看，伴妓就有如大海，
　　　　　你给什么她都会吞下，从不会感到满足。
　　　　　起码有一点：伴妓收到钱，谁也看不见。　　　　　　　570
　　　　　不管你给多少，谁也不会看见藏在哪里。
　　　　　就像这个伴妓，她以自己的阿谀谄媚，
　　　　　使我的主人差不多已经陷入了贫困，
　　　　　剥夺了他的财富、荣耀、名誉和朋友。
　　　　　（看一眼弗罗涅西乌姆）
　　　　　你们看，她就在不远处，可能已听到我说的话。　　　　575
　　　　　她脸色憔悴，刚生育。我去同她说话，像一无所知。
　　　　　（走向弗罗涅西乌姆）
　　　　　我向你问候。

弗罗涅西乌姆
　　　　　　　我们的库阿穆斯，你怎么样？你好吗？

库阿穆斯
　　　　　我很好，来到健康欠佳者面前，给她送来健康。
　　　　　我的主人，你的眼珠儿，吩咐我把这些东西，
　　　　　你看见他们拿着，送给你作礼物，外加四谟纳现金。　　580

弗罗涅西乌姆
　　　　　请波卢克斯作证，我没有白白这样喜欢他。

库阿穆斯
　　　　　他还吩咐请求你愉快地接受它们。

弗罗涅西乌姆
　　　　　神明作证，我愉快地接受，
　　　　　（躺上长椅，对阿斯塔菲乌姆）

我真害怕：在经受一次不安之后，我的心又在颤抖，
我担心，我先前干过的那些蠢事不要全都暴露出来。

第三场

[卡吕克勒斯上，女理发师和女侍奴被捆绑着随上。

卡吕克勒斯

（对其中的一个）

我还需要责骂你，或者我还需要祝愿你什么不幸？ 775
你们差不多已经知道，我的心境现在既温和又平静。
我已经对你们进行了鞭打，把你们一起吊起来进行审问；
我记得，我知道，你们是怎样招的供，招了什么供，
现在我想要求你们不用那样做就能对我承认。
尽管你们俩是蛇样的习性，不过我还是预先说明， 780
请你们不要用双舌头说话，使我不会杀死双语言的你们，
除非你们希望把你们带往铁镣叮当响的人们那里。

女侍奴

暴力迫使我们不得不承认，皮鞭打磨我们的臂肘。

卡吕克勒斯

若是你们向我如实招认，我就会解除你们的锁链。

狄尼阿尔库斯

（旁白）

其实到目前为止，我还没有弄明白是怎么回事； 785
我只是感到害怕，因为我知道我犯过什么过错。

卡吕克勒斯

（对女侍奴和女理发师）

首先，你们俩分开站。

（安排其中的一个）

　　　　　　　　对，我要你就这样站着；
你们不得互相示意，我将是隔墙。

（对女侍奴）

> 吩咐把这些东西拿进去。

（对库阿穆斯）

> 你走吧！

阿斯塔菲乌姆

（对搬运奴隶，严厉地）

你们听见她刚才对库阿穆斯说了什么？

库阿穆斯

不要让他们把那些大罐搬走，吩咐把它们凉干。   585

阿斯塔菲乌姆

请神明作证，库阿穆斯，你真无耻。

库阿穆斯

> 我无耻？

阿斯塔菲乌姆

> 是你。

库阿穆斯

> 凭良心？

你自己是卖淫的巢穴，竟然还来说我无耻？

弗罗涅西乌姆

（对库阿穆斯）

我喜欢你，你说说，狄尼阿尔库斯现在在哪里？

库阿穆斯

> 他在家。

弗罗涅西乌姆

他今天送来这些礼物，你告诉他，
他值得我超过爱所有其他人地爱他，   590
我超过敬重所有其他人地敬重他，
我邀请他赶快到我这里来。

库阿穆斯

> 一定转告。

（发现军人）

不过那人是谁？他好像要吞了自己？他那样愁苦，

眼睛那样凶狠，天哪，不管他是谁，显然不高兴。

弗罗涅西乌姆

请神明作证，他应该如此。一个浑蛋。你还不认识 595
刚才在我这里的这个军人？他就是这个孩子的父亲。
我把他赶走，赶跑，命令他离开；不过他留了下来，
想听听，想看看，我究竟想干什么。

库阿穆斯

      我知道，一个不值一提的无赖。

是这样吗？

弗罗涅西乌姆

    他是这样一个人。

库阿穆斯

（嘲弄，大声地）

      他在看我，一面在叹息；
他要把气息从肚腹最深处长长嘘出来。 600
你看他，他把牙齿咬得咯咯响，拍着大腿。
他会不会是个卜巫，他自己在拍打自己？

斯特拉托法涅斯

（大步走向库阿穆斯）

现在我要发泄我内心狂暴的怨气和怒火。

（对库阿穆斯）

你说，你从哪里来？是谁的人？怎么竟然
胆敢冷酷地对我说话？

库阿穆斯

     那是我愿意。 605

斯特拉托法涅斯

你胆敢这么回答我？

库阿穆斯

    就这样。我还没有唾你。

斯特拉托法涅斯

（对弗罗涅西乌姆）

你怎么啦？你怎么竟敢说你爱另一个人？

弗罗涅西乌姆

我愿意。

斯特拉托法涅斯

难道真是这样？我首先得把事情搞清楚。
由于这些微不足道的礼物：蔬菜、食品、饮料，
你便爱上了一个鬈发、好逸恶劳的淫荡之人、　　　　　　610
懒汉、击鼓手，一个不值一提的东西？

库阿穆斯

这是怎么回事？
卑鄙的东西、罪恶和死亡的巢穴，你竟敢这样咒骂我主人？

斯特拉托法涅斯

你胆敢再说一句！海格力斯作证，我就用这柄剑把你剁烂。

库阿穆斯

你胆敢动一动，我就立即把你变成一头羊，撕成两半。
如果你在战斗中被看作是斗士，那我在厨房里也一样。　　　　615

弗罗涅西乌姆

（对斯特拉托法涅斯）

要是你能应有地说话，你就不要指责我的拜访者。
我接受他们的礼物，感谢他们；

你的礼物我不感谢，尽管我接受它们。

斯特拉托法涅斯

天哪，那就是说我既失去了礼物，自己也完了。

弗罗涅西乌姆

是像你说的那样。

库阿穆斯

（对斯特拉托法涅斯）

你这个被告，已经审理完毕，你怎么还在这里让人厌恶？

斯特拉托法涅斯

（对弗罗涅西乌姆）

天哪，我今天就死，若不把他从你这里赶走。

库阿穆斯

你敢过来,你敢到这里来! 620

斯特拉托法涅斯

恶棍,竟然还来威胁我?我这就把你撕成碎块。
你为什么要同她认识?我告诉你,她是我的女伴。
如果你不能在搏斗中获胜,那你很快就会死去。

库阿穆斯

什么?我在搏斗中获胜?

(转身离开)

斯特拉托法涅斯

你就按我说的办,你站住。 625
我这就把你剁成碎块,这对于你是最好的死法。

(向前走近)

库阿穆斯

(后退防卫)

你这是圈套,你手里握的那柄佩剑比我的要长。
不过请允许我去拿把叉子,如果必须同你搏斗,
我一会儿就回来,斗士,我和你得找个公正的评判人。

(旁白)

不过我现在赶紧离开这里,趁现在肚皮还完好无恙。 630

[库阿穆斯下,斯特拉托法涅斯追赶,又退回来。

第八场

弗罗涅西乌姆

(大声地,对女侍奴)

你们快给我穿好便鞋,把我扶进屋去,
刚才吹了点风,我的脑袋痛得很厉害。

(弗罗涅西乌姆在女侍奴搀扶下向屋门走去)

斯特拉托法涅斯

(对离去的弗罗涅西乌姆)

我会怎么样？那两个女侍奴让我痛心，
就是我送给你的那两个。
（见屋门关上）
　　　　　　　　她走了？这样对待我。
请问，一个人还能怎样被公开地排除，　　　　　　635
就像我现在这样？这样嘲弄我，好吧！
现在她用不着再怎样费劲地劝说我，
好让我把面前的这座房屋彻底毁掉。
有什么东西能改变这些妇女们的习性？
她刚刚生育了一个孩子，心灵便如此傲气。　　　　640
现在她好像在对我说：我没有请你进屋，
也没有阻止你进屋。而我不想，也不进去。
用不了几天，我就会让你对我说，
我是一个残酷之人。
（对女侍奴）
　　　　　　　　你跟着我。话说够了。
[下。

第三幕

第一场

[斯特拉巴克斯乡下人装束地上,悄悄地走过父亲的屋前,
站在弗罗涅西乌姆的住屋旁。

斯特拉巴克斯

(高兴地)

一大早父亲吩咐我从这里去乡下,   645
要我取出橡实给牛群作早餐。
在我到达那里后,真是神明助佑,
有个人也来到田庄,欠我父亲的债,
从我父亲那里买了塔伦图姆绵羊。
他询问父亲在哪里,我答称在城里。   650
我同时反问他,找我父亲有什么事。
那人从自己的肩上取下钱口袋,
交给我二十谟纳。我高兴地接过,
装进口袋。他离开,我赶紧把
这只钱口袋里的卖羊钱拿来这里。   655
神明作证,可能是马尔斯对我父亲生气,
从而让他的绵羊离狼群这么近。①
现在我要

---

① 按照意大利传说,狼是战神马尔斯的圣兽,因此通常牧人祈求马尔斯不要让狼侵犯羊群。

（指钱口袋）

把它这么一抛，就把那些
衣着时髦的城市浪荡子全都赶出门外。
我决定第一件事是排除父亲，　　　　　　　660
然后是我的母亲。现在我要把
这些钱交给她，我爱她胜过爱我的母亲。

（敲门，胆怯地）

喂，里面有人吗？有谁过来把门打开？

〔阿斯塔菲乌姆应声从屋内上。

阿斯塔菲乌姆

（观察钱口袋）

这什么意思？亲爱的斯特拉巴克斯，你是外人？
你怎么不立即进屋来？

斯特拉巴克斯

难道可以这样？　　　　　　665

阿斯塔菲乌姆

你当然可以，因为你是我们家的人。

斯特拉巴克斯

我这就进来。
请你不要以为我会有什么拖延。

阿斯塔菲乌姆

你真可爱。

〔斯特拉巴克斯进屋，下。

第二场

〔特鲁库伦图斯上。

特鲁库伦图斯

（站在门前眺望，自语）

真奇怪，主人的儿子斯特拉巴克斯

怎么还没有从乡下回来；他可不要① 670
偷偷地
（指弗罗涅西乌姆的住屋）
去到那里给自己找毁灭。

阿斯塔菲乌姆

（旁白）
请波卢克斯作证，他看见我，准会叫唤。

特鲁库伦图斯

（看见阿斯塔菲乌姆，温和地）
我已经不像先前那样暴躁，阿斯塔菲乌姆，
现在已经变得不那么粗鲁，你不用害怕。

阿斯塔菲乌姆

（犹豫地走近）
你想干什么？我害怕什么？我在等待你狂暴。 675

特鲁库伦图斯

你就吩咐我吧，你喜欢什么，你想要什么。
我现在具有全新的习性，旧习性已经死去。
我也能够爱，甚至或者把姘头从这里领走。

阿斯塔菲乌姆

天哪，你的话令人喜欢。不过你告诉我，
你有——

特鲁库伦图斯

你可能是想说"你有没有钱口袋"？ 680

阿斯塔菲乌姆

你非常灵巧地理解了我刚才想说什么。

特鲁库伦图斯

瞧你这个人，自从我经常进城里以后，
我已经学会了嘲讽，也变得颇会说笑。

---

① 原文第661—670行只有9行。

阿斯塔菲乌姆

你这话什么意思？亲爱的，你说"说笑"，
我想你刚才可能是想说"嘲笑"吧？　　　　　　　　　　685

特鲁库伦图斯

你说的那个词与"说笑"没多大差别。

阿斯塔菲乌姆

你跟我进去，亲爱的，我的欢乐。

特鲁库伦图斯

（塞给阿斯塔菲乌姆）

　　　　　　　　　　　　给你这个，
接住定金，好让你今天同我一起过夜。

阿斯塔菲乌姆

（旁白）

我的天哪，定金？我说这是一头怎样的怪物？

（欣喜地）

你难道说是"定金"？

特鲁库伦图斯

　　　　　　　　　我是说"定——"　　　　　　　690
就像普赖涅斯特人们把"鹳鹤"说成"鹤"。①

阿斯塔菲乌姆

请你跟我进去吧。

特鲁库伦图斯

　　　　　　我想暂时在这里等斯特拉巴克斯，
他可能从乡下回来。

阿斯塔菲乌姆

　　　　　　　斯特拉巴克斯就在我们这里，
他刚从乡下回来。

特鲁库伦图斯

　　　　　　他在没有去他母亲那里之前？

---

① 普赖涅斯特城距离罗马不远，那里的方言喜欢省略词语的第一个音节。

请波卢克斯作证,真是个没用的东西。

阿斯塔菲乌姆

你又像通常那样? 695

特鲁库伦图斯

要我什么都不说?

阿斯塔菲乌姆

进屋吧,亲爱的,把手伸过来。

特鲁库伦图斯

(伸过手)

你抓住。

(低声地)

我现在被带进可以留宿的巢穴,
在那里我将花自己的钱为自己买不幸。

[二人下。

第四幕

第一场

［狄尼阿尔库斯上。

狄尼阿尔库斯

（欣喜地）

世上现在没有哪个人，将来也不会有这样的人，
比我更愿意用言辞或行动使她，而不是维纳斯满意。 700
伟大的众神明啊，我多么高兴，高兴得都要发狂。
库阿穆斯今天给我报告了一个非常大的好消息：
我赠送的礼物特别令弗罗涅西乌姆喜欢，被接受；
这件事已经令人愉快，还有一件事情更令我甜美，
军人的赠礼令人厌恶，不受感激，啊，我真高兴。 705
我获得了胜利：既然军人被拒绝，她便属于我。

（稍停）

我获救了，因为我有所失；若不有所失，就会遭毁灭。
现在我看看这里在干什么？谁进去？又是谁出屋来？
我就这样远远地观察，我的命运究竟会怎么样。
因为我现在一无所有，把一切都给了她，只能追求。 710

第二场

[阿斯塔菲乌姆上。

阿斯塔菲乌姆

（喜悦地,对屋内的弗罗涅西乌姆）
我会很好地尽到我自己的义务,
你在屋里要同样办好自己的事情。
给予你的对象应有的爱,好好掠夺他。
现在他正乐意,带着钱,时机很合适。
给情人展示你的魅力,使他乐于让你毁灭。 715
我留在这里守卫,待他把家里的一切都交给你。
我不会放任何人令人厌恶地去找你,
你就继续随心所欲地同他玩耍吧。

狄尼阿尔库斯

（走近）
阿斯塔菲乌姆,你说谁正在遭毁灭?

阿斯塔菲乌姆

亲爱的,你刚才在这里?

狄尼阿尔库斯

难道我令人讨厌?

阿斯塔菲乌姆

现在比以前更令人讨厌, 720
若不能给我们带来利益,而是造成麻烦。
不过请你赏光,告诉我我想知道的事情。

狄尼阿尔库斯

究竟什么事情?难道与我有关?

阿斯塔菲乌姆

我无法保持沉默。
屋里正在掷怎样的骰子啊!

狄尼阿尔库斯

什么?有新的恋人?

阿斯塔菲乌姆

　　她正在接受一个未被触动、充满财物的宝库。

狄尼阿尔库斯

　　　　　　　　　　　　　　他是谁？　　　　　　　725

阿斯塔菲乌姆

　　我告诉你，你得缄默，你知道这里的斯特拉巴克斯？

狄尼阿尔库斯

　　　　　　　　　　　　怎么不知道？

阿斯塔菲乌姆

　　现在就他一个人在这里，最受优待，他对于我们就是田庄。
　　他正精神饱满地让财富遭殃。

狄尼阿尔库斯

　　　　　　　　　请海格力斯作证，他正在毁掉自己。
　　我也曾这样毁掉财产，获得灾难，成为最不受看重的人。

阿斯塔菲乌姆

　　你也真愚蠢，竟然想用语言否定既成事实。　　　　730
　　忒提斯当年哭泣儿子甚至也有停歇的时候。①

狄尼阿尔库斯

　　现在不让我进你们屋里？

阿斯塔菲乌姆

　　　　　　　为什么要把你看得比军人更重要？

狄尼阿尔库斯

　　因为我给得更多。

阿斯塔菲乌姆

　　　　　　因为我们让你进去多于你所给：
　　谁给我们，我们就让谁由于给而享受招待。
　　你已经认字：既然已学会，也让其他人学学。　　　735

狄尼阿尔库斯

　　就让他学吧，也让我回忆回忆，免得忘记。

---

① 忒提斯是阿基琉斯的母亲。阿基琉斯在特洛亚战争期间被特洛伊王子帕里斯的箭射中丧命，母亲忒提斯非常痛惜儿子的不幸命运。

阿斯塔菲乌姆

  暂且让你回忆吧，看看女教师有什么好处？
  她自己同样也想回忆。

狄尼阿尔库斯

        什么？

阿斯塔菲乌姆

        同样也要有所得。

狄尼阿尔库斯

  我今天已经给了：我曾经吩咐人送来五谟纳。
  此外还有一谟纳的食物。

阿斯塔菲乌姆

        我知道给了那些东西。   740
  为此现在大家都称赞你的美意。

狄尼阿尔库斯

        天哪，我的敌人们正在享用
  我的礼物？天哪，我宁可死，也不愿忍受这样的结果。

阿斯塔菲乌姆

  你是个蠢人。

狄尼阿尔库斯

    为什么？你说说。阿斯塔菲乌姆，怎么回事？

阿斯塔菲乌姆

          神明作证，
  因为我更希望我的敌人嫉妒我，而不是我嫉妒敌人；
  啊，嫉妒他人走运，自己不走运，这是多么可怜啊。 745
  凡是嫉妒之人都是贫穷之人，那些受嫉妒之人才是
  有钱之人。

狄尼阿尔库斯

    我能不能参加享用我的那些食品？

阿斯塔菲乌姆

  如果你想享用其中的一份，你就把那一部分拿回家去。
  因为我们这里就像在阿克戎那里，接受的东西要计数：

东西被拿进去，一旦被接受，就不可能再被拿出来。　　　　　750

（转身）

再见！

狄尼阿尔库斯

（上前抓住阿斯塔菲乌姆）

你停住！

阿斯塔菲乌姆

你放开我。

狄尼阿尔库斯

你放我进去！

阿斯塔菲乌姆

去你那里！

狄尼阿尔库斯

不，我想去你们那里。

阿斯塔菲乌姆

不可能。你要求得太多。　　　　　755

狄尼阿尔库斯

（抓住阿斯塔菲乌姆，冲向屋门）

让我试试——

阿斯塔菲乌姆

（挣脱，挡在门前）

不要试，你这是想使用暴力。

狄尼阿尔库斯

你说，我在这里。

阿斯塔菲乌姆

（站到门口）

你走吧，她没空。事情就这样，不要妄想。

狄尼阿尔库斯

你让不让开？

阿斯塔菲乌姆

她在叫我，她比你对我更有权利。

狄尼阿尔库斯

　　（恳求地）

　　只说一个字。

阿斯塔菲乌姆

　　　　你说吧！

狄尼阿尔库斯

　　　　你放不放我进去？

阿斯塔菲乌姆

　　　　　　你是个骗子，你走吧。

　　让你说一个字，你都说了三个字①。全是骗人的话。

　　（进屋）

狄尼阿尔库斯

　　她进屋了，把我挡在了门外。难道我能忍受这一切？
　　不，天哪，勾引者，我要在这街上大声揭露你的把戏，
　　你曾经违背业已确定的条件，向许多人收取过钱财，　　　　760
　　请神明作证，我会在所有新官员那里登记上你的名字，
　　然后把你告上法庭，你这个魔术家，拐骗孩子的骗子，
　　遭受四倍的处罚②。我会立即揭露你们所有的卑鄙行径。
　　我无可阻碍，我已毁掉一切：成为一个厚颜无耻之人，
　　我已经用不着担心什么，不管穿上什么样的鞋去法庭。　　　765

　　（稍停，犹豫）

　　不过我为什么在这里大喊大叫？要是她吩咐让我进屋去？
　　我可以发誓，不管什么条件我都不进去，即使她希望。
　　真荒唐，若是你同刺棒进行战斗，会伤着你的拳头。
　　完全用不着与她们生气，既然现在她们看不起你。

　　（遥望街道远处）

　　那是怎么回事？不死的神明，我看见老人卡吕克勒斯，　　　770
　　他与我曾经毗邻而居，他正领着两个捆绑着的女奴，
　　其中一个女奴是他的理发师，另一个是他的老女侍奴，

---

① "三个字"指"你放不放我进去"的拉丁文mittin me intro。
② "四倍的处罚"是罗马通常对盗窃者的处罚。

你先说。

女侍奴

我说什么?

卡吕克勒斯

怎样处理了孩子?我的女儿一生下他,我的孙子。你把主要事实说清楚。

女侍奴

(指女理发师)

我交给了她。　　　　　　　　　790

卡吕克勒斯

你别再说话。

(对女理发师)

你从她那里接过了那个孩子?

女理发师

我接了。

卡吕克勒斯

你别再说话。

此外我不再需要知道什么,你已经足够地承认。

女理发师

我不会抵赖。

卡吕克勒斯

你刚才这句话已经使你的肩胛骨的红肿变暗。

(自语)

到目前为止,她们两个人的话相吻合。

狄尼阿尔库斯

(旁白)

我的天哪,

现在正在揭开我做过的事情,我原希望隐瞒它。　　795

卡吕克勒斯

(对女侍奴)

现在你说说,谁吩咐你把孩子交给她?

女侍奴

　　　　　　　　　　　我的女主人。

[**卡吕克勒斯**

　　（对女理发师）

　　你说说，你为什么接受他？

女理发师

　　　　　　　　　我的年轻女主人请求我，
　给她抱一个男孩，并且要求隐瞒一切情况。]

卡吕克勒斯

　　你说说，你对孩子干了什么？

女理发师

　　　　　　　　　我把孩子抱给了我的女主人。

卡吕克勒斯

　　你的女主人对孩子干了什么？

女理发师

　　　　　　　　　立即交给了我的女主人。　　　　　800

卡吕克勒斯

　　真见鬼，交给了哪个女主人？

女侍奴

　　　　　　　　　她有两个女主人。

卡吕克勒斯

　　（对女侍奴）

　　　　　　　　　你当心，除非我向你问话。

　　（对女理发师）

　　现在我问你。

女理发师

　　　　　我已经说过，母亲把他送给女儿作礼物。

卡吕克勒斯

　　你话说多了。

女理发师

　　　　你提问多了。

卡吕克勒斯

赶快回答我，
孩子被交给的那个女人干什么了？

女理发师

她接受了。

卡吕克勒斯

给谁？

女理发师

给她自己。

卡吕克勒斯

当作自己的儿子？

女理发师

当作自己的儿子。

卡吕克勒斯

我的天哪，愿神明保佑！　　　　　　805
一个女人多么容易比另一个女人同样生出一个男孩：
这个女人由她人辛劳，自己不受痛苦地生了个男孩。
这个孩子真幸福：他有两个母亲，还有两个祖母；
我担心他有几个父亲。看吧，妇女的行为多么卑鄙。

女侍奴

请神明作证，那主要是由于男人而不是女人的恶行：　　810
是男人，而不是女人使她怀孕。

卡吕克勒斯

你说的这些我知道。
原来你是她的尽责的守护人。

女侍奴

谁更强大，谁就更有能力。
他是男人，更强大；他获胜，带走他想要的东西。

卡吕克勒斯

请海格力斯作证，他也给你带来了巨大的不幸。

女侍奴

　　　　这一点即使你不说，我根据自己的亲身体验也知道。　　　815

卡吕克勒斯

　　　　难道我今天怎么也不可能让你说出那个人是谁？

女侍奴

　　　　我一直沉默；现在不再沉默，
　　　　既然他就在这里，却不站出来。

狄尼阿尔库斯

　　　　（旁白）
　　　　我变成了一块石头，可怜得不敢作一点动弹。
　　　　整个事情已经暴露，现在是在对我进行审判。
　　　　那是我的愚蠢行为，我担心很快就会被指认。　　　820

卡吕克勒斯

　　　　你说，是谁强暴了我那个无辜的女儿。

女侍奴

　　　　（扫视一眼狄尼阿尔库斯）
　　　　我看见你，尽管你倚靠着已经遭到破坏的园墙。

狄尼阿尔库斯

　　　　（旁白）
　　　　我既不是活着，也没有死去，我不知道现在该怎么办，
　　　　不知道我是离开这里，还是向他走去，恐惧使我麻木。

卡吕克勒斯

　　　　（对女侍奴）
　　　　你说不说？

女侍奴

　　　　　　就是狄尼阿尔库斯，你曾经把女儿许配给他。　　　825

卡吕克勒斯

　　　　你说的这个人现在在哪里？

狄尼阿尔库斯

　　　　（走上前）
　　　　　　　　　　我就在这里，卡吕克勒斯。
　　　　我现在抱膝请求你，请你理智地对待我不理智的行为，

请你宽恕我，那是我由于醉酒而控制不住自己做的事。

卡吕克勒斯

（严厉地）

我不喜欢这样把罪过归于不会说话的东西。
若是酒也能说话，它也会为自己进行辩护。 830
通常不该是酒控制人，而是人应该控制酒，
他若是个正派之人；若是不正派之人，不管他
喝了酒或是控制没有喝，他会归于天性而作恶。

狄尼阿尔库斯

我知道，许多不希望的事情确实如你所说地发生。
我承认我自己有罪过，现在我把自己交给你处置。 835

女侍奴

卡吕克勒斯，你看看你审理案子时多么不公正：
案犯不受约束地自我辩护，你却给证人戴镣铐。

卡吕克勒斯

（对奴隶）

你们把她们放开。

（对女侍奴）

    现在你们走吧。

（对其中的一个）

      你回家去。

（对其中的另一个）

      你也回家去。

你对女主人说：如果有人索要孩子，让她归还。

（对狄尼阿尔库斯）

现在我们去法庭。

狄尼阿尔库斯

    你为什么要我去法庭？你自己是裁判官。 840
我现在请求你，卡吕克勒斯，请把你的女儿嫁给我。

卡吕克勒斯

（平静地）

　　　　我看到，要求判决的人已经对事情作出判决。
　　　　我本想娶她，可你却没有等待，把她夺走了。
　　　　现在你就拥有所得吧。我现在要这样惩罚你：
　　　　由于你的冒失，我要从嫁妆中扣除六塔兰同。　　　　　845

狄尼阿尔库斯

　　　　你对我太好了。

卡吕克勒斯

　　　　　　　　你最好自己去要回那个儿子。
　　　　至于妻子，你尽快地把她从我家娶回去。
　　　　我走了。我还得前去告诉我的那个姻亲，
　　　　以便让他给自己的儿子另订合适的婚约。

　　　　［卡吕克勒斯和随行女侍们下。

狄尼阿尔库斯

　　　　我现在就前去向她索要孩子，免得她会否认。　　　　850
　　　　事情不会那样，因为是她亲口对我说的事情。

　　　　（看见弗罗涅西乌姆屋门打开）

　　　　不过，天哪，多么巧，她自己从屋里走了出来。
　　　　她带着她那根长针，从那里就直刺向我的心窝。

第四场

　　　　［弗罗涅西乌姆由屋内上。
　　　　阿斯塔菲乌姆随上，停留在门边。

弗罗涅西乌姆

　　　　由于酒就不关心自己利益的伴妓既愚蠢，又卑贱；
　　　　即使所有的肢节都被酒征服，起码心里也要清醒。　　　855
　　　　我感到很可惜，我的理发师竟然作出这样的指证。
　　　　她曾经声称，这个孩子原是狄尼阿尔库斯的儿子。
　　　　我一听到这个消息，便立即从屋里跑到这门外来。

狄尼阿尔库斯

　　　　（旁白）

　　　　正好我的所有财产和我们孩子的那个占有者来了。

弗罗涅西乌姆

　　　　（旁白）

　　　　我看见那就是让我做他的孩子的保护人的那个人。

狄尼阿尔库斯

　　　　（走上前）

　　　　妇人，我这是来找你。

弗罗涅西乌姆

　　　　　　　　我的欢乐，你有什么事情？　　　　　　　　860

狄尼阿尔库斯

　　　　不是欢乐，抛开废话，我现在不是想和你说那些事。

弗罗涅西乌姆

　　　　请卡斯托尔作证，我知道你想要什么，你在找什么：
　　　　你想见到我，你想从我这里找快乐，你想向我要孩子。

狄尼阿尔库斯

　　　　（旁白）

　　　　不死的神明啊，说话真巧妙，一语道破事情的实质。

弗罗涅西乌姆

　　　　我知道你有未婚妻，由于你的未婚妻有一个孩子，　　865
　　　　你将要她做妻子，你的心灵已经去到别的地方，
　　　　我有如已经被抛弃，我知道，你将会离开我。
　　　　不过请想想，老鼠虽小，却是富有智慧的动物，
　　　　它从来不会把自己的一生交给一处洞穴。
　　　　若是一处洞穴被围困，它会从另一处逃生。　　　　　870

狄尼阿尔库斯

　　　　待我们有空闲，我会和你细说这些事情。
　　　　现在请把孩子还给我。

弗罗涅西乌姆

　　　　　　　　不，我请求你允许孩子
　　　　在我这里再留几天。

狄尼阿尔库斯

弗罗涅西乌姆
　　　　　　　　　　　绝对不可能。

弗罗涅西乌姆
　　　　　　　　　　我请求你。

狄尼阿尔库斯
　　　　　　　　　为什么要这样？

弗罗涅西乌姆
　　　　　　　　　　　　　我有事情。
　　哪怕在我这里再多留三天，好让我蒙骗那个军人，
　　你若允许我这样做：我有所得，也会有你的好处。　　　　875
　　如果你抱走孩子，便会失去所有蒙骗军人的希望。

狄尼阿尔库斯
　　我同意就这么办，即便你想改变主意，也不可能；
　　现在你就利用孩子，好好照顾他，你会得到酬报。

弗罗涅西乌姆
　　请神明作证，我非常喜欢你。你以后家里有什么不快，
　　就来我这里；起码你可以作为与我共享战利品的朋友。　　880

狄尼阿尔库斯
　　弗罗涅西乌姆，再见！

弗罗涅西乌姆
　　　　　　　　　难道就不再说是你的眼珠儿？

狄尼阿尔库斯
　　至于这个称呼，以后还会经常被想起。
　　再没有其他事情？

弗罗涅西乌姆
　　　　　　　　　祝你健康！

狄尼阿尔库斯
　　　　　　　　　　　我以后有事，还会来找你。
　　〔下。

弗罗涅西乌姆
　　他从这里走了，离去了。我终于可以随意地说话。
　　有一句谚语说的对：哪里有朋友，哪里就有财源。　　　　885

由于他的体谅,我今天仍然有希望捉弄那个军人;
天哪,我爱那个军人胜过爱自己,
　　　　　　我从他那里可以得到我想要的一切。
尽管我们可以不断索取,所给的东西也总是所剩无几,
这就是伴妓们的荣耀。

阿斯塔菲乌姆

（遥望街道远处）
　　　　　　喂,别说话。

弗罗涅西乌姆

　　　　　　请问什么事?

阿斯塔菲乌姆

孩子的父亲来了。

弗罗涅西乌姆

　　　　你让他过来,只要那个人是他。　　　　　　890

阿斯塔菲乌姆

正是他。

弗罗涅西乌姆

如果他希望,就让他过来找我。

阿斯塔菲乌姆

　　　　　　他正直接走过来。

弗罗涅西乌姆

请卡斯托尔作证,今天再周旋一下,结束这场游戏。

第五幕

[斯特拉托法涅斯上。

斯特拉托法涅斯

我带来一谟纳黄金作为罚款交给我的女伴,
希望她能收下,就作为对已受损失的增补。
(眺望)
可我看见主人和女奴就站在门前,我走过去。 895
你们在这里干什么?

弗罗涅西乌姆

(愤怒地,转过身去)
　　　　　请不要和我打招呼。

斯特拉托法涅斯

　　　　　啊呀,你心灵太严厉。

弗罗涅西乌姆

你能不能不让我厌烦?

斯特拉托法涅斯

　　　　　阿斯塔菲乌姆,她怎么生气?

阿斯塔菲乌姆

请卡斯托尔作证,应该生你的气。

弗罗涅西乌姆

　　　　　我生气,这样生你的气
还远远不够。

斯特拉托法涅斯

　　　　我的欢乐啊，要是我还有其他什么不周之处，
　　　　我拿来一谟纳黄金给你作罚款。你回头看看就会相信。　　　　900

弗罗涅西乌姆

　　　　（稍转过身）
　　　　我的手在未得到东西之前不让我相信。
　　　　孩子需要食物，给孩子沐浴的奶妈也需要，
　　　　奶妈需要食物才会有奶，需要有充足的陈酒，
　　　　不分白天黑夜地喝，需要木材，需要火炭，
　　　　需要包布、枕头、儿童床榻、许多襁褓，　　　　905
　　　　需要橄榄油，需要面粉，整天地都需要：
　　　　任何一天都没法过，除非备齐需要的东西；
　　　　事实是军人生的孩子实在难以哺喂。

斯特拉托法涅斯

　　　　（举起钱袋）
　　　　请你回过头来看看，接受这些钱，满足需要。

弗罗涅西乌姆

　　　　（接过钱袋）
　　　　好吧，尽管不多。

斯特拉托法涅斯

　　　　　　　　　　　我以后还给你一谟纳。

弗罗涅西乌姆

　　　　　　　　　太少。　　　　910

斯特拉托法涅斯

　　　　你就按你的想法吩咐吧，一定会给你。
　　　　（上前搂弗罗涅西乌姆）
　　　　　　　　　　现在给个吻。

弗罗涅西乌姆

　　　　（推开）
　　　　放开我，我说了，真讨厌。

斯特拉托法涅斯

　　　　（旁白，绝望地）

　　　　　　　　　怎么都不行，不爱我了，白天在过去，
　　　　　我为了爱，把整整十磅黄金就这样一点点地全花完。
弗罗涅西乌姆
　　　　（给阿斯塔菲乌姆钱袋）
　　　　你接过这个，拿进去。
　　　　（阿斯塔菲乌姆接过钱袋，进屋）
　　　　（斯特拉巴克斯出现在屋门前）
斯特拉巴克斯
　　　　（自语）
　　　　　　　　　我的女友现在在世上什么地方？
　　　　不管在乡下或在这里，我什么都干不了，开始生锈。　　　　915
　　　　我真是累极了，就躺上这张长椅，坚持着等待她吧。
　　　　（看见弗罗涅西乌姆）
　　　　不过我看见她，她就在这里，她在干什么？
斯特拉托法涅斯
　　　　（生气地大叫）
　　　　　　　　　这个人是谁？
弗罗涅西乌姆
　　　　请卡斯托尔作证，我对他比对你更喜欢。
斯特拉托法涅斯
　　　　　　　　你爱他超过爱我？怎么会这样？
弗罗涅西乌姆
　　　　（转身）
　　　　就是这样，因为你让我厌烦。
斯特拉托法涅斯
　　　　　　　　　你收了金子，就想离开？
弗罗涅西乌姆
　　　　你给的东西都已经放进屋里。
斯特拉巴克斯
　　　　　　　　你过来，我的女友，我想和你说话。　　　　920
弗罗涅西乌姆

我已经来到你跟前，我的喜悦。
斯特拉巴克斯
请海格力斯作证，真是这样。
尽管我让你觉得很愚笨，但我想让自己高兴高兴；
尽管你很动人，你会倒霉，若是我不能栽种欣悦。
弗罗涅西乌姆
你想让我拥抱你，给你吻吗？
斯特拉巴克斯
随你怎么样，只要是能让我高兴。
斯特拉托法涅斯
（旁白）
难道我能容忍她当着我的面与别的男人拥抱？ 925
海格力斯啊，我今天宁可死。
（对弗罗涅西乌姆）
轻佻的女人，控制你的手，
要不我就用自己的手让你尝军刀，把他也杀死。
弗罗涅西乌姆
你不得进行任何威胁，军人，若是你希望得到爱；
你用金子，而不是用武器，才能把我吓住不爱他。
斯特拉托法涅斯
真见鬼，你漂亮，聪明，怎么会爱上这样一个人？ 930
弗罗涅西乌姆
你怎没有记住这里的演员在舞台上说过的话：
所有的人都精通自己的行业，同时也蔑视它。
斯特拉托法涅斯
他这样一个粗鲁、污秽之人，怎么能拥抱你？
弗罗涅西乌姆
尽管他污秽、粗鲁，但我觉得他智慧、漂亮。
斯特拉托法涅斯
难道我没有给你金子——
弗罗涅西乌姆

你给了我？你那是为了给儿子买食品。 935
现在如果你希望我和你在一起，你还得再给一谟纳。

斯特拉巴克斯

（对斯特拉托法涅斯）

你快滚吧，认真看好你路上的盘资。

斯特拉托法涅斯

（对弗罗涅西乌姆）

你欠他什么？

弗罗涅西乌姆

欠他三样东西。

斯特拉托法涅斯

哪三样东西？

弗罗涅西乌姆

香膏、拥抱、亲吻。

斯特拉托法涅斯

（旁白）

他们俩倒是互相很相称。

（对弗罗涅西乌姆谦卑地）

现在尽管你爱这个人，
至少你也可以从你的柔媚中少许分给我一点？ 940

弗罗涅西乌姆

（对斯特拉巴克斯）

亲爱的，怎么样，现在我给你的是什么？

（拥抱斯特拉巴克斯，看着军人微笑）

你小心，不要伤着自己，他长着一排铁牙齿。

斯特拉巴克斯

（对斯特拉托法涅斯）

她允许所有的人接近自己。

斯特拉托法涅斯

你把手从她那里拿开！

斯特拉巴克斯

请海格力斯作证，勇敢的军人，当心挨揍。

斯特拉托法涅斯

我给了她金子。

斯特拉巴克斯

我给了她银子。 945

斯特拉托法涅斯

我还给了她女奴、香料、衣服。

斯特拉巴克斯

我还给了她绵羊和羊毛，她要什么东西我都给。

你与其用谩纳，还不如用威胁和夸口同我竞争。

弗罗涅西乌姆

天哪，斯特拉巴克斯，你真令人愉快，继续嘲弄他。

阿斯塔菲乌姆

愚蠢人和疯子互相竞赛耗费，我们从中安全得救。 950

斯特拉托法涅斯

现在让你首先给东西。

斯特拉巴克斯

不，让你先遭殃，毁灭吧！

斯特拉托法涅斯

（对弗罗涅西乌姆）

给你一塔兰同银子。这是腓力铸币，你接住。

弗罗涅西乌姆

这样好，你是我们的——不过你的生活费由你支付。

斯特拉托法涅斯

（对斯特拉巴克斯）

你现在给什么？挑战者，把腰带解下来，怕什么？①

斯特拉巴克斯

你是外来人，我就在这里住，我不系腰带地散步， 955

我把整个畜群装在钱袋里，束着挂在脖子上带来。

（向弗罗涅西乌姆展示）

---

① 古代希腊人把钱放在腰带里。

看我给了什么？瞧我怎样缴了他的械。

斯特拉托法涅斯

不，我给了，缴了他的械。

弗罗涅西乌姆

（对斯特拉巴克斯）

你现在进屋去，亲爱的，走，跟我一起走，

（对斯特拉托法涅斯）

然后你再进来。

斯特拉托法涅斯

（惊愕地）

什么？你说什么？你将同他在一起？

我给了，然后才是我？

弗罗涅西乌姆

你已经给了，这个人将会给。

你的已在我这里，他的我期待。　　960

不过我会根据你们的嗜好分别讨你们两人的欢心。

斯特拉托法涅斯

就这样，我看事情就是这样：给什么，就接受什么。

斯特拉巴克斯

（对斯特拉托法涅斯）

我肯定怎么也不会允许你占有我的卧榻。

弗罗涅西乌姆

（对观众）

请卡斯托尔作证，我出色地进行了猎捕，按照我的意愿。
我已经安排好自己的事情，现在也把你们的事情做安排：
如果有谁希望做这样的好事，就请他让我知道。　　965
为了维纳斯，请你们鼓掌：她是这部剧的保护神。
观众们，祝你们健康，请你们站起身来，鼓掌！

剧　　终

行　囊

VIDULARIR

导　言

　　普劳图斯的这部喜剧残损严重，只传下零散片段，而且是最古老的抄本，释读很困难。

　　总的说来，这部剧本的情节与他的喜剧《缆绳》的情节有些相似，都是描写海上船难，船难时的遗失物品被偶然找到，为后来剧中人物的相认提供了线索，最后以团圆结束全剧。

　　剧中的事件发生在希腊，可能在距雅典不远的阿提卡海岸。舞台上有两座房屋。按照当时的戏剧习惯，观众左手的房屋是渔夫戈尔吉涅斯的居处，通向海边；观众右手的房屋是狄尼亚的住屋，通向乡下。就在那附近的大海里发生了沉船事故，乘船落难的是青年尼科得穆斯。尼科得穆斯在船难后艰难地爬上岸，来到戈尔吉涅斯的居处，暂时住在那里（第54行）。尼科得穆斯为了维持生活，出来找活儿，遇到毗邻而居的狄尼亚。狄尼亚与尼科得穆斯的对话是残留片段中最长的一段，狄尼亚最后同意雇尼科得穆斯打日工。从他们的对话中观众可以得知，狄尼亚在这之前失去了自己唯一的儿子（第86行）。与此同时，奴隶渔夫卡基斯图斯（此名的意思是"非常愚蠢的"）在海上打渔时从海中捞得一只行囊，但还没有来得及把行囊藏起来，从树丛里窜出来奴隶阿斯帕西乌斯（可能是戈尔吉涅斯的奴隶），想占有那只行囊，或者作为见者想从中分好处。卡基斯图斯和阿斯帕西乌斯争执得不可开交时，戈尔吉涅斯到来，决定行囊由他提到自己家里暂时保管，以待法庭判决。卡基斯图斯考虑得找个朋友在法庭上做他的辩护人（advocatus）或保护人（patronus），但他又懊恼自己没本事，本该属于自己的东西却得不到，于是心想还不如就留在那里看好行囊，免得丢失。这时狄尼亚带着尼科得穆斯出场，尼科得穆斯对狄尼亚叙述了自己在海上遇难的情况。卡基斯图斯认出了尼科得穆斯就是海上落难的那个人。当时尼科得穆斯还向他叙述了海难的经过，因而印象深刻，很同情对方。尼科得穆斯陷入困境，向狄尼亚借贷，狄尼亚慷慨地愿意不收利息地帮助他。上述这些描写都是在为戏剧矛盾的"解"作准备。接着从残段看出，在那里等待遇见朋友的卡基斯图斯上前请求尼科得穆斯和狄尼亚帮助他得到那个行囊，告诉他们他是怎样用渔叉捞到它的，却被一个不相关的人争夺，等待法庭判决。结果对比印章发现，那个行囊是尼科得穆斯的，狄尼亚也根据印章字迹认出了尼科得穆斯原来是自己早年失散的儿子。残存片段里只在最后提到少女索特里斯的名字，没有涉及索特里斯的任何具体情况。按照当时的戏剧习惯，她可能是邻居戈尔吉涅斯的女儿，最后年轻人完美成婚，皆大欢喜。

这部剧本的希腊原作可能是米南德的作品。

人物

阿斯帕西乌斯　戈尔吉涅斯的奴隶
尼科得穆斯　青年
戈尔吉涅斯　老人，渔夫
狄尼亚　老人，戈尔吉涅斯的邻居
卡基斯图斯　奴隶，渔夫
索特里斯　少女
青年
妇女
妓馆老板

开场词

　　　　这件采用老名称的东西
敌人的力量
受称赞　　　　　　感谢
《小船》　　　　　　　　　　　　　　　　　6
我们的诗人称它为《行囊》。
　　　　　　　我会让你们知道。
首先让你们了解其他情况，
　　　　你们知道，那就是他自己；
我相信，你们很想清楚地知道剧本的情节；　　10
你们从他们的表演就会明白他在表演什么。
　　　　你们在这里被忠告
　　　（她）　　我的　　　　　　　　　　14
更　　我离开　　现在
你们……　　为了他……

这部戏剧由阿斯帕西乌斯首先出场，只有第1行诗保存了下来。

阿斯帕西乌斯
　　只要奴隶地位一旦降临于一个人

I

尼科得穆斯
　　巴科斯使我们的船只成了他的彭透斯。

II

　　贫困、痛苦、悲伤、贫穷、寒冷、饥饿。

III

戈尔吉涅斯
  这件事情很不好。

IV
  ……这是维纳斯的柽柳树林。

狄尼亚想找个雇工,尼科得穆斯愿意受雇,以下场面是他们之间的对话。

  他从那里 我想
尼科得穆斯
  你说什么?可以吗?
狄尼亚
    完全可以,如果需要。
  不过这么办怎么样?
尼科得穆斯
    我听见了你说的话, 20
  你想雇人前去乡间干活儿。
狄尼亚
  你听得完全正确。
尼科得穆斯
    你想在那里干什么活儿?
狄尼亚
  你关心这个干什么?难道你被雇为我的监工?
尼科得穆斯
  我想我可以提供一个相当好的劳动者。
狄尼亚
  是不是想提供一个奴隶,让他为你挣钱? 25
尼科得穆斯
  现在缺少奴隶 我自己

狄尼亚

　　什么，你要雇你自己？我看不会是这样，
　　因为我看你这样子，完全不像是个佣工。

尼科得穆斯

　　如果你不想付给我工钱，那我就不是；
　　如果你付酬，那就请你带我一起走。　　　　　　30

狄尼亚

　　年轻人，乡村生活很艰苦。

尼科得穆斯

　　天哪，城市的贫困有时比那里还艰难。

狄尼亚

　　你的两只手已经习惯于掷骰子。

尼科得穆斯

　　我知道，现在得让它们锻炼提篮筐。

狄尼亚

　　城市的荫凉使你的皮肤洁白，身体柔弱。　　　　35

尼科得穆斯

　　太阳会成为这方面的绘画家，把我晒黑。

狄尼亚

　　可是你在那里得强忍着吃粗糙的饭食。

尼科得穆斯

　　不幸的人理应吃不好的饭食。
　　我请你从你……分给我一份。
　　若是你需要一个端庄而不坏的人，　　　　　　　40
　　此人比你的那些奴隶对你还忠心，
　　只需要很少的食物，却干很多的活，
　　那我毫不妄言，你应该雇用我。

狄尼亚

　　请波卢克斯作证，我仍不相信你能够
　　当雇工。

尼科得穆斯

　　　　　你为什么不相信？我以为不　　　带走　　　　　　　　　　　45
　　　　　　　　　　　……愿他说一起
　　　　　　　　　　　　　……雇工
　　　已经　　　　　　　　　……我从那里给你带来
　　　　　能干很多活儿，要求报酬很少，吃得也很少的人。

尼科得穆斯

　　　　　我干活儿不会比那些干得最多的人少，　　　　　　　　　50
　　　　　我不需要其他任何东西，除了一顿早饭，
　　　　　外加报酬。

狄尼亚

　　　　　　那休息点心呢？

尼科得穆斯

　　　　　　　　　　你不用给，
　　　　　也不要午餐。

狄尼亚

　　　　　　你不用午餐？

尼科得穆斯

　　　　　　　　　　不，我回家去。

狄尼亚

　　　　　　你住在哪里？

尼科得穆斯

　　　　　　住在这里的渔夫戈尔吉涅斯那里。

狄尼亚

　　　　　　那么你同我是邻居，按照你刚才说的话。　　　　　　55

　　卡基斯图斯捕鱼时捞到尼科得穆斯的行囊，但是阿斯帕西乌斯不让他得到它。戈尔吉涅斯到来，让自己暂时保管行囊，残段V和VI以及第56—68行涉及这些情节。

V

戈尔吉涅斯

现在你们俩注意听,你们把行囊放在这里;
由我保管,就像你们寄托于我,你们俩我谁也不会给;
直到法庭对这件事作出判决。

VI

阿斯帕西乌斯

我不反对让它受保管

卡基斯图斯

我去找一找,看能不能找到一个朋友 56
或者熟人,让他来作证。我认识这处地方。
你们居住在这里吗?

戈尔吉涅斯

(用手指)
　　　　　就住在这座屋里,你把他带过来。
我暂时把行囊放进柜子里,把它隐藏好。
(对卡基斯图斯)
若是你需要找个人保护你,你也去寻找吧; 60
我从来不在这里不守信义地处理任何事情。
〔戈尔吉涅斯提着行囊下,阿斯帕西乌斯随下。

卡基斯图斯

(愤慨地)
真见鬼,我已经败诉,我还去找什么保护人?
我这个人真可怜,真不中用,从来也不顺心,
我看见那行囊时,没有上百次地向四周看看;
那个该上吊的就藏在灌木丛里,给我打埋伏。 65
我就像知道自己站在这里一样清楚:我失去了
到手的房获物,除非我能想出个合适的主意回答他。
我就站在这里,认真守护,若能看见一个什么朋友。

（退后）

[狄尼亚和尼科得穆斯上。

狄尼亚

请神明作证，你向我叙说了你今天的

不幸遭遇，正是由于这一点，因此我　　　　　　　　　　70

坚决要求你离开，只因为我很同情你。

卡基斯图斯

（旁白）

他就是那个年轻人，风暴把他

……

我曾经听见……

他如此迅速地让自己行动起来；

神明作证，他到达陆地后毫不拖延。

真奇怪

……

他向我叙述了事情，　　　　　　　　　　　　　　79

……

没有哪个人……更需要　　　　　　　　　　　　　81

我相信现在没有，过去没有，以后也不会有。

狄尼亚

（对尼科得穆斯）

你不要这样说。甚至那一谟纳银子，

就是你要求我贷给你的那笔银子，

我这就给你拿来，你不用给我任何利息。　　　　　85

尼科得穆斯

愿神明们保佑你的儿子健康无恙，

因为你在我贫困时帮助我活了下来。

不过要是不带利息，我就不借那笔钱。

狄尼亚

怎么也不应该让陷入贫困的人带息借贷。

不过你当心，到你约定向我还钱的那一天，　　　　90

不要有什么变卦。
尼科得穆斯
在我没有还钱之前，

卡基斯图斯请求尼科得穆斯或狄尼亚帮助他得到行囊，告诉他们他是怎样找到它的。下面4个残段来自这一场面。

VII

卡基斯图斯
我当时在捕鱼的时候，用渔叉捞到那个行囊。

VIII

有个奴隶从柽柳树丛里跳了出来。

IX

何必还要多说？我们争论了很多时间。

X

现在我们已经让那个行囊处于托管之下。

尼科得穆斯不仅是箱子的主人，而且是狄尼亚早年丢失的儿子。第XI—XIV残段属于剧本的这段情节。

XI

贝壳被丢了。
尼科得穆斯
不过我这就告诉你是怎样的印记。

XII, XIII

A

　　　　　　　　　你吩咐他缝到口袋上，
　　然后把它丢进大海里，好让它成为
　　游鱼群的美食？

B
　　　　　　　　　　　我把它绑到小船边，
　　好一直捕鱼，甚至在狂风暴雨的天气。

下一个残段可能与狄尼亚对比证据在关。

XIV
　　　　印记完全相重合，我比对过他的戒指。

其余的残段难以归于剧本的某个确定的部分，涉及的人好像包括年轻的情人、妓馆老板、狡猾的奴隶、被欺骗的父亲，可能还有个名叫索特里斯的女子。

XV
　　　　我更为希望我的亲人们死去，而不是陷入贫困：
　　　　死去令高尚之人同情，贫困会受到邪恶者嘲笑。

XVI
　　　　今天奴隶会从父亲那里骗到银子。

XVII
尼科得穆斯
　　　　事实是这是我们的祖邦，他是我的父亲，
　　　　那个则是索特里斯的父亲。

XVIII
　　　　我听说过，母狮一胎只生一只幼狮。

XIX

  只要在什么地方看见他的足迹,谁都会被偷窃。

XX

        妓馆老板正走出屋来;
  我就隐藏着从这里偷偷地听他说话。

专名索引

"专名索引"收入普劳图斯各部剧本中出现的神话传说人物、历史人物和古代地名等专有名词,按汉语拼音音序排列。各剧本标题分别缩略为:《安菲特律昂》——安,《赶驴》——驴,《一坛金子》——金,《巴克基斯姐妹》——巴,《俘虏》——俘,《卡西娜》——卡,《提匣》——提,《库尔库利奥》——库,《埃皮狄库斯》——埃,《孪生兄弟》——李,《商人》——商,《吹牛的军人》——军,《凶宅》——凶,《波斯人》——波,《布匿人》——布;《普修多卢斯》——普,《缆绳》——缆,《斯提库斯》——斯,《三文钱》——三,《粗鲁汉》——粗,《行囊》——行。专名出处按行号标示,反复出现的专名标示第一次出处,其余的择重要处标示。

阿波罗　Apollo　金 394;巴 172;俘 880;李 640,848,850,853,862,871,886。

阿多尼斯　Adonis　李 144。

阿尔戈斯(百眼巨怪)　Argos　金 555。

阿尔戈斯(城市)　Argos　安 98,209。

阿尔卡狄亚　Arcadia　驴 333。

阿尔克迈昂　Alcumeus　俘 562。

阿尔克墨涅　Alcmena　《安菲特律昂》剧中人物;商 690;缆 84。

阿尔克图鲁斯　Arcturus　缆 70。

阿非利加　Africa　布 1011,1304。

阿佛罗狄忒　Aphrodite　布 191,256。

阿伽门农　Agamemnon　巴 546。

阿伽托克勒斯　Agathocles　李 409；凶 775；普 532。

阿格里根图姆　Agrigentum　缆 50。

阿基琉斯　Achilleus　巴 938；商 488；军 61, 1054, 1289；布 1。

阿开奥斯人　Achaeus　巴 936。

阿克戎　Acheron　安 1078；巴 198；俘 689；卡 157, 448；商 290；凶 499, 509；布 71, 344, 431, 831；三 494, 525；粗 749。

阿拉伯　Arabia　巴 残二十；库 443；军 412；波 506, 522；三 845, 933；粗 539。

阿拉特里乌姆　Aratrium　俘 883。

阿里斯塔尔科斯　Aristarchus　布 1。

阿摩尔　Amor　巴 115, 残十四；提 203, 214, 298, 300；库 3；波 1 注；布 457；三 257；粗 141。

阿纳克托里乌姆　Anactorium　布 87, 896。

阿尼摩拉斯　Animulas　军 648。

阿佩勒斯　Apelles　埃 626；布 1271。

阿普利亚　Apulia　卡 72, 77, 648；军 648。

阿塔洛斯　Attalus　波 339；布 664。

阿特柔斯　Atreus　巴 925。

阿提卡　Attica　驴 793；卡 652；埃 306, 501, 602；李 12；商 635, 837；军梗（二）4, 100, 451；凶 30；波 395, 474；布 372；普 123, 202, 416；缆 42, 741；粗 497。

埃阿科斯　Aeacus　驴 404。

埃阿斯　Ajax　俘 615。

埃及　Aegyptus　商 139, 415；凶 440, 995。

埃及　Egyptus　布 1291。

埃拉特亚　Elatia　巴 591。

埃勒克特律昂　Electryon　安 99。

埃利斯　Alis　俘 9 等。

埃利斯　Elis　俘梗 1, 9, 24 等。

埃皮奥斯　Epius　巴 937。

埃皮丹努斯　Epidamnus　孪 梗6, 32, 33, 36, 49, 51, 57, 70, 72, 230, 258, 264, 306, 380, 1000, 1003。

埃皮道罗斯　Epidaurus　库 341, 429, 562；埃 540, 541, 554, 636。

埃皮狄库斯　Epidicus　巴 214

埃瑞特里亚　Eretria　商 646；波 259, 322。

埃斯基努斯　Aeschinus　普 757。

埃特纳　Aetnae　军 1065。

埃托利亚　Aetolia　俘 24, 59, 94, 824；波 4；布 621, 1052。

艾斯库拉皮乌斯　Aesculapius　库 14, 62, 217, 261, 270；孪 885。

安布拉基亚　Ambracia　斯 491。

安菲特律昂　Amphitryon　《安菲特律昂》剧中人物。

安提奥科斯　Antiochus　布 694。

奥狄普斯　Oedipus　布 443。

奥尔库斯　Orcus　巴 368；俘 282；埃 176, 362；凶 499；布 344；普 795。

奥林匹亚　Olympia　卡 759；斯 403；三 425。

奥普斯　Ops　提 515；军 1081；波 252。

奥瑞斯特斯　Orestes　俘 562。

奥托吕科斯　Autolycus　巴 275。

巴比伦　Babylonia　斯 378；粗 84, 202, 392, 472。

巴克赫（酒神的伴侣）　Bacchae　安 704；巴 53, 371；卡 980；商 469；军 1016；行 残段（I）。

巴克科斯　Bacchus　孪 835。

贝勒罗丰　Bellerophon　巴 810。

贝洛娜　Bellona　安 43；巴 847。

波奥提亚　Boeotia　商 647。

波尔塔昂　Porthaon　孪 745。

波卢克斯　Pollux　安 182；驴 36；巴 36；俘 158；卡93；提 8, 500, 510, 732, 737, 753；库 111, 386；埃 32, 72, 118, 406, 629；孪 325, 333, 500, 519, 625, 640, 649, 678, 752, 824, 1025, 1941, 1064, 1067, 1068；商 126, 204, 389, 393；军 19, 28, 322, 538, 616, 846, 988, 1001；凶 241, 656, 1006；波 8, 89, 102；布 291, 716；普 25,

194，507，953，1252；缆 511；斯 39，443；三 49，90，841；粗 152。

波斯　Persa　库 443；波 461，496，498，506，513，676，707，718，740，783，796，828；斯 24。

波提基乌斯　Poticius　巴 123。

波伊人　Boius　俘 880。

布罗弥奥斯　Bromius　孪 835。

布匿人　Poenus　提 202；布 梗7，104，113，120，982，990，1125，1410；普 229。

布匿人　Punicus（Poenus）　金 566；卡 76；提 202；普 229。

诚信女神　Fides　卡 2。

大流士　Darius　金 86。

得尔斐　Delphi　普 480。

得摩菲洛斯　Demophilus　驴 11。

得墨特里奥斯　Demetrius　巴 912。

狄阿蓬提乌斯　Diapontius　凶 497。

狄埃斯（白天）　Dies　巴 255。

狄安娜　Diana　巴 307，312。

狄奥多罗斯　Diodorus　波 826。

狄奥倪索斯　Dionysus　提 89，156；库 645；普 59；斯 661。

狄尔克　Dirca　普 199。

狄菲洛斯　Deiphilus　卡 32。

狄菲洛斯　Diphilus　卡 32；凶 1149；揽 32。

埃皮奥斯　Epius　巴 937。

法昂　Phaon　军 1247。

菲勒蒙　Philemon　商 9；凶 1149；三 19。

菲洛墨娜　Philomena　缆 604。

菲提亚　Phintia　孪 409。

腓力　Philippus　驴 153；金 86，704；巴 220，272，590，868，879，882，997，1026，1050；库 440；军 1061，1064；波 339；布 166，416，714；三 152，954，959，1158，952。

弗里克索斯　Phrixus　巴 242。

弗鲁西诺　Frusino　俘 883。

弗鲁西诺　Phrusino　俘 283。

弗律基亚　Phrygia　金 333；巴 955；粗 536。

福尔图娜　Fortuna　布 973。

福尼克斯　Phoenix　巴 156。

高卢　Gallia　金 495。

革吕昂　Geryon　金 554。

海格力斯　Hercules　安 397等；驴 29等；巴 664；俘 11；提 52, 239, 522, 526, 582, 624, 648, 662；库 20, 308, 358；埃 116, 136, 178, 212, 325, 484, 510, 707, 724；李 127, 201, 263, 280, 312, 346, 414, 490, 503, 509, 614, 641, 656, 727, 821, 1029, 1030；商 186, 264, 294, 523, 614, 759；凶 18, 75, 513, 528, 984；军 19, 37, 309, 311, 367, 581, 830, 838, 850, 858, 968, 972, 1004, 1006, 1396, 1397, 1408, 1409；凶 18, 549, 577, 618, 729, 912, 984, 1112；波 2, 134, 342, 629；布151, 172, 325, 1209；普 29, 116, 508；缆 131, 161, 737, 766, 834, 1016, 1225, 1365；斯 223, 233, 375, 473；粗 168, 287, 562等。

海伦　Helena　巴 948, 963。

荷马　Homer　粗 486。

赫革娅　Hegea　波 824。

赫克托尔　Hector　卡 994；商 488。

赫库柏（赫卡柏）　Hecuba（Hecata）　巴 963；李 714, 716。

基奥斯（岛）　Chius　库 78, 布 699。

基尔克　Circe　埃 604。

基克罗皮亚　Cecropia　三 928。

基里基亚　Cilicia　军 42；三 599。

基斯特里亚　Histria　李 235。

迦太基　Carthago　卡 71；布 梗（I）, 53, 59, 65, 79, 900, 987, 1054, 1124, 1378, 1377, 1419。

家神　Lar Familiaris　《一坛金子》人物；商 834。

卡尔基思　Chalcis　商 646, 939。

卡尔卡斯 Carchas 孪 748；商 945。

卡里亚 Caria 库梗（一），67, 206, 225, 229, 329, 339, 438, 438, 444。

卡吕冬 Calydon 布 72, 94, 1181。

卡律斯托斯 Carystus 普 730, 737。

卡帕多基亚 Cappadocia 军 52。

卡皮托利乌姆 Capitolium 库 269；三 64。

卡普亚 Capua 缆 631。

卡斯托尔 Castor 安 182等；卡 171；提 514, 668, 727；波 219；斯 240, 361, 粗 110, 391, 库 481；孪 372,, 604, 658, 753；商 672, 691；凶 188, 208；军 63, 380, 1162。

卡塔梅图斯 Catameitus 孪 144。

坎佩尼亚 Campania 普 146；三 546。

科克勒斯 Cocles 库 393。

科拉 Cora 俘 881。

科林斯 Corinthus 金 559；商 646。

克里特 Crete 库 444；商 646。

克洛阿基娜 Cloacina 库 471。

克尼多斯 Cnidus 商 647。

克瑞昂 Creon 安 194, 351。

克瑞斯 Ceres 金 36；巴 892；孪 101；缆 145。

库勒涅 Cyrene 缆 33, 41, 615, 713, 740, 1338。

库皮得 Cupido 驴 156；巴 残（十四）；库 3；商 854；波 25；三 675。

昆图斯 Quintus 安 305。

拉丁 Latinus 军 87。

拉科尼亚（常代指斯巴达）Laconia 俘 471；埃 234；凶 405。

拉特里乌姆 Alatrium 俘 883。

拉维尔娜 Laverna 金 446。

勒斯博斯 Lesbos 商 647；军 1247；布 699。

勒托（拉托娜）Leto（Latona） 巴 893。

里帕罗 Liparo 孪 411。

利柏尔 Liber 俘 578；提 99, 116, 127；库 99, 116；斯 700。

利比亚　Libya　库 445。

利姆诺斯　Lemnus　提 梗（一），100，157，161，173；粗 91，355。

利诺斯　Linus　巴 155。

琉卡斯（岛）　Leucas　布 699。

卢基娜　Lucina　粗 475。

卢娜（月亮女神）　Luna　巴 255。

吕库尔戈斯　Lycurgus　巴 111；俘 562。

吕西亚　Lucia　库 444。

罗得斯岛　Rhodes　驴 499；库 444；埃 300；商 11，93，257，390。

罗马　Roman　布 1314。

马尔斯　Mars　安 43；驴 15；巴 847，894，111；军 11，1384，1414；布 645；粗 616，656。

马伽拉　Magara　布 86。

马克基乌斯·提图斯　Maccius Titus　商 10。

马库斯　Maccus　驴 11。

马其顿　Macedonia　军 44；普 51，456，616，1162，1210；三 845。

马西利亚　Massilia　卡 963；李 235

马西库斯（山）　Massicus（mons）　普 1303。

麦丘利　Mercurius　《安菲特律昂》人物　安 506；巴 894；卡 238；布 327；斯 404。

美狄亚　Medea　普 869。

弥涅尔瓦　Minerva　巴 893，900；商 67；军 692。

米利都　Miletus　俘 274。

摩尔基贝尔　Murciber　埃 34。

摩斯库斯　Moschus　李 407，1078，1098，1108。

墨伽拉　Megara　商 646；波 137。

墨洛西斯　Molossis　俘 87。

墨涅拉奥斯　Menelaus　巴 946。

瑙帕克图斯　Naupactus　军 梗（二）2，102。

尼普顿　Neptunus　安 42；军 15；凶 431，438；普 834；缆 84，160，358，362，486，527；斯 403；三 820，824。

涅里埃涅　Neriene　粗 515。

涅柔斯　Nereus　埃 36；三 820。

涅墨亚　Nemea　卡 759。

涅斯托尔 Nestor　孪 932。

欧里庇得斯　Euripides　缆 86。

帕弗拉贡人　Paphlagonis　库 243。

帕勒蒙　Palaemon　缆 160。

佩尔伽摩姆　Pergamum　巴 926, 933, 1053, 1054。

佩尔修斯　Persicus　安 403, 412, 823。

佩拉　Pella　驴 333, 397。

佩利阿斯　Pelias　普 869。

佩利奥　Pellio　巴 215。

佩涅洛佩　Penelopa　斯 1。

彭透斯　Pentheus　商 469；行 残段I。

蓬托斯　Pontus　三 933；粗 540。

皮赖欧斯　Piraeus　巴 235；凶 66；三 1103。

皮瑞涅　Pirene　金 259。

普赖涅斯特　Praeneste　巴 残 (8)；俘 882；三 609；粗 691。

普劳图斯　Plautus　卡 12, 34, 65；孪 3；商 10；布 54；三 7, 19；粗 1。

普里阿摩斯　Priamus　巴 296, 973, 976。

普罗克涅　Progne　缆 604。

普特瑞拉　Pterela　安 261, 413, 415, 419, 535, 746。

萨狄　Sardis　军 44。

萨尔栖纳　Sarsina　凶 770。

萨摩斯岛　Samus　巴 222, 472, 574；俘 291；孪 178；斯 694。

萨图尔努斯　Saturnus　巴 895；提 514, 516。

塞琉古　Seleucus　军 75, 948, 949, 951。

塞琉西亚　Seleucia　三 112, 772, 845, 901。

塞浦路斯　Cyprus　商 646, 933。

上海　Mare superum　孪 236。

斯巴达　Sparta　布 663, 719, 769, 780。

斯佩斯（希望之神）　Spes　巴 892, 893; 提 670。

斯特拉托尼库斯　Stratonicus　缆 932。

苏格拉底　Socrates　普 465。

苏特里乌姆　Sutrium　卡 524。

梭伦　Solon　驴 599。

索尔（太阳神）　Sol　巴 255, 895。

塔尔提比奥斯　Talthubius　斯 305。

塔伦图姆　Tarentum　孪 27, 29, 36, 39, 480, 1112; 粗 649。

塔索斯　Thasian　布 699。

泰勒斯　Thales　巴 122,; 俘 274; 缆 1003。

忒拜　Thebae　安 101, 194, 259, 363, 365, 376, 378, 残（十五）, 1045; 埃 53, 206, 252, 636, 416; 缆 746。

忒提斯　Thetis　埃 35; 粗 731。

特奥提摩斯　Theotimus　巴 306, 318, 326, 329, 330, 335, 775。

特勒波伊人　Teleboi　安 梗（一）2, 101, 205, 211, 217, 251, 414, 418, 733。

特里格弥纳（门）　Trigemina　俘 90。

特洛亚　Troia　巴 933, 960, 1053, 1058; 军 1025; 普 1234。

特柔斯　Tereus　缆 509。

特瑞西阿斯　Teresias　安 1128。

特瑞西阿斯　Tiresias　安 1128, 1145。

特萨利亚　Thessala　安 1143。

提埃斯特斯　Thyestes　缆 509。

提坦　Titani (Titanes)　波 26。

提图斯　Titus　商 10。

提托诺斯　Tithonus　孪 854。

图斯卡　Tusca　提 562; 库 482。

外希腊　Graecia exotica　孪 236。

维尔图斯（美德之神）　Virtus　巴 893。

维克托利亚　Victoria　安 42。

维拉布鲁姆　Verabrum　俘 489; 库 483。

维纳斯　Venus　驴 905; 卡 617, 841; 巴 115, 217, 893; 提 314; 库 3,

7, 71, 72, 73, 74, 124, 181, 192, 196, 208；李 144, 371；商 38；军 650, 1228, 1265, 1384, 1413；凶 161；波 25；布 190, 256, 265, 277, 318, 321, 333, 377, 406, 450, 847, 1132；普 15；缆 60, 61, 94, 128；145, 283, 304, 329, 430, 625, 761, 840, 1332；粗 24, 141, 700；行 残段（IV）。

乌利克塞斯 Ulixes 巴 残15, 940, 946, 949, 963；李 902；普 1063, 1244。

武尔坎努斯 Volcanus（Vulcanus） 安 341；巴 255；埃 673；李 330；缆 761。

西班牙 Hispania 李 235；军 235。

西比拉 Sibulla 普 25。

西比拉 Sibulla 普 25。

西格尼亚 Signia 俘 882。

西库昂 Sicyon 提 梗1, 130, 156, 190；库 394；商 647；普 995, 1098, 1174；普 995, 1098, 1174。

西拉努斯 Silanus 缆 317。

西农 Sinon 巴 938。

西诺普斯人 Sinopes 库 443。

西西里 Sicilia 俘 888；李 梗1, 12, 408, 1069, 1096；波 395；布 897；缆 54, 357, 451, 495, 544。

希埃罗 Hiero 李 411, 412。

希波吕特 Hippolyte 李 200。

希腊 Graecia 驴 199；卡71, 77；库 288；李 11, 236, 715；商 9, 86, 525；凶 22, 64；缆 588, 737；斯 226, 649, 707；三 18, 粗 55。

许门 Hymen 卡 800。

叙拉古 Syracusae 李 17, 37, 69, 408, 1069, 1097, 1109。

叙利亚 Syria 库 443；商 415；三 542；粗 530, 541。

雅典 Athenae 驴 492；金 810；巴 563；卡 82；提 82；埃 7, 502, 602；李 8；商 944, 945；军 梗（一） 1, 100, 104, 114, 122, 126, 384, 439, 440, 451, 489, 939, 1146, 1185, 1193；凶 1072；波 151, 549；普 170, 270, 339, 416, 620, 731；缆 35, 739, 746, 1105, 1111, 1198；斯 448, 649, 670；粗 5, 10, 91, 497。

雅努斯 Ianus 提 520。

亚历山大　Alexandros（Alexander）巴　947；军　777；凶　775。

亚历山大里亚　Alexandria　普 147。

亚洲　Asia　斯 152，367；三　599，845。

伊阿宋　Iason　普 193。

伊奥　Io　金 556。

伊奥尼亚　Ionia　波 826；普 1274；斯 766。

伊利昂　Ilium　巴 945，998，951，953，966，971，987，995；卡 995；军 1025。

伊利里亚　Hiluria　李 235；三 852。

伊利里亚　Illiria　见Hiluria。

伊斯特里亚　Istria　李 235。

以弗所　Ephesus　巴 171，236，249等；军　梗（一）1，梗（二）4，梗（二）7，88，113，384，411，439，441，648，778，975，976。

意大利　Italia　李 237。

印度　India　库 439；军 125。

尤卑亚（岛）　Euboea　埃 153。

尤诺　Iuno　安 831；金 556，692；巴 217，892；卡 230；提　513，516，520；商 690，956；布 1220；三 208。

尤皮特　Iupiter　《安菲特律昂》人物；驴 414；金 86，242，658，776；巴 892；俘 426，863，868，909；卡 230，323，331，334，335，406，408；提　513，516，519；库 27，266，271，317，538，655；埃 66，510；李 412，616，655，728，811，930，941，957，1025，1114；商 865，956；军 231，1081，1082，1133；凶 38，191，242，348，398；波 252；布 440，488，1163，1187，1219；普 13，14，199，250，265，328，514，575，924；缆 9，23，569；三 84，208，820，940；粗 372。

泽克西斯　Zeuxis　埃 626；布 1271。

扎昆托斯　Zacynthus　商 647，940，943，945。

图书在版编目（CIP）数据

普劳图斯：全3册/（古罗马）普劳图斯（Plautus）著；王焕生译. — 长春：吉林出版集团有限责任公司，2013.1

（古罗马戏剧全集）

书名原文：Loeb Classical Library

ISBN 978-7-5534-1043-2

Ⅰ.①普… Ⅱ.①普…②王… Ⅲ.①喜剧—剧本—古罗马 Ⅳ.①I546.32

中国版本图书馆CIP数据核字(2012)第285847号

普劳图斯：全3册

著　者	[古罗马]普劳图斯
译　者	王焕生
责任编辑	齐　琳　周海莉
装帧设计	未　氓
开　本	650mm×960mm　1/16
印　张	116.5
版　次	2015年8月第1版
印　次	2015年8月第1次印刷

出　版	吉林出版集团有限责任公司
发　行	北京吉版图书有限责任公司
地　址	北京市西城区椿树园15-18号底商A222
	邮编：100052
电　话	总编办：010-63109269
	发行部：010-63104979
官方微信	hand-read
邮　箱	jlpg-bj@vip.sina.com
印　刷	北京圣夫亚美印刷有限公司

ISBN 978-7-5534-1043-2　　　　定价：495.00元

版权所有　侵权必究